KNAUR

Von Tami Fischer ist bereits folgender Titel erschienen:
Burning Bridges

Über die Autorin:
Tami Fischer ist Anfang zwanzig, gelernte Buchhändlerin und Buchbloggerin auf YouTube und Instagram (@tamifischerr). Sie hat eine Schwäche für Ukulelen und romantische sowie fantastische Literatur. Am liebsten schreibt sie bei Kerzenlicht, mit einer großen Tasse Tee neben sich, oder füllt Notizbücher mit neuen Ideen. Die Autorin lebt und arbeitet bei Frankfurt am Main.

TAMI FISCHER

Sinking SHIPS

ROMAN

KNAUR

Besuchen Sie uns im Internet:
www.knaur.de

FSC
www.fsc.org
MIX
Papier aus verantwortungsvollen Quellen
FSC® C083411

Originalausgabe November 2019
Knaur Taschenbuch

Ein Imprint der Verlagsgruppe
Droemer Knaur GmbH & Co. KG, München

Redaktion: Anika Beer
Covergestaltung: ZERO Werbeagentur, München
Coverabbildung: © PixxWerk®, München
unter Verwendung von Motiven von shutterstock.com
Satz: Sandra Hacke
Druck und Bindung: CPI books GmbH, Leck
ISBN 978-3-426-52496-1

2 4 5 3

Für Vicci und Anna

PROLOG

Schon als Kind hatte ich gewusst, wie ich einmal sterben würde.

Ich hatte immer wieder davon geträumt, sogar bis ins Teenageralter hinein. Manchmal, wenn ich mich besonders einsam fühlte, kehrte der Albtraum sogar noch später zu mir zurück, als wolle mich der liebe Gott ab und zu daran erinnern, dass ich nicht unverwundbar war. Dass es diese eine große Angst gab, die mich jederzeit in die Knie zwingen konnte. Es war wie das Wissen um ein Gewitter: Man konnte es riechen, die Nackenhaare stellten sich auf, und die Luft schmeckte nach Gefahr. Man wusste, jeden Moment würden die dunklen Wolken dem Druck nicht mehr standhalten können, würde sich die Spannung in gleißenden Blitzen entladen. Man konnte es spüren, noch bevor es geschah.

Dieselbe Gewissheit erfüllte mich auch, wenn mich mein Albtraum heimsuchte. Ich starb darin nicht einfach. Als Erstes wurde mir kalt. So kalt, dass meine Glieder taub wurden. Ich schlug hilflos um mich und bekam doch nichts zu fassen. Ich schrie, doch niemand hörte mich. Der Sauerstoff in meiner Lunge ging zur Neige. Wasser drang in meine Ohren, in meine Nase und in meinen Mund. Es einzuatmen, so kalt und unerbittlich, brannte wie flüssiges Feuer in meiner Lunge. Egal, wie viel Kraft ich hatte, egal, wie sehr ich mich auch bemühte, ich hatte keine Chance. Das Wasser würde mich verschlingen und mich mit sich in seine unergründlichen schwarzen Tiefen ziehen.

Ich konnte es in meinen Knochen spüren. Ich war erfüllt von Gewissheit.

Schon als Kind hatte ich gewusst, wie ich eines Tages sterben würde. Es war wie das Wissen um ein Gewitter.

Eines Tages würde ich ertrinken.

KAPITEL 1

CARLA

Und wieder vibrierte das Handy in meiner Hosentasche. Ich gab mir alle Mühe, es zu ignorieren und mich auf meinen Professor zu konzentrieren, der den Hörsaal seit einer Stunde mit verschiedenen Marketingstrategien auf Trab hielt. Meine Notizen waren von Anfang an unordentlich und zusammenhanglos gewesen, weshalb ich bereits nach einer halben Stunde aufgehört hatte, mitzuschreiben. Ausgerechnet heute hatte ich den Laptop zu Hause vergessen. Oskar, einer meiner kleinen Brüder, hatte verschlafen und den Schulbus verpasst, also hatte ich ihn fahren müssen. Der Morgen war so hektisch gewesen, dass der Laptop leider nicht den Weg in mein Auto gefunden hatte. Verdammter Mist. Mein Marketingkurs würde zwar in wenigen Minuten vorbei sein, doch jede einzelne davon fühlte sich an wie Stunden. Ich hatte keine Ahnung, wovon Professor MacKenzie sprach. Außerdem nuschelte der alte, dürre Mann, als hätte er sein Gebiss verlegt.

Wieder vibrierte das Handy in meiner Hosentasche, und ich grollte leise, ehe ich es herausfischte und unter dem Tisch die neuen Nachrichten las.

Oskar: *Carla!!! Mateo hat mich geschlagen und mir meinen Gameboy weggenommen!!*
Oskar: *Wann kommst du nach Hause? Mateo hat die Reste vom Abendessen alle aufgegessen!*

Alma: *¡Hola, Mariposa! Kannst du morgen im Salon aushelfen? Marias Sohn ist krank und hat sie angesteckt.*

Oskar: *Carla!! Mateo hat wieder Besuch von seinen Freunden, und sie rauchen Zigaretten in der Wohnung!!!*

Mateo: *Kannst du mir zehn Dollar geben?*

Ein entnervtes Stöhnen entfuhr mir.

Offenbar war es ein wenig lauter als gedacht, denn mehrere Köpfe drehten sich zu mir herum.

Ich versuchte, mich auf meinem Stuhl klein zu machen, und legte verdrossen den Kopf auf dem Tisch ab. Wieso schafften es meine kleinen Brüder nicht, einen einzigen verfluchten Nachmittag lang allein miteinander auszukommen? Und Mateo hatte wieder seine verdammten Freunde zu uns nach Hause eingeladen! *Mierda.* Ihm würde der Ärger seines Lebens blühen, wenn ich ihn in die Finger bekam.

Unauffällig tippte ich unter dem Tisch Antworten an Tante Alma und die Jungs, ehe ich das Telefon wieder wegsteckte.

»Miss, langweile ich Sie?«

Erschrocken hob ich den Kopf und starrte Professor MacKenzie an, dessen missbilligender Blick ausgerechnet auf mir ruhte.

Wie auch die Aufmerksamkeit des Hörsaales.

Ich biss die Zähne zusammen. »Nein, Sir. Natürlich nicht, im Gegenteil.«

»Wie war noch gleich Ihr Name?«

»Carla Santos, Sir.«

Der alte Mann schenkte mir ein kühles Lächeln. »Wenn ich mich nicht irre, haben Sie die ganze Vorlesung an Ihrem Telefon verbracht, richtig, Miss Santos? Sicher haben Sie kein Problem damit, bis nächste Woche Freitag eine kleine Hausarbeit über operatives Marketing zu schreiben. Zehn Seiten sollten reichen.«

Ich zwang mich, nicht zu fluchen, und ballte stattdessen die Hände zu Fäusten. Das war bereits das dritte Mal dieses Semester, dass ich einen solchen Dämpfer von einem Dozenten aufgedrückt bekommen hatte. Deshalb erwiderte ich nichts, atmete tief durch und fixierte so lange meinen Tisch, bis MacKenzie endlich seine genuschelte Vorlesung fortsetzte.

Jemand pikste mich mit einem Stift in den Arm.

Ich blickte zur Seite und begegnete Austin Fullers lässigem Grinsen.

Großartig.

Meine Laune sank immer weiter.

»Hey, Carla«, flüsterte er und beugte sich zu mir herüber. Der Duft seines teuren Eau de Parfums stieg mir dabei in die Nase. »Morgen Abend schmeiße ich eine kleine Party. Du solltest wirklich kommen, das wird lustig.«

Austin und seine Mitbewohner waren am ganzen Campus bekannt für die legendären Partys in ihrem Verbindungshaus. Die ahnungslosen Freshmen fühlten sich immer wie ganz besondere Schneeflocken, wenn Austin oder die anderen Jungs sie einluden – natürlich hauptsächlich, um sie der Reihe nach flachzulegen. Ich war zwar nicht dämlich genug, um darauf hereinzufallen, hatte meine Dämlichkeit aber auf eine andere Art und Weise bewiesen.

Ich hob eine Augenbraue und musterte Austins selbstbewusstes Gesicht, das Funkeln in seinen blauen Augen und das zerzauste schwarze Haar. Beinahe wäre mir eine scharfe Antwort herausgerutscht, doch ich ermahnte mich, nett zu sein.

Ich wusste, dass ich einen gewaltigen Fehler begangen hatte. Es war Silvester gewesen, vor fast zwei Monaten. Meine Brüder hatten die gesamte Woche nach Weihnachten bei meiner Tante verbracht, weshalb ich neben meinem Job als Barkeeperin tatsächlich vorübergehend so etwas wie ein Leben gehabt hatte. Also war ich, wie auch der Rest meiner Freunde, auf Austins Silvesterparty gegangen. Ich hatte nicht nur zu viel getrunken, irgendwie war es auch dazu gekommen, dass Austin und ich im Bett gelandet waren. Jede Menge Alkohol und meine gewaltige Durststrecke von über einem Jahr hatten mich schwach werden lassen. Der Sex war nicht unbedingt schlecht gewesen, doch er erwies sich nun als wirklich dämlicher Fehltritt. Der Kerl hing an mir wie eine Klette. Er rückte mir einfach nicht mehr von der Pelle, und es gab nichts, was ich tun konnte, um ihm klarzumachen, dass wir diese Nacht *niemals* wiederholen würden. Ich hatte keine Zeit für Dates. Und für Sex auch nicht. Vor allem nicht mit so einem selbstgefälligen Sportlertypen wie Austin Fuller.

»Ich besuche deine Partys nicht mehr, Fuller«, flüsterte ich zurück. »Das wissen wir beide. Ich gehe auch nicht mit dir aus oder sitze in der Mensa am Tisch mit dir und den anderen Wasserratten.«

Austin war Mitglied des Schwimmteams unseres Colleges. Und es gab kaum etwas, das mir befremdlicher vorkam als unser Schwimmteam. Allein die Vorstellung, freiwillig in tiefes Wasser zu springen, sorgte bereits dafür, dass mir schlecht wurde, und sie redeten von nichts anderem. Irgendetwas stimmte doch mit denen nicht.

Austin verzog keine Miene, was mich augenblicklich auf die Palme brachte. *Dios mío,* war es so schwer, eine Abfuhr zu akzeptieren? Ich versuchte ja nicht, die Sache schönzureden. Ich sagte ihm ins Gesicht, was ich dachte, wie ich es immer tat. Aber es war jedes Mal dasselbe. Vielleicht sollte ich dankbar dafür sein, dass er mich daran erinnerte, mich von Kerlen fernzuhalten. Was für eine Zeitverschwendung.

Austin lächelte verwegen und fuhr sich mit den Fingern durch das schwarze Haar. »Na schön. Dann könnten wir ja mal zusammen lernen oder so. Wenn du willst, helfe ich dir mit der Studie aus der letzten Vorlesung, mit der du Probleme hattest.«

Ein Klingeln gellte durch den Saal und ließ jeden der circa zweihundert Studenten aufatmen.

Ich packte meine Sachen ein und beeilte mich aufzustehen. »Ich werde nicht mit dir lernen«, erklärte ich genervt und schulterte meine Tasche. »Frag doch eine deiner Wasserratten-Freundinnen, ob sie Zeit mit dir verbringen will. Aber ich habe kein Interesse.«

Unerschütterlich grinste er und zuckte mit den Schultern. »Eines Tages vielleicht …«

»Ay, no!«, unterbrach ich ihn und hob einen Finger vor sein Gesicht. »Nicht *eines Tages.* Niemals, *comprendes?*«

Diesmal verblasste das Lächeln auf seinen Lippen, und ich nahm das als funkelnden Hoffnungsschimmer. Bevor Austin noch etwas erwidern konnte, drehte ich mich um und eilte auf meinen hohen Absätzen aus dem Hörsaal.

Freitag war einer der wenigen Tage, an denen ich bis zur letzten Vorlesung am Campus bleiben konnte. Die restlichen Tage unter der Woche musste ich meine Brüder von einem Training zum nächsten kutschieren, mit ihnen lernen, aufräumen, kochen oder einkaufen. Oder ich musste im Salon meiner Tante aushelfen. Ein egoistischer Teil von mir genoss es, freitags länger hierbleiben zu können, auch wenn ich dabei ein furchtbar schlechtes Gewissen hatte.

Ich verließ *Millard House* und steuerte den Weg zum Parkplatz an, zwischen alten Magnolienbäumen und ordentlich gemähten Rasenflächen. Die Luft war schneidend kalt und drang durch meine Winterjacke. Zu dieser Jahreszeit sah selbst die Fletcher University ein wenig trostlos aus. Die in Efeu gehüllten Gebäude mit ihren roten Ziegelsteinen und weißen, großen Fenstern ragten neben Neubauten aus Glas und Beton in einen grauen Himmel. Die Bäume auf dem ganzen Campus waren allesamt kahl, und jeder trug noch immer seine dicksten Jacken, obwohl wir zuletzt vor zwei Wochen Minustemperaturen gehabt hatten.

Mein Handy vibrierte erneut, noch bevor ich mein Auto erreicht hatte. Entnervt nahm ich den Anruf an.

»Carla, Mateo hat Pizza bestellt!«, rief Oskar in den Hörer. Mein zehnjähriger Bruder klang ein wenig hysterisch.

»Was ist daran so schlimm?«, erwiderte ich.

»Er hat kein Bargeld!«

Ich stöhnte auf und stieg in meinen Wagen. »Wieso bestellt er dann Pizza?«

»Keine Ahnung! Der Pizzalieferant ist richtig sauer!«

»*Ay,* ich bin gleich zu Hause, ich habe Bargeld. Sag Mateo, dass ich jeden einzelnen seiner Freunde umbringen werde, sollten sie noch da sein, wenn ich zurück bin.«

»Wird gemacht«, erwiderte Oskar und klang erleichtert. »Dann bis gleich. Ich gebe dem Pizzamann Bescheid!«

Ich beendete das Gespräch, schloss die Augen und legte den Kopf in den Nacken. Müdigkeit machte sich in mir breit. Ich wusste nicht, wann ich zuletzt mehr als fünf Stunden geschlafen hatte. Es war unfair. Jeder andere Student konnte sich auf Vorlesungen und Partys konzentrieren. Nur ich musste mich außerdem noch um Jobs und zwei Nervensägen kümmern. Ich wollte schreien. Ich brauchte

Zeit. Ich brauchte ein zweites Leben, um nicht auf so vielen Hochzeiten gleichzeitig tanzen zu müssen.

Auf direktem Weg fuhr ich nach Hause, bezahlte den verärgerten Pizzalieferanten und klemmte mir den Karton unter den Arm.

Dann trat ich ins Wohnzimmer, pfählte Mateo mit einem einzigen Blick und baute mich vor ihm auf. Zu seinem Glück hatte er seine Freunde tatsächlich nach Hause geschickt.

»Was soll das, Mati?«, fragte ich auf Spanisch. »Hat dein Aftershave dir jetzt das Hirn weggeätzt?« Wohlgemerkt, Mateo hatte noch keinen Bartwuchs. Trotzdem badete er in dem Zeug.

Mein Teenager-Bruder saß breitbeinig und mit verschränkten Armen auf dem abgewetzten Ledersofa und starrte mürrisch vor sich hin. »*No,* Carla. Ich hatte einfach nur Hunger.«

»Ach ja?« Ich pfefferte den Pizzakarton auf den Esstisch und stemmte die Hände in die Hüften. »Dann hättest du dir einen Käsetoast machen können! Du weißt, dass ich freitags später nach Hause komme. Notfalls hättest du auch Lenny fragen können, ob sie dir den Käsetoast macht, aber mit fünfzehn Jahren sollte man so was eigentlich schon alleine hinbekommen!«

Oskar trat aus der Tür zu seinem und Mateos Zimmer und beobachtete uns stumm, wie meistens, wenn wir uns stritten.

Wütend warf Mati die Hände in die Luft. »Ich hatte eben keine Lust auf Käsetoast, klar? Außerdem wollten Diego und die Jungs …«

»Aha«, sagte ich. »Diego. Der ist hier nicht willkommen, das habe ich dir schon mal gesagt.«

»Aber wieso?«, fauchte mein Bruder und sprang auf. »Das ist unfair! Oskars Freunde dürfen ja auch vorbeikommen!«

Mit drei großen Schritten stand ich vor ihm und bohrte ihm den Finger in die Brust. »Mateo, fang nicht an zu diskutieren. Wenn Oskars Freunde hier sind, stinkt es nicht nach Rauch, und keiner von denen hat mir je das Haushaltsgeld geklaut, im Gegensatz zu Diego. Außerdem ist er viel älter als du und noch dazu ein schlechter Einfluss. Sieh dich doch an!« Mein Blick war auf seine Jeans gefallen. »Ist das die Hose, die Tante Alma dir erst letzten Monat gekauft hat? Hast du die Knie etwa mit einer Schere aufgeschnitten?«

Aufgebracht schlug er meine Hand weg. »Lass mich in Ruhe! Ich bin befreundet, mit wem ich will!« Er stapfte davon, wurde jedoch am Esstisch langsamer und schielte zur Pizza.

»Denk nicht einmal dran, du kleiner Scheißer«, zischte ich, legte meine Hände auf seine Schultern und schob ihn, an Oskar vorbei, in ihr Zimmer. »Die Pizza essen Oskar und Lenny. Du bekommst Käsetoast. Außerdem holt Tante Alma euch in einer Stunde ab.«

»Ich hasse dich!«

»Ich liebe dich auch, *Mijo*«, erwiderte ich sarkastisch und gab ihm einen kleinen Stoß. »Und jetzt erledige deine Hausaufgaben!«

Bevor er noch etwas erwidern konnte, schloss ich die Tür hinter ihm und kniff mir mit Daumen und Zeigefinger in die Nasenwurzel.

»Also, äh …«, begann Oskar und scharrte mit den Füßen. Ich warf ihm einen erschöpften Blick zu.

»Dann darf ich mir etwas von der Pizza nehmen?«

»Mach erst deine Schulaufgaben.«

Er murrte frustriert und schob sich ebenfalls an mir vorbei ins Jungszimmer.

In diesem Moment kam Lenny aus dem Bad, gefolgt vom herben Duft ihres Duschgels. Lenny war nicht nur unsere Mitbewohnerin, sondern auch so etwas wie Familie. Ihr Onkel war seit einigen Jahren mit unserer Tante zusammen, was sie wohl zu so etwas wie unserer Stiefcousine machte. Manchmal war Familie wirklich verwirrend. Vor drei Jahren hatte es sich dann ergeben, dass wir diese ungewöhnliche WG gegründet hatten. Und obwohl Lenny und ich so verschieden waren, liebte ich sie wie eine Schwester.

»Irgendwann werden die beiden es dir danken, Santos«, sagte sie und wickelte sich enger in ihren Bademantel.

»Ich hasse Teenager«, entgegnete ich bloß und ließ mich auf einen Stuhl am Esstisch fallen.

Lenny setzte sich mir gegenüber, und ein Lächeln machte sich auf ihren Lippen breit. Ihre braunen Haare waren noch feucht und reichten ihr in Wellen fast bis zur Taille. Meine Mitbewohnerin mit offenen Haaren zu sehen war ein seltener Anblick.

»Ich hasse Teenager auch«, sagte sie schulterzuckend. »Aber Mati und Oskar lieben wir. Besonders heute Abend, weil sie nicht da sein werden.« Ihre Augen blitzten.

»Ich mag es nicht, wenn sie das Wochenende bei Alma verbringen«, murmelte ich und nahm mir ein Stück Pizza aus der Pappschachtel. »Es kann jederzeit etwas passieren, und ich habe versprochen, Alma rauszuhalten, wenn es dazu kommen sollte.«

Lenny hob eine Augenbraue und nahm sich ebenfalls ein Stück Pizza. »Wem hast du das denn versprochen?«

»Mir selbst«, erwiderte ich kauend.

»Gott, Carla, du musst endlich einen Gang runterschalten. Alma hat dich damals nach der Sache mit eurer Mum auch aufgenommen, und es ist niemandem etwas zugestoßen, weder dir noch den Jungs. Außerdem hattest du die letzten Jahre nie Probleme, wenn die Jungs das Wochenende bei Alma und Vince verbracht haben.«

»Das war früher«, widersprach ich. »Jetzt hält Mateo sich aber für Tupac, und wenn irgendwann die Polizei vor der Tür stehen sollte, haben wir ein Problem.«

Ich zwang mich, mir nicht auszumalen, was genau dann passieren würde. Denn es würde einiges sein, und das durfte nie, *niemals* eintreffen.

Lenny biss von ihrem Pizzastück ab. »Du malst schon wieder den Teufel an die Wand. Entspann dich doch mal. Ich würde vorschlagen, du gehst jetzt los und klapperst die Läden ab, um noch ein Last-Minute-Geschenk zu besorgen. So wie ich dich kenne, hast du das bestimmt vergessen.«

Das Herz rutschte mir in die Hose. Ich verschluckte mich beinahe an der Pizzakruste und sprang von meinem Stuhl auf. »*Mierda!* Du hast recht!«

»Sag ich doch.« Lenny leckte sich die Finger ab.

Heute Abend feierte Savannah, eine meiner wenigen Freundinnen, in ihren Geburtstag rein, und sie würde eine riesige Party schmeißen. In einem Ort wie Fletcher war es zwar kein Hexenwerk, doch vielleicht feierte sie neben ihrem einundzwanzigsten Geburtstag auch die Tatsache, wie problemlos sie seither ohne notwendigen

Ausweis durch die Bars von Fletcher hatte ziehen können – und das, obwohl sie aussah wie fünfzehn.

»Ich treffe mich in einer Stunde mit den anderen bei Ella zum Anziehen und Schminken. Da sehen wir uns, oder?«, fragte ich, während ich mir eilig die Autoschlüssel schnappte und meine Handtasche schulterte.

Lenny schnaubte. »Sehe ich etwa so aus, als würde ich mich nur wegen eines Hollywood-Dresscodes in ein Kleid zwängen?«

»Wir wissen beide, dass du dich schon in ganz andere Kleidungsstücke gezwängt hast«, erwiderte ich, woraufhin sie die Augen verdrehte.

»Wir sehen uns auf der Party, Santos. Viel Glück bei der Geschenksuche.«

Ich eilte aus der kleinen Wohnung zu meinem Auto. Es gab nur einen Ort, an dem ich fündig werden konnte, um ein passendes Geschenk für Savannah zu finden. Und dieser Ort befand sich leider Gottes auf der anderen Seite von Fletcher.

KAPITEL 2

MITCHELL

Mit einem Ächzen öffneten sich die Türen des Aufzuges, und der Lärm der Mall schlug mir entgegen. Zusammen mit einem jungen Paar mit Kinderwagen visierte ich die Läden auf der anderen Seite an und lief über einen breiten Verbindungssteg. Über uns glitten Menschen auf ewig langen Rolltreppen hoch und runter, und weit unter uns im Erdgeschoss spuckten Wasserbecken bunt beleuchtete Fontänen in die Höhe. Es schienen von überall Stimmen widerzuhallen, die die Luft erfüllten, und der süße Duft eines Stands mit allerlei Cupcakes ließ meinen Magen grummeln.

Die Mall von Fletcher war gigantisch. Die Buchhandlung, zu der ich wollte, lag in der vierten Etage und war ebenfalls sehr weitläufig. Es war der Lieblingsladen meiner kleinen Schwester. Wann immer Savannah und ich in das Multiplex-Kino gingen, das im obersten Stockwerk der Mall lag, bestand sie darauf, sich noch ein Buch zu kaufen. Aus unserer Freundesgruppe war meine Schwester wohl mit Abstand die Ruhigste. Sie ging zwar ab und zu aus, doch am glücklichsten war sie mit einem Buch und einer Tasse Tee.

Ich dachte an ihren Wunschzettel, den sie an Freunde und Familie geschickt hatte, und verdrehte bei dem Gedanken daran die Augen. Unter den Büchern, die auf der Liste standen, war kein einziges, auf dem nicht mindestens ein halb nackter Ritter oder Highlander abgebildet war, der irgendwelchen Frauen in den Nacken biss. Da meine Eltern und unsere Freunde bereits die restlichen Dinge auf dem Wunschzettel gekauft hatten, blieb mir nur noch der dritte Band von *Feuer und Leidenschaft – Geliebt von zwei Highlander-Brüdern.* Ich war so sehr mit meinem Schwimmtraining und den Klausurvorbereitungen beschäftigt gewesen, dass ich viel zu spät dran war. Aber Sav würde mich hassen, wenn ich mit leeren Händen vor ihr stand, vor allem an diesem besonderen Geburtstag.

Hier war ich also, obwohl ich in einer Stunde schon im Haus unserer Eltern sein musste, um mit den Jungs die letzten Partyvorbereitungen zu treffen. *Zeitdruck* war noch eine viel zu nette Beschreibung dafür.

Ich betrat die Buchhandlung und steuerte die Abteilung mit den Romanen an. Der Laden war zwar erst ein paar Jahre alt, doch sie hatten versucht, den Charme der ursprünglichen Buchhandlung zu imitieren, die damals aufgrund der Eröffnung der Mall hatte schließen müssen. Dunkle Bücherregale zierten die Wände, überall standen weiche Ohrensessel, dekorierte Tische, und es roch nach frischem Kaffee und staubigem Holz.

Ich stellte mich vor den Büchertisch mit den historischen Liebesromanen und suchte die schnulzigen Einbände nach zwei halb nackten Highlandern ab. Warum Savannah solchen Schund las, würde ich wohl niemals verstehen. Früher hatte sie gute Sachen gelesen wie *Harry Potter* oder *Der Herr der Ringe* – aber dann hatte *das hier* begonnen.

Ich seufzte.

Endlich entdeckte ich das richtige Buch, das letzte Exemplar, und griff danach. Doch noch bevor meine Finger es berühren konnten, schnappte es mir eine Hand vor der Nase weg.

Erschrocken blickte ich auf – und begegnete prompt einem vertrauten Paar grünbrauner Augen.

Ich erstarrte.

Carla Santos.

Überrascht blinzelte sie, ehe sie die Schultern straffte. »Du«, sagte sie und verengte die Augen.

Eine gefühlte Ewigkeit lang stierte ich Carla unverhohlen an. Sie war einen ganzen Kopf kleiner als ich, hatte einen kurvigen Körper, goldene Haut und langes dunkles Haar. Ihre Augen waren groß und ihre Lippen voll. Und einladend. Dieses Detail schoss natürlich jedes Mal – auch jetzt – in den Vordergrund und lenkte mich ab, einfach so.

»Hi«, sagte ich und lächelte. Möglicherweise sogar ziemlich breit. »Schön, dich zu sehen, Prinzessin.«

»Hör auf, mich so zu nennen!«

Ich konnte mich ehrlich gesagt nicht daran erinnern, woher dieser Spitzname stammte oder wie ich darauf gekommen war. Doch ich nannte Carla gerne so, weil es sie jedes Mal auf die Palme brachte.

»Wenn du alle anderen dazu bringst, mich nicht mehr *Hollister* zu nennen, haben wir einen Deal«, sagte ich grinsend und zwinkerte ihr zu. Das ließ jedoch nicht ihre Wangen rot werden, sondern meine eigenen.

O Mann. Das Leiden jedes Menschen mit heller Haut und Sommersprossen.

Unglücklicherweise hatte sich der Spitzname *Hollister* unter meinen Freunden wie ein Lauffeuer verbreitet und entwickelte sich dabei immer weiter, wie ein unaufhaltbarer Virus. Das war alles Creeds schuld. Er war der Meinung, dass ich aussah, wie eins dieser Models, die man immer auf den Abercrombie-Tüten sah. Erst hatten sie mich also *Abercrombie & Mitch* genannt – ich weiß, sehr kreativ –, und mein Mitbewohner Todrick hatte den Spitznamen anschließend weiterentwickelt. Er hatte *Hollister* und *Hilfiger* hinzugefügt, und das war nur der Anfang der Liste.

Ich räusperte mich und zwang mich, mit dem Starren aufzuhören. Gott, ich durfte mich nicht so aus dem Konzept bringen lassen, wenn ich ihr begegnete. Ich war schließlich kein dürrer, stotternder Vierzehnjähriger mehr, sondern im dritten Jahr am College und der beste Schwimmer unserer Mannschaft. Allmählich sollte ich das hier in den Griff bekommen. Aber wieso zum Teufel lief ich ihr ausgerechnet hier über den Weg?

»Äh, ich will deinen Grips ja nicht infrage stellen, Prinzessin, aber was hast du hier zu suchen?«

»Ernsthaft?« Sie wedelte mit dem Buch in der Luft. »Deine seltsame Schwester hat zufällig Geburtstag, und ich brauche noch ein Geschenk.«

»Du kannst das Buch aber nicht kaufen«, sagte ich ernst und legte eine Hand darauf.

»*Ay,* natürlich kann ich das!« Verärgert schüttelte Carla meine Hand ab. »Wer zuerst kommt, Platz gefangen, Hollister!«

Ich blinzelte sie verwirrt an. Dann verstand ich, und ein Lachen brach aus mir heraus, was ich schnell zu unterdrücken versuchte. »Das mit den Sprichwörtern solltest du noch ein wenig üben.«

Wütend funkelte sie mich an und schlang die Arme um das Buch.

Fehler.

Carla mochte es gar nicht, wenn man sie korrigierte.

»Leck mich, Hollister. Du bist selbst schuld, wenn du zu spät dran bist. Als Savs großer Bruder solltest du mehr auf Lager haben als irgend so einen …« Sie schielte auf den Buchrücken und rümpfte die Nase. »… *Outlander*-Porno. *Dios mío,* was zum Teufel liest Savannah eigentlich für Schrott?«

»Siehst du? Schenk ihr doch lieber etwas, das du nicht für Schrott hältst, und überlass mir den historischen Porno.« Hoffnungsvoll lächelte ich, doch natürlich wurde sie dadurch nicht weicher. Ich fuhr mir mit den Händen durch die Haare und ächzte verzweifelt. Mir rannte die Zeit davon.

Als hätte sie dasselbe Problem, warf sie einen Blick auf ihre Armbanduhr und stieß einen Fluch auf Spanisch aus. »Sind wir hier fertig? Ich hab es eilig, wir treffen uns bei Ella, um uns für die Party fertig zu machen.«

»Ich habe es auch eilig!«, sagte ich und trat einen Schritt auf sie zu. »In einer Stunde müssen die Partyvorbereitungen erledigt sein, und ich kann die Jungs nicht alles allein machen lassen. Ernsthaft, Carla, ich brauche dieses Buch.«

»*No!* Ich brauche es auch!« Sie presste sich das Buch gegen die Brüste, und ich zwang mich, nicht dorthin zu sehen. *Unfassbar unpassender Zeitpunkt!*

»Bitte, Carla.« Jetzt bettelte ich schon. Vielleicht sollte ich Sav einfach eine Karte schenken, auf der stand: *Schwesterherz, ich liebe dich genug, um vor Carla Santos auf die Knie zu gehen und sie anzuflehen. Alles Gute zum Geburtstag!*

»Hör zu«, sagte ich und legte ihr meine Hände auf die Schultern, wohl bewusst, dass ich sie sonst nie einfach anfasste. »Ich mache alles, was du willst, okay? Ich muss Savannah etwas von ihrer Wunschliste schenken, nur sind alle anderen Dinge bereits vergeben. Sag mir, was du willst, und ich tue es. Nur gib mir dieses verdammte Buch.«

Ihre Augenbrauen schossen in die Höhe, und ihre Mundwinkel zuckten. »Wirklich alles?«

Sieh mal einer an. Ich hatte sie am Haken.

Ich lächelte. »Gib mir das Buch, und ich lese dir jeden Wunsch von den Lippen ab, Prinzessin.«

»Wow«, murmelte sie und legte mir eine Hand auf die Brust. Die Berührung hatte denselben Effekt wie eine Stahlfaust in Warpgeschwindigkeit. Mein Atem stockte, und unter ihren Fingern wurde es nicht einfach nur warm. Es begann, gefährlich schnell zu pochen.

Carla lehnte sich zu mir, und der süße Duft ihres Parfums stieg mir in die Nase.

»Dieses Angebot …« Sie blickte durch lange Wimpern zu mir auf. Es war so verdammt sexy, dass es mich beinahe um den Verstand brachte. Doch das plötzliche Funkeln in ihren Augen verlieh ihr etwas Durchtriebenes. »… ist mit Abstand das Traurigste, was deinen Mund je verlassen hat. Selbst von dir hätte ich mehr erwartet.«

Und noch bevor ich meine Stimme wiedergefunden hatte, trat sie zurück und rauschte zur Kasse. Über ihre Schulter rief sie: »Bis später auf der Party, Hollister!«, und verschwand hinter einem Paar, das sich gleich nach ihr anstellte.

»Mist!«, stieß ich hervor. Sie hatte gewonnen. Und alles, was mir blieb, war ein Geschäft voller Bücher – und damit auch voller Möglichkeiten, den Geschmack meiner Schwester meilenweit zu verfehlen. Ich saß offiziell in der Scheiße.

Ihretwegen.

Und dennoch – ich blieb eine gefühlte Ewigkeit stehen und starrte ihr nach.

Carla war nicht nur eine Freundin von Savannah, sondern schon seit einer ziemlich langen Zeit mein Kryptonit. Ich wusste nicht einmal, wieso. Sie war nicht sonderlich nett zu mir, wie sie wieder einmal bewiesen hatte. Das war sie nicht einmal zu Schulzeiten gewesen. Zwar hielt sie eigentlich jeden um sich herum auf Abstand, doch ich hatte das Gefühl, dass sie zu mir besonders kratzbürstig war. Dennoch hatte ich meine Augen noch nie von ihr abwenden können.

Eine Hand berührte mich an der Schulter, was mich erschrocken zusammenzucken ließ. Ich drehte mich um und sah geradewegs in das von wilden blonden Locken umrahmte Gesicht von Kat Eaves, der Besitzerin des Buchladens. Sie war außerdem die Tante meiner besten Freundin Ella, und ich kannte sie schon mein halbes Leben.

»Mitchell! Wie schön, dass du da bist!«

Vor Erleichterung hätte ich beinahe gejauchzt. »Du bist meine Rettung, Kat. Gib es zu, du wurdest geradewegs von irgendwelchen Engeln und gnädigen Göttern geschickt, oder?«

Sie lachte glockenhell, und die Krähenfüße um ihre poolblauen Augen wurden dabei tiefer. »Ganz im Gegenteil. Die *un*gnädige Gottheit nennt sich *Lunchpause erst kurz vor Feierabend,* weil heute Mittag ein Vertreter hier war, der unbedingt mit mir sprechen wollte.« Ihr Blick blieb an einem Punkt hinter mir hängen, und sie hob überrascht die Brauen. »Wer war das gerade? Ist das Carla?«

»Jepp. Der Teufel in Person.«

»Habt ihr euch gestritten?«

Ich schnaubte. »So würde ich das nicht nennen.«

Kats Blick kehrte zu mir zurück. »Und wieso genau bin ich deine Rettung? Was genau machst du überhaupt hier? Ach, warte: Feiert Savannah nicht heute ihren Geburtstag? Und du hast noch kein Geschenk?«

Natürlich wusste Kat Bescheid. Irgendwie wusste sie immer alles.

»Genau deswegen brauche ich deine Hilfe. Carla hat nämlich gerade das Buch gekauft, das ich Savy schenken wollte.«

»Hm«, machte Kat und betrachtete die Lücke auf dem Büchertisch. Dann grinste sie wissend und tätschelte meine Schulter. »Die Highlander-Brüder? Typisch Sav. Komm mit. Ich zeige dir eine noch viel bessere Reihe. Carlas Geschenk wird auf Savannahs Regal nur noch Staub sammeln, wenn deine Schwester die erst einmal angefangen hat.«

Ich seufzte erleichtert, ehe ich ihr zum Regal folgte. Eins musste man Ellas Tante lassen: Sie hatte diesen Laden im Griff.

Eine Stunde später parkte ich meinen Wagen in der Garage meiner Eltern und verstaute das Geschenk und einen Strauß Blumen im angrenzenden Waschraum. Das Haus lag am Stadtrand von Fletcher und war mit seinen hohen Wänden und den großen Fenstern wie gemacht für Savannahs Dresscode-Party. Zwar hatte es eine Ewigkeit gedauert, bis wir unsere Eltern hatten überreden können, hier zu feiern, doch unsere Hartnäckigkeit war belohnt worden. Wäre ich nicht so spät dran gewesen, hätte ich die Auffahrt sogar noch mit einem roten Teppich ausgelegt, aber dafür war wohl oder übel keine Zeit mehr. Mir blieb noch eine halbe Stunde, bis meine Schwester kam, und die Vorbereitungen waren nicht annähernd fertig.

»Mitchell?«, erklang eine Stimme aus der Garage, gerade als ich die Blumen in eine Vase mit frischem Wasser stellte. Die Tür zum Waschraum wurde aufgerissen. Vor mir stand meine Mutter. Sie sah aus wie eine russische Monarchin, mit ihrer fellbesetzten Mütze und der dazupassenden Jacke, den funkelnden Ohrringen und dem blutroten Lippenstift.

Mit einem erleichterten Seufzen fasste sie sich an die Brust. »Endlich bist du hier. Dein Vater und ich sind gerade auf dem Sprung, wir konnten nicht länger auf dich warten. Ich habe eine Hausordnung erstellt und sie an den Kühlschrank geheftet. Wenn sich die Leute nicht daran halten, schmeiß sie bitte umgehend raus. Unser Haus ist kein Spielplatz, und ich möchte weder Scherben noch Flecken auf jeglichen Polstern, Teppichen, Tapeten und Tischen.«

Es kostete mich große Mühe, nicht die Augen zu verdrehen. Sobald meine Mum die Kontrolle über etwas verlor, benahm sie sich wie ein aufgescheuchtes Huhn.

»Keine Sorge, Mum, wir haben alles im Griff«, sagte ich und platzierte die Blumen auf einer der Waschmaschinen. »Es wird eine kleine gemütliche Runde mit Freunden, Musik und Dads Sloppy Joes.«

Bis auf eine zuckende Augenbraue regte sich in ihrer Miene nichts. »Die Sloppy Joes stehen mit dem restlichen Büfett im Kühlschrank. Wärmt sie am besten im Ofen auf. Und für den Fall der

Fälle, ich habe den Code von unserem Tresor im Schlafzimmer geändert, die Nummer habe ich dir eben als SMS geschickt. Stell alles rein, was geklaut werden könnte.«

Wow. Sie schien wohl überhört zu haben, dass Sav nur ihre engsten Freunde eingeladen hatte. Mums Paranoia wuchs allmählich ins Unermessliche.

»Wird erledigt«, erwiderte ich.

Sie nickte, was einem zufriedenem Ausdruck heute wohl am nächsten kam. »Dann sehen wir uns in zwei Wochen. Und Mitchell, reiß dich bitte zusammen, was den Alkohol angeht. Coach Pat hat deinen Trainingsplan nicht umsonst erstellt. Du kannst es dir nicht leisten, jetzt etwas von deiner Kondition einzubüßen. Und denk an deine Ernährung, bevor du dich auf das Büfett stürzt. Ich habe dir einen griechischen Salat und einen Proteinshake in das untere Kühlschrankfach gestellt.«

Diesmal konnte ich es mir nicht verkneifen, das Gesicht zu verziehen. »Mum, ich kann sehr gut auf mich selbst …«

»Oh, und bevor ich es vergesse«, fiel sie mir ins Wort, während sie sich umdrehte und zurück in die beleuchtete Garage trat. »Sorg dafür, dass deine Schwester nicht über die Stränge schlägt, Mitchell. Sonst bekommt sie womöglich noch eine ihrer Phasen und steigert sich wieder rein. Das ist für uns alle lästig.«

Mein Blut wurde kalt. Bewegungslos sah ich zu, wie sie einen kleinen, silbernen Handkoffer nahm und den Griff herauszog.

Wut schäumte mit einem Mal in mir auf, die ich augenblicklich wieder hinunterschluckte. Immer wenn ich glaubte, ich würde langsam wieder einen Draht zu meiner Mutter finden, benutzte sie die Worte *reinsteigern* und *lästig,* wenn sie von Savannah sprach. Ich hasste es, wenn sie das tat, mehr als alles andere. Denn Savannahs Phasen waren erst dann so richtig schlimm geworden, als Mum angefangen hatte, sie kleinzureden und Sav für einfach nur weinerlich zu erklären.

Wieder einmal war ich froh, dass meine Schwester und ich auf dem Campus lebten und nicht im viel zu großen Haus unserer Eltern.

»Viel Spaß bei den Hendrixens«, erwiderte ich knapp und ballte die Hände zu Fäusten.

Sie erwiderte nichts mehr, sondern verließ die Garage durch das offene Tor, welches kurz darauf hinunterfuhr.

Vielleicht machte es mich zu einem schlechten Menschen, dass ich erleichtert aufatmete, als das Tor schließlich unten war und ich zu hören glaubte, wie Dads Wagen sich entfernte. Ein kleiner leiser Teil in mir war froh, dass meine Eltern für die nächsten zwei Wochen nicht in der Stadt waren. Wann immer Mum und ich aufeinandertrafen, endete es entweder in einem Streit oder mieser Laune. Es war, als hätte sie mir ihre Warnungen nur aufgebrummt, um meine Selbstbeherrschung auf die Probe zu stellen.

Ich betrat das Haus durch die Garagentür, joggte die Treppenstufen hoch und drückte die Schiebetür zur Küche auf.

»Alter, du bist spät dran!«, rief Todrick anstelle einer Begrüßung.

Mein Mitbewohner stand an der Kücheninsel und schüttete Chips in große Plastikschüsseln, während Hip-Hop aus einer Bluetooth-Box neben ihm dröhnte. Todrick hatte dunkle Haut und millimeterkurze schwarze Krauselocken. Er hatte sich tatsächlich an Savannahs Dresscode gehalten und seinen gigantischen Footballer-Körper in ein Sakko gezwängt. Mit einem strahlend weißen Grinsen auf den Lippen klemmte er sich eine der Schüsseln unter den Arm und langte hinein.

»Tut mir leid, ich wurde aufgehalten«, sagte ich und griff ebenfalls in die Schüssel. Seit mein Schwimmcoach mir meine Pläne erstellt hatte, achtete ich akribisch auf meine Ernährung, doch ich langte diesmal richtig zu. Vielleicht war es einfach eine Trotzreaktion auf die Worte meiner Mutter. »Danke, dass ihr mit den Vorbereitungen schon angefangen habt«, fügte ich hinzu und stopfte mir eine Handvoll Chips in den Mund.

»Schon angefangen?«, rief eine Stimme aus dem Wohnzimmer. Creed und Ches erschienen in der Küchentür, und Creed schnaubte in gespielter Empörung. »Du meinst, danke, dass ihr alles schon ohne mich erledigt habt. Wir müssen nur noch fertig dekorieren und dein Handy mit der Anlage verbinden.«

Ich seufzte erleichtert und trat zu Creed, um ihm auf die Schulter zu klopfen. Seit Ches und Ella ein Paar waren und sich zwischen Creed und mir eine wahre Bromance entwickelt hatte, hingen wir praktisch immer mit den Jungs ab, wenn wir nicht gerade am Campus waren. Sie studierten nicht, auch wenn Creed es wieder vorhatte.

»Danke, Mann. Ihr seid die Besten. Was ist mit den Luftballons?«, fragte ich.

»Ich kümmere mich gerade darum«, sagte Ches und warf einen Blick auf seine Armbanduhr. »Wir haben noch achtzehn Minuten, bis die Mädchen kommen.«

Creed verdrehte die Augen und ging zurück ins Wohnzimmer. »Zählst du schon die Minuten? Alter, du hast Ella erst heute Morgen gesehen.«

Wir folgten ihnen ins Wohnzimmer, und Ches ließ sich auf das Sofa fallen.

Ich pfiff durch die Zähne. Die Jungs hatten wirklich reife Arbeit geleistet. Den roten Teppich hatten sie quer durch den Raum gelegt, die Möbel waren an die Wand geschoben, und zwei Stehtische mit weißen Tischdecken sowie eine Fotostation waren aufgestellt. Sav würde ganz aus dem Häuschen sein.

»Ich sage es dir ja nur ungern, Ches«, sagte Todrick und ließ sich ebenfalls auf das Sofa fallen, »aber du bist krank.«

»Ich bin nicht krank«, widersprach Ches, ohne sich aus der Ruhe bringen zu lassen. Er war wie ein unerschütterlicher Berg. Für den heutigen Dresscode war sogar sein Bart ordentlich getrimmt, und er hatte seine Haare in einen Knoten am Hinterkopf gesteckt.

»Ach, stimmt ja, du bist verliehiebt!«, singsangte Todrick und grinste breit. »Aber das ist ungefähr dasselbe. Du wirst keine von den Bräuten, die später kommen, anrühren können. Also mich und meine Eier würde das ziemlich belasten.«

Ich lachte und klemmte mir eine von Mums teuren Vasen unter den Arm. »Nicht jeder ist so ein Frauenheld wie du, Todd.«

Creed und Ches stimmten in mein Lachen ein, und ich begann, die wertvolleren Habseligkeiten meiner Eltern in ihr Schlafzimmer zu räumen. Das Haus meiner Eltern war riesig. Ehrlich gesagt war es zu groß, um sich wie zu Hause zu fühlen. Allein im Erdgeschoss gab es vier Schlafzimmer. Im Obergeschoss war noch mehr Platz, und im Garten hinter dem Haus gab es auch noch ein Poolhaus, in dem ich das letzte Jahr der Highschool über gewohnt hatte.

Nachdem ich jede Vase und jede Skulptur in Sicherheit gebracht hatte, kehrte ich zu den Jungs zurück. Ches war gerade dabei, weiße und goldene Luftballons mit Helium zu füllen, während Todrick über sein Lieblingsthema sprach.

»Erinnerst du dich noch an Tessa, die Kleine, die ich dir auf meinem Handy gezeigt habe?«, fragte er Creed und schob sich eine Ladung Chips in den Mund.

»Klar«, sagte Creed. »Was ist mit ihr? Hast du dich mit ihr getroffen?«

Todd lachte vielsagend und zuckte mit den Schultern. »Was soll ich sagen, wir haben das *Fletcher Inn* das ganze Wochenende nicht mehr verlassen.«

»Schon wieder diese Geschichte?«, fragte ich spöttisch. »Vielleicht hätten wir den neuen Barkeeper im *Leo's* auch einladen sollen. Ihr könntet einen Männerschlampen-Club eröffnen.«

»Hey«, sagte Todrick warnend. »Nur weil du bei all den anderen Dingen, die du so treibst, nicht einmal Zeit findest, dich regelmäßig um dich selbst zu kümmern, muss das hier nicht zu einer Slutshaming-Debatte werden. Wir sind *young, wild and free.* Außerdem bin ich noch lange nicht so schlimm wie dieser Barkeeper, wenn es um Frauen geht. Niemand ist das. Der Kerl ist irre.«

»Hast du nicht Angst, dass ihr euch irgendwann in die Quere kommt?«, fragte Ches amüsiert, während ich spürte, wie der Ärger in mir hochstieg. Todrick, dieser Mistkerl. Da erzählte ich ihm einmal, dass ich momentan keinen Kopf für Dates hatte, und er verwendete es gegen mich. Es war erst ein paar Wochen her, seit ich meine letzte Beziehung beendet hatte. Wobei, genau genommen konnte man einen One-Night-Stand nicht gerade Beziehung nennen. Es war jedoch so dermaßen schiefgelaufen, dass ich trotzdem offiziell hatte Schluss machen müssen. Es war wirklich schräg gewesen. Ich hatte den Jungs nichts davon erzählt, weil dieses gewisse Mädchen … sie war eben, wie sie war. Arden Fuller, eine Kindheitsfreundin von Savannah und mir und definitiv der größte Fehler, den ich in letzter Zeit begangen hatte. Wenn meine Freunde wüssten, dass zwischen uns etwas gelaufen war, würden sie mich für verrückt erklären. Besonders Carla durfte keinen Wind davon bekommen, da sie Arden nicht ausstehen konnte. Falls es überhaupt möglich war, dass ich in ihrem Ansehen noch tiefer sinken konnte, dann wäre diese Geschichte definitiv ein guter Grund dafür. Dabei hatte mir der Sex rein gar nichts bedeutet. Es war kein einziger Funke übergesprungen. Und ich hatte noch nie eine Beziehung beenden müssen, wo keine gewesen war.

Zum Glück würden Arden und ihr Bruder Austin heute Abend nicht in der Stadt sein, weil sie mit ihrer Familie unterwegs waren.

»Wir kommen uns nicht in die Quere«, erklärte Todrick und verschränkte die Arme.

»Sicher?«, fragte Ches, während ich begann, ihm mit den Luftballons zu helfen.

»Eigentlich können wir ganz froh sein, dass Savannah Brigham nicht eingeladen hat«, sagte Creed. »Brig würde jede ihrer Freundinnen flachlegen, und zum Schluss vielleicht sogar Sav selbst.«

»Auf keinen Fall!« Ich richtete mich auf und sah die Jungs der Reihe nach todernst an. »Wenn einer von euch auch nur versucht, meine kleine Schwester anzurühren, werde ich euch höchstpersönlich …«

»Immer mit der Ruhe, *Abercrombie & Mitch!*«, fiel Todrick mir ins Wort. Er stand grinsend auf und donnerte mir seine Pranke auf den Rücken. Der Schlag des hundertzwanzig Kilo schweren *Defensive Ends* ließ mich einen Schritt nach vorne stolpern. »Sav ist doch auch für uns wie eine kleine Schwester.« Er beugte sich vor und senkte die Stimme, obwohl Ches und Creed ihn mit Sicherheit noch immer hören konnten. »Außerdem ist sie weder mein Typ noch Creeds. Und Ches ist vergeben. Es droht also keine Gefahr.«

Ich verengte die Augen. »Was genau willst du damit sagen? Sav ist eine Schönheit.«

»Savannah ist der Wahnsinn«, stimmte mir Creed zu, woraufhin ich ihn ebenfalls mit einem finsteren Blick bedachte. Mein Beschützerinstinkt war vielleicht ein wenig ausgeprägt.

»Sav ist einfach zu nett und zu unschuldig«, erklärte Todd und zuckte mit den Schultern. »Sei froh drum. Schlimmer wäre es, wenn Becky Tanner deine Schwester wäre, denn dann könnte ich nicht die Finger von ihr lassen.«

Ich verdrehte die Augen. »Du bist ein Spinner.«

»Deswegen liebst du mich doch, Süßer!« Er drückte mir einen Schmatzer auf die Wange, was die Jungs auflachen ließ. Ich boxte Todrick gegen die Schulter und wischte mir angewidert das Gesicht ab, auch wenn ich selbst lachen musste.

In meiner Gesäßtasche vibrierte es kurz. Ich zog mein Handy heraus und entsperrte den Touchscreen.

Sav: *HILFE! Welches Kleid soll ich anziehen? Welches findest du besser? Wir sind noch bei Ella, fahren in fünf Minuten los!*

Zwei Bilder ploppten im Chat auf. Sie zeigten meine Schwester bis zum Hals, einmal in einem eng anliegenden roten Kleid und einmal in einem silbernen, mit Pailletten besetzten Kleid.

Seufzend tippte ich eine Antwort.

Ich: *Äh, Savy, für solche Entscheidungen hast du deine Freundinnen. Ich bin dein männlicher großer Bruder, schon vergessen?*

Sav: *Du bist trotzdem mein bester Freund, Idiot. Also sag schon! Welches Kleid??! Die Mädels sind sich uneinig, und ich kann mich einfach nicht entscheiden!!*

»Wer ist das denn?«, erklang eine Stimme direkt neben meinem Ohr. Todrick pfiff durch die Zähne und sah über meine Schulter auf die Fotos. »Hast du endlich wieder ein Mädchen gefunden, Mitch? Das rote Kleid sieht wirklich verboten scharf aus. Kommt sie heute Abend auch?«

Ich wirbelte herum und verpasste ihm einen ordentlichen Schlag auf den Hinterkopf, sodass er aufjaulte.

»Das ist Sav, du Idiot!«

Todd knurrte und rieb sich den Nacken. »Das war ein Scherz, Mann. Ich wusste natürlich, dass das Sav ist, ich wollte dich bloß aufziehen.«

Ich warf ihm einen missbilligenden Blick zu, der ihm hoffentlich zu verstehen gab, dass ich ihm kein Wort glaubte. Und so viel zu *»Es droht keine Gefahr«*.

Ich schickte meiner Schwester rasch eine Antwort.

Ich: *Zieh an, was immer du willst. Aber auf keinen Fall das rote Kleid.*

Anschließend verabschiedete ich mich von den Jungs und sprang unter die Dusche.

Als ich die Tür des Wohnzimmers wieder öffnete, schlugen mir helle Stimmen und Musik entgegen. Savannah sprang begeistert durch den Raum, schenkte dem roten Teppich und der Fotostation jedoch kaum Beachtung, weil die Luftballons sie völlig für sich einnahmen. Sie freute sich wie ein Kind am Weihnachtsmorgen. Ches war gerade dabei, Ella zur Begrüßung einen leidenschaftlichen Kuss zu geben. Ihre beste Freundin Summer klebte dafür wieder an Creed, so wie immer, wenn sie die Chance dazu bekam. Wo meine Schwester klein, elfenhaft und zierlich war, war Summer groß und kurvig. Sie hatte ewig lange Beine und volles blondes Haar, das ihr beinahe bis zur Taille reichte. Wenn Summer einen Raum betrat, zog sie mit ihrem lauten Lachen und den immerzu rot geschminkten Lippen jede Aufmerksamkeit auf sich. Doch aus irgendeinem Grund hatte Creed sie nie angerührt. Eigentlich behandelte er sie, als würde er sie loswerden wollen.

Meine Gedanken lösten sich in Luft auf, als Lenny und Carla das Wohnzimmer betraten.

Ich hielt den Atem an.

Vielleicht hätte ich Savannah bitten sollen, doch das rote Kleid anzuziehen. Vielleicht gab es irgendeine Art Codex unter Frauen, der verhindert hätte, dass sie im Partnerlook gingen, denn verdammt, nun trug Carla ein rotes Kleid. Allein ihr Anblick genügte, dass mir das Blut vom Kopf so schnell in tiefere Gefilde schoss, dass mir schwindelig wurde. Der Stoff ihres Kleides wirkte hauchdünn, als würde er ihren Körper weniger bedecken als umschmeicheln wollen. Der Saum war kurz und der Ausschnitt verlockend tief. Als sie sich zur Seite drehte, um etwas zu Ella zu sagen, fiel mein Blick auf einen sehr nackten Rücken.

Mir wurde heiß. Ich beobachtete, wie sie Creed, Ches und Todd mit flüchtigen Küsschen auf die Wangen begrüßte, und verspürte dabei einen Anflug von Neid. Wieso behandelte sie jeden anderen ganz normal und mich wie die Pest?

Ich riss mich zusammen und löste meinen Blick von ihr. Sie war wie eine verbotene Frucht in einem von hohen Mauern umgebenen Garten. Außerdem hasste sie mich und war in unserer Clique. Eindeutig genug Gründe, um diese Schwärmerei ein für alle Mal fallen zu lassen.

»Mitch!«, rief Savannah aufgeregt und hastete zu mir, ehe sie mir in die Arme sprang. »Danke, dass ihr die Party vorbereitet habt. Alles sieht perfekt aus! Die Luftballons sind sogar mit Helium gefüllt!«

Ich strahlte, verkniff es mir aber, ihr durch die Haare zu wuscheln. Sie hätte mich vermutlich getötet.

»Du siehst großartig aus, Schwesterherz«, sagte ich und hielt sie eine Armeslänge von mir weg, um sie in Augenschein zu nehmen. Savannah trug Kontaktlinsen, was nicht oft vorkam, und hatte sich die Augen dunkel geschminkt. Bei all dem Make-up konnte man keine einzige ihrer Sommersprossen mehr sehen, von denen wir beide zahlreiche besaßen, und ihr Gesicht wirkte kantiger.

Ein Grinsen stahl sich auf meine Lippen. »Hey, du siehst richtig erwachsen aus, Savy.«

Sie grinste zurück und zupfte am offenen Kragen meines weißen Hemdes. »Du siehst aber auch ziemlich schick aus, Hollister.«

Ich stöhnte gequält auf. »Nicht du auch noch mit diesen dämlichen Spitznamen.«

Savannah kicherte und legte mir den Arm um die Schulter, wofür sie sich, trotz hoher Schuhe, strecken musste. »Ich kann nichts dafür! Die Spitznamen passen einfach zu dir. Ich frage mich, wieso ich nicht früher darauf gekommen bin.«

Jemand hatte die Party-Playlist auf meinem Handy gestartet und drehte nun die Musik so laut auf, dass die Luft zu pulsieren schien. Gleichzeitig wurde das Deckenlicht abgedimmt. Ich begrüßte rasch die anderen Mädchen, ehe Sav mich wieder packte.

»Na los, besorgen wir uns ein paar Shots!« Sie dirigierte mich in Richtung Küche. Doch sie war wohl nicht die Einzige, die vorhatte, sich etwas zu trinken zu besorgen. Ich sah, wie Carla und Lenny ebenfalls den Weg zur Küche einschlugen, und folgte meiner Schwester mit einem Mal ein wenig bereitwilliger. Dabei fasste ich den Entschluss, die Dinge einfach auf mich zukommen zu lassen. Ich ließ mir von Sav ein volles Shotglas und eine Zitronenscheibe in die Hand drücken.

Morgen früh startete mein Schwimmtraining zwar um sieben Uhr und würde mir einiges abverlangen, aber heute feierten wir in Savs Geburtstag rein.

Heute würde ich einfach nur Spaß haben.

KAPITEL 3

MITCHELL

Vielleicht hatte meine Mum doch ein gutes Gespür. Es waren definitiv mehr Leute hier, als Sav eingeladen hatte. Das Haus war voll. Vor einer Stunde, um Mitternacht, hatten wir auf meine Schwester angestoßen und einen großen Red-Velvet-Kuchen ins Haus getragen, in den Ella jede Menge Wunderkerzen hineingesteckt hatte. Summer, Carla und Lenny hatten schließlich ein so großes Geschenk geholt, dass die ganze Meute – ja, *Meute!,* es waren wirklich verdammt viele Leute im Haus –, gejohlt und gejubelt hatte. Ella, Summer, Carla und Lenny hatten ihr einen sonnengelben Sitzsack geschenkt, der so monströs war, dass ich mich fragte, wie Savannah ihn in ihrem kleinen Wohnheimzimmer unterbringen wollte. Savy war so gerührt gewesen, dass sie in Tränen ausgebrochen war.

Creed erschien neben mir am Rand der Tanzfläche und drückte mir einen Becher voll Bier in die Hand. Er wirkte erledigt. »Hier. Ich brauche eine kurze Pause. Wenn Summer kommt, verstecke ich mich hinter dir, und du erzählst ihr, dass ich in der Garage bin, ja?« Er fuhr sich über die kurz geschorenen Haare und blickte sich nervös um.

»Was?«, fragte ich lachend. »Was hast du nur mit Summer? Ist sie dir zu scharf?«

Creed machte ein finsteres Gesicht. »Nein, sie ist mir zu sehr beste Freundin der Freundin meines besten Freundes.«

Ich blinzelte. »Ich habe zwar noch nicht viel getrunken, aber irgendwie habe ich nach drei Wörtern schon den Faden verloren.«

Creed rieb sich stöhnend das Gesicht. »Wenn es nach mir ginge, würde ich ihr keinen Korb geben, aber ich habe Ches versprochen, keine von Ellas Freundinnen anzurühren. Wenn man ein Mädchen flachlegt, sollte man darauf achten, ihr danach nicht immer noch regelmäßig zu begegnen. Ich bin hier noch nicht so verrufen wie zu Hause in Maine, und ich möchte es mir nicht versauen. Aber Gott, ist das schwer.«

Ich lachte auf und nahm einen tiefen Schluck von meinem Bier. »Dann warst du früher wie Brigham, der Barkeeper aus dem *Leo's?*«

Creed sah sich nervös um, so, als hätte er wirklich Angst, Summer zu begegnen. »Ich habe nie behauptet, ein krankhaftes Verhältnis zu Sex zu haben. Ich hatte auf der Highschool und während der kurzen Zeit am College meinen Spaß. Sehr viel Spaß, aber mein Versprechen Ches gegenüber bringt mich noch um. Summer flirtet ununterbrochen mit mir, und am liebsten würde ich sie irgendwohin locken, wo wir für uns sind, und anschließend …«

»Okay, ich glaube, ich habe es kapiert«, winkte ich ab und trank einen weiteren Schluck.

»Es ist zum Verrücktwerden«, klagte er.

Meine Augen suchten die tanzenden Leute nach einem knappen, sehr heißen roten Kleid ab, aber ich konnte es nicht finden. Schon die ganze Zeit über spielte ich dieses Spiel. Und meistens verlor ich, wie jetzt.

»Du tust es übrigens schon wieder, Mitch.«

Ich blickte auf und begegnete Creeds Augen, die mich über den Rand seines Bechers beobachteten.

»Was meinst du?«

»Du hältst nach Carla Ausschau.«

Für einige Sekunden hatte ich meine Gesichtszüge nicht mehr unter Kontrolle. »Was meinst du?«, wiederholte ich, doch selbst in meinen Ohren klang ich nicht überzeugend.

Creed legte mir seufzend einen Arm um die Schultern. Währenddessen beobachteten wir drei Studentinnen, die ich irgendwo schon einmal auf dem Campus gesehen hatte – definitiv *Freshmen.* Sie tanzten sexy und kicherten anschließend hysterisch, um ihre Verlegenheit zu überspielen.

»Du starrst Carla schon den ganzen Abend an. Ganz abgesehen davon, dass du es fast immer tust.«

»Tue ich nicht.«

»Ist klar, Kumpel. Zu deiner Verteidigung, sie sieht heute umwerfend aus. Oh, schau mal, da ist sie ja!«

Mein Kopf zuckte so schnell zur Seite, dass Creed laut lachte. »Tut mir leid, ich konnte es mir nicht verkneifen.«

Ich machte ein finsteres Gesicht und schüttelte seinen Arm von meinen Schultern. »Reden wir nicht darüber, und tu bitte einfach so, als hättest du nichts bemerkt.«

Creed stieß mit seinem roten Becher gegen meinen und trank aus. »Das ist doch selbstverständlich.«

Meine Augen blieben zwischen den Tanzenden hängen, und ich erstarrte.

»Oh, Scheiße«, murmelte ich. Das hatte mir gerade noch gefehlt.

»Was ist los?«, fragte Creed sofort.

»Arden«, erklärte ich, ohne den Blick von dem blond gefärbten Schopf meines Ex-One-Night-Stands zu wenden. Sie entdeckte mich, noch bevor ich die Flucht hätte ergreifen können. Strahlend bahnte sie sich einen Weg zu mir.

Nein, nein, nein.

Ich fluchte. »Verdammt, was zum Teufel hat Arden hier zu suchen, Creed? Ich dachte, sie ist heute mit ihrer Familie unterwegs!«

Er bedachte mich mit einem verwirrten Blick. »Keine Ahnung. Was ist denn mit dir los? Ich dachte, du und Arden seid Freunde. Kennen sich eure Eltern nicht schon seit der Highschool?«

Plötzlich fingen Creeds Augen einen Punkt hinter mir ein, und er fluchte ebenfalls. »Fuck, da vorne ist Summer. Ich mach mich dann mal aus dem Staub. Viel Spaß noch, Hollister!«

Hilflos sah ich ihm hinterher. Für einen so großen Kerl bewegte er sich wirklich flink. Wie ein Hase, der sich im hohen Gras vor dem Fuchs versteckt, verschwand er auf der Tanzfläche.

»Mitchell!«, trällerte eine hohe, unverkennbare Stimme.

Ich drehte mich um und trank den Rest meines Biers auf ex.

Arden Fuller hatte ein sympathisches Lächeln. Savannah und ich waren schon seit unserer Kindheit mit ihr und ihrem Bruder Austin befreundet, er war sogar bei mir im Schwimmteam. Arden hatte Austin und mich einige Male auf Wettkämpfe begleitet, wegen derer wir meistens ein ganzes Wochenende unterwegs waren. Manchmal sogar eine Woche, wenn es noch Workshops und Ähnliches gab. Auf einer solchen Fahrt vor einem Monat waren wir schließlich unter dem Einfluss eines hart erkämpften Sieges in der Mannschaftswertung und zu viel Bier zusammen im Bett gelandet. Es gab keinen Tag, an dem ich das nicht bereute. Ardens Meinung nach hatten wir irgendeine besondere Verbindung. Deswegen ließ sie nicht locker, obwohl ich das zwischen uns beendet hatte. Mit der platonischen Freundschaft war es seither jedenfalls vorbei. Sie verhielt sich plötzlich wie ein ganz anderer Mensch.

Jetzt sprang sie mir stürmisch in die Arme und presste mir dabei ihre Brüste gegen den Oberkörper. »Ich freue mich so, dich zu sehen, Mitchy!«

Zögerlich erwiderte ich ihre Umarmung.

»Was für eine Überraschung, dich hier zu treffen«, sagte ich. »Ich dachte, du und Austin seid mit euren Eltern unterwegs und könntet deshalb nicht kommen?«

Sie löste sich von mir, trat jedoch nicht zurück, sodass wir uns noch immer berührten. Ich nahm ihr diese Aufgabe ab und machte unauffällig einen Schritt nach hinten.

»Es war eher spontan«, sagte sie mit einer wegwerfenden Handbewegung, auch wenn ich ihr das bei ihrem aufwendigen Make-up und dem extravaganten Kleid nicht abnehmen konnte. »Außerdem hätten wir uns Savs Geburtstag doch niemals entgehen lassen können. Ich meine, hallo? Sav und ich teilen uns schließlich das Wohnheimzimmer!«

»Hast du Sav schon gratuliert?«, fragte ich herausfordernd.

»Äh, klar. Ich habe ihr einen Strauß Sonnenblumen geschenkt. Das sind doch ihre Lieblingsblumen, oder?«

Meine Mundwinkel zuckten. »Nein, Arden. Das sind meine Lieblingsblumen.«

Ihre Wangen wurden trotz des vielen Make-ups ein wenig rot. Sie schlug die langen Wimpern nieder und spielte mit einer wasserstoffblonden Haarsträhne. Ich erinnerte mich, wie sie mich mit ähnlichen Gesten um den Finger gewickelt hatte …

Ohne es zu wollen, schweifte mein Blick von ihr ab und begann wieder damit, die tanzenden Leute nach einer gewissen hinreißenden Latina abzusuchen. Ich entdeckte Carla ein kleines Stück entfernt, wie sie mit Savannah und Ella tanzte. Gott, wie diese Frau sich bewegen konnte. Vor allem in diesem Kleid. Ich wünschte, sie hätte mit *mir* so getanzt.

»Oh, richtig«, trällerte Ardens hohe Stimme und riss mich aus meinen Gedanken. »Na ja, hoffentlich findet Savannah sie auch schön.«

»Bestimmt«, erwiderte ich und berührte sie am Arm. »Hey, Arden, es war schön, dich zu sehen. Aber ich muss kurz mit Sav sprechen. Wir sehen uns später.«

»Warte!« Sie hielt mich fest, indem sie mir eine Hand gegen den Bauch drückte. Sehr unmissverständlich. »Erst musst du mit mir tanzen, ja?«

Ich räusperte mich, und schon wieder huschte mein Blick verstohlen über die Tanzfläche. Doch gerade als ich meine Augen auf Carla heftete, begegnete ich plötzlich ihrem Blick.

Es durchfuhr mich wie ein Blitz.

»Sicher«, murmelte ich, ohne die Augen von Carla losreißen zu können. »Klar. Wir tanzen.«

»Yay!«, sagte Arden und zog mich auch schon mit sich zwischen die Feiernden. *I Like It* von Cardi B dröhnte als Nächstes aus den Boxen, was Arden vor Begeisterung kreischen ließ. »Ich liebe diesen Song!« Sofort schlang sie die Arme um mich und begann, eng an mich gepresst zu tanzen.

Ich biss die Zähne zusammen und wippte hin und her.

So hatte ich mir den Abend nicht vorgestellt. Ich wollte jedoch auch keine Szene herbeibeschwören, indem ich Arden einfach stehen ließ – denn ich wusste, dass sie definitiv eine Szene daraus machen würde. Vielleicht war ich einfach zu nett. Ich sollte aufhören, so verdammt nett zu sein.

Eine Weile tanzten wir. Ich ließ meine Gedanken schweifen und spielte wieder mein Spiel. Mittlerweile nannte ich es *»Wo ist Carla?«*

und stellte mir die Partyszenerie wie ein großes Wimmelbuch vor. Doch Carla war trotz ihres leuchtend roten Kleides alles andere als leicht zu finden, und ab und an schien sie sich einfach in Luft aufzulösen.

Gerade als Arden ihren Hintern in sehr offensichtlicher Absicht an meinem Schritt rieb und ich mir Mühe gab, sie so subtil wie möglich wegzuschieben, tippte mir jemand von hinten auf die Schulter. Dankbar für die Ablenkung hielt ich inne, drehte mich um und …

Gewonnen.

Carla stand vor mir und tippte nun auch Arden auf die Schulter. Sie lächelte die falsche Blondine zuckersüß an. »*Hola,* Arden. Ich glaube, das reicht jetzt.«

Damit stand es fest. Carla war mein persönlicher Engel.

Arden erstarrte. Ihre Augen verengten sich, und sie funkelte die schöne Latina böse an. Ich konnte nur verblüfft danebenstehen. Hatte Carla eine Wette verloren?

»Verzieh dich!«, fauchte Arden und grub ihre Fingernägel in meinen Arm. »Wie du siehst, tanzt Mitch gerade mit mir!«

Carla hatte die Arme vor der Brust verschränkt, und ihr glänzendes, volles Haar war ein wenig zerzaust. Sie hob eine Augenbraue – und erwiderte meinen Blick.

»Sicher?«, fragte sie, ohne von mir wegzusehen. In ihren Augen funkelte es. »Ich glaube nämlich fast, dass Mitch lieber mit mir tanzen würde.«

Mir wurde gefährlich heiß. Hätte Carla meinen Blick nicht festgehalten, hätte ich vermutlich irgendetwas Geistreiches sagen können. Zumindest schaffte ich es, Arden ein entschuldigendes Lächeln zu schenken und ihren Griff um meinen Arm sachte zu lösen. Sie wich zurück, als hätte sie sich verbrannt. Der Ausdruck auf ihrem Gesicht ließ augenblicklich Schuldgefühle in mir aufsteigen.

»Mitchell?«, fragte sie, was jedoch eher wie eine Drohung klang.

»Tut mir leid«, sagte ich und fuhr mir durch die Haare. »Vielleicht, äh, tanzen wir ja später noch einmal.«

Sie starrte mich ungläubig an. Dann ballte sie die Hände zu Fäusten, wirbelte herum und stolzierte davon.

Carla stöhnte auf. »Ernsthaft, Hollister? Ich rette dich, und du versprichst ihr, später wieder mit ihr zu tanzen?«

Meine volle Aufmerksamkeit richtete sich nun auf Carla, und ein Lächeln machte sich auf meinen Lippen breit. »Womit habe ich die Ehre deiner Rettung verdient?«

Zu meiner Überraschung legte sie mir die Hände auf die Schultern und begann damit, sich zum Beat der Musik zu bewegen, genau wie all die Leute um uns herum. Ich tat es ihr nach, um einiges bereitwilliger als eben noch mit Arden. Meine Hände legten sich wie selbstverständlich an ihre Hüften, und ich zog sie an mich.

»Ich mache nur die Sache von vorhin wieder gut«, erwiderte sie, wobei sie das »R« beim Sprechen rollte – ganz offenbar hatte sie schon etwas getrunken, denn sonst bekam Carla nur einen leichten Akzent, wenn sie sich aufregte. »Wegen des Buches«, fügte sie widerwillig hinzu. »Jetzt bin ich dir nichts mehr schuldig, und wir können alle wieder glücklich und zufrieden sein.«

Sie wollte sich schon von mir lösen, als ich sie noch ein wenig enger an mich zog. Ein überraschter Laut entschlüpfte ihr, und ich brachte meinen Mund an ihr Ohr.

»Nicht so schnell«, sagte ich, noch immer tanzend. »Ich bin erst glücklich und zufrieden, wenn du diesen Tanz auch in seiner vollen Länge durchziehst. Natürlich nur wegen des Buches.«

Ich war definitiv dabei, mich lächerlich zu machen. Welcher Kerl hatte keinen Schiss davor, von dem Mädchen, auf das er stand, ausgelacht zu werden?

Doch Carla lachte mich nicht aus. Im nächsten Moment schlang sie nämlich die Arme um meinen Hals und tanzte ebenfalls weiter. »Nur diesen einen Tanz«, erwiderte sie, und ihr heißer Atem streifte meine Wange. »Und danach fragst du mich nie wieder. Am besten redest du dann einfach gar nicht mehr mit mir.«

»Alles, was du willst«, sagte ich und legte mich ein wenig mehr ins Zeug. In diesem Moment gingen alle meine Träume in Erfüllung, und ich würde den Augenblick so lange auskosten, wie ich nur konnte.

Der nächste Song war *Taki Taki* von DJ Snake, was noch mehr Leute auf die Tanzfläche trieb. Carlas Hüften bewegten sich geschmeidig und verführerisch unter meinen Händen. Sie fühlte sich noch besser an, als ich es mir vorgestellt hatte – und das hatte ich oft. Ich konnte mich nicht erinnern, wann ich zuletzt so hypnotisiert, so verzaubert gewesen war. Sie tanzte wie eine Göttin. Sie wirbelte herum, bis ihr nackter Rücken meine Brust berührte, und nahm meine Hände, die sie zurück an ihre Hüften führte, ehe sie die Arme über den Kopf hob und sie mir um den Hals legte.

Heilige Scheiße. Vielleicht war das hier gar nicht Savs Geburtstag, sondern meiner. Es musste ein Traum sein. Wir tanzten so intensiv, so feurig, dass mir glühend heiß wurde. Meine Hände schmiegten sich an ihren Körper, als hätten sie noch nie etwas anderes getan, und wir bewegten uns in perfektem Einklang zur pulsierenden Musik.

Als schließlich auch dieses Lied viel zu schnell vorbei war und sich definitiv mehr als ein Augenpaar auf uns gerichtet hatte, löste sich Carla atemlos von mir. Sie drehte sich um und sah mich mit leuchtenden Augen an. Ihre Lippen teilten sich. »*Dios.* Seit wann kannst du tanzen?«

Das Blut rauschte mir in den Ohren. Jede Faser meines Körpers sehnte sich so sehr nach ihr, dass es beinahe wehtat. Ihre fehlende Berührung war wie ein Verlust.

»Hättest du mich schon früher gefragt, ob ich mit dir tanze, wüsstest du es, Prinzessin«, entgegnete ich ebenso atemlos.

Das Knistern zwischen uns, die sengende Intensität ihres Blickes, ließ die Luft fast noch stärker pulsieren, als es die Musik vermochte. Die Welt schien sich zusammenzuziehen, zu verkleinern, bis ich nichts mehr wahrnahm, nur sie.

Und hier hatte ich meine Antwort. Deswegen schaffte ich es nicht, diese Schwärmerei aufzugeben. Wegen dieser Hitze, die sie in mir auslöste. Wegen dieses atemberaubenden Gefühls.

Carla blinzelte und verzog das Gesicht. Ich konnte förmlich sehen, wie sie sich sammelte, und anschließend die Schultern straffte. »Ich … Du … wie auch immer. Man sieht sich. Bis dann.«

Ruckartig wandte sie sich ab und schob sich zwischen zwei Jungs aus dem Footballteam hindurch. Dann war sie nicht mehr zu sehen.

Ich atmete tief durch und fuhr mir über das Gesicht. Ich wusste nicht, ob ich jubeln oder mir in den Arm kneifen sollte. Oh, Mann.

Doch wie auch immer, sofort fing mein kleines Spiel wieder an. Nur dass es jetzt, wo ich Blut geleckt hatte, nicht mehr genug war, sie nur aus der Ferne zu beobachten. Nicht einmal ansatzweise.

Ich brachte die nächsten Stunden damit zu, mit meinen Freunden zu feiern und über Lennys, Creeds und Ches' Geschichten zu lachen. Ich war recht schnell auf Wasser umgestiegen – ein paar Drinks schön und gut, aber völlig versaufen wollte ich mir die Chancen auf den nächsten Sieg dann doch nicht.

Immer wenn ich Carla aus dem Augenwinkel entdeckte, zwang ich mich, woanders hinzuschauen, und konzentrierte mich wieder auf den Abend und den Spaß, den ich mit meinen Freunden hatte. Wir tanzten, aßen zu viel von Savannahs Kuchen, machten Fotos und spielten Trinkspiele. Denn auch mit Leitungswasser kann man sich abschießen, wenn man nur fest genug daran glaubt.

Ich erzählte Summer und Ella gerade von einer ziemlich verrückten Nacht, die ich nach dem Abschlussball auf der Highschool erlebt hatte, als mein Blick an einer Bewegung hinter der französischen Tür zur Veranda hängen blieb. Gerade in diesem Moment ergriff Summer laut lachend das Wort, weshalb gar nicht auffiel, wie meine Stimme versagte.

Ich runzelte die Stirn.

Draußen im Garten, in der eisigen Kälte dieser Februarnacht, standen Carla und Arden. Der Pool neben ihnen war erst letzte Woche wieder gefüllt worden und nur schummrig erleuchtet, doch ich konnte genug sehen, um zu wissen, dass sie sich stritten. Und das ziemlich hitzig. Niemand anderes war draußen. Ich fragte mich, was zum Teufel sie da taten und wieso sie sich keine ruhige Ecke im Haus gesucht hatten.

Carla gestikulierte wild mit den Händen, doch so wie Arden aussah, verknotete sich mein Magen. Ihr Gesicht war wutverzerrt, und sie schien Carla aus voller Kehle anzuschreien. Sie schwankte stark und bohrte ihr den Zeigefinger in die Brust.

Ich verspannte mich. Oh, *das* war ja nicht einmal dann eine gute Idee, wenn Carla bei bester Laune war. Kaum vorzustellen, was sie nun tun würde. Vielleicht verwandelte sie sich ja in *Venom* und biss Arden den Kopf ab. Ich hätte es ihr zumindest zugetraut.

Doch Carla ging nicht auf Arden los. Sie schlug bloß ihre Hand weg und wich einen Schritt zurück. Anscheinend tickte Arden gerade vollkommen aus. Selbst über die Musik hinweg glaubte ich, das Echo ihres Gebrülls zu hören. Neben mir unterhielten sich Summer und Ella noch immer und lachten miteinander.

Ich war bereits kurz davor, einzugreifen, als Carla noch einen Schritt zurücktrat, viel zu nah an den Pool, und plötzlich auf ihren hohen Schuhen umknickte. Sie verlor das Gleichgewicht. Im nächsten Moment fiel sie rückwärts in das Becken, sodass das Wasser hoch aufspritzte und über ihr zusammenschlug.

Ich schnappte erschrocken nach Luft und riss die Augen auf. Arden taumelte zurück und … lief weg. Sie ergriff tatsächlich einfach die Flucht und verschwand in Richtung des Kiesweges, der zur Vorderseite unseres Hauses führte.

Hastig trat ich an die Tür der Veranda, hielt jedoch im letzten Moment inne. Vielleicht wollte Carla nicht gerettet werden. Sie würde vermutlich jeden Moment auftauchen, wütend ins Haus stolzieren und sich einen warmen Pullover von Sav leihen.

Mein Blick huschte durch die Küche, aber niemand der Anwesenden schien etwas von dem, was soeben geschehen war, bemerkt zu haben. Ich sah wieder nach draußen.

Doch Carla tauchte nicht wieder auf. Die Wasseroberfläche blubberte nur unruhig. So als wäre sie gerade dabei …

Scheiße.

Oh, Scheiße!

Der Becher voll Wasser, den ich noch in der Hand hielt, rutschte mir aus den Fingern und landete auf dem Boden. Im nächsten Moment riss ich auch schon die Verandatür auf und rannte los, so schnell ich konnte.

KAPITEL 4

CARLA

Das Wasser schlug hart über mir zusammen. Mein Kopf spielte mir Streiche. Obwohl ich eben noch mit Arden gestritten hatte, draußen vor dem Haus in der eisigen Kälte, war ich nun fest davon überzeugt, in meinem größten Albtraum gefangen zu sein. Wie konnte das sein? Was genau war überhaupt passiert?

Panik pulsierte durch meine Adern, heiß und kribbelig und ätzend, wie Säure, die jegliche Gedanken aus meinem Hirn einfach auflöste. Mein Körper war taub vor Kälte. Oder vor Schock, ich wusste es nicht. Das Wasser füllte meine Ohren und meine Nase und meinen Mund, und ich schrie auf, doch es war nichts zu hören. Meine Ohren waren von einem dumpfen, gluckernden Knistern erfüllt, und Luftblasen verließen meinen Mund. Das Blut rauschte so laut wie ein Wasserfall, und mein Herz donnerte hart und schnell gegen meine Brust. Ich schlug um mich, verzweifelt auf der Suche nach etwas, wonach ich greifen konnte, doch ich bekam nichts zu fassen. Wie in meinem Traum. *Wie in meinem verdammten Traum.* Ich schaffte es, mich mit dem Fuß vom Boden hochzudrücken und an die Wasseroberfläche zu gelangen. Doch mir blieb gerade genug Zeit, um nach Luft zu schnappen, ehe ich auch schon wieder wie ein Stein sank. Ich wand mich panisch, verzweifelt darum bemüht, den Boden zu finden, um mich wieder hochzudrücken.

Ich würde sterben. Ich wusste es, ich hatte es schon immer gewusst. Aber ich wollte noch nicht sterben! Oh, Gott im Himmel!

Plötzlich packten mich Arme. Echte, lebendige Arme.

Ehe ich wusste, wie mir geschah, bekam ich wieder Luft. Alles drehte sich, und die Welt war wie vernebelt. Ich hustete, wie ich noch nie gehustet hatte. Mein Hals war rau und brannte wie Feuer.

Ich wusste nicht, wann und wie und wo. Doch das Nächste, was ich spürte, war, dass ich zitternd im Gras lag und Wasser ausspuckte. Die folgenden Minuten waren ein Brei aus wirren Erinnerungen, die ich wegen der beißenden Panik in keine richtige Reihenfolge bringen konnte. Jemand sagte etwas zu mir, doch ich konnte nichts hören. Die Welt schwankte zu sehr. Es war bitterkalt. Zwar war das Wasser nicht mehr in mir, doch die Panikattacke hatte mich noch immer fest im Griff. Ich zitterte und zuckte.

Mir war so kalt, dass mir sogar meine Haut schmerzte. Ich spürte, wie mein Kleid nass und eisig an meinem Körper klebte, ebenso wie meine Haare.

Ich spürte auch, dass ich nicht mehr auf dem Gras lag. Arme hielten mich. Nein, Arme *trugen* mich.

Blinzelnd versuchte ich, etwas zu erkennen, was schwer war, da sich alles drehte und ich noch immer hyperventilierte.

Doch ich erkannte ihn.

Mitchell Moore.

Erst jetzt merkte ich, dass er unaufhörlich mit sanfter Stimme mit mir sprach.

»… haben es fast geschafft. Siehst du? Ich bin bei dir. Dir kann nichts mehr passieren. Du bist in Sicherheit. Ich hab dich. Alles wird gut, versprochen.«

Die stechend kalte Luft wurde mit einem Mal warm. Wir betraten irgendeinen Raum, doch es war nicht das Haus. Hier war es ruhig. Es war still.

»Versuch, langsamer zu atmen, Carla. Komm schon. Ich mache mit. Ein, aus, ein und aus. Sieh mich an und konzentrier dich auf mich. Konzentrier dich auf deine Atmung. Leg deine Hände vor Mund und Nase.«

Ich hyperventilierte noch immer. Doch irgendwie, und ich wusste nicht, wie, schaffte ich es, mich auf meinen Atem zu konzentrieren. Ich legte meine zitternden, tauben Finger über Mund und Nase, so wie Mitchell es mir geraten hatte. Er machte mit, er atmete mit mir. Mit aufgerissenen Augen erwiderte ich seinen Blick, während er mich durch die Dunkelheit trug. Wasser tropfte von seinem Kinn, und seine Haare klebten ihm am Kopf.

Atme. Komm schon. Du kannst das, verdammt!

Er setzte sich. Da er mich noch immer trug, befand ich mich im nächsten Moment auf seinem Schoß.

Keuchend lauschte ich auf seine beruhigenden Worte. Schließlich schluchzte ich auf und vergrub das Gesicht an seinem Hals. Ich weinte so haltlos, als wäre irgendetwas in mir zerbrochen. So sehr hatte ich zuletzt geweint, als ich ein kleines Kind gewesen war. Mitchell hielt mich fest und streichelte sanft meinen Kopf und meine mit Gänsehaut bedeckten Arme. Ich klammerte mich so fest an ihn, dass er nun eigentlich derjenige hätte sein müssen, der erstickte. Doch er hielt mich bloß weiterhin fest. Er hielt mich beisammen.

Es dauerte eine ganze Weile, bis mein Heulkrampf zu einem leisen Wimmern abgeklungen war. Mitchell wiegte uns dabei sanft vor und zurück, so wie man es bei einem schreienden Baby tat. Seltsamerweise beruhigte es mich tatsächlich. Und sein Geruch. Das Gefühl, von ihm gehalten zu werden. Nur auf die stechende Kälte hätte ich gut verzichten können. Sie drang bis in meine Knochen.

»Carla?«, fragte Mitchell und klemmte mir eine Haarsträhne hinter das Ohr. »Wie geht es dir? Tut dir irgendetwas weh?«

Kraftlos schüttelte ich den Kopf. Ich war erschöpft. Meine Zähne klapperten, und ich zitterte wie Espenlaub.

»Verdammt«, murmelte Mitchell, dann stand er plötzlich auf – noch immer, ohne mich loszulassen.

»Wo gehst du hin?«, flüsterte ich und krallte mich an seinem durchnässten Hemd fest.

»Ins Badezimmer«, erwiderte er. »Wir sind im Poolhaus, falls du dich das gefragt hast.« Das erklärte vermutlich auch, wie er sich zurechtfinden konnte, ohne das Licht anzuschalten. Denn um das zu tun, hätte er mich loslassen müssen.

Ich spürte, wie er stehen blieb und ein Bein ausstreckte. Anscheinend drückte er eine Tür auf. Mit der Schulter lehnte er sich gegen die Wand, und im nächsten Augenblick wurden meine Augen von grellem Licht geblendet. Ich ächzte und vergrub das Gesicht wieder an seinem Hals. Mitchell stieß noch ein paarmal mit der Schulter gegen den Schalter an der Wand, bis das Licht zu einem schwachen goldenen Glimmen abgeklungen war – gerade hell genug, um etwas zu erkennen.

»So«, sagte er und setzte mich auf einer hölzernen Sitzbank ab.

Meine Finger fühlten sich taub an, als ich meinen Klammergriff von ihm löste. Noch bevor meine verheulten Augen zu ihm aufblicken konnten, legte er mir auch schon einen weichen, dicken Bademantel um die Schultern. Dann sank er mit einem erschöpften Seufzen neben mich auf die Bank. Ich beobachtete ihn dabei, wie er sich mit einem kleinen Handtuch durch die braunen Haare rubbelte und sein gerötetes Gesicht mit den vielen Sommersprossen trocknete. Seine Kleidung war genauso tropfnass wie meine, und seine Lippen waren blau.

»Ich …«, begann ich und verstummte wieder. Fragend erwiderte Mitchell meinen Blick.

Ich wusste nicht, was ich sagen sollte. Ich wusste nicht, was ich fühlen sollte. Verdammt noch mal, wenn ich ehrlich war, wusste ich ja nicht einmal, wie ich an etwas anderes *denken* sollte als daran, wie kalt mir war.

Allmählich beruhigte sich mein Herzschlag. Ich schloss die Augen und atmete tief durch. Meine Panikattacken waren wie ein Tsunami. Sie bauten sich auf, wurden schneller und zerstörerischer, bis sie schließlich alles mitrissen und verwüsteten. Wenn sie sich wieder zurückzogen, hinterließen sie nichts als Chaos und die Überreste von dem, was wenige Augenblicke vorher noch heil gewesen war. Mein Innerstes fühlte sich an wie eine niedergerissene Holzhütte, deren Teile überall und nirgendwo verstreut lagen.

Etwas berührte mich an der Schulter.

Ich zuckte zusammen und riss die Augen auf.

»Alles in Ordnung«, sagte Mitchell und langte neben sich auf eine Kommode. »Hier sind Taschentücher. Ich dachte, du könntest vielleicht welche gebrauchen.«

Ich nickte langsam und schob eine Hand unter dem dicken Bademantel hervor, ehe ich mir die Nase putzte.

»Vielleicht hole ich dir lieber erst mal etwas Trockenes zum Anziehen.« Er sah mich im fahlen, schummrigen Licht nachdenklich an. Dann huschte sein Blick durch das geräumige Badezimmer. Der Ausdruck in seinen Augen ließ mich vermuten, dass er eine Idee bekommen hatte.

Er stand auf und schob den Bademantel von meinen Schultern. Sofort sorgte mein durchnässtes Kleid für eine Gänsehaut, die mich erschaudern ließ.

»Kannst du selbst gehen?«, fragte Mitchell. Ich versuchte zu schnauben, doch es kam nur ein erschöpftes Ächzen dabei raus.

»Sicher«, erwiderte ich und kämpfte mich auf die Beine. Die glatten Steinfliesen fühlten sich unter meinen nackten Füßen nicht einmal kalt an – meine Schuhe musste ich wohl im Pool verloren haben.

Trotz meiner Worte schlang Mitchell mir einen Arm um die Taille. Doch erst als er uns in Richtung Dusche dirigierte, begriff ich, was er vorhatte.

Als hätte er gespürt, wie mein Herz einen Satz machte, blieb er stehen und sah stirnrunzelnd auf mich herab. »Hast du auch Angst vor Duschwasser?«, fragte er leise. Seine Frage besaß weder einen scharfen Unterton, noch hörte ich Spott aus seiner Stimme heraus. Er klang eher besorgt.

Mein Magen krampfte sich zusammen. *Mierda!* Er hatte mich durchschaut. Meine Panikattacke hatte vermutlich für sich gesprochen.

Doch auf seine Frage hin schüttelte ich bestimmt den Kopf. Ich hatte keine Angst davor, nass zu sein. Nur vor tiefem Wasser. Vor dem, was zuvor geschehen war. Duschen zu können war zwar nicht immer eine Selbstverständlichkeit für mich gewesen, doch seit ein paar Jahren funktionierte es, und das sogar einwandfrei – auch wenn meine Nerven in diesem Moment so aufgerieben waren, dass der bloße Gedanke an Wasser mich erschaudern ließ.

Mitchell nickte bedächtig und führte mich sanft durch das Badezimmer. Ich nahm es genauer in Augenschein, jetzt, da mein Hirn allmählich wieder zu funktionieren begann. Und … *Dios mío,* es war wirklich riesig! Das gedimmte Licht glänzte auf jeglichen Oberflächen. Marmor, Glas, raues Holz und Naturstein. Es sah aus, als wäre es teurer als meine gesamte kleine Wohnung zusammengenommen.

Mitchell öffnete die Glastür der Dusche und schaltete das Wasser an. Regen stürzte im nächsten Moment aus einer riesigen Brause an der Decke. Er hielt die Hand in den Strahl, um die Temperatur zu überprüfen, noch immer, ohne mich loszulassen. Ich nutzte den Moment, um meine Umgebung besser in mich aufzunehmen. Mit anderen Worten, mein Blick begann an Mitchells nackten Füßen. Er glitt weiter über eine klitschnasse Stoffhose und ein durchnässtes weißes Hemd, das wie eine zweite Haut an seinem Oberkörper klebte.

Ich schluckte. Die Muskeln an seinen Armen und seinem Rücken fest und drahtig. Und sein Kreuz war wirklich breit.

Das Duschwasser dampfte, und allein der Anblick ließ mich aufseufzen. Mein Puls wollte sich irrationalerweise wieder beschleunigen, doch ich redete auf meinen Körper ein wie auf einen verängstigten, geprügelten Hund. *Es ist okay. Es ist nur eine Dusche. Kein Gewässer. Es sind nur viele winzige Wassertropfen, und mir kann nichts passieren.*

Mitchell hielt die Glastür der Dusche ein Stück weiter auf und ließ mich vorangehen. Bevor ich jedoch unter das Wasser treten und er die Tür hinter uns schließen konnte, spürte ich, wie er wieder seinen Arm um meine Mitte legte.

Und tatsächlich war das gar nicht so dumm.

Im nächsten Moment gaben nämlich meine Knie nach, und ich wäre zu Boden gestürzt, wenn er mich nicht an seinen Körper gepresst hätte.

Ich stöhnte vor Erleichterung laut auf und hielt mich an ihm fest, während das heiße Wasser meinen Körper hinabrann.

Noch nie hatte ich Wasser innerhalb eines so kurzen Zeitraumes gleichermaßen verflucht wie geliebt. Die Gänsehaut, die mich erfasste, schüttelte mich so sehr, dass mir ein Wimmern entfuhr. Mitchell stöhnte leise. Der volle, tiefe Klang vibrierte an meinem Ohr, welches an seiner harten Brust lag, und erfüllte jede Faser meines Körpers.

Ich hob den Kopf und sah Mitchell mit großen Augen an. Er erwiderte meinen Blick mit flachem Atem und leckte sich das Wasser von den Lippen, die eben noch blau gewesen waren. Nun waren sie gerötet, genau wie seine kantigen Wangen und die blasse Haut um seine Nase voll Sommersprossen – ganz als würde ihn das heiße Wasser auftauen. Doch mein Blick glitt tiefer, wie magisch angezogen. Ich hatte den Schwung seiner Lippen nie eingehender betrachtet. Irgendwie waren sie einladend und …

No. Stopp.

Mein Puls wurde schneller – aber das lag mit Sicherheit nur am Wasser. Nicht an Mitchell Moore.

»Besser?«, fragte er atemlos und verstärkte den Griff um mich. Mein Kleid war so nass, dass es sich anfühlte, als würden seine großen Hände meine nackte Haut berühren. Wieder erfasste mich eine Gänsehaut. Unsere Gesichter waren sich gefährlich nahe. Das Duschwasser wärmte meine Kopfhaut und prasselte wohltuend auf mein Gesicht nieder.

»Ja«, sagte ich leise. Das Geräusch hallte durch das Badezimmer und klang so kehlig, als hätten ganz andere Umstände es ausgelöst. Wie von selbst fuhren meine Hände seine Arme hinauf und legten sich um seinen Hals.

Mitchells Lippen standen offen. Seine braunen Augen verdunkelten sich, und ich sah, wie sein Kehlkopf hüpfte. Was auch immer das war, was gerade passierte – es entstand so plötzlich und mit einer solchen Heftigkeit zwischen uns, dass ich von der Intensität beinahe umgehauen wurde. Innerhalb weniger Sekunden begann nicht nur mein Herz zu rasen. Ich wurde mir überdeutlich jeder Körperstelle bewusst, an der wir uns berührten. Seine Hände, die an meiner Hüfte lagen und mich hielten. Die Muskelstränge seines Nackens unter meinen Fingern.

Mit einem Mal war das Verlangen, das mich erfüllte, roh und stark. Das Rauschen der Regendusche und mein Herzschlag waren alles, was ich hören konnte. Mitchells Atem traf heiß auf meine Lippen und vermischte sich mit meinem.

Mit aller Gewalt zwang ich mich, nicht auf seinen Mund zu starren. Doch ich konnte nichts dagegen tun. Genauso wenig konnte ich meinen Körper daran hindern, das Kreuz durchzudrücken und so meine Brüste gegen seinen Oberkörper zu drängen.

Ein tiefer Laut entwich ihm. Die Luft zwischen uns vibrierte. Meine Finger ertasteten sehr harte und sehr definierte Brustmuskeln unter einem sehr durchnässten Hemd.

Bauchmuskeln spannten sich an, als meine Finger auch diese erkundeten. Verstohlen senkten sich Mitchells Augen auf meinen Mund, ehe sich sein Blick wieder auf meinen richtete. Das Wasser rollte über sein Gesicht, tropfte von seinem Kinn und von seiner Nasenspitze. Ohne, dass ich es gemerkt hatte, schwebten unsere Lippen nun noch näher voreinander. Seine Arme pressten mich fest an ihn. Ich spürte, wie seine Hände gespreizt auf meinem nackten Rücken lagen und langsam den Schwung meines Kreuzes nachfuhren.

In diesem Moment gab es nur eine Sache, die ich wollte. Nur eine Sache, an die ich denken konnte.

Ich stellte mich auf Zehenspitzen und presste meinen Mund auf seinen. Meine Lippen fingen den überraschten Laut auf, den er ausstieß, und ich seufzte auf. Seine Lippen waren erstaunlich weich.

Nach kurzem Zögern schob sich Mitchells Hand an meinen Hinterkopf, und er erwiderte den Kuss plötzlich so leidenschaftlich, dass mein Bauch einen Purzelbaum schlug und ich nach Luft schnappen musste.

Unsere Lippen schmiegten sich aneinander, und die Art und Weise, wie er mich küsste, brachte mich so sehr aus dem Konzept, dass mein Blut zu kochen begann.

Mein Hirn schaltete sich aus. Ich konnte nicht mehr denken. Ich öffnete den Mund und strich mit der Zunge seine Unterlippe entlang. Grollend gewährte er mir Einlass, und im nächsten Moment riss ich ihn am Kragen seines Hemdes zu mir, während ich mit meiner Zunge seinen Mund erkundete und in der plötzlichen Lust unterging. Das Gefühl schoss wie ein Blitz durch meinen ganzen Körper.

Plötzlich stieß ich mit dem Rücken gegen die steinerne Duschwand, und Mitchell drängte mich mit seinem Körper dagegen. Fiebrig klammerte ich mich an ihn, doch ich bekam einfach nicht genug. Seine Hände waren überall und ließen mich in Flammen aufgehen. *Dios.*

Er riss die Führung an sich. So wie er mich jetzt küsste, so wie seine Zunge mit meiner tanzte und wie besitzergreifend und alles verzehrend er mich für sich beanspruchte, blieb mir glatt der Atem weg.

Mierda. Wieso konnte er so unfassbar verflixt nochmal fantastisch küssen?

Hektisch riss ich sein durchnässtes Hemd auf. Knöpfe sprangen ab und fielen zu Boden. Mitchell stöhnte, langte nach unten und umfasste mit einer Hand meinen Oberschenkel. Er schlang mein Bein um seine Hüfte, und als ich im nächsten Moment durch den Stoff seiner Hose sehr genau spürte, *wie* sehr er mich wollte, stieß ich ein Keuchen aus. Wieder lagen unsere Lippen aufeinander, als würden wir sterben, wenn wir uns voneinander lösen müssten. Mein ganzer Körper brannte, was die prasselnde Regendusche nicht zu löschen vermochte. Wir waren die Flammen und sie das Benzin. Zwischen meinen Beinen pochte es. Meine Hände rissen Mitchell das Hemd endgültig vom Leib und fuhren über die glatten, festen Muskeln. Mitchell reagierte auf alles, was ich tat, so augenblicklich und so lustvoll, dass ich innerhalb weniger Augenblicke süchtig danach wurde.

Ich saugte seine Unterlippe zwischen meine Zähne und biss sachte zu. Gleichzeitig fuhr ich mit meinen Fingernägeln seinen breiten Rücken hinunter.

»*Fuck*«, stieß er hervor und drängte seine Hüfte fester gegen mich. Seine Arme spannten sich an, und er hielt mich fest. Ich wollte mehr. Alles. Ich wollte ihn.

»Carla«, sagte Mitchell heiser. Er lehnte sich zurück und sah mich mit flachem Atem an. »Wir sollten nicht … Wir haben etwas getrunken. Du hattest einen Heulkrampf …«

Ich zuckte zusammen. Seine Worte brachten die Seifenblase, in der ich mich befunden hatte, mit einem ohrenbetäubenden Knall zum Platzen.

Langsam ließ Mitchell mein Bein los. Mit aufgerissenen Augen starrte ich ihn an. Er starrte mit genauso großen Augen zurück und atmete schwer. Oberkörperfrei. Triefend nass. Noch immer unglaublich und unfassbar … sexy.

Mein Hirn, welches heute Abend sowieso schon einiges eingesteckt hatte, schaltete sich wieder ein, langsam, aber stetig. Sechs Worte, die mir plötzlich durch den Kopf schossen, brachten mir Ernüchterung, mit jeder Sekunde ein wenig mehr:

Was zum Teufel machst du da?

Ich schnappte nach Luft, als mir das volle Ausmaß der Situation bewusst wurde. *Grundgütiger!*

Das hier war Mitchell Moore. Savannahs verfluchter, unausstehlicher großer Bruder. Und ich hatte ihn geküsst.

Oh. Mein. Gott.

Ich wich zur Seite, weg von ihm und dem Wasser, das ungerührt aus der Regendusche prasselte, und sofort ließ er mich los. Ich beeilte mich, mein Kleid zu richten.

Mitchell langte neben mich und schaltete das Wasser ab. Nur noch ein letztes Plätschern und unser keuchender Atem durchbrachen die plötzliche Stille. Auf seinem gesamten Oberkörper glänzten Wassertropfen im schummrigen Licht der Deckenlampen. Sie rollten von seinen klar erkennbaren Bauchmuskeln und verschwanden in der durchnässten Anzughose. Trotz meiner Ernüchterung lösten sie etwas in mir aus …

Verlangen.

Mit einem Räuspern rieb er sich das Wasser aus dem Gesicht.

Ich schloss die Augen und presste die Lippen zusammen. Das war doch ein Scherz. Definitiv war es ein Beweis dafür, wie durcheinander ich war.

Mitchell öffnete die beschlagene Glastür und verließ die Dusche. Ich konnte mich nicht bewegen und beobachtete ihn durch den dampfgetränkten Raum hindurch. Die kühle Luft des Badezimmers kroch in die Kabine und ließ mich erschaudern.

Ohne mich anzusehen, reichte Mitchell mir einen Bademantel und ein großes Handtuch.

»Ich hole dir etwas Trockenes zum Anziehen«, murmelte er und verließ mit steifen Schritten das Badezimmer.

Mit bebenden Händen wickelte ich mich in den Bademantel und drückte meine Haare aus. Die Erschütterung saß tief in meiner Brust.

Was, um alles in der Welt, war nur in mich gefahren? Wie hatte ich zulassen können, dass *so was* passierte? Mit *ihm?*

Es lag an meiner Panikattacke. Es lag daran, dass ich heute Abend hätte ertrinken können, hätte Mitchell mir nicht das Leben gerettet. Das war es. Vielleicht gab es für so was in der Psychologie sogar einen Fachbegriff. So was wie *Rettungsschwimmer-Sex-Komplex.* In Wahrheit wollte ich gar nicht mit ihm schlafen – immerhin mochte ich ihn noch nicht mal! Mein Körper war verwirrt und hatte mich in seiner Verwirrung in ein einziges Schlamassel geritten. Schon wieder. Erst der Fehltritt mit Austin Fuller und jetzt das.

Die Badezimmertür öffnete sich erneut, was mich zusammenfahren ließ. Ich stand noch immer regungslos in der Duschkabine.

Ein Handtuch lag um Mitchells Nacken, und durch das heiße Wasser war sein glatter, heller Oberkörper gerötet. Ich konnte Sommersprossen auf seiner Haut erkennen. Und … die Spuren meiner Fingernägel auf seinen Schultern.

Bei dem Anblick bekam ich einen trockenen Mund.

»Ich lege dir die Klamotten hier hin«, sagte er. Erst da bemerkte ich, dass er einen Sweater und noch etwas anderes, vielleicht eine Pyjamahose, in der Hand hielt. Er legte die Sachen wie angekündigt auf die Sitzbank aus verwaschenem Naturholz, wo er mich zuvor abgesetzt hatte. Dabei sah er mich nicht an, und sein Kiefer war angespannt. Nein, sein ganzer Körper wirkte angespannt. Ähnlich wie meiner.

»Ich, äh, ziehe mich im Schlafzimmer um«, sagte er. »Komm einfach vor ins Wohnzimmer, wenn du so weit bist.«

Ich erwiderte nichts, während Mitchell auf eine Antwort zu warten schien. Als er merkte, dass keine kommen würde, nickte er bloß und verließ den Raum.

Als die Tür ins Schloss fiel, erwachte ich endlich aus meiner Starre. Ich trat aus der Dusche und warf den Bademantel ab. Mir war schon wieder zum Heulen zumute, was mich wiederum wütend machte. Außerdem war ich so erschöpft von meiner Panikattacke, dass mir meine Augen zufallen wollten. Ich hasste diese Art von Schwäche. Der Vorfall im Pool hatte mir meine mühsam errichteten Schutzmauern genommen und sie einfach niedergeschmettert. Dahinter kam das verängstigte, jämmerliche Mädchen zum Vorschein, das ich war. In den letzten Jahren hatte ich gelernt, stark zu sein. Ich hatte mir eine Härte angeeignet, die es mir erlaubte, die richtig miesen Zeiten überhaupt zu überstehen. Und einfach so hatte Mitchell Moore all meine Arbeit zunichtegemacht. Das Gefühlschaos in mir war vollkommen neu für mich. Normalerweise empfand ich nichts, wenn ich so körperlich mit jemandem zugange war. Zumindest nicht so. Ich ließ nie völlig los. Das war schon immer so gewesen, anders kannte ich es nicht. Und obwohl wir nicht miteinander geschlafen hatten, fühlte es sich erschütternder an als jeder One-Night-Stand, den ich bis jetzt gehabt hatte.

Hastig schälte ich mich aus dem nassen Kleid und rubbelte meinen Körper trocken. Die Baumwollhose und der Pullover waren weich und viel zu groß. Sie rochen nach Waschmittel und nach Mitchell, und der Geruch verstärkte die Enge in meiner Brust. Ich zog meine nassen Haare aus dem Kragen und verließ das Badezimmer.

Der Flur war durch Spots in der Decke hell erleuchtet, was mich im ersten Moment blendete. Bilder von rollenden türkisfarbenen Wellen und weißen Dünen zierten die Wände, darunter stand ein wertvoll aussehendes Sideboard aus Holz.

Mein Blick huschte von links nach rechts. Hinter der Tür, die dem Bad gegenüberlag, konnte ich Geräusche hören.

Plötzlich packte mich ein Fluchtinstinkt. Eigentlich wollte ich mich bei Mitchell bedanken. Gleichzeitig wollte ich ihm nie wieder unter die Augen treten. Ich wollte diesen verdammten Abend ungeschehen machen. Ich wollte meine und, besser noch, *seine* Erinnerungen auslöschen, damit keiner von uns jemals wieder darüber sprechen würde! Doch das war nicht möglich. Das Unheil war angerichtet.

Also tat ich etwas, das meinem Stolz einen tiefen Kratzer verpasste und mich offiziell zum Feigling machte.

Ich ergriff still und heimlich die Flucht.

KAPITEL 5

CARLA

Mein Schädel brummte, als ich am Sonntagnachmittag die Bibliothek auf dem Campus verließ. Ich musste immer wieder ein Gähnen unterdrücken, und meine Glieder fühlten sich vom langen Sitzen steif und ungelenk an. Eigentlich hatte ich mich mit meinen Freundinnen zum Lernen verabredet, aber ich wusste, dass wir nicht sonderlich produktiv sein würden, da sich das Thema höchstwahrscheinlich noch immer um Freitagabend drehen würde. Deshalb hatte ich die letzten drei Stunden bereits mit Pauken verbracht und dabei ein wenig die Zeit vergessen. Sonntage waren meine Lern- und Putztage. Jeden Sonntagmorgen holte Tante Alma meine Brüder ab, um sie mit in die Kirche zu nehmen, und brachte sie abends wieder vorbei, damit ich mich um meine Aufgaben kümmern konnte. Aber ich hatte es zu Hause einfach nicht mehr ausgehalten, vor allem als ich allein war. Nicht einmal Lenny war da gewesen. Immer wieder waren meine Gedanken abgeschweift, um sich ausgiebig und verworren um meinen Albtraum zu drehen. Das wiederum sorgte dafür, dass ich an den neuesten Auslöser meiner Albträume denken musste – den Vorfall im Pool. Und die Katastrophe, die sich unmittelbar danach zugetragen hatte.

Hör auf darüber nachzudenken. Es ist nie passiert! Lenk dich ab!

Ein eisiger Wind blies mir ins Gesicht und zerzauste meine Haare, als ich auf dem Weg in Richtung der Wohnheime war.

Ich wickelte mich enger in meinen Trenchcoat und konzentrierte mich auf den gepflasterten Weg vor mir. Ich hatte genug vom Winter. Ich konnte ihn einfach nicht ausstehen, mit seinen kurzen Tagen und langen Nächten. Die Fletcher University war in den warmen Monaten eine grüne Oase, eingehüllt in die Blätterdächer uralter Bäume, die die Wege säumten. Doch jetzt, da noch alles kahl und trist war, machte der Campus den Eindruck, als wollte er meine Frustration und Energielosigkeit widerspiegeln. Ich hing mit dem Stoff hinterher. Ich war noch immer dabei, Texte zu lernen, die wir schon vor zwei Wochen mit unseren Professoren besprochen hatten. Vielleicht war es ein Fehler gewesen, sich für ein Studium im Marketingbereich zu entscheiden. Ella studierte Literatur, da konnte sie einige ihrer Pflichtlektüren als Audiobuch hören und dabei alles Mögliche machen – Sport, Haushalt oder Autofahren. Selbst Savannah konnte das in Theaterwissenschaften tun. Hätte ich das vorher gewusst, hätte ich mich wohl auch für ein solches Studium entschieden. Auch wenn ich keine Ahnung hatte, welche Jobs nach so einem Abschluss genug Geld einspielen konnten. Doch wie es momentan aussah, würde ich in der kommenden Klausurenphase auf voller Linie versagen. Dann wäre es aus mit dem Studieren. All das Geld, das bereits hineingeflossen war, wäre verschwendet, und ich müsste vermutlich bis zum Ende meiner Tage bei Tante Alma im Salon arbeiten. Ich würde so werden wie ihre Mitarbeiterinnen – Ximena, Luciana, Maria, Viviana. In spätestens zehn Jahren wäre mein Englisch so gebrochen, dass ich Förderkurse besuchen müsste, um nebenbei in irgendwelchen Büros putzen zu dürfen, da niemand im Salon jemals Englisch sprach, immer nur Spanisch. Das war es, was passieren würde, sollte ich das Studium vermasseln. Dann würde mich irgendein Kerl schwängern und danach verschwinden, wie Männer das eben taten – mein Vater war das beste Beispiel dafür. Er hatte sich bereits aus dem Staub gemacht, noch bevor Oskar geboren wurde, und vegetierte mittlerweile in einem kolumbianischen Gefängnis vor sich hin. Zwar hatte er uns ein riesiges Haus in Coldwater und eine beträchtliche Menge Geld hinterlassen, doch waren die Behörden nicht so dumm, wie der Mistkerl geglaubt hatte. Irgendwann waren seine schmutzigen Geschäfte aufgeflogen – das Haus hatten sie uns weggenommen, und das Geld hatten sie auch konfisziert, bis auf einen kleinen Betrag, den meine Mutter in Sicherheit hatte bringen können. Mamá war am Boden zerstört gewesen. Niemand hatte sie mehr vor sich selbst retten können.

Die tragische, dunkle Geschichte meiner Eltern hätte Dutzende Bücher füllen können, die keiner würde lesen wollen. Doch sie hatte mich einiges gelehrt und mich geprägt: Jeder kann dir in den Rücken fallen. Niemand vollbringt eine gute Tat, ohne insgeheim darauf zu hoffen, etwas im Gegenzug zu erhalten.

So funktionierte die Welt nun mal. Nichts war umsonst. Überall gab es das Kleingedruckte zu beachten.

… womit wir wieder einmal bei meinem aktuellsten Problem waren: Mitchell Moore.

Er wusste von meiner Angst. Ausgerechnet er! Schon in der Schule hatte ich Mitchell nicht ausstehen können – er, der nervige große Bruder meiner besten Freundin. Er war zu nett, zu hilfsbereit, schien auf alles eine Antwort zu haben und hatte mich vom ersten Moment an auf die Palme gebracht. Ich konnte nicht einmal genau beschreiben, wieso. Vielleicht war ich ja gegen ihn allergisch. Immerhin war er auch noch Schwimmer – schlimmer konnte es kaum werden. Das, was zwischen Mitchell und mir im Poolhaus geschehen war … war wohl so etwas wie ein allergischer Schock gewesen. Ja, das war es! Das klang zumindest nach der plausibelsten Erklärung, die mir einfallen wollte. Ein allergischer Schock, in Kombination mit meinem von der Panikattacke gerösteten Hirn, den Drinks und dem bestimmt absolut wissenschaftlich anerkannten Rettungsschwimmer-Sex-Komplex.

Ich stöhnte auf, als ich auf *Parcell House* zusteuerte, das Wohnheim, in dem Savannah lebte. Efeu bedeckte beinahe die gesamte Front des alten, sanierungsbedürftigen Gebäudes mit seinen roten Backsteinen und weißen Fensterläden.

Was sollte ich tun, wenn Mitchell den anderen bereits munter erzählt hatte, wie ich in den Pool gefallen war? *Dios mío,* was, wenn die anderen Leute auf der Party es *gesehen* hatten?

Tief durchatmen. Höchstwahrscheinlich ist Mitchell oben bei den anderen. Du wirst ihn dir einfach schnappen, auf den Flur ziehen und ihn zur Rede stellen. Die Katastrophe ist noch abwendbar.

Voller Nervosität griff ich nach dem schweren Messingknauf der Eingangstür – nur um festzustellen, dass sie verschlossen war.

»Das kann doch nicht wahr sein«, murmelte ich und verdrehte die Augen.

Natürlich. Es war Sonntag. Im Sommer standen die Türen der Wohnheime zwar meist offen, doch bis dahin dauerte es noch einige Monate. Ohne Studenten-ID würde ich nicht hineinkommen. Also griff ich in meiner Manteltasche nach meinem Handy, um Savannah zu bitten, mir die Tür zu öffnen.

»Willst du rein, Carla?«

Erschrocken wirbelte ich herum. Dann seufzte ich und wappnete mich innerlich für das, was gleich folgen würde. Austin Fuller und Todrick Becker kamen geradewegs auf mich zu. Austins Augen blitzten auf, als er mich musterte.

»Lass mich raten. Du willst zu Savy.« Ein großspuriges Lächeln machte sich auf seinen Lippen breit, und er vergrub die Hände in den Taschen seiner Lederjacke. Glücklicherweise war Todrick im Gegenzug zu Austin um einiges erträglicher. Er grüßte mich knapp und lächelte sein Zahnpastalächeln. Todrick war ein riesiger, massiger Kerl mit tiefdunkler Haut, kurz geschorenen Haaren und vollen Lippen. Wenn ich mich richtig erinnerte, war er *Defensive End* im Football-Team und Mitchells Mitbewohner, drüben in *King House.*

»Richtig geraten, Sherlock«, antwortete ich trocken und trat zur Seite, als Todrick seine ID herauskramte.

»Übrigens schade, dass du gestern nicht zu meiner Party gekommen bist«, sagte Austin beiläufig. »Es war wirklich lustig, du hast was verpasst.«

»Ich habe deine Storys auf Instagram gesehen. Ich glaube nicht, dass ich etwas verpasst habe, es war fast so, als wäre ich dabei gewesen.«

»Ich glaube, es war eine der besten Partys überhaupt!« Er lächelte stolz. Nichts deutete darauf hin, dass er den Sarkasmus aus meiner Stimme herausgehört hatte. Dann lehnte Austin sich näher zu mir und senkte die Stimme zu einem Raunen. »Nur du hättest den Abend als mein Date noch besser gemacht.«

»Dios mío«, stöhnte ich. »Du bist unverbesserlich, Fuller!«

Todrick lachte auf und schlug Austin eine seiner Pranken auf die Schulter. »Ich hab dir von vornherein gesagt, dass du keine Chance bei Santos hast, Kumpel.«

»Danke, Todrick«, sagte ich, auch wenn mich seine Worte verlegen machten. Dann wandte ich mich wieder an Austin. Ich bemühte mich, einen entschuldigenden Ton in meine Stimme zu legen. Immerhin hatte er mir nichts getan. Er ging mir nur gehörig auf den Wecker. »Ich date nicht, Fuller. Niemanden, niemals, um genau zu sein. Und nichts für ungut, aber ich habe weder an einer Freundschaft noch an Sex Interesse. Vielleicht findest du ja unter den Freshmen eine neue Spielgefährtin.«

Endlich wirkte Austin enttäuscht und wurde sogar knallrot. Die ganze Situation war wirklich peinlich und unangenehm, vor allem, da Todrick dabei war und alles aufmerksam und mit leuchtenden Augen beobachtete, als seien wir eine Reality-TV-Show.

»Man sieht sich«, sagte ich also hastig, bevor Austin oder Todrick etwas erwidern konnten, richtete die Tasche auf meiner Schulter und war bereits durch die Tür geschlüpft, noch während Todrick sie aufzog.

Mit energischen Schritten lief ich durch den Eingangsbereich und erklomm in meinen Keilabsätzen die knarzenden Treppenstufen in den dritten Stock. Glücklicherweise war ich schnell genug, um keine Antwort mehr hören zu müssen. Je mehr Abstand ich zu den Jungs gewann, desto besser.

Ich beeilte mich jedoch so sehr, dass ich vollkommen außer Atem war, als ich schließlich Savannahs Zimmer erreichte. Keuchend klopfte ich einmal an die Tür und öffnete sie. Savannah, Ella und Summer blickten gleichzeitig von ihren Laptops auf. Der unerträglich süße Geruch nach gerösteten Mandeln und Zimt war so stark, dass er mich beinahe umgehauen hätte. Doch es war bloß eine kleine Duftkerze neben Savannahs Bett, die für den Geruch verantwortlich war, kein ausladender Weihnachtsmarkt.

»Da bist du ja endlich«, sagte Ella und nahm einen großen Bissen von einem glasierten Donut. Wie Summer hatte sie blonde Haare, auch wenn ihre dunkler und wilder waren. »Wir dachten schon, du kommst nicht mehr. Wir waren die ganze letzte Stunde super fleißig.«

»Keine Sorge, du hast nicht viel verpasst«, sagte Summer beschwichtigend und unterdrückte ein Gähnen. Wie immer trug sie knallroten Lippenstift und hatte ihre ewig langen Haare zu einem komplizierten Zopf geflochten. Sie saß inmitten von Bücherstapeln auf einem Kissen und lehnte sich mit dem Rücken gegen das schmale Bett, während sie ein MacBook auf den Knien balancierte. Ella saß neben Savannah auf dem Bett und – oh, Gott bewahre, sie trugen Partneroutfits. Eine leuchtend grüne Pyjamahose, auf welcher lauter Einhörner zu sehen waren, und ein T-Shirt, bedruckt mit irgendwelchen komischen Namen. Social Media war voll von ihnen. K-Pop-Stars.

»Tut mir leid, ich habe die Zeit vergessen«, sagte ich und schloss die Tür hinter mir. Der Raum war nicht sonderlich groß, was durch die eine Dachschräge noch bestärkt wurde. Savannahs Hälfte des Zimmers war eine Fangirl-Explosion, beleuchtet von Dutzenden Lichterketten. Über dem Bett hingen Poster und eine Pinnwand, und überall standen Bücher: auf ihrem Schreibtisch, der Holzkommode und um ihr Bett herum. Ein Wasserkocher und Dutzende Tassen türmten sich auf wackeligen Stapeln, und jedes einzelne Kissen auf ihrem Bett zierte ein Zitat, entweder aus den Harry-Potter-Büchern oder Musicals.

Sofort huschte mein Blick auf das zweite Bett des Wohnheimzimmers – und ich atmete auf. Arden war nicht da. Unglücklicherweise teilte Savannah sich nämlich ausgerechnet mit ihr das Zimmer. Ardens Raumseite war weitaus weniger spektakulär. Ein Korb voll Wolle und Stricknadeln stand neben dem gemachten Bett, auf welchem eine knallpinke Tagesdecke lag, und ihr Schreibtisch diente als Schminktisch. Glätteisen und Lockenstäbe, ein Vergrößerungsspiegel, Lippenstifte in allen möglichen Tönen und Dutzende Becher vollgestopft mit Pinseln.

Einem dunklen Teil in mir juckte es in den Fingern, einfach alles zu verwüsten.

»Alles in Ordnung, Carly?«, fragte Savannah und schob ihre Brille auf der Nase zurecht. »Du wirkst ein wenig neben der Spur.«

Ich blinzelte meine Fantasien fort, ehe ich meine Jacke auszog und mich an Savannahs Schreibtisch setzte. »*Claro.* Mir geht es gut. Ich bin nur müde. Die Schicht gestern bei *Leo's* war lang.«

»Wann schläfst du überhaupt?«, fragte sie besorgt. »Irgendwie habe ich das Gefühl, dass du immer arbeitest.«

Ich zuckte mit den Schultern und zog meinen Laptop aus der Handtasche. »Geld wächst eben nicht an Zäunen.«

Ella entschlüpfte ein Kichern, ehe sie die Lippen aufeinanderpresste.

Ich verzog das Gesicht. »Was? Es stimmt doch! Ich habe recht!«

»Nein, nein. Ich meine, klar hast du recht. Aber es heißt ›Geld wächst nicht an Bäumen.‹ Nicht an Zäunen.«

»Einen Moment, das kommt auf die Carla-Santos-Sprichwörterliste«, sagte Summer und zückte grinsend ihr Handy, während ich spürte, wie meine Wangen heiß wurden.

»Sag mir nicht, du führst diese bescheuerte Liste immer noch«, brummte ich.

»Aber klar!«, sagte Summer stolz. »Seit dem zweiten Jahr auf der Highschool. Der neueste Versprecher schafft es zwar nicht in die Top Ten, aber er war niedlich.«

»Es gibt eine Top Ten?«

»Sie hat keine klare Reihenfolge, aber es gibt sie. Zu meinen liebsten gehören: ›Du kannst ihm nicht die Stirn reichen‹ und ›Ihr passt zusammen wie ein Topf und ein Po‹.«

Ich wollte ernst bleiben, da ich es nicht mochte, wenn man mich darauf hinwies, dass ich Probleme mit unserer Sprache hatte, obwohl ich doch hier aufgewachsen war. Doch mir entschlüpfte trotzdem ein Lachen, in welches Ella, Sav und Summer einfielen.

»Oh, ich habe auch einen Favoriten!«, sagte Sav und schob achtlos ihren Laptop zur Seite. »Einmal hast du mir geraten, schlafende Hunde nicht zu beißen.«

Meine Freundinnen lachten wieder, und ich runzelte die Stirn. »Schlafende Hunde sollte man doch auch nicht beißen.«

»Carla …«, begann Ella, prustete dann jedoch wieder los.

Ich verdrehte die Augen und ließ meinen Laptop hochfahren. Doch natürlich machten die Mädchen nicht den Anschein, als wollten sie ebenfalls weiterbüffeln. Wenigstens ließen sie endlich davon ab, sich über mich lustig zu machen. Ich war bereits nervös, was Mitchell betraf. Ich wollte nicht auch noch schlechte Laune bekommen.

»Ich mache mir einen Tee«, sagte Savannah und streckte sich, wobei sie einen Ton von sich gab, der dem Fiepen eines Hundewelpen glich. Ihre hellbraunen Haare waren zur Hälfte aus ihrem Dutt gerutscht und hingen ihr strähnenweise in Nacken und Gesicht.

Ich biss mir auf die Lippe, als mit einem Mal meine Brust eng wurde. *Ich habe deinen Bruder geküsst. Ich habe deinen Bruder geküsst. Ich habe deinen Bruder geküsst.*

Dios mío, ich hatte verdammt noch mal den großen Bruder meiner besten Freundin geküsst.

Vielleicht war es besser, dass Mitchell nicht hier war. Ich hätte vermutlich einen Anfall bekommen. Ich war noch nicht bereit, ihm gegenüberzutreten. Außerdem musste ich um jeden Preis verhindern, dass Savannah oder auch Ella und Summer jemals herausfanden, was Freitagabend in der Dusche des Poolhauses gelaufen war.

Ich konnte wohl von Glück reden, dass sie nicht gesehen hatten, wie wir getanzt hatten. Denn schon das war eine ziemliche Show gewesen. Ganz ohne Rettungsschwimmer-Sex-Komplex.

Ich unterdrückte ein Stöhnen.

»Wollt ihr auch einen Tee?« Savannah blickte fragend in die Runde.

Auf ihren erwartungsvollen Blick hin bejahten Ella und ich ihre Frage.

»Also, ich bin versorgt«, sagte Summer und hielt eine Glasflasche in die Luft, die mit irgendeinem giftgrünen Zeug gefüllt war.

»Was zum Teufel ist das, Andrews?«, fragte ich und verzog angewidert das Gesicht.

»Diät«, sagte Summer verdrossen und rümpfte die Nase. »Wer sich ein Jahr nur von Crackern, Sprühkäse, frittiertem Zeug und Tequila ernährt, ist selbst dran schuld, wenn er eine Kleidergröße zunimmt.«

»*Ay*, was ist schon dabei? Du siehst immer noch gut aus.«

Summer Andrews war mit 1,85 Metern mit Abstand das größte Mädchen, das ich kannte. Sie war schon immer schlank gewesen, hatte jedoch auch mit dieser angeblichen Kleidergröße mehr noch immer eine atemberaubende Figur und ein schönes Gesicht. Nicht, dass ich nicht selbst Kurven gehabt hätte, aber Summer war wirklich eine Granate.

Ella verdrehte die Augen. »Bitte nicht das schon wieder. Hört nicht auf Summer, sie will bloß endlich von Creed flachgelegt werden.«

»Oh, tatsächlich?«, sagte ich und klappte meinen Laptop wieder zu. Meine Neugierde war geweckt. Na, sieh mal einer an, Summer rannte Creed also noch immer hinterher.

»Ella!« Summer funkelte ihre beste Freundin verärgert an und warf sie mit einem Kissen ab, welches mit Hugh Jackmans Gesicht bedruckt war. »Du hast verdammt noch mal absolut recht, aber das ist noch kein Grund, mich vorzuführen!«

»Karma, Baby«, sagte Ella bloß grinsend. »Das machst du bei mir nämlich auch immer. Du bist die Königin im Bomben-platzen-Lassen.«

Savannah kicherte und füllte ihren Wasserkocher an einem kleinen Waschbecken neben dem Fenster auf. »Das stimmt! Abgesehen davon – bist du eigentlich in Creed verknallt? Oder ist bloß dein Ego angekratzt, weil er letztes Jahr an diesem Abend im Käfig mit dir geflirtet hat und danach nie wieder?«

»Natürlich ist es mein Ego! Ich bin nicht verliebt«, sagte Summer und starrte schmollend vor sich hin. »Aber dafür meine Vagina. Für sie war es Liebe auf den ersten Blick, und sie konnte ganz genau spüren, dass es auf Gegenseitigkeit beruht. Creed und ich sind Libidoverwandte.«

Savannah kehrte zu uns zurück, stellte den Wasserkocher zurück auf den wackeligen Bücherstapel und stöpselte ihn in die Steckdose.

»Was um alles in der Welt sind Libidoverwandte?«, fragte sie verwirrt.

»Na, ist doch klar.« Summer verzog die roten Lippen zu einem Grinsen. »Das ist so was wie eine Seelenverwandtschaft, aber in tieferen Körperregionen. Seelenverwandte wissen, dass sie Partner fürs Leben sind, spüren das im Herzen oder so. Na ja, und bei Creed bin ich mir ziemlich sicher, dass sein Penis …«

Savannah kreischte und hielt sich mit hochrotem Kopf die Ohren zu. »Aufhören!«

Ich lachte so plötzlich los, dass ich mich beinahe an meiner eigenen Spucke verschluckt hätte. Summer und Ella prusteten ebenfalls lauthals los.

»Du bist so was von gestört, Andrews!«, sagte ich atemlos und strich mir eine Träne aus dem Augenwinkel.

»Apropos gestört«, sagte Summer. »Habt ihr schon gehört, dass Psycho-Arden auf Savs Geburtstagsparty jemanden in den Pool geschubst haben soll? Todrick behauptet, gesehen zu haben, wie jemand hineingefallen ist und Arden anschließend das Weite gesucht hat.«

Ich erstarrte. Der Schalk wich so schnell aus meinem Gesicht, dass mir der Atem wegblieb. Jemand hatte es gesehen?

Mierda! Jemand hatte mitbekommen, wie ich in den Pool gestürzt war!

Mein Puls beschleunigte sich. Ehrlich gesagt konnte ich selbst nicht glauben, wie es überhaupt hatte passieren können. Normalerweise sorgte ich dafür, dass stets ein Sicherheitsabstand zwischen mir und jeglichen Schwimmbecken lag, sollte ich in die Nähe von solchen geraten. Mein Unterbewusstsein war gut darin, auf mich aufzupassen. Ich konnte mir einfach nicht erklären, wie es so weit hatte kommen können, dass ich reingefallen war.

»Was?«, fragte Ella erschrocken. »Wer war es denn? Hoffentlich ist nichts Ernsthaftes passiert.«

»Bestimmt hat Psycho-Arden die Leiche anschließend beseitigt«, feixte Summer, woraufhin Savannah unglücklich das Gesicht verzog.

»Ich sage dir und Carla ständig, dass ihr Arden nicht mehr so nennen sollt! Sie ist wirklich nett. Man muss sie nur besser kennenlernen.«

»Savy hat recht«, stimmte Ella mit ein. »Arden ist ein wenig schwierig, aber so übel, wie ihr sie immer darstellt, ist sie auch nun wieder nicht.«

Ich stöhnte auf. »*Ay*, Sav, du könntest sie nicht hassen, selbst wenn du wolltest. Arden ist eine linke Schlange. Sie hat Summer früher immer schikaniert, weil sie so pummelig war, und mir hat sie mehrmals das Pausengeld abgenommen.«

»Aber wir waren doch noch Kinder! Sie macht so was schon lange nicht mehr!«, widersprach Savannah entrüstet.

»Stimmt«, sagte Summer. »Jetzt schubst sie nur noch Leute in unterkühlte Pools und zerstückelt Leichen im Wald.«

Sav schüttelte den Kopf und hob ihren Laptop wieder auf ihren Schoß. Sie schien ernsthaft beleidigt, weshalb ich das Thema fallen ließ – und natürlich, weil ich nicht wollte, dass noch mehr Details des Poolunglücks besprochen wurden.

Die nächsten Stunden schafften wir es tatsächlich, ein wenig zu lernen. Währenddessen ließ Sav leise den Soundtrack von *Dear Evan Hansen* abspielen und summte versunken mit, während sie Post-its in ein Lehrbuch klebte.

Meine Gedanken waren nicht ganz so konzentriert, wie ich es mir gewünscht hätte. Ich fragte mich, wo Mitchell steckte. Normalerweise hingen er und Savannah dauernd miteinander ab. Ich wollte aber auch nicht fragen. Die Mädchen wären sofort misstrauisch geworden, denn ich erkundigte mich sonst nie nach ihm. Sie wussten genau, dass ich nicht viel für Savs Bruder oder andere Jungs übrighatte. Ein so plötzlicher Sinneswandel würde bestimmt Fragen aufwerfen.

Ella und Summer verabschiedeten sich zwei Stunden später, da Ella mit Ches verabredet war und Summer zu einem Spinningkurs gehen wollte. Ich blieb bis zum Abend bei Savannah auf dem Zimmer, wo wir uns ein paar Folgen *Riverdale* ansahen. Doch selbst als die Sonne unterging, tauchte Mitchell nicht auf, was mich beinahe in Panik verfallen ließ. Nur weil ich auf ihn gewartet hatte, hatte ich fast drei ganze Stunden vergeudet, in denen ich den Haushalt hätte schmeißen können. Drei!

Morgen, sagte ich mir. *Morgen ist Montag. Du wirst ihn einfach in der Mittagspause abfangen. Problem gelöst.*

Der Plan war wirklich nicht das Problem. Aber da wusste ich ja auch noch nicht, dass ich ihn auch am nächsten Tag gar nicht erst finden würde.

Es war Freitagnachmittag. Ich war zu Hause und gerade dabei, Essen zu kochen, während Lenny am Küchentisch meinen Brüdern bei ihren Schularbeiten half. Ich würfelte Gemüse und schmiss es in eine gusseiserne Pfanne. Anschließend zerhackte ich ein paar Hühnerbrüste.

Mitchell war die gesamte verdammte Woche wie vom Erdboden verschluckt gewesen. Wann immer ich konnte, hielt ich auf dem Campus Ausschau nach ihm, doch er war einfach nicht da. Er ließ sich nicht blicken.

Seit Tagen tat ich nichts anderes, als vor mich hin zu brüten. Die ersten Tage nach Savannahs Party war ich ängstlich und paranoid gewesen. Wie ein Krebs, der sich gerade gehäutet hatte und nun weich und verletzlich war.

Mitchell würde mich verraten, da war ich mir sicher. Er würde mich vor der ganzen Welt bloßstellen. Niemand wusste von meiner Angst vor dem Wasser, bis auf Tante Alma und Lenny. Ich hatte nicht einmal Savannah davon erzählt. Es war meine Achillesferse, und ich hasste Achillesfersen. Ich wünschte, es gäbe nichts auf der Welt, vor dem ich mich fürchtete. Wenn es doch wenigstens blutrünstige Kojoten wären oder Grizzlybären. Aber nein, es war verdammt noch mal Wasser! Besuche bei *Sea World?* Die sorgten bei mir für kalte Schweißausbrüche. Baden konnte ich auch nicht. Ich hasste das Meer. Sobald Wasser mir bis zu den Knien reichte, beschleunigte sich mein Puls, mein Atem wurde flach, und ich bekam einen Tunnelblick. Seit dieser Sache damals war das so und würde sich wohl auch niemals ändern.

Mittlerweile war dennoch wieder der Alltag in mein Leben eingekehrt, und nach und nach fühlte ich mich wieder wie ich selbst. Mit anderen Worten: Ich war nicht mehr ängstlich, sondern stinkwütend. Zunächst galt meine Wut Arden. Wenn sie und ihr Tobsuchtsanfall nicht gewesen wären, hätte ich einen netten Abend auf einer Party gehabt. So aber war er zu einem Albtraum mutiert, der darin geendet hatte, dass ich einen der langweiligsten Menschen auf dem Planeten geküsst hatte. Und mit jedem Tag, der verging, ohne dass ich Mitchell ausfindig machen konnte, wurde ich grimmiger. Bestimmt hatte er mich bloß gerettet, um mich ins Poolhaus zu schleppen und meine Verwirrung ausnutzen zu können. Das musste es sein. Schon auf der Party hatte er mich die ganze Zeit beobachtet. Das wusste ich genau, weil … ich ihn beobachtet hatte. Aber eben nur, weil er *mich* beobachtet hatte!

»Äh, Carla«, erklang plötzlich Mateos Stimme neben mir. Ich hörte auf zu hacken und blickte auf. Mein Bruder starrte mit hochgezogenen Augenbrauen auf das Schneidebrett.

»Wieso hast du nicht einfach Hackfleisch gekauft, wenn du welches haben wolltest?«, fragte er auf Spanisch.

Verwirrt blinzelte ich und betrachtete die Hühnerbrüste.

Oh. Ich hatte so lange auf die Hühnerbrüste eingehackt, dass sie tatsächlich ziemlich klein geworden waren.

»War keine Absicht«, murmelte ich und schob das massakrierte Fleisch zum Gemüse in die Pfanne. Es zischte und verbreitete wenige Augenblicke später einen köstlichen Duft.

Mateo stand immer noch neben mir, als ich damit fortfuhr, Reis in einen mit Wasser gefüllten Topf zu schütten.

»Was willst du, Nervensäge?«

»Kannst du mir zehn Dollar geben?«

Ich schnaubte. »Den Teufel werde ich tun. Mit dem letzten Geld, das ich dir gegeben habe, hast du versucht, Bier zu kaufen.«

»*Por favor,* Carla! Ich brauche sie diesmal wirklich!«

»Für was? Wenn du etwas brauchst, schreib es auf, und Tante Alma oder ich besorgen es dir.«

Mateo grollte frustriert und setzte sich zurück an den Tisch. »Du führst dich auf, als wärst du meine Mutter!«

Mein Herz blieb stehen.

Ich wirbelte herum und funkelte ihn an. Jetzt blickten auch Lenny und Oskar auf, und obwohl Lenny nicht viel von dem verstand, was wir sagten, bekam sie einen alarmierten Ausdruck in den Augen, als sie meinem Blick begegnete.

Seit einem Jahr stritten Mateo und ich durchgängig. Er machte nur Probleme und hing mit den falschen Leuten ab. Außerdem war er rotzfrech geworden und führte sich auf wie ein Esel, wann immer er die Gelegenheit dazu hatte.

»Jetzt hörst du mir mal zu, du kleiner Scheißer«, sagte ich und gestikulierte dabei mit dem Kochlöffel, was Mateo ein paar Spritzer Soße verpasste.

»Ihh, Carla!«

»Ich bin nicht Mamá, aber ich bin deine große Schwester, das ist meine Wohnung, und ich habe hier das Sagen. Wenn du mit Mamá reden willst, dann geh verdammt noch mal in die Kirche oder auf den Friedhof und *bete,* Mateo!«

»Könnt ihr bitte aufhören, Spanisch zu sprechen?«, fragte Lenny stöhnend. »Ihr wisst, dass ich kaum ein Wort verstehe.«

»Mach dir nichts draus«, sagte Oskar und zuckte mit den Schultern, während er irgendetwas auf seinem Taschenrechner eintippte. »Spanisch hilft dir da nicht weiter. Ich verstehe sie nämlich auch nicht.« Er schüttelte seine wuscheligen dunklen Locken und seufzte auf eine Art und Weise, wie es Zehnjährige noch gar nicht können sollten.

»Ich gebe dir fünf Dollar«, sagte ich zu Mateo und zeigte drohend mit dem Kochlöffel auf ihn. »Aber wehe, ich finde heraus, du kaufst dir damit wieder Bier!«

»Wieso besorgst du dir eigentlich keinen Job, Mati?«, fragte Lenny und gähnte herzhaft. Sie rieb sich mit dem Ärmel ihres schwarzen Kapuzenpullovers über das Gesicht und schüttelte sich. Ihr markantes Gesicht war frei von jeder Schminke, und sie trug keinen Schmuck, bis auf ein paar Ringe in den Ohren. Ihr langes, hellbraunes Haar war wie immer streng zurückgebunden. Wenn man Lenny nicht kannte, hätte man denken können, sie wäre eines dieser Punkmädchen, die so wenig wie möglich nach Mädchen aussehen wollten, um mit den harten Jungs abhängen zu dürfen.

»*Ay*, gute Idee!«, stimmte ich Lenny zu. »Besorg dir einen Job, Nervensäge.«

»Fang doch bei Tante Alma im Salon an«, schlug Oskar kichernd vor und fuhr sich schielend durch die Locken. Lenny und ich lachten. Mateo holte aus und boxte ihm auf den Oberarm, woraufhin Oskar sofort aufschrie und sich den Arm rieb.

»Ahh! Carla!«

»Oh, *dios mío*«, stöhnte ich. »Schlag zurück, Oskar, sonst wird er nie damit aufhören! Und, Mateo, wenn du so weitermachst, jage ich dich mit diesem Kochlöffel bis nach Kolumbien, das schwöre ich!«

Diesmal lachte Lenny so laut, dass auch ich mir ein Grinsen nicht verkneifen konnte, auch wenn es erschöpft war. Eines Tages würden mich meine Brüder vermutlich noch in den Wahnsinn treiben. Wenn sie das nicht bereits getan hatten.

Der Samstag verlieh der bisherigen Woche noch das Sahnehäubchen. Im *Leo's,* der Bar, in welcher ich die meisten Abende arbeitete, war die Hölle los, da kurz zuvor ein Footballspiel ausgestrahlt worden war und nun der Sieg irgendeines Teams gefeiert wurde. Ich kannte mich nicht aus, und ehrlich gesagt war es mir auch egal. Ich hatte bloß versucht, meinen Job zu machen – bis es mal wieder aus dem Ruder gelaufen war. Seit Savannahs Party war ich noch empfindlicher als sonst, wenn es um Gäste ging, die sich nicht benehmen konnten. Und eventuell war ich heute zu sehr aus der Haut gefahren.

»Wiederhole meine Worte, Carla.«

Mit angespannter Miene starrte ich Leo an. Sein grau meliertes Haar reichte ihm bis unter die Schultern, und er trug ein abgewetztes Shirt mit dem Logo irgendeiner Band. Mein Boss starrte zurück, ohne sich von dem Funkeln in meinen Augen einschüchtern zu lassen. Wir saßen in seinem Büro über der Bar. Wann immer ich mit ihm stritt, fühlte ich mich wie ein Chihuahua, der versuchte, gegen eine Deutsche Dogge anzukommen.

In mir brodelte es noch immer gefährlich, und ich musste mich zwingen, nichts Unüberlegtes zu tun. Wie zum Beispiel aufstehen und einfach laut schreien.

Ich stieß den Atem aus und sah zur Decke, um Fassung ringend. Leo wartete noch immer auf eine Antwort zu seinem langen Vortrag über korrektes Verhalten am Arbeitsplatz.

»Ich darf die Gäste nicht beleidigen«, wiederholte ich seine Worte.

Erwartungsvoll hob er eine gepiercte Augenbraue, als ich nicht fortfuhr. »Und …?«

Er quälte mich absichtlich. Vermutlich genoss dieser alte Mistkerl es auch noch.

Ich fuhr mir durch die Haare. »Und ich darf sie nicht mit ihrem Wechselgeld oder Gegenständen bewerfen und … *Mierda,* Leo, das ist lächerlich! Wenn mich so ein Ekel blöd anmacht, hat er nichts anderes verdient …«

»Nein, Carla«, schnitt er mir streng das Wort ab, »so läuft es hier bei mir nicht. Nicht so. Das habe ich klargemacht, als ich dich eingestellt habe. In meiner Bar darfst du die Gäste weder beleidigen noch mit Dingen bewerfen. Wenn du zukünftig nicht mehr angemacht werden willst, dann trag eben nicht so was.« Er deutete mit gehobener Braue auf meine Kleidung. Ich blickte an mir hinunter und machte ein entrüstetes Gesicht. Ich trug hohe Pumps, wie immer, enge Bluejeans und eines meiner Lieblingstops; eine rote Leinenbluse mit tiefem Ausschnitt.

Wenn ich zuvor bereits wütend gewesen war, dann kochte ich nun. »Schön, dann trage ich eben einen Ausschnitt! Das gibt diesen Eseln aber nicht das Recht, mich bei fast jeder Schicht zu belästigen! Leo, wenn du glaubst, es ist okay, dass Männer Frauen begrapschen dürfen, nur wegen ihrer Kleidung, und dieser sexistische Mist bei dir in Ordnung ist, werde ich …«

»Carla«, fiel Leo mir ins Wort. »Du weißt, dass *ich* kein Problem mit deiner Kleidung oder deinem Geschlecht habe. Aber du kennst doch unsere Kundschaft. Die meisten der Jungs sind eben nicht die hellsten, und unter ihnen ist nun Mal der eine oder andere Dreckskerl. Wenn dir unangemessenes Verhalten auffällt, sag mir Bescheid, und ich schmeiße die Verantwortlichen raus. Im Notfall bekommen sie auch Hausverbot. Aber ich möchte nicht, dass sich mein Personal durch ein Handgemenge auf dasselbe Niveau begibt wie Männer, die die Kleidung einer Frau als Ausrede nutzen, um sie zu belästigen.« Er lehnte sich in seinem Stuhl zurück und verschränkte die tätowierten Arme vor der Brust.

»Carla, hör zu. Vincent und deine Tante Alma sind meine Freunde. Ich habe ihnen versprochen, dir eine Chance zu geben, deshalb möchte ich dir ungern ein Ultimatum stellen, aber ich muss es tun. Du schlägst zu oft über die Stränge, und das bereits bei einem schiefen Blick. Entweder, oder. Wenn du noch einmal gegen die Regeln verstößt, bist du gefeuert. Das ist mein letztes Wort. Erlaub dir nichts mehr, sonst war es das, verstanden?« Leos Blick war zwar entschuldigend, aber auch endgültig.

Mein Magen verkrampfte sich. Ich öffnete den Mund, um etwas zu sagen, und musste mir auf die Lippe beißen, damit mir nicht die falschen Worte über die Zunge rollten. Mein Job an der Bar war unheimlich wichtig für mich. Ich brauchte das Geld, und als Barkeeperin verdiente man nicht schlecht. Auf meinen Schultern lastete zu viel Verantwortung, und ich durfte einige Menschen nicht enttäuschen. Es wäre mein Untergang, gefeuert zu werden.

»Claro«, erwiderte ich mit großen Augen. »Ich werde mich zusammenreißen, ich verspreche es. Ich schwöre sogar auf meine tote *Abuela,* wenn dich das glücklich macht. Aber, bitte, ich …« Verdammt, ich bettelte. Ich bettelte nie.

Leos Miene wurde weicher. »Du musst nicht auf deine Großmutter schwören, Carla. Sei einfach nur eine Vorzeigemitarbeiterin. Du hast Feuer, bist pünktlich und arbeitest schnell und sauber. Ich bin froh, dass ich dich im Team habe, ehrlich. Aber mein Wort steht. Ich hoffe, deines auch.«

Ächzend stand er auf und stützte sich auf dem Schreibtisch ab. Ich rührte mich noch immer nicht. Mein Herzschlag wollte sich nicht beruhigen, und mein Mund wurde gefährlich trocken. *Oh, nein, bitte keine Panikattacke. Nicht schon wieder.* Das war der wohl schlechteste Zeitpunkt.

Ich versuchte, meinen Körper daran zu hindern, zu zittern und zu schnell zu atmen, was einfacher gesagt war als getan. Wäre mein blödes Studium nicht, hätte ich einen anderen Job annehmen können. Ich hätte öfter bei Alma im Salon arbeiten können oder anderswo. Doch mir blieb nur die Nacht. Meine kleinen Brüder waren oft genug allein zu Hause wegen meiner Vorlesungen und Kurse. Ich würde sie gar nicht mehr zu Gesicht bekommen, wenn ich nicht nachts arbeiten könnte.

Ich gab mir wirklich große Mühe, ein gefasstes Gesicht zu bewahren, doch irgendwas musste mich verraten haben. Leo legte mir eine Hand auf die Schulter und drückte sie. »Geh nach Hause, Carla. Wir sehen uns Mittwoch wieder. Und denk an meine Worte. Wenn wieder einer der Jungs unhöflich wird, sag mir Bescheid, und ich kümmere mich darum.«

Ich nickte mechanisch und erhob mich. *Mittwoch.* Na schön, Mittwoch war besser als nie wieder. Ich würde einfach weitermachen wie bisher, nur dass ich mir wohl in Zukunft einige Sprüche gefallen lassen musste, wenn die betrunkensten Sportfanatiker von Fletcher wieder das *Leo's* stürmten.

Die Treppe hinunter zur Bar knarzte bei jedem Schritt und war steil, was sich durch meine Absätze noch deutlicher bemerkbar machte. Vor allem aber kribbelten meine Knie. Ich verfluchte mich selbst. Manchmal war mein Mundwerk wirklich loser, als es sein sollte. Aber es war nicht meine Schuld, dass andauernd irgendwelche Männer glaubten, mich anmachen oder begrapschen zu dürfen, nur weil ich Barkeeperin war. Würde ich wollen, dass mir Kerle Dollarscheine in den Ausschnitt steckten, wäre ich Stripperin geworden.

Dass Leo für heute meine Schicht beendet hatte, obwohl ich eigentlich noch mindestens drei Stunden hätte arbeiten können, ließ meine Kehle eng werden. Für die Miete würde das Geld diesen Monat noch reichen. Immerhin legte Lenny noch ein wenig für ihr Zimmer dazu. Doch wohl oder übel musste ich Alma wieder um

Geld bitten, besonders, weil Oskar sich vor ein paar Tagen beschwert hatte, dass ihm seine Schuhe zu klein geworden waren. Ich hasste es, von Alma Geld zu leihen. Ich wusste, wie hart sie dafür arbeitete, und es fühlte sich falsch an, es ihr wegzunehmen.

Mittlerweile zitternd, bahnte ich mir einen Weg zur Bar. Ich brauchte einen Drink, und zwar einen starken.

Ich lehnte mich an den Holztresen und verschränkte die Arme vor mir. Die Musik war laut und furchtbar. Rockig. Aber sie passte zur Holzverkleidung der Wände und dem ganzen Männerzeug an den Wänden; Dutzende Nummernschilder, Sporttrikots, gerahmte Bilder von Kerlen auf Motorrädern. Irgendwie hatte das *Leo's* seinen ganz eigenen Charme.

»Brig!«, schrie ich über ein Gitarrensolo hinweg. »Mach mir einen starken *Special!*«

Brigham, ein neuer Barkeeper, der gerade damit beschäftigt war, einer kichernden, großbusigen Brünetten auf der anderen Seite der Bar etwas ins Ohr zu flüstern, gab mir mit einem Handzeichen zu verstehen, dass er sich sofort darum kümmern würde. Die kleine Brünette schob ihm eine Serviette zu, auf welcher höchstwahrscheinlich ihre Nummer stand. Ich fragte mich, woher sie sich einen Stift genommen hatte. Wir jedenfalls hatten keine für die Gäste, und die Serviette hatte so griffbereit gewirkt, als hätte das Mädchen nur darauf gewartet, sie zu zücken. Vielleicht hatte sie noch mehr Servietten mit ihrer Nummer auf Lager, so wie Visitenkarten. Dauernd steckten irgendwelche Tussis Brigham ihre Nummern zu, als würde auf seinem trainierten Körper in Leuchtbuchstaben stehen: *Ich lege euch alle der Reihe nach flach!*

Brigham zwinkerte ihr mit einem anzüglichen Lächeln zu, ehe er die Serviette in die Gesäßtasche seiner Jeans steckte und sich endlich meinem Drink widmete. Er war neu in Fletcher und hatte es sich anscheinend zur Aufgabe gemacht, jedes halbwegs attraktive Mädchen der Stadt ins Bett zu kriegen. Zu seinem Glück sah er auch noch ziemlich gut aus. Blonde, pseudozerzauste Locken, bei denen in Wahrheit keine Strähne irgendwo saß, wo sie nicht hingehörte, und strahlend grüne Augen. Seltsamerweise mochte ich ihn, und glücklicherweise hatte ich nie mit ihm geschlafen. Er war exzentrisch und ausgeflippt. Wann immer wir gemeinsam eine Schicht hatten, konnte ich mich darauf verlassen, dass er eine neue irre Geschichte parat hatte.

Meine Augen suchten verstohlen die Bar ab. Wie auch jeden anderen Tag in dieser Woche hielt ich Ausschau nach Mitchell. Ich wusste nicht mehr so recht, ob ich es tat, um mich anschließend vor ihm zu verstecken, sollte ich ihn finden, oder um ihn in den Hinterhof der Bar zu zerren und ihm zwischen den Mülltonnen zu drohen wie ein Mafiaboss. Ich wusste genau, was ich sagen würde. Das, oder die andere Option. Verstecken.

Ich seufzte und schloss die Augen. *Feigling. Carla Santos ist ein verdammter Feigling.*

»Du stehst auf der falschen Seite des Tresens, Prinzessin.«

Ich erstarrte.

Diese Stimme kannte ich. Und sie ließ mir das Blut in den Adern gefrieren.

Langsam öffnete ich die Augen und blickte zu der Person, die sich neben mich an die Bar gelehnt hatte. Breites Kreuz, drahtige Muskeln, Sommersprossen im Gesicht und warme braune Augen, die mich musterten.

Mein Puls beschleunigte sich, und ich richtete mich auf. »Mitchell«, stieß ich hervor.

»Hi«, sagte er und lächelte unsicher. Sein Collegepullover der Fletcher University wirkte zerknittert, und er hatte ihn bis zu den Ellbogen hochgeschoben. Seine braunen Haare waren zerzaust, und seine Jeans saßen tief auf seiner Hüfte.

All die Worte, die ich mir zurechtgelegt hatte, waren plötzlich fort. Meinen Plan B konnte ich auch nicht umsetzen, da meine Füße sich dazu entschlossen hatten, einfach festzuwachsen.

Ich richtete meinen Blick auf Brighams arbeitende Hände hinter dem Tresen und krallte mich an der Bar fest.

»Wie geht es dir, Carla? Alles in Ordnung mit dir, nach … du weißt schon?«

Ich stöhnte auf. Sollte ich ihm das abkaufen?

»Was willst du, Hollister?«, fragte ich, noch immer, ohne ihn anzusehen.

»Ich, äh, hole mir nur ein Bier und habe dich eben hier stehen sehen. Und ich möchte wirklich wissen, wie es dir geht.«

Ich ballte die Hände zu Fäusten und wirbelte zu ihm herum. »Wo zum Teufel hast du die ganze Woche gesteckt?«

Seine Augenbrauen wanderten mindestens so schnell zum Haaransatz, wie mein Herz brauchte, um mir in die Hose zu krachen.

Hatte ich das gerade wirklich laut ausgesprochen?

»Ich war in Washington, beim Trainingscamp für die Meisterschaft«, sagte er und legte den Kopf schief. »Wir sind erst heute Morgen zurückgekommen.«

»Ah«, erwiderte ich lahm und blickte wieder zu Brigham – nur um festzustellen, dass er uns mit unübersehbarer Neugierde beobachtete. Er reichte mir meinen Drink, ehe Mitchell sein Bier bestellte und Brigham ein paar Dollarscheine in die Hand drückte.

»Dann hast du also nach mir gesucht?«, fragte er beiläufig.

Die Tatsache, dass es aufrichtig interessiert und nicht neckend klang, brachte mich noch mehr auf die Palme.

»Nein, habe ich nicht!«, beharrte ich.

»Sicher? Ich würde es dir nicht verübeln, nachdem …«

Ich trat ihm mit meinem Absatz auf den Schuh, was ihn ächzen ließ.

»No«, sagte ich warnend. »Ich habe nicht nach dir gesucht. Ich wollte bloß …« Meine Stimme versagte. Ich räusperte mich. »Ich habe einfach nur so gefragt, *comprendes?*«

Ich konnte regelrecht spüren, wie Brighams Blick zwischen uns hin und her schoss.

»Wieso arbeitest du eigentlich nicht, Carlita Baby?«, fragte Brig. »Was hat Leo gesagt?«

Ich verschränkte die Arme vor der Brust. »Ich durfte früher Feierabend machen.«

Er lachte auf, während ich einen ersten hastigen Schluck meines Drinks nahm. Der süße Alkohol brannte in meiner Kehle und ließ mich erschaudern, was mich jedoch nicht davon abhielt, das Glas bis auf die Hälfte zu leeren.

»Feierabend?«, fragte Brigham ungläubig und stützte sich mit den sehnigen, gebräunten Unterarmen auf der Theke ab. »Ich bin schockiert, Carly! Dabei hast du doch bloß eine Bierflasche nach diesem betrunkenen Rocker geworfen, der daraufhin in der Pfütze ausgerutscht ist. Oh. Was rede ich da, das war ja gestern und nicht heute. Diesmal war es bloß Kleingeld. Du Ärmste. Normale Menschen wären schon längst gefeuert worden, nicht aber Carla Santos. Dieses arme Geschöpf ist gezwungen, früher Feierabend zu machen.«

Mitchell fiel in sein Lachen ein, während er sein Bier entgegennahm. Wie, verdammt noch mal, konnte er so seelenruhig sein?

Ich schenkte Mitchell einen finsteren Blick und packte seinen Arm, bevor er die Flasche an seinen Mund führen konnte.

»Du und ich müssen reden.«

Überrascht blinzelte er mich an. »Müssen wir das?«

»Mitchy, wenn eine Lady sagt, dass ihr reden müsst, sag einfach *Ja* und tu, was immer sie von dir verlangt.«

Ohne Brigham zu beachten, stellte ich seinen Drink ab und zog Mitchell am Handgelenk mit mir.

»Wo gehen wir hin?«, fragte er, während ich uns an besetzten Stehtischen und Sitznischen vorbeidirigierte.

»Nicht reden«, erwiderte ich und öffnete die Hintertür neben den Toiletten. Vielleicht würde ich ihm ja wirklich mafiamäßig zwischen den Mülltonnen drohen. *Papi wäre bestimmt stolz auf mich.*

Die kühle Nachtluft schlug uns entgegen, und die Musik wurde leiser, als die Tür hinter uns ins Schloss fiel.

»Warte, Carla«, sagte Mitchell und blieb stehen. »Wenn wir hier sind, weil du dich bedanken möchtest, dann gern geschehen.«

Erschrocken drehte ich mich zu ihm um. »Bitte *was?*«

Er zuckte mit den Schultern und lehnte sich an die Hauswand. Bis auf ein paar Mülltonnen, Pappkartons und einem kleinen Tisch mit einem vollen Aschenbecher war hier nichts. Die kleinen Fenster der Toiletten über uns spendeten kaum Licht, doch es reichte aus, um etwas sehen zu können.

Mitchell beobachtete mich, und etwas an seinem Blick machte mich nervös. »Ist es nicht das, was du tun wolltest? Dich bei mir bedanken?«, fragte er leise.

»Nein!«, erwiderte ich entrüstet. »Wir sind bloß …«

»Ich habe dich gerettet«, sagte er und zog die Brauen zusammen. »Wieso bist du so wütend? Egal, wie ich es drehe und wende, ich kann bei allem, was passiert ist, keinen Punkt finden, für den ich mich entschuldigen müsste.«

Meine Brust und mein Hals fühlten sich eng an, und ich atmete tief durch. Ich setzte mich auf einen Stapel Kartons, die Brigham immer noch nicht reingetragen hatte, obwohl Leo ihn schon vor Stunden damit beauftragt hatte.

In den vergangenen Tagen hatte ich mir zu jeder sich bietenden Gelegenheit – ob nun beim Spülen, Lernen, Arbeiten oder Wäschemachen – genau vorgestellt, wie dieses Gespräch zwischen Mitchell und mir aussehen würde. Aber jetzt, da es so weit war, wollten sich die Worte nicht in der richtigen Reihenfolge einfinden. Nicht einmal eine Drohung – rein gar nichts.

»Du … weißt es«, kam stattdessen aus meinem Mund. Ich blickte zu ihm auf. »Als Arden und ich … Und dann bin ich … Und jetzt weißt du es.«

Madre de dios. Mein Gestotter wurde immer schlimmer.

Mitchells Miene veränderte sich, wurde ernster, als hätte er begriffen, worauf ich hinauswollte. »Ah. Es geht um das, was im Pool passiert ist«, murmelte er. »Deine Panikattacke.«

»Wem hast du davon erzählt? Wer weiß davon? Wenn ich herausfinde, dass sich jetzt jeder über mich lustig macht, weil du …«

»Stopp«, schnitt er mir abermals das Wort ab und sah mich mit großen Augen an. »Carla, ich habe niemandem erzählt, was passiert ist! Und wieso um alles in der Welt sollte ich mich darüber lustig machen, dass du fast ertrunken bist? Wer würde sich über so was lustig machen?«

Mein Herz klopfte laut. »Dann hast du es also niemandem erzählt?«, fragte ich noch einmal. »Denn ich schwöre, wenn ich herausfinde, dass du es getan hast, bringe ich dich um.«

Er schüttelte entschieden den Kopf. »Nicht einer Menschenseele. Denkst du wirklich, dass ich so etwas tun würde?«

»Keine Ahnung!«, erwiderte ich. »Vielleicht. Jeder ist zu allem fähig. Und wenn ich nicht tue, was du im Gegenzug willst, wirst du früher oder später auspacken wollen!«

Ungläubig lachte er auf. »Im Gegenzug? Wovon sprichst du?«

Ich verdrehte die Augen und stand wieder auf. »Bitte. Niemand tut oder lässt etwas, ohne dabei seinen eigenen Vorteil im Blick zu haben.«

»Ich bin ausgebildeter Rettungsschwimmer, Carla! Mein eigener Vorteil – oder wie auch immer du es nennst – war, dich quicklebendig zu sehen und nicht aufgedunsen in unserem Pool!«

Mein Innerstes war das reinste Chaos. Was hatte er vor? Was wollte er wirklich von mir?

Seine Hände legten sich auf meine Schultern. »Carla, sieh mich an. Rede mit mir.«

Ich kam seiner Aufforderung nach und sah ihn an. Im selben Moment wünschte ich mir, es nicht getan zu haben, denn es durchzuckte mich mit einem Mal heiß. Ich konnte seinen vertrauten, frischen Duft riechen und spürte seine Körperwärme.

»Wieso hast du so eine Panik bekommen?«, fragte er sanft. »War es nur der Schreck? Der Alkohol? Oder kannst du vielleicht nicht schwimmen?«

Mein Magen krampfte sich zusammen, und ich wich vor ihm zurück, als hätten mir seine Worte einen Schlag versetzt. »Mach dich nicht lächerlich, Hollister«, stieß ich hervor. Doch meine Stimme klang dünn. »Vergiss einfach, was passiert ist, und erzähl niemandem davon. Und halt dich in Zukunft von mir fern.«

Ich umschloss die Türklinke, doch im nächsten Moment drückte Mitchell seine Hand gegen das schwere Metall. »Warte. Vielleicht kann ich dir helfen.«

Ich wirbelte herum. Mein Puls wurde immer schneller, jetzt, da er mir plötzlich so nah war. Ich fühlte mich wie ein getretener Hund, der in die Ecke gedrängt wurde. *Und da soll noch einmal jemand sagen, dass man schlafende Hunde nicht beißen sollte.*

»Es geht dich nichts an!«, fauchte ich. »Dann habe ich eben eine beschissene Angst vor dem Wasser! Sag mir jetzt endlich, was du willst, damit ich wieder schlafen kann, ohne Angst davor zu haben, du könntest es jemandem erzählen!«

Seine Augen weiteten sich.

Ich schnappte nach Luft. *Dios mío. Oh. No, no, no.* Es stand fest, ich hatte den Verstand verloren.

Ich hatte Mitchell Moore gerade gebeichtet, dass ich Angst vor Wasser hatte. Und vor *ihm.* Vor dem, was er tun könnte.

Ich stöhnte auf. So hatte ich mir dieses Gespräch nicht vorgestellt!

Mitchell schien lange zu überlegen, bis er sich schließlich nach vorne lehnte, sodass unsere Gesichter unmittelbar voreinander schwebten.

»Na schön. Hier ist der Deal«, sagte er schließlich, was mich aufhorchen ließ. »Ich schwöre darauf, es niemandem zu sagen, und im Gegenzug redest du mit mir. Block mich nicht ab, Carla, okay?«

Verblüffung mischte sich unter meine aufkeimende Panik und ließ sie wieder abebben. Fieberhaft suchte ich in seinen braunen Augen nach Anzeichen dafür, dass mehr dahintersteckte, doch ich konnte einfach nichts finden. Nur einen durchdringenden Blick, der es mir nicht erlaubte, woanders hinzusehen. Unwillkürlich dachte ich an den Moment zurück, als er mich zuletzt so angesehen hatte. Ich dachte an das heiße Wasser und den Dampf und die Wassertropfen, die seine Lippen benetzt hatten und von seiner Nasenspitze getropft waren …

Ich räusperte mich. »Das ist alles?«

»Das ist alles.« Er nickte, noch immer, ohne den Blick von meinem zu nehmen. »Fühlst du dich jetzt besser?«

Vielleicht ein wenig erleichtert. »No«, erwiderte ich, auch wenn es nicht ansatzweise so scharf klang wie beabsichtigt. Mein Misstrauen und meine Wut waren zum Greifen nahe, aber ich erreichte sie nicht. Es war, als hätte er mir den Wind aus den Segeln genommen.

»Du willst, dass ich mit dir rede?«, fragte ich und reckte das Kinn nach vorne. »Dann lass es uns hinter uns bringen.«

»Das klingt beinahe schon liebevoll, wie du das sagst«, sagte Mitchell und trat endlich zurück.

Nervosität zuckte durch meine Brust, während ich ihm beim Nachdenken zusah. Am liebsten wäre ich hin und her getigert. Ein Teil von mir – der Großteil, um genau zu sein – fragte sich, wie ich mich in das hier hatte hineinreiten können. Noch vor ungefähr einer Woche war mein Leben wie immer gewesen. Mitchell und ich hatten nie viele Worte miteinander gewechselt. Seit ich in der Middleschool von Coldwater nach Fletcher gezogen war, verhielt es sich schon so. Er war schon immer Savannahs unausstehlicher, braver großer Bruder gewesen. Zu freundlich, zu hilfsbereit, zu gesellig, zu beliebt. In seiner Gegenwart kam ich mir vor wie der Grinch vor einem Weihnachtsbaum.

Endlich hob Mitchell den Kopf und sah mich durchdringend an. »Wieso hasst du mich, Carla?«

Die Frage traf mich so unvorbereitet, dass mir der Mund aufklappte. »I-ich …«

Hilfe suchend sah ich mich um. Aber es gab nichts, was mich vor ihm bewahren konnte. Außerdem hatten wir einen Deal. Ich war ihm eine Antwort schuldig. Im Gegenzug würde er mein Geheimnis bewahren. Ich musste nur mit ihm reden, weiter nichts. Das war doch ein vergleichsweise kleines Opfer, oder?

»Du machst mich einfach wahnsinnig«, sagte ich schließlich. »Ich glaube nicht einmal, dass du es mit Absicht tust, aber du machst mich verrückt.«

Verschiedene Emotionen glitten über Mitchells Gesicht. Ich war kurz davor, von einem Bein auf das andere zu treten, während sich die Stille zwischen uns immer weiter ausbreitete.

Im nächsten Moment zuckten seine Mundwinkel, als müsste er sich ein Lächeln verkneifen. Ein unangenehm zufriedener Ausdruck trat in seine Miene.

Ich verengte die Augen. »Was soll dieser Blick?«

»Wie genau mache ich dich denn verrückt, Prinzessin?«, erwiderte er, meine Frage ignorierend.

Ich sah ihn bitterböse an. Dieser Mistkerl würde das hier wohl bis auf die Spitze treiben. Aber dieses Spiel konnte ich auch spielen. Mitchell Moore wollte Ehrlichkeit? Mal sehen, ob er die Wahrheit verkraftete.

»Du willst wissen, wie du mich verrückt machst?«, fragte ich und baute mich dicht vor ihm auf. »*Como quieras.* Du brauchst nur im selben Raum zu sein wie ich, und schon bringst du mich auf die Palme! Wenn du anfängst zu sprechen, will ich dich zum Schweigen bringen, und wenn du in meiner Nähe bist, kann ich nicht mehr richtig … Ich kann nicht mehr … Was? Was ist, wieso zum Teufel guckst du so?«

Anstatt betroffen oder verletzt zu wirken, sah Mitchell aus, als hätte ich ihm soeben einen Cupcake geschenkt. Seine Augen leuchteten auf, und er grinste breit.

Hastig schüttelte er den Kopf und presste die Lippen zusammen. »Es ist nichts. Fahr fort, mir davon zu erzählen, wie sehr du mich verabscheust.« Er sagte es in einem erheiterten Ton, der mich beinahe knurren ließ.

»*Ay,* siehst du?«, fuhr ich ihn an und drückte meinen Finger gegen seine Brust. »Genau das ist es!«

»Hmm«, machte er nur, noch immer schmunzelnd. Seine Hand schloss sich um meinen Finger, und er lehnte sich wieder zu mir herunter. »Ist das noch so etwas, Carla? Mache ich dich auch wahnsinnig, wenn ich dich berühre?« Er ließ seine Hand meinen Arm hinaufgleiten. Wie auf Kommando schnappte ich nach Luft. *Das ist nur der Schreck,* beruhigte ich mich. *Er hat mich bloß erschreckt.*

»Dann ganz besonders«, sagte ich, doch noch während ich die Worte sprach, wurde mir endlich bewusst, was ich da eigentlich gerade alles gesagt hatte. Oh, Gott, es hörte sich vollkommen falsch an. Diese verdammte Sprache! Auf Spanisch wäre sofort klar gewesen, was ich gemeint hatte!

»No«, stöhnte ich auf. »Das habe ich nicht gemeint.« Ich wollte zurückweichen, doch seine Finger berührten die nackte Haut an meiner Schulter – und ich erstarrte. Seine warmen Finger strichen bis zu meinem Hals, und ich bekam mit einem Mal eine erschütternde Gänsehaut.

Seine Berührung setzte mich unter Strom und versetzte mich zurück ins Poolhaus. Zurück unter die Dusche, mit ihm. Die Bilder spielten sich wie ein greller, nach Aufmerksamkeit schreiender Film vor meinem inneren Auge ab, und verdammt sollte ich sein, denn irgendetwas stimmte nicht mit mir. Mein Puls beschleunigte sich. *No. De ninguna manera.* Das war reine Biologie. Eine rein körperliche Reaktion. Das durfte niemals wieder passieren.

»Schade«, murmelte Mitchell und ließ seinen durchdringenden Blick über mein Gesicht wandern. »Ich wusste ja, dass du mich nicht leiden kannst, aber dass du mich so sehr hasst, ist wirklich ... furchtbar.«

Seine Worte waren nahezu exakt die, mit denen ich gerechnet hatte, doch er sagte sie auf eine Art und Weise, als würde er sie nicht ernst meinen. Als würde er sie nur aussprechen, weil ich sie hören wollte.

Ich wollte seine Hand wegschlagen und einen Satz zurückmachen, doch alles, was ich zustande brachte, war, mich wie in Zeitlupe von ihm zu lösen. »Ich muss jetzt gehen.«

»Carla, warte.« Bevor ich die Tür öffnen konnte, spürte ich, wie seine Brust meinen Rücken streifte, als er erneut über mich langte und wieder seine Hand auf die Tür drückte.

Ich drehte mich um und grollte frustriert. »Was denn noch? Was zum Teufel willst du von mir?«

Er seufzte und stützte sich nun auch mit der anderen Hand neben meinem Kopf ab, sodass ich von ihm regelrecht eingeschlossen war.

»Beantworte mir nur noch eine einzige Frage«, sagte er, wobei kein Befehl in seinen Worten lag, sondern vielmehr eine Bitte. »Dann lasse ich dich in Ruhe, versprochen.«

Ich verschränkte die Arme. »Na schön, eine Frage noch.«

Er befeuchtete seine Lippen und spannte den Kiefer an. Sein Blick brannte förmlich auf meinem. »Wieso hast du mich geküsst, Carla?«

Meine Augen weiteten sich. Ein heißes Zucken fuhr durch mich hindurch. Er hatte mich kalt erwischt. »Ich ...« Mir versagte die Stimme.

Mitchell schüttelte den Kopf. »Weißt du, das verstehe ich einfach nicht. Wenn man jemanden so sehr *verabscheut,* wie du mich verabscheust, dann wäre ein Kuss doch das Letzte, wozu es kommen würde. Findest du nicht?«

»Ich habe dich nicht geküsst!« Oh, Gott, er sollte damit aufhören. Sofort. Was auch immer passiert war, nachdem er mich gerettet hatte, war außerhalb meiner Kontrolle gewesen. Ich war nicht ich selbst gewesen. Es war nicht meine Schuld, dass ich ihn geküsst hatte. Es war allein seine Schuld. Er und seine großen Hände und dieser verdammte Blick und sein Geruch und …

Das hörte sich nicht gut an. Ich war nicht blöd. Ich wusste genau, wie sich das anhörte, und auf Spanisch klang es nicht viel besser.

Mitchell lachte ungläubig auf. »Hast du nicht? Denn wenn ich mich recht erinnere, hast du deine Lippen ziemlich eindeutig auf meine gepresst. Und du hast mein Hemd kaputt gemacht, als du es mir vom Körper gerissen hast. Ich meine, wow.« Er lächelte schief, doch sein Blick verdunkelte sich. Ich konnte Verlangen darin sehen.

Meine Knie kribbelten.

Ich legte ihm meine Hände auf die Schultern und drückte ihn von mir weg, auch wenn ein winzig kleiner, triebgesteuerter Teil von mir ihn näher an mich heranziehen wollte. »Ich sage das jetzt nur ein einziges Mal, Mitchell Moore. Es hat keinen Kuss gegeben.«

Er schnaubte. »Natürlich hat es …«

»Es hat keinen Kuss gegeben!«, beharrte ich. »Und es wird auch niemals einen geben. Was auf Savannahs Party passiert ist, ist niemals passiert. Lösch es aus deinem Gedächtnis, so wie ich.«

Ich drehte mich um und öffnete die Tür. Diesmal hinderte er mich nicht daran, und die Geräusche der Bar drangen wieder zu uns durch. »Hast du noch mehr Fragen, oder darf ich jetzt gehen?« Ich wagte es nicht, ihn anzusehen.

Mitchell seufzte hinter mir. »Keine Fragen mehr.«

Ohne mich noch einmal umzudrehen, ging ich. Und wie schon im Poolhaus breitete sich dabei ein bitteres Gefühl in mir aus.

KAPITEL 6

MITCHELL

»Na los, Kumpel, einer noch!«

Ich ächzte atemlos und zwang meine erschöpften Muskeln, zu gehorchen. Creed konnte so ein mieser Dreckskerl sein. Vor fünf Wiederholungen hatte er mir schon gesagt, dass es die letzten wären. Das Gewicht der Langhantel brannte in meinen Brustmuskeln, und ich knurrte laut, als ich sie ein letztes Mal stemmte.

»Das ist mein Junge«, lobte er grinsend. Seine Hände, die während des gesamten Sets unter der Langhantel geschwebt hatten, jederzeit bereit, sie zu halten, packten sie nun und schoben sie zurück auf das Ablagegerüst über mir.

Keuchend setzte ich mich auf und rieb mir mit meinem Handtuch den Schweiß aus dem Gesicht. Wir waren im Fitnessstudio. Es war für einen Montagabend gut besucht. Durch die Lautsprecher dröhnte aggressive Elektromusik, die mich in jeder anderen Umgebung vermutlich genervt hätte. Hier jedoch trieb sie mich an. Außer Creed und mir waren noch Ches, Brigham und mein Mitbewohner Todrick hier. Creed und Ches hatten früher immer bei ihrem Kumpel Vince in der Autowerkstatt trainiert, wo er wohl irgendwo eine Hantelbank besaß. Doch seitdem wir zusammen abhingen, waren sie in unser Studio gewechselt. Brigham war einfach eines Tages in der Stadt aufgetaucht, und wir hatten uns irgendwie mit ihm angefreundet – hauptsächlich Todrick wegen, weil er diesen Kerl verehrte. Es war eine recht schräge Bromance, wenn man bedachte, dass ihre größte Gemeinsamkeit darin bestand, Frauen abzuschleppen. Die beiden waren wie verliebte Teenager. Ha. Sie waren fast wie Creed und ich. Nur dass unsere Seelenverwandtschaft natürlich unverwechselbar war und nichts mit *Bräuten* zu tun hatte.

»Alles in Ordnung, *Abercrombie & Mitch?*«, fragte Brigham. Er stemmte gerade eine Hantel, während er mit der anderen Hand auf seinem Handy herumtippte. Die wilden blonden Locken hielt er sich mit einem Stirnband aus dem Gesicht, und er trug ein so ausgebeultes dünnes Muskelshirt, dass darunter beinahe seine ganze Brust zu sehen war. Genau wie die anderen Jungs und ich glänzte er vor Schweiß, auch wenn ich mich fragte, wovon das kommen sollte, wo er doch die ganze Zeit an seinem Handy hing.

»Klar«, keuchte ich und trank einen großen Schluck Wasser.

Brigham musterte mich. »Du wirkst so abgelenkt.«

Creed lachte. »Das musst du gerade sagen, Mann.«

»Ich habe eine plausible Erklärung«, wehrte sich Brigham und steckte sein Handy weg, um mit dem anderen Arm weiterzutrainieren. »Ich habe mir diese neue App runtergeladen. *SuperCrush.* Die Mädels sind dort irgendwie heißer als auf *Tinder.*«

Ich grinste. »Vielleicht solltest du dich mal auf Nymphomanie untersuchen lassen.«

»Hätte ich auch vorgeschlagen«, prustete Ches und ächzte im nächsten Moment, als er seine Hantel stemmte.

»Wieso fragt *mich* eigentlich keiner, ob alles okay ist?«, beschwerte sich Todrick. »Nie fragt jemand, wie es mir geht!«

»Oh, Liebling.« Brigham trat zu ihm und legte dem bulligen *Defensive End* eine Hand auf die Schulter. »Wie geht es dir? Was brennt dir auf der Seele?«

Todd verkniff sich ein Grinsen und machte im nächsten Moment ein sehr überzeugend gequältes Gesicht. »Grauenhaft!«

Brig schnappte nach Luft. »Nein! Erzähl mir alles, Schwester.«

In einer dramatischen Geste ließ Todd seinen muskulösen Körper auf den Sitz der Butterfly-Maschine sinken und begann wehklagend weiterzutrainieren. »Ach weißt du, es ist mein Coach. Er ist einfach ein unglaublich mieser kleiner Bastard.«

»Das sind aber keine Neuigkeiten«, bemerkte ich und setzte mich auf die Abduktionsmaschine neben ihn.

»Doch!«, rief er klagend und kniff die Augen fest zusammen. »Gott, es ist einfach nicht mehr auszuhalten!«

»Den knöpfe ich mir vor, Schokobär«, versprach Brigham feierlich, erhöhte das Gewicht auf Todds Maschine und korrigierte die Haltung seiner Ellbogen. »Das schwöre ich feierlich!«

»Was hat Coach Sackgesicht wieder angestellt?«, fragte ich.

Todd war einen kurzen Moment damit beschäftigt, flach und knurrend zu atmen. Als er antwortete, war der Schalk von ihm gewichen. »Er hat Jerry eine Schwuchtel genannt und uns wieder unnötig viele Sprints machen lassen. Als Jason gestolpert ist, hat er ihn so lange angeschrien, dass wir schon geglaubt haben, dass er gleich seine Lunge herauswürgt.«

Meine Oberschenkel begannen zu brennen, als ich meine Beine auf der Maschine auseinanderdrückte.

»Was für ein Arschloch«, stieß ich hervor.

Es war allseits bekannt, wie cholerisch der Coach des Footballteams werden konnte, doch aus irgendeinem Grund hatte man ihn noch nicht gefeuert.

»Ein paar Jungs aus dem Team und ich wollen jetzt zum Dekan der Universität«, erklärte Todrick ernst. »Jerry kann ihn wegen Homophobie drankriegen, und ich bin mir ziemlich sicher, dass er ein Problem damit hat, dass ich schwarz bin. Außerdem haben wir drei Spiele in Folge verloren, langsam wird die Sache peinlich. Wir brauchen einen neuen Trainer. Hey, Mitch, vielleicht könnt ihr uns ja euren Coach leihen!«

»Auf keinen Fall«, erwiderte ich schnaubend. »Coach Pat ist der Beste, und er gehört allein uns.«

»Dann wechsle ich einfach zu euch.« Todd strahlte mich an. »Ich werde auch Schwimmer!«

Ungläubig hob ich die Augenbrauen. »Kannst du überhaupt schwimmen? Ich frage mich immer, ob dein Körper wie ein Stein zum Grund sinken würde oder ob du wegen der aufgeblasenen Muskeln einfach wie eine Luftmatratze auf der Wasseroberfläche treiben würdest.«

»Ich fühle mich zwar geschmeichelt, dass du so oft an meinen Körper denkst, aber diese heiße Maschine besteht aus hundertzwanzig Kilo reiner Muskelmasse, Baby.«

»Dann also der Stein«, murmelte Ches neben uns, was uns alle, bis auf Todrick, lachen ließ.

»Aber zurück zu dir, Mitchy«, sagte Brigham und heftete seine leuchtend grünen Augen auf mich. »Irgendwie wirkst du heute wirklich etwas neben der Spur.«

»Nicht nur heute«, schaltete sich Creed ein. »Das geht schon seit einer Woche so, seit er aus Washington zurück ist. Er ist total still geworden.«

»Jetzt, wo du es erwähnst«, pflichtete Ches seinem besten Freund bei.

Creed verengte die Augen. »Wenn ich es nicht besser wüsste, würde ich sagen, dass es um ein Mädchen geht.«

»Bestimmt hat es absolut nichts mit Carla zu tun.« Brigham grinste breit. »Ihr seid letzten Samstag eine Weile im Hinterhof gewesen. Dort war es bestimmt kuschelig.«

»Reden wir von Carla Santos?«, fragte Todrick und lachte ungläubig auf. »Alter, echt jetzt? Du auch, Mitchell? Austin hat es auch schon getroffen.«

»Jetzt wird es interessant«, sagte Ches und grinste ebenfalls. Ich sah in die Gesichter meiner Freunde und schenkte ihnen einen finsteren Blick. »Wieso bin ich eigentlich mit solchen Tratschtanten befreundet? Ihr seid schlimmer als Sav, Ella und Summer!«

Creed beobachtete mich grübelnd, so, als sei er ein FBI-Agent, der einen schwierigen Fall vor sich hatte.

Ich verdrehte die Augen und legte mir mein Handtuch um die Schultern. »Na schön. Vielleicht hat es etwas mit Carla zu tun. Aber das ist keine große Sache, echt nicht.«

Ches lächelte breiter. »Ich wusste es. Du stehst total auf sie.«

»War das ein Geheimnis?«, fragte Brig unbeeindruckt und spielte wieder an seinem Telefon herum. »Das ist mir schon aufgefallen, als ich meine erste Schicht im *Leo's* hatte und Hollister ein Bier bei Carlita bestellt hat.«

»Ihr seid solche Nervensägen.« Ich stand auf, um Richtung Umkleide zu gehen.

»Komm schon, wir ziehen dich doch nur auf, *Hilfiger!*«, rief Brigham mir lachend hinterher. Dennoch drehte ich mich nicht mehr um.

Ich hörte Schritte, ehe mir im nächsten Moment eine Hand auf die Schulter klopfte. Creed grinste mich an, und gemeinsam traten wir durch eine Tür in die Umkleiden des Studios. »Willst du darüber reden?«

Ich zuckte mit den Schultern und öffnete meinen Spint. Wir zogen uns aus und gingen in die Duschen. Es waren nicht nur die Jungs, denen etwas aufgefallen war. Am frühen Morgen beim Schwimmtraining hatte sogar Coach Pat meine Zerstreutheit angesprochen. Ich war nicht bei der Sache. Bei nichts. Und im Training konnte ich mir das absolut nicht erlauben, schon gar nicht wenige Wochen vor den Meisterschaften. Coach Pat hatte mich ordentlich zur Schnecke gemacht.

»Jetzt erzähl schon, Mitchell«, hakte Creed nach, als wir unter den Duschen standen.

»Na schön«, gab ich nach und ließ heißes Wasser über mein Gesicht laufen. Das half mir natürlich überhaupt nicht, die Gedanken an Carla zu vertreiben. »Es ist nur eine kleine Schwärmerei. Nichts Wildes.«

»Irgendwie ist das schräg. Ich dachte, Carla mag dich nicht. Und trotzdem schwärmst du für sie?«

Ich konnte mir ein Grinsen nicht verkneifen. »Wenn man es genau nehmen will, hasst sie mich sogar.«

Creed lachte. »Und darüber freust du dich? Wieso zum Teufel?«

Weil sie mich nicht wirklich hasste. Weil ich sie durcheinanderbrachte. Weil ihr Atem ins Stocken geriet, wenn ich sie berührte, und ich zumindest die Hoffnung hatte, dass es sich für sie genauso unglaublich anfühlte wie für mich. Ganz offensichtlich hatte sie nämlich eine Gänsehaut bekommen, und das ließ noch mehr von diesem verflixten Gefühl in mir aufkeimen, so naiv es auch sein mochte: Hoffnung. Noch mehr Hoffnung. Dass sie mich vielleicht wieder küssen würde. Denn sie *hatte* mich unter der Dusche geküsst, egal, was sie behauptete, und dieser Kuss war so atemraubend gewesen, dass ich an nichts anderes mehr denken konnte. Seit zwei Wochen kreisten meine Gedanken ununterbrochen um das Gefühl ihrer Lippen auf meinen, ihres Körper unter meinen Händen und darum, wie perfekt wir zusammen waren.

Jetzt aber zuckte ich bloß mit den Schultern. Ich hatte keine gute Antwort parat, ohne Creed anzulügen. Und hätte ich ihm die Wahrheit erzählt, hätte er mich garantiert für verrückt erklärt und mir höchstwahrscheinlich vorhergesagt, dass diese Geschichte nur ein böses Ende nehmen konnte.

»Na ja«, sagte Creed, als hätte er meine Gedanken gelesen, »pass bloß auf, dass aus der Schwärmerei nicht mehr wird. Carla würde dir das Herz brechen.«

Ich grübelte noch immer, als ich schließlich das Wasser abstellte und mir mein Handtuch um die Hüfte wickelte. »Ich weiß. Aber wie ich bereits sagte, es ist keine große Sache.«

Creed starrte mich eine ganze Weile lang an. Dann bekam er große Augen. »Ich kenne diesen Blick. Ches hat ihn vor ein paar Monaten auch bekommen.«

»Ich weiß nicht, was du meinst.«

»Du magst sie wirklich, oder?«

Seine Miene war so durchdringend, dass ich schließlich einknickte.

Stöhnend fuhr ich mir durch die nassen Haare, dann erzählte ich ihm von dem Kuss. Ich verriet ihm nicht, wie es dazu gekommen war, schließlich hatte ich es Carla versprochen. Aber über diesen Kuss musste ich sprechen. Und wie verloren ich seitdem war.

Creed stellte sein Wasser ebenfalls ab und rieb sich das Handtuch rasch über den Kopf, ehe er es sich ebenfalls um die Hüfte wickelte. »Dann stehst du also auf innere Dämonen und Mädchen, die man einfangen und bändigen muss, was?«

Ich verzog das Gesicht. »Das klingt eher nach Ash Ketchum aus Alabastia, auf der Suche nach einem seltenen Pokémon.«

Wir gingen zurück in die Umkleide.

»Ich weiß auch nicht«, seufzte ich. »Manchmal, wenn Carla sich unbeobachtet fühlt und die Mauern ein Stück fallen lässt … Keine Ahnung. Ich liebe es, sie lächeln zu sehen oder lachen zu hören. Es passiert so selten, aber es ist so … Ach verdammt, ich klinge total bescheuert, ich weiß. Aber ich habe einfach das Gefühl, dass sie mehr ist, als sie vorgibt zu sein. Sie ist geheimnisvoll und selbstbewusst, und ich wüsste gern, wer sie wirklich ist. Das frage ich mich schon, seit sie und Sav sich in der Middleschool angefreundet haben.«

Creeds Augen wurden mit einem Mal riesig, und sein Mund klappte auf. »Himmel noch mal, Mitchell! Das ist keine kleine Schwärmerei, du bist richtig verknallt. Ich dachte, du würdest jetzt von ihren Lippen reden, ihren Brüsten oder ihren langen Beinen!«

Ich erwiderte nichts. Wir zogen uns um und packten unsere Sachen. Ich war nicht in Carla verknallt – ich stand auf sie, das war doch ein Unterschied. Vielleicht war ich damals in der Schule in sie verknallt gewesen, doch seitdem hatte ich Freundinnen gehabt, One-Night-Stands, war verliebt gewesen, in andere als in Carla. Das mit ihr war zu einer Schwärmerei verklungen, einer alten Gewohnheit, mehr nicht.

Bevor wir gingen, legte Creed mir noch einmal die Hand auf die Schulter und drückte sie. »Sei einfach vorsichtig, Mitch. Mädchen wie Carla brechen Kerlen wie dir das Herz, und dann verwandelst du dich in einen seelenlosen Aufreißer, um dein zertrümmertes Herz aufzuwiegen – oh, Scheiße. Mit anderen Worten, du wirst dich in Brigham verwandeln!«

Ich grinste und schulterte meine Sporttasche. »Es hört sich schlimmer an, als es ist. Vermutlich werde ich nächsten Monat wieder auf eine andere stehen.«

Das ließen wir beide so im Raum stehen, auch wenn ich fest davon überzeugt war, dass Creed mich durchschaute.

Wir verließen das Sportstudio und verabschiedeten uns. Und wäre meine Brust nicht so eng gewesen vor Hoffnung, hätte ich mir Creeds Warnung vielleicht sogar zu Herzen genommen.

KAPITEL 7

CARLA

Ich öffnete die Tür zu Almas Salon, was eine kleine Glocke klingeln ließ. Jeder Schritt schmerzte, als hätte ich in jedem vorhandenen Körperteil Muskelkater. Nach meiner Vorlesung hatte ich den restlichen Mittag damit verbracht, unsere defekte Waschmaschine wieder zum Laufen zu bringen. Drei Stunden und ein Dutzend YouTube-Tutorials später hatte sie wieder funktioniert, wovon mein Rücken jedoch alles andere als begeistert war. Ich hatte das verfluchte tonnenschwere Ding halb auseinandernehmen müssen.

In Almas Salon dröhnte ein Song des kolumbianischen Popsängers Carlos Vives aus den Boxen, und ein paar von Almas Mitarbeiterinnen tanzten in kleinen Schritten, während sie ihren Kundinnen die Haare wuschen oder die Hände massierten.

»*Ay*, Carla ist hier!«, rief Maria auf Spanisch und klatschte in die Hände. »Endlich kommst du uns wieder besuchen, Schatz!« Sie trocknete sich die Hände mit den langen, pinken Krallen an einem Handtuch ab und kam strahlend zu mir gehastet, wobei ihre Brüste jeden Moment aus dem engen Top im Leopardenprint herauszufallen drohten. Die anderen Frauen wie auch die Kundinnen im Salon blickten auf und grüßten mich ebenfalls herzlich.

Sofort fühlte ich mich, als hätte man mir eine kleine Last von den Schultern genommen. Ich lächelte die Frauen erschöpft an. Dann war Maria auch schon bei mir und nahm mein Gesicht in die Hände, um laute Schmatzer auf meine Wangen zu drücken. Sie roch nach schwerem, süßem Parfum, hatte blond gefärbte Haare und war in ganz Fletcher dafür bekannt, unglaubliche Hochsteckfrisuren zaubern zu können. Nur Englisch sprach sie nicht, und das obwohl sie schon seit zwölf Jahren hier in den Staaten lebte.

»Wo ist Alma?«, fragte ich sie, nachdem wir uns mit noch mehr Küsschen begrüßt hatten.

»Sie holt nur Visitenkarten aus dem Büro, weil Lucianas Kundin nach einer gefragt hat«, sagte Maria und fuhr mit den Fingern durch meine Haare. »Deine Haare sind so lang geworden, Schatz. Soll ich dir die Spitzen schneiden?«

»Nein, brauchst du nicht.« Ich lächelte sie an, als ich im Augenwinkel sah, wie meine Tante die Bürotür hinter sich schloss.

Als Alma mich entdeckte, hellte sich ihr Gesicht auf. Sie legte den Stapel Visitenkarten auf dem Zahltresen ab und steuerte auf mich zu. Dann schloss sie mich in die Arme und küsste ebenfalls meine Wangen. »Wieso hast du nicht angerufen, bevor du gekommen bist, *Mariposa?*«

»Dann wäre es kein Überraschungsbesuch gewesen.« Vielleicht hatte ich es zu Hause aber auch einfach nicht mehr ausgehalten und mich nach ein wenig Familie gesehnt. Oskar und Mateo waren noch beim Fußballtraining, und Lenny hatte bis heute Abend eine Exkursion.

Alma griff nach meinen Händen und nahm meine Nägel in Augenschein, wie immer, wenn wir uns sahen.

Sie schnalzte mit der Zunge. »*Ay,* was hast du angestellt? Habe ich dir nicht Freitag erst die Nägel gemacht? Na los, komm.«

Sie bugsierte mich auf einen freien Massagestuhl und zog einen Hocker sowie einen mobilen Tisch mit allerlei Ausrüstung zu sich. Alma war eine große Frau, mit langen Beinen und einem kurvigen Körper. Ihre Haare waren eine dunkle, wilde Lockenpracht, und ihre Lippen waren voll. Sie war die ältere Schwester meiner Mutter und, zumindest in den Staaten, die einzige weitere Verwandte, die ich hatte.

»Die Arbeit in der Bar, Alma«, erwiderte ich. »Da blättert mir der Lack dauernd ab.« Ich rutschte auf dem Sitz umher, um eine gemütlichere Position zu finden.

Luciana und Ximena sangen laut mit, als der nächste Song von Carlos Vives anlief, und eine der Kundinnen erzählte Viviana gerade ihre Lebensgeschichte, während sie Lockenwickler ins Haar gedreht bekam. Maria setzte sich neben mich auf einen leeren Stuhl, schlug die Beine übereinander und begann damit, sich die Krallen zu feilen. Almas Salon war wie ein zweites Zuhause für mich. Ich kannte Maria und die anderen schon, seit ich denken konnte, war von ihnen babygesittet worden und hatte während der Highschool auf ihre Kinder aufgepasst. Wir waren zwar nicht blutsverwandt, doch sie waren Familie.

Meine Tante wischte meine Hand mit einem warmen, nassen Handtuch ab und begann anschließend den Nagellack von meinen Nägeln zu entfernen. Während dieser Arbeit knüpften sie und Maria wieder an ein Gespräch an, welches sie offensichtlich begonnen hatten, bevor ich gekommen war. Es ging um eine Telenovela, die sie im Fernsehen verfolgten. Offenbar hatte der heiße Held der Geschichte in der Folge vom Vorabend mit der Zwillingsschwester seiner Geliebten geschlafen, ohne zu ahnen, dass es die falsche Frau gewesen war.

Alma runzelte die Stirn und betrachtete mich. »Was ist los, *Mariposa?* Du siehst müde aus.«

Ich versuchte, mir meinen Unmut nicht anmerken zu lassen. »War ein langer Tag.«

Maria hörte auf, sich die Nägel zu feilen, und musterte mich nun ebenfalls. »Seit wann trägst du so dicke Pullover?«

»Mir ist kalt.«

»*No.* Letzten Winter hattest du einmal dieses Top an, das aussieht wie Reizwäsche, Schatz. Da war es sehr kalt. Jetzt ist es nicht kalt.«

Alma hob eine Augenbraue. »Ich glaube, das ist das erste Mal, dass ich dich in Strickwolle sehe.«

»Aber mir ist kalt!«, beharrte ich nervös. »Ich bin erkältet! Vielleicht bekomme ich sogar die Grippe.«

Okay, ich hatte ganz offenbar übertrieben. Denn nun verengten sich die Augen meiner Tante misstrauisch, was die Krähenfüße tiefer werden ließ. Noch bevor ich sie stoppen konnte, hatte sie bereits meine rechte Hand gepackt, die ich gerade zurückziehen wollte, und riss den Ärmel nach oben.

»Carla Sofía Fernanda Santos, was in Gottes Namen ist *das?*«

Plötzlich griffen sowohl sie wie auch Maria nach meinen Armen und schoben die Ärmel bis zu den Ellbogen hoch.

»Das sind doch nur ein paar Schrammen«, erklärte ich hastig. »Nichts Wildes. Sie bluten noch nicht mal!« Jedenfalls nicht mehr. Ich schob die Ärmel wieder herunter und zuckte zusammen, als der Stoff über eine Schürfwunde glitt. »Ich habe die Waschmaschine repariert und bin an einer scharfen Kante hängen geblieben.«

»Alleine?«, fragte Ximena durch den ganzen Salon. Wie immer hatte sie die Ohren gespitzt. »*Ay,* wieso hast du uns nicht um Hilfe gebeten? Mein Cousin Paulo arbeitet für diesen Kerl, der einen kennt, der mit einem arbeitet, der dauernd solche Dinge erledigt.«

Ein erschrockenes Lachen entfuhr mir. »Die Waschmaschine läuft wieder, ich brauche keine Hilfe!«

Alma funkelte mich böse an, ehe sie damit fortfuhr, meine Nägel zu bearbeiten. »Doch, die brauchst du. Irgendwann brichst du noch zusammen.«

Die Frauen im Salon gaben zustimmende Kommentare ab. Es war jedes Mal dasselbe. Wann immer ich hier war, führten Alma und ich dieses Gespräch.

Mit einem borstigen Pinsel entfernte sie den Nagelstaub von meinen Händen, der beim Feilen entstanden war, und wischte anschließend mit einer Flüssigkeit auf einem Wattepad über meine Nägel.

Sie blickte auf. Sorge stand ihr ins Gesicht geschrieben. »Sei ehrlich zu mir. Wie geht es dir?«

Ich lehnte mich zurück und biss mir auf die Zunge. *Ging schon mal besser.* »Ich bin gesund, meine Familie ist gesund, und alle sind wohlauf. Mir geht es gut.«

»Wie läuft das Studium?«

Mittelmäßig. »Es könnte besser sein, aber auch schlechter.«

»Und wie kommst du momentan mit Oskar und Mateo klar?«

Gar nicht.

Ich zuckte mit den Schultern. »Oskar ist ein Engel.«

Verständnis trat in Almas Augen. »Dann muss Mati wieder der Teufel sein. Weißt du was, bring die beiden für eine Weile zu mir. Genau vor unserem Haus ist die Bushaltestelle. Sie hätten es nicht weit zur Schule.«

»Alma, *no.*« Ich spannte mich an und senkte die Stimme. »Das Thema hatten wir doch schon. Dein Antrag für die Greencard ist immer noch in Bearbeitung, und jegliche Schwierigkeiten mit dem Gesetz könnten dir gewaltige Probleme bereiten. Mati ist momentan unberechenbar. Solange deine Anträge nicht endlich durch sind, werde ich den Teufel tun, dir Ärger zu bereiten. Die Jungs bleiben bei Lenny und mir. Wenn sie uns drankriegen … Das riskiere ich nicht. Auf keinen Fall.« Allein der Gedanke sorgte dafür, dass mir schlecht wurde. Mir wollten sogar Tränen in die Augen schießen, als ich mir vorstellte, was passieren würde, wenn meine Brüder im Heim wären und Alma ohne eine einzige vertraute Menschenseele zurück in Kolumbien.

Es war der reinste Albtraum.

Da der Nagellack auf meinen Fingern noch nass war, drückte Alma meine Hände nicht. Stattdessen beugte sie sich vor, um meine Wange zu küssen. In ihren Augen stürmten Gefühle, die sie sonst immer gut zu verbergen wusste.

»Dann über die Wochenenden«, bat sie. »Bitte, Carla. Die Jungs sind an den Sonntagen sowieso immer bei uns. Außerdem können sie in Vincents Werkstatt mithelfen. Wenn Mati sich gut schlägt, könnte es sein Nebenjob werden.«

Es klang so gut. So verführerisch. Endlich etwas mehr Zeit für mich. Zeit zum Atmen … Aber war es nicht zu egoistisch, wenn ich zusagte? Die Gefahr für Alma blieb doch dieselbe!

»Ich weiß nicht …« Doch je länger ich über ihre Worte nachdachte, desto verlockender erschienen sie mir. Und es wären doch nur die Wochenenden. Vince wäre da, er hätte Mati sicher im Griff. Und Creed war dauernd bei ihnen zu Besuch, der ebenfalls immer ein Auge auf meine Brüder hatte …

»Du brauchst Zeit für dich, Carla«, sagte nun auch Alma. »Du bist einundzwanzig Jahre alt, Studentin und kinderlos. Du solltest nicht das Leben einer überforderten alleinerziehenden Mutter leben.«

Diesmal konnte ich nicht verhindern, dass mir heiße Tränen in die Augen schossen. Auch wenn ich es wirklich wollte, ich konnte mir kaum vorstellen, wie es sein sollte, ein ganzes Wochenende … freizuhaben. Einfach so. Ohne einen besonderen Anlass, wie Ferien oder ein Feiertag. Es klang wie ein unerreichbarer Traum. Seit meinem ersten Jahr in der Highschool hatte ich keine freien Wochenenden mehr gehabt – und war das wirklich mein Leben? Das einer überforderten alleinerziehenden Mutter?

Alma lächelte ermutigend und legte mir die Hände auf die Schultern. »Sag Ja, *Mariposa.* Es wird dir guttun.«

Ich ließ mich tiefer in den Sitz sinken und atmete tief durch.

Das Gefühl in meinem Bauch konnte sich nicht entscheiden, ob es gut oder schlecht sein wollte.

Schließlich nickte ich, erst zögerlich, dann bestimmter. »Okay. Die Wochenenden. Aber nur die Wochenenden, Tante.«

Jemand warf mir ein Handtuch auf den Schoß, und ich drehte erschrocken den Kopf zur Seite. Maria platzierte eines der rollbaren Waschbecken hinter meinem Stuhl und kniff mir in die Wange. »Ich mache dir die Haare, Schatz. Keine Widerrede. Entspann dich einfach.«

Ich musste schlucken, schaffte es aber, Alma und Maria anzulächeln. Es gab nicht viele Menschen, die ich liebte. Aber Alma und die Frauen im Salon gehörten dazu.

»Danke«, sagte ich leise und ließ zu, dass Maria meinen Kopf nach hinten auf das Waschbecken zog und meine Haare umfasste.

All die aufwallenden Gefühle in mir wollten aufbrechen, brannten heiß hinter meinen Augen, doch ich schaffte es mit einem tiefen Atemzug, sie runterzuschlucken.

Vielleicht war es keine schlechte Idee, meine Sorgen für einen kurzen Moment abzustellen. Und selbst wenn es eine war, wollte ich wenigstens dieses eine Mal egoistisch sein und sie ignorieren.

»Wie sieht das aus?«

Lenny drehte sich einmal im Kreis und setzte sich in Pose.

Ich pfiff durch die Zähne. »Heiß. Wenn du das bei deinem nächsten Auftritt trägst, werden die Kerle auf den vorderen Plätzen Schnappatmung bekommen.«

Lenny trug eine blonde Perücke, deren Haare ihr bis unter die Brüste reichten. Außerdem trug sie eine Maske aus schwarzer Spitze und ein hautenges durchsichtiges Ganzkörperkostüm, das mit goldenen Stickereien nur die nötigsten Stellen auf ihren Brüsten und untenrum abdeckte. In den seltenen Fällen, wenn Lenny mal nicht ihre unförmigen schwarzen Klamotten trug, dann trug sie exakt so was.

»Es juckt ein wenig«, sagte sie und fuhr mit den Händen über ihren straffen Bauch. »Momentan gehen die Privattänze aber wirklich durch die Decke, ich bin die nächsten drei Monate komplett ausgebucht! Kannst du das glauben? Solange das der Fall ist, trage ich, was auch immer Majid will. Ein Tanz ist immerhin fast die Hälfte meines verdammten Monatsgehalts.«

»Kannst du dich darin frei bewegen?«, fragte ich. »Dreh dich noch mal im Kreis.«

Lenny kam meiner Aufforderung nach, und ich bewunderte dabei ihren beneidenswerten Körper. Ihr Hintern war sogar noch beneidenswerter als der Rest.

»Das schon. Aber *Daisy* wird nicht an der Stange tanzen können, so viel ist sicher. Der Stoff ist dafür nicht geeignet. Andererseits könnte ich das Kostüm einfach mit zum Training nehmen und es ausprobieren. Die anderen Mädchen können mir Hilfestellung geben.«

Ich setzte mich auf Lennys Bett. Wir waren in ihrem Zimmer und hatten die Tür abgeschlossen, damit Mateo und Oskar nicht hereinplatzen konnten. So machten wir es immer, wenn Lenny mir ihre neuen Outfits, Schuhe oder Perücken vorstellte.

»*Daisy* muss nicht an der Stange tanzen, um die Attraktion des Abends zu sein«, warf ich grinsend ein. »Du bist die Beste von allen, und das weiß Majid. Wenn du das da trägst, tanzt du eben nicht an der Stange, sondern machst einen Lapdance oder so was.«

Lenny lachte auf, zog sich die Perücke vom Kopf und nahm die Maske aus Spitze ab.

Lenny war Tänzerin. Und nicht irgendeine Tänzerin, sondern *Daisy,* die wohl gefragteste in der ganzen Stadt. An der Fletcher

University gab es mit Sicherheit keinen einzigen Kerl, der noch nicht von *Daisy* gehört hatte – wenn er sie noch nicht hatte tanzen sehen. Der Laden, in dem sie arbeitete, war jeden Abend voll, und Lenny war mittlerweile so beliebt, dass ihr Chef Majid sie dazu überredet hatte, auch private Tänze zu geben. Es war nicht nur Striptease, sondern auch Burlesque. Eine kleine, ganz private Show, die sie zur Hauptattraktion machte. Lenny hatte ihr ganz eigenes Programm entwickelt und dabei offenbar alles richtig gemacht. Und doch wusste niemand von ihrer zweiten Identität. Niemand, außer mir. Sonst hatte Lenny es keiner Menschenseele erzählt, und sie tat alles, damit auch niemals jemand herausfand, dass sie sich nachts in eine Tänzerin verwandelte und sich knapp bekleidet auf Bühnen räkelte.

Ich wandte den Blick ab, als sie sich wieder umzog, und grübelte vor mich hin. Es war schon wieder Freitagabend, und ich hatte Mitchell in dieser Woche nur ein einziges Mal gesehen. Letzten Abend war er im *Leo's* aufgetaucht und hatte mit Creed und Ches Dart gespielt. Was mich am meisten irritiert hatte, war, wie oft ich in seine Richtung hatte blicken müssen. Vor allem, als dauernd irgendwelche Tussis rübergegangen waren, um die Jungs anzusprechen.

Mittlerweile galt meine Wut bloß noch mir selbst. Ich hatte Mitchell zwar gesagt, dass ich das, was im Poolhaus passiert war, aus meinem Gedächtnis gelöscht hatte, aber das war gelogen. Ich hatte es nicht gelöscht und ich musste andauernd daran denken. Ich hasste es! Ich hasste ihn! Und mich selbst.

»Was ist los, Carly?«

Lennys Stimme riss mich aus den Gedanken, und ich blickte auf. Sie trug jetzt wieder einen ihrer dicken schwarzen Schlabberpullover und eine Jogginghose. Sie setzte sich neben mich aufs Bett und band ihre Haare zu einem strengen Knoten zusammen. »Du siehst ungefähr so aus, wie wenn du Auto fährst und das Auto vor dir zu langsam ist und dauernd abbremst.«

Ich ließ mich rückwärts aufs Bett fallen und stöhnte auf. »Ich habe jemanden geküsst«, erklärte ich. Dann entschied ich mich, meinen Frust einfach rauszulassen. Wenn ich es noch länger in mir behielt, würde es mein Hirn irgendwann in Pudding verwandeln.

»Es war dumm und bescheuert, und ich hätte es nicht tun sollen, weil er auch dumm und bescheuert ist, und ich würde es am liebsten ungeschehen machen, aber ich kann nicht, und das macht mich wütend!«

Lennys Augen wurden riesengroß. »Äh, wow. Der Kerl muss dir entweder unter die Haut gegangen sein, oder es war richtig schlecht. Was ist passiert? Sind die Kerle, mit denen du was hast, nicht meistens doof und dämlich? Wie Austin zum Beispiel?«

»Es war Mitchell.«

Da war es. Ich hatte es gesagt, und jetzt wusste sie es. Genauso wie sie als einzige Menschenseele von Austin und der Silvesternacht wusste.

Lenny blinzelte mich ungläubig an. Dann lachte sie auf und boxte gegen mein Knie. »Netter Versuch, Santos. Unser Mitchell? Mitchell Moore? Jetzt ernsthaft, wer war es?«

Ich erwiderte nichts, sondern stieß bloß einen gequälten Laut aus.

Lenny packte mich plötzlich so fest am Arm, dass es wehtat – nicht zuletzt wegen der heilenden Schrammen.

»Du verarschst mich doch.«

»Nein.«

»Heilige Scheiße!«

Ich nahm mir eines ihrer Kissen und presste es mir aufs Gesicht. »Ich weiß«, stöhnte ich durch den Stoff hindurch.

»Aber du magst ihn noch nicht einmal!«

»Sag ich doch.«

Lenny riss mir das Kissen vom Gesicht. »Wie zum Teufel ist das denn passiert, Carla? Und wann? Hast du unter Drogen gestanden?«

»Das nicht, aber davor ist etwas passiert. Es war auf Savannahs Party.«

Sie nickte wissend. »Ah, du warst betrunken.«

»Nein, das auch nicht!« Ich setzte mich auf. Dann entschied ich mich, Lenny eine kurze Zusammenfassung zu geben, was geschehen war. Sie gehörte immerhin zu den wenigen Menschen, die von meiner Angst vor dem Wasser wussten. Als wir uns kennengelernt hatten, war es noch schlimmer gewesen. Ich hatte meinen Körper und meine Haare nicht gleichzeitig waschen können, weil ich das Gefühl nicht aushielt, wie Wasser über mein Gesicht rann. Kurz nach der Sache mit meiner Mutter hatte ich nicht mal mehr duschen können – die Katzenwäschen waren grauenhaft gewesen und der Verschleiß an Feuchttüchern enorm. Ich hatte mich stundenlang im Bad eingesperrt, um mein Waschritual durchzuziehen. Aber das war lange her. Ich besserte mich langsam. Langsam, aber stetig. Erst zwei Jahre nach Mamás Tod hatte ich wieder duschen können. Vor der Sache mit Savannahs Party hatte ich tatsächlich manchmal darüber nachgedacht, ob ich nicht versuchen sollte, ein Bad zu nehmen. Ohne Schaum natürlich und weniger als bis zur Hälfte gefüllt. Ich hatte Pläne wie diesen gehabt. Ich wollte meine Angst überwinden, ich wollte mein Leben im Griff haben, mehr verlangte ich gar nicht. Aber Ardens hysterischer Angriff hatte nicht nur dazu geführt, dass mich der Gedanke an Mitchell unfassbar viele Nerven kostete, sondern auch, dass ich in meinem Fortschritt zurückgeworfen worden war.

Ich erzählte Lenny also vom Kuss und wie überwältigend es gewesen war. Ich konnte es einfach nicht verstehen.

»Vielleicht ist mein Körper kaputt«, sagte ich und schlang die Arme um mich. »Das wäre zumindest nicht das Einzige, was an mir kaputt ist.«

Lenny wusste, was ich meinte, auch wenn ich es nicht aussprach. Sie schwieg eine ganze Weile. Dann, ohne etwas zu sagen, krabbelte sie zu mir und umarmte mich. Ich ließ es zu und lehnte mich in ihre Umarmung.

»Tut mir leid, dass das passiert ist, Carla«, sagte sie.

Nach einem Moment fügte sie hinzu: »Also das mit Arden und dem Pool. Das mit Mitchell klingt irgendwie so, als wäre da etwas zwischen euch?« Sie hob erwartungsvoll eine Augenbraue.

Ich schnaubte und schob sie von mir weg. »Ganz bestimmt nicht.«

»Aber dass er die Augen nicht von dir lassen kann, weißt du, oder?«

»Und wenn schon! Das ist etwas Körperliches. Männer denken mit ihrem Penis, nicht mit ihrem Kopf.«

Lenny lachte laut auf. Sie stand auf und verfrachtete ihr neues Kostüm, die Maske und die Perücke in eine Box, die sie anschließend abschloss und unter dem Bett verstaute. Durch die Tür hindurch konnte ich hören, wie Mateo und Oskar sich stritten, mal wieder.

»Manchmal bist du ein richtiger Idiot, Santos.«

Ich verkniff mir ein Lächeln und warf sie mit einem Kissen ab.

Meine Mitbewohnerin grinste breit. Sie blickte auf ihre Armbanduhr und fluchte. »Scheiße, in zwei Stunden habe ich meinen nächsten Tanz, für irgendwelche Junggesellen. Majid wird vermutlich mindestens drei von ihnen die Hand brechen, weil sie versuchen werden, mich anzugrapschen. Ich kann es förmlich vor mir sehen. Wehe, das gibt kein fettes Trinkgeld.«

Ich kämpfte mich vom Bett auf und entriegelte die Tür. »Beschwer dich nicht, Len. Wenn ich so tanzen könnte wie du, würde ich es nackt tun und das Zehnfache an Trinkgeld kassieren.«

»Genau«, erwiderte sie trocken. »Und ehe ich michs versehe, bin ich Prostituierte und werfe mit Dollarscheinen nur so um mich.«

Ich warf ihr ein freches Lächeln zu. »Endlich verstehst du mich. Man muss sich hocharbeiten.«

Wir lachten, und ich war froh, dass sie das, was ich ihr erzählt hatte, so schnell hatte fallen lassen. So lief es meistens. Wenn sie mir von ihrer kaputten Familie erzählte oder ich ihr von meiner – wir hatten ja so viel gemeinsam –, oder wenn wir uns etwas anvertrauten, taten wir das, sprachen unsere Gedanken aus und machten weiter. Sie hackte nicht auf mir rum und ich nicht auf ihr. Dafür liebte ich sie besonders. Es brachte niemanden weiter, länger als nötig über schmerzhafte Dinge zu sprechen. Wir vertrauten uns gegenseitig unsere Geheimnisse an und fuhren anschließend damit fort, unser Leben zu leben und das Beste draus zu machen.

»Oskar!«, erklang eine Stimme aus dem Wohnzimmer, die mich innehalten ließ. Ich horchte auf.

»Mann, bist du groß geworden, Kleiner!«

Mein Herz blieb mit einem gewaltigen Ruck stehen.

Was. Zum. Teufel?

Lenny und ich sahen uns an, und unsere Mienen zerfielen gleichzeitig.

»*Mierda*«, sagte ich im selben Moment, als Lenny »Scheiße«, sagte.

Mitchell … er war hier! Aber wieso war Mitchell hier?

Die zweite Stimme, die erklang, erklärte es mir sofort.

Creed.

Lennys Augen wurden groß und ihre Wangen blass. »Was zum Teufel?«, sprach sie noch einmal meine Gedanken aus.

Wir stürzten beide zur Zimmertür und rissen sie auf.

Und tatsächlich. Im Türrahmen zu unserer Wohnung standen Creed und Mitchell, und sie unterhielten sich mit meinen Brüdern, als seien sie alte Freunde. Bei Creed konnte ich es verstehen. Er war oft hier, oder bei Alma und Lennys Onkel Vince, und verbrachte manchmal Zeit mit den Jungs. Aber *Mitchell?* Woher um alles in der Welt kannte er meine Brüder?

»Wie läuft's beim Football, Champ?«, fragte Mitchell gerade und boxte Oskar freundschaftlich gegen die Schulter.

Oskar strahlte ihn an, als wäre er gerade dem Weihnachtsmann in der Mall begegnet und dürfte drei Wünsche an ihn äußern. »Besser! Ich habe jeden Tag Werfen geübt, so wie du es mir gesagt hast, Coach Mitch. Nächste Saison darf ich sogar spielen!«

Coach Mitch?

Ich stöhnte auf und schloss die Augen. Dieser verdammte Gutmensch. Ich erinnerte mich schwach daran, wie Savannah mir irgendwann einmal erzählt hatte, dass Mitchell letzten Sommer an der Middleschool die Trainerassistenz des Footballteams gewesen war und anschließend die Vertretung des Coaches, als dieser krank wurde.

Mitchell grinste meinen Bruder an. »Mann, das ist großartig! Ich hoffe, deine Mum ist mindestens so stolz auf dich wie ich.«

Oskars Lächeln verblasste. »Ich hoffe es. Meine Mum ist tot.«

Oh.

Der Atem wich mir mit einem Schlag aus der Lunge, als hätte mir jemand einen Hieb auf die Brust verpasst.

Mitchells Augen weiteten sich. »Ich ... Das tut mir leid. Und dein Dad? Hat er mit dir Werfen geübt?«

No! Oskar durfte diese Worte nicht aussprechen!

In dem Moment, als ich auf meinen Bruder zustürmte, schlug Mateo ihm fest gegen die Schulter, doch es war zu spät – Oskars Mund hatte sich genau in der Sekunde geöffnet, und die Worte waren schon herausgepurzelt. »Nein, unser Dad ist im Gefängnis.«

»Oskar!«, rief ich atemlos, packte seine Schultern und schob ihn hinter mich, als könnte es verhindern, dass die soeben gesprochenen Worte zu Mitchell dringen konnten. Doch natürlich war das Unheil bereits angerichtet. Erschrocken sahen mich Creed und Mitchell an, und ich starrte zurück. Mein Atem beschleunigte sich, und mir wurde kotzübel. Ich wirbelte zu Oskar herum. Auch auf Mateos Gesicht spiegelte sich blankes Entsetzen wider.

Ich packte meinen kleinen Bruder fest an den Schultern und beugte mich zu ihm runter. Meine Stimme schlug so schnell ins Spanische um, dass ich es nicht einmal bemerkte. »Was zum Teufel denkst du dir! Ist dir klar, was du eben getan hast? Ist dir verdammt noch mal bewusst, dass du gerade unser Tabu gebrochen hast? Gott im Himmel soll dich beschützen, Oskar!«

»Du verdammter Idiot!« Mateo boxte ihn wieder gegen den Arm, und unser zehnjähriger Bruder heulte auf.

»Mateo!«, warnte ich, ehe Lenny ihn wegzog.

Tränen stiegen mir in die Augen, und mein Hals war so eng, dass ich nach Atem ringen musste.

Panik. Ich bekam jeden Moment eine Panikattacke.

Ich wollte Oskar trösten, der augenblicklich ganz aufgelöst war, aber ich wollte ihm auch klarmachen, was er angerichtet hatte. Wie schaffte man es, einen Zehnjährigen zu besänftigen, wenn man eigentlich nichts weiter tun wollte, als ihn aus vollem Halse anzuschreien? Nicht dass ich das getan hätte. Doch die Gefühle in mir brausten auf.

Ich verspürte das plötzliche Bedürfnis, in Ohnmacht zu fallen, wie die schwachen Frauen in Telenovelas. Denn genau das überkam mich plötzlich; ein Gefühl von Schwäche und Machtlosigkeit.

Mitchells Augen brannten mir im Nacken. Es war beinahe körperlich schmerzhaft.

»I-ich … es tut mir leid!«, stotterte Oskar mit erbleichtem Gesicht und aufgerissenen Augen. »Ich habe nicht nachgedacht. Mitchell ist euer Freund und ein Freund von Vince! Ich dachte …«

Ich schüttelte steif den Kopf, und Oskar verstummte so schnell, als hätte ich ihm die Rückhand auf den Mund geschlagen.

Ich wirbelte zu Mitchell herum. »Was hast du hier zu suchen? Wieso bist du überhaupt hier? Das solltest du nicht sein!«

Mitchells sommersprossiges Gesicht wirkte blass, und er sah mich mit offenem Mund an. »Wir, äh, sind mit Vince verabredet. Er hat Creed und mich gebeten, auf dem Weg zu ihm die Jungs mitzunehmen, damit sie nicht Bus fahren müssen.«

Aus meinem Mund drang ein ganzer Schwall von Schimpfwörtern.

Er wusste es.

Mitchell Moore kannte nun nicht nur meine Angst vor dem Wasser, sondern auch das wohlbehütetste Geheimnis, das unsere Familie besaß – er wusste über unsere Eltern Bescheid.

Mit weichen Knien drehte ich mich wieder zu Oskar um und atmete tief durch, um mich zu beruhigen. »Ist dir das schon öfter passiert?«

Nicht nur mir standen Tränen in den Augen, sondern auch meinem Bruder. Panisch blickte er sich um. »N-nein! Carla, es tut mir leid, es ist mir so rausgerutscht, aber ich schwöre, ich habe es noch nie jemandem erzählt! Es tut mir leid, es tut mir leid!« Die Tränen glitten seine Wangen hinunter, und er atmete stockend und schnell.

»Willst du ins Heim?«, fragte Mateo wütend und schüttelte Lennys Hand von seinem Arm. »Ist es das? Willst du lieber von einer beschissenen Pflegefamilie zur nächsten, weil es hier so grauenhaft ist?«

»Nein!«, weinte Oskar.

»Dann mach das gefälligst nie wieder!« Mateo wollte auf ihn los, doch Lenny hielt ihn wieder zurück. »Immer langsam, Kleiner!«

Er wirbelte herum. »Ich hole unsere Sachen.«

Oskar heulte laut auf und packte meinen Arm so fest, dass mir ein Ächzen entfuhr. »*No! No, no!* Ich will nicht ins Heim! Carla bitte, ich will nicht weg!«

Mateo grollte entnervt. »Ich hole unsere beschissenen Taschen, weil wir das Wochenende bei Tante Alma verbringen, du Idiot!«

Sanft strich ich Oskar über die Haare, obwohl meine Finger bebten. Ich schloss die Arme um ihn. »Ich kümmere mich um alles, verstanden? Niemand muss ins Heim. Das war das erste und letzte Mal, dass du dich verplappert hast, Oskar. Ich verlasse mich darauf. Ich bringe das wieder in Ordnung. Alles wird gut.« Hoffentlich sprach ich schnell genug, dass Mitchell mich trotz seiner Spanischkenntnisse nicht verstehen konnte.

Oskar löste sich von mir, nickte und fuhr sich hastig mit den Händen über das Gesicht.

Ich blickte zu Creed, Mitchell und Lenny, die das alles stumm beobachtet hatten. Mein Magen war auf die Größe einer Rosine geschrumpft und fühlte sich an wie tonnenschweres Blei. Gott, ich musste mich beruhigen. Ich musste mich konzentrieren, damit ich mich beruhigen konnte.

Creed trat mit ernster Miene zu mir und legte mir eine Hand auf die Schulter. »Mach dir keine Sorgen, Carla. Es wird nichts passieren. Du hast mein Wort.«

Ich wollte widersprechen, doch gleichzeitig wollte ich auch nicht streiten – er war immerhin nicht das Problem. Also nickte ich bloß steif.

Mateo kam mit zwei Rucksäcken zurück aus seinem und Oskars Zimmer und drückte einen davon so fest gegen Oskars Brust, dass dieser einen Schritt zurückstolperte. Der Blick meines fünfzehnjährigen Bruders war feindselig.

»Wir, äh, sollten gehen, Jungs«, sagte Creed vorsichtig. »Vince hat vor zehn Minuten geschrieben, dass Alma fast mit dem Abendessen fertig ist.« Er trat zurück und öffnete die Tür. Mitchell wirkte noch immer beunruhigt und sah von einem zum anderen.

Mateo wollte schon aus der Tür stürmen, da hielt ich ihn an der Hand fest und zog ihn zu mir.

»Zuhören, du Esel«, sagte ich so eindringlich ich konnte. »Lass deinen Bruder in Ruhe und sprich dieses Thema vor niemandem an. Vor allem nicht vor Alma. Ich kläre das, und du kümmerst dich um nichts, bis auf deine Schulaufgaben, *comprendes?*«

Bevor Mateo sich aus meinem Griff winden konnte, drückte ich ihm einen Kuss auf die Haare und ließ ihn los. Er stürmte in den Hausflur und war fort.

Ich wandte mich an Oskar. Sein Gesicht war knallrot vor Scham, und seine Fäuste bebten. Ich nahm ihn in die Arme und drückte ihn fest und lange. Dabei zerriss mir beinahe mein Herz. »Alles wird gut. Mach dir keine Sorgen und denk nicht mehr dran, okay?« Ich wuschelte ihm durch die dunklen Locken und verpasste ihm schließlich einen Kuss auf die tränenfeuchte Wange.

»Danke, Carla«, schniefte Oskar und löste sich von mir, noch immer, ohne mich anzusehen. Dann verschwand er ebenfalls in den Hausflur. Ich sah ihm hinterher, schwer darauf bedacht, Mitchells Blick zu meiden.

Creed seufzte und sah Lenny und mich mit hochgezogenen Augenbrauen an. »Bei euch wird es echt nie langweilig, Mädels.«

Lenny schnaubte. »Schön wär's.«

»Wir sehen uns bestimmt die Tage«, sagte er und rieb sich über die kurz geschorenen Haare, ehe er zum Abschied die Hand hob.

Mitchell wollte sich ebenfalls abwenden, doch ich streckte die Hand aus und legte sie ihm auf den Arm.

Überrascht hob er den Kopf.

»Können wir reden?«, fragte ich.

Einen Herzschlag lang glaubte ich, dass er Nein sagen würde. Doch dann nickte er langsam.

»Creed, fahrt schon mal vor, ich komme nach«, sagte er, ohne die Augen von mir zu lösen.

»Ich kann dich später mitnehmen, wenn ich zur Arbeit fahre«, bot Lenny an.

Creed nickte bloß und schloss die Haustür hinter sich.

»Falls ihr mich braucht, ich bin in meinem Zimmer«, sagte Lenny. Und mit dem weiteren Klicken eines Schlosses waren Mitchell und ich plötzlich allein.

Mir fiel auf, dass meine Hand noch immer auf seinem Arm lag, also zog ich sie rasch zurück und lief zu unserem abgewetzten Ledersofa. Mit steifen Gliedern setzte ich mich. Mitchell folgte mir stumm und tat es mir gleich.

»Kannst du mich aufklären?«, fragte er vorsichtig. »Was ist da eben passiert?«

Ich antwortete nicht. Noch immer war ich damit beschäftigt, wieder Ordnung in mein Hirn zu bringen. In meinem Kopf herrschte das reinste Durcheinander.

»Es tut mir leid, Carla.«

Verwundert blickte ich auf. »Was tut dir leid?«

Er hob hilflos die Schultern. »Was auch immer ich getan habe. Irgendetwas sagt mir nämlich, dass das eben etwas mit mir zu tun hatte. Ist es, weil ich nach euren Eltern gefragt habe? Habe ich die falsche Frage gestellt?«

»Es war Oskars Schuld. Du hättest einfach nur nicht hier sein sollen.« Ich traute mich nicht, ihm bei den Worten in die Augen zu sehen. Und das war ganz und gar untypisch für mich.

Er berührte meine Hand, was mich zusammenzucken ließ. »Carla, bitte versuch, es mir zu erklären. Ist es, weil euer Dad im Gefängnis ist? Soll das niemand wissen?«

»Ich möchte einen neuen Deal«, flüsterte ich, ohne auf seine Bitte einzugehen. Es war zu viel für mich. Mitchell besaß mit einem Mal die Macht, das Leben meiner ganzen Familie zu zerstören. Menschen waren unberechenbar, wenn sie Macht bekamen, egal, wie groß oder klein sie war. Er hätte im Gegenzug *alles* von mir verlangen können – denn ich war verzweifelt genug, *alles* zu tun, um meine Brüder und meine Tante zu beschützen.

»Ein neuer Deal? Was meinst du?«, fragte er verwirrt.

Ich hob den Kopf und sah, wie er die Stirn runzelte. »Der Abend, hinter der Bar«, half ich ihm auf die Sprünge. »Da haben wir beschlossen, dass du kein Wort über mein Geheimnis verlierst, wenn ich im Gegenzug mit dir rede. Und jetzt will ich einen neuen Deal. Diese Sache über meine Eltern hättest du niemals erfahren dürfen. Wenn sie an die falschen Personen gelangt, wird es … es wird unser Leben zerstören. Man wird mir meine Brüder wegnehmen. Und meine Tante, sie …« Meine Kehle wurde staubtrocken. Ich schüttelte den Kopf. »Deshalb will ich einen neuen Deal.«

Mitchell starrte mich an, und der Ausdruck in seinen Augen wurde hart. »Weil du glaubst, dass ich eine dieser falschen Personen bin, was?«

Ich wusste nicht, wieso, oder woher dieses grauenhafte Gefühl plötzlich kam, doch mit einem Mal verspürte ich so was wie Schuld.

Das war doch absurd. Wieso sollte ich Schuld empfinden?

»Ja«, ächzte ich, unfähig den Blick von seinem zu lösen.

Er nickte langsam. »Es wird wohl nichts nützen, wenn ich dich einfach bitte, mir zu vertrauen?«

»Sag mir einfach, was du willst.« Ich schlang die Arme um mich, um das Zittern in meiner Brust zu lindern.

Mitchell schwieg. Er starrte vor sich in die Luft, und sein Blick wurde finster. Mein Herz schlug mir fest gegen die Rippen, und ich fröstelte. Es kam mir vor, als würde er stundenlang schweigen und überlegen, auch wenn es vermutlich nur wenige Augenblicke waren. Währenddessen ging ich jegliche Horrorszenarien durch und wäre dabei am liebsten in Tränen ausgebrochen. Was würde er wollen? Was wollte er tun?

Als Mitchell endlich aufblickte, hätte ich beinahe aufgeschrien, so angespannt war ich.

Irgendetwas an meinem Blick ließ den seinen jedoch weicher werden. Mitgefühl trat in seine warmen braunen Augen. »Ich werde nicht dein Erstgeborenes verlangen, mach dir keine Sorgen.«

Ich war zu angespannt, um über schlechte Witze lachen zu können.

»Ich will dir helfen«, sagte er schließlich. »Das ist der Deal.«

Verblüfft öffnete ich den Mund. *Was?*

»Du willst mir helfen«, wiederholte ich langsam, nicht sicher, ob ich mich nicht verhört hatte.

»Du hast Angst vor Wasser, und ich möchte dir helfen, sie zu überwinden.«

»No.« Sofort versteifte ich mich. Dieser verdammte Mistkerl! »Alles, nur nicht das!«

»Wieso? Ich werfe dich ganz sicher nicht in den Pool. Du musst überhaupt nicht in den Pool, wenn das für den Anfang zu viel sein sollte. Aber ich glaube, dass diese Angst dir im Weg steht. Carla Santos ist kein Mädchen, das vor Wasser Angst haben sollte.«

»Was weißt du schon, was oder wer ich bin?«, fauchte ich und sprang vom Sofa auf.

Er folgte mir, als ich in die Küche ging und mir ein Glas mit Leitungswasser füllte. Meine Hände zitterten unübersehbar.

»Wieso interessiert es dich überhaupt, vor was ich Angst habe und vor was nicht?« Ich stürzte das Glas hinunter und stellte es mit einem Knall auf der Arbeitsplatte ab.

»Verdammt noch mal, Carla, wie viel offensichtlicher soll ich es noch machen?« Plötzlich schlang Mitchell einen Arm um meine Mitte und drehte mich zu sich um.

Ein erschrockener Laut entfuhr mir, und ich sah ihn mit großen Augen an. Die Intensität, die in seinen Augen tobte, lähmte mich.

»Du bist mir nicht egal«, sagte Mitchell eindringlich. »Und wenn es einen Pakt braucht, damit ich es dir beweisen kann, dann soll es so sein. Lass mich dir helfen, Carla. Ich bin schon geschwommen, bevor ich laufen konnte. Es gibt für mich nichts Besseres auf der ganzen Welt, als im Wasser zu sein. Ich liebe es, und deswegen will ich nicht …« Seine Stimme versagte.

»Und deswegen willst du was nicht?«, fragte ich angespannt.

Wir starrten uns an. Ich sah, wie er schluckte. »Deswegen will ich nicht, dass du es hasst«, flüsterte er.

»Willst du so unbedingt, dass ich *dich* hasse?«, fragte ich und ballte die Hände zu Fäusten.

»Ich dachte, das tust du bereits«, erwiderte er und ließ mich los.

»So ist es auch.«

»Dann habe ich ja nichts mehr zu verlieren.«

»Also haben wir einen Deal?« Ich streckte ihm meine Hand entgegen. »Meine Geheimnisse sind bei dir sicher, und im Gegenzug … im Gegenzug hilfst du mir?« Allein die Worte auszusprechen fühlte sich falsch an. Das war doch absurd. Es konnte unmöglich sein Ernst sein. Irgendetwas musste dahinterstecken.

Ich erwartete, dass Mitchell einschlug, doch stattdessen ergriff er meine Hand. Er sah mir tief in die Augen, und sein Daumen strich federleicht über meine Fingerknöchel. »Wir haben einen Deal.«

KAPITEL 8

MITCHELL

Ich schoss wie ein Pfeil durch das Wasser. Jede Bewegung meiner Arme war kraftvoll und zügig. Meine Lunge brannte bereits erschöpft, doch ich gab mir einen letzten Ruck, bis ich das Ende der Bahn erreichte und keuchend an die Wasseroberfläche stieß.

Mit zitternden Armen lehnte ich mich an den Beckenrand und zog mir die Schwimmbrille von den Augen. Mein Herz donnerte gegen meine Brust, und ich atmete schnell und flach.

»Komm schon, Moore!«, rief Coach Pat und ließ die Stoppuhr sinken. »Das waren sieben Hundertstel mehr als letztes Mal!«

Ich fluchte und fuhr mir über das Gesicht. »*Sieben?* Heute ist nicht mein Tag.« Keuchend kraulte ich zur Leiter, ehe ich aus dem Becken stieg.

Coach Pat trug meine Zeit auf seinem Klemmbrett ein. »Das ist mir auch schon aufgefallen. Du bist mit deinen Gedanken woanders, Junge. Schon wieder.«

Die Schwimmhalle war praktisch leer. Nur noch vier weitere meiner Teamkollegen waren im Wasser, die anderen waren bereits fort.

»Sorry, Coach«, sagte ich und setzte mich auf eine Bank am Beckenrand. »Morgen bin ich wieder ganz ich selbst, ich schwöre es.«

»Na schön.« Er setzte sich neben mich und verschränkte die Arme vor der Brust. »Willst du darüber reden?«

Ich runzelte die Stirn. »Über die Meisterschaft?«

»Du weißt, dass ich nicht davon spreche. Du bist seit über einer Woche völlig neben der Spur. So kenne ich dich gar nicht – und du kannst dir das verdammt noch mal nicht leisten. Also spuck schon aus, was dir im Kopf herumschwirrt.«

Ich zog mir die Badekappe vom Kopf und rieb mir durch die Haare. Befangen lehnte ich mich zurück und versuchte, meine erschöpften Muskeln zu entspannen. »Es ist nichts«, erwiderte ich und wagte es, seinen Blick zu erwidern. Coach Pat hatte die lästige Eigenschaft, einem geradewegs hinter die Stirn sehen zu können. Ich hatte noch nie erlebt, dass man ihm etwas vormachen konnte, weshalb ich immer ehrlich zu ihm war – oder es versuchte. Er war der festen Überzeugung, dass man nur Spitzenleistung vollbringen konnte, wenn der Kopf frei war, und in letzter Zeit hatte ich ihm den endgültigen Beweis dafür geliefert, dass er damit recht hatte. Ich stand seit Tagen neben mir, da meine Gedanken andauernd zu Carla abschweiften – und zeitgleich sackten meine Leistungen stetig ab. Die Vorstellung, dass sie Angst vor dem Wasser hatte, stellte sich in mir quer. Immer wieder dachte ich daran, wie panisch sie gewesen war, als ich sie aus dem Pool gezogen hatte. Und dann ihre Reaktion, als ich auf ihren Deal eingegangen war. Am liebsten hätte ich sie geschüttelt und ihr gesagt, dass ich keine verdammten Deals brauchte. Dass das Letzte, was mir in den Sinn käme, ein Verrat an ihr war. Weder das Geheimnis um ihre Brüder noch ihre Angst vor dem Wasser würden meinen Mund je verlassen. Ihr Misstrauen war wie ein Fausthieb in den Magen. Wieso bereitete es ihr überhaupt solche Sorgen, jemand könnte von ihrer Angst erfahren? Jeder hatte doch vor irgendetwas Angst. Das größte Problem an der ganzen Sache war wahrscheinlich, dass ich mir einredete, hinter ihre harte Schale blicken zu können. Das redete ich mir schon ein, seit ich sie kannte. Ich hatte gesehen, wie liebevoll und streng zugleich sie mit ihren Brüdern umging. Ich fragte mich, wie sie es schaffte, zu studieren, im *Leo's* zu arbeiten und sich um Oskar und Mateo zu kümmern. Jeder normale Mensch wäre vermutlich unter dem Druck zusammengebrochen. Dafür zollte ich ihr Respekt, und vielleicht sorgte das alles sogar dafür, dass ich mich noch mehr nach ihr sehnte. Ich bewunderte sie für ihre Stärke und ihren Kampfgeist. Und schon deshalb wollte ich ihr helfen, ihre Angst vor dem Wasser zu überwinden. Aber das meinem Coach zu erklären, war … unmöglich. Definitiv unmöglich.

Ich seufzte. Irgendetwas musste ich ihm sagen, also entschied ich mich für eine reduzierte Version der Wahrheit. »Na ja. Es gibt da ein Mädchen …« Das wissende Funkeln in Coach Pats Augen ließ mich augenblicklich verstummen. »Was ist?«

Er lachte und klopfte mir auf den Rücken. »Ein Mädchen also. Mehr muss ich gar nicht wissen, Moore. Hat dir ganz schön den Kopf verdreht, was?« Er seufzte schwer. »So was passiert jedem mal. So ist das mit den Hormonen. Aber wenn ich dir einen Rat geben soll: Sieh zu, dass du das in den Griff bekommst.«

»In den Griff bekommen?«

»Unternimm irgendetwas. In dir scheint eine Menge los zu sein. Aber vergiss darüber nicht, dass du das ganze letzte halbe Jahr für diese verdammte Meisterschaft trainiert hast. Es steht eine Menge auf dem Spiel, für dich und den Rest der Truppe. Ich will, dass wir dieses Jahr in der Mannschaftswertung endlich wieder ganz oben auf dem Treppchen stehen, aber dafür brauche ich dich in Bestform.« Er legte mir eine Hand auf die Schulter und sah mich eindringlich an. »Wirf nicht alles, was du dir so hart erarbeitet hast, über Bord für eine Liebelei. Diese Meisterschaft könnte deine Eintrittskarte nach Olympia sein, Moore. Also tu dir und mir einen Gefallen und *bekomm es in den Griff.*«

Ich lächelte schwach und stand auf, obwohl auf meinen Schultern plötzlich zentnerschwere Gewichte zu liegen schienen. Es war ein Wunder, dass sie mich nicht augenblicklich in die Knie zwangen. »Keine Sorge, Coach. Sie können auf mich zählen, versprochen.«

»Ist es Austins Schwester Arden?«, fragte Coach Pat, bevor ich gehen konnte. »Entschuldige meine Neugier. Bis jetzt hat sie dich doch beim Training nie abgelenkt.«

Allein der Gedanke an Arden sorgte dafür, dass ich das Gesicht verzog. Seit Savannahs Geburtstag schrieb sie mir schon wieder Dutzende Textnachrichten.

»Nein, es ist nicht Arden. Es ist jemand anderes. Aber ich bekomme das in den Griff, Coach. Sie haben mein Wort.«

»Dann ab unter die Dusche mit dir. Und hol dir eine ordentliche Mütze Schlaf, Junge. Wir sehen uns morgen früh um sechs. Und sei pünktlich.«

Ich machte mich auf den Weg in die Umkleiden. Coach Pat hatte recht. Ich musste etwas wegen Carla unternehmen. Doch zunächst würde ich dafür sorgen, dass sie keine Angst mehr hatte, auch wenn das leichter gesagt war als getan. Immerhin hasste sie mich und das Wasser. Danach würde ich *es in den Griff bekommen,* wie der Coach es so schön gesagt hatte.

Vor der Schwimmhalle wartete Savannah bereits auf mich. Sie lächelte, als ich auf sie zukam und meine Sporttasche schulterte.

»Hey, Champ«, begrüßte sie mich und setzte sich in ihr Auto. Ich folgte ihr und ließ mich ächzend auf den Beifahrersitz sinken.

»Du siehst ziemlich fertig aus«, bemerkte sie und fuhr los. Ihre nussbraunen Haare waren zu einem unordentlichen Knoten hochgesteckt, und ihre Brille saß tief auf ihrer Nase.

»Training war hart«, murmelte ich.

Ich runzelte die Stirn, als ich sie musterte. Ihre sommersprossigen Wangen waren rot gefleckt und ihre Augen geschwollen. Ich hatte den Eindruck, als würde sie den Kopf von mir wegdrehen, sodass ich es nicht sehen konnte. Ihre Finger werkelten am Radio herum, bis ein Song aus dem Musical *Hamilton* durch das Auto schallte. Doch ich hatte es sehr wohl gesehen.

Ich drehte den Ton leiser und legte meiner Schwester eine Hand auf die Schulter. »Savy, hast du geweint?«

Sie schnaubte, was beinahe schon empört klang. »Wie kommst du darauf, dass ich geweint habe? Mir geht es blendend!«

»Blendend?«, erwiderte ich und hob eine Augenbraue. »Ernsthaft, was ist passiert?«

»Nichts ist passiert! Ich, äh, habe einen dramatischen Film gesehen.«

»Hast du eben nicht gesagt, dass du nicht geweint hast?«

Sie warf mir einen missmutigen Blick zu. »Hör auf damit, Mitch. Ich hasse es, wenn du versuchst, mich zu analysieren.«

»Analysieren? Savy, ich habe nur gefragt, ob du geweint hast.«

Sie schwieg eine ganze Weile und starrte beharrlich auf die Straße. Ihr zierlicher Körper wirkte angespannt. »Es ist alles gut, wirklich. Ich war nur … traurig. Irgendwie.«

Meine Schultern sackten nach unten. Ich wusste, was es bedeutete, wenn Savannah traurig war.

»Seit wann geht es dir wieder schlecht?«, fragte ich vorsichtig.

»Ich weiß nicht ... seit meinem Geburtstag, schätze ich. Aber es ist nichts Tragisches, Mitchell. Es ging mir schon schlechter.«

Es schien tatsächlich nicht so drastisch zu sein, wie einige Male in der Vergangenheit. Immerhin saßen wir gerade zusammen im Auto. In Savs schlimmsten Phasen hatte sie ihr Bett tagelang, einmal sogar wochenlang nicht verlassen können. Ich hasste es, sie leiden zu sehen, ohne etwas daran ändern zu können. Ich würde nie vergessen, wie leer ihre Augen das eine Mal gewesen waren, wie eingefallen ihr Gesicht, und wie ausgehungert sie gewesen war. In mir hatte es getobt, nein, gewütet, so hilflos hatte ich mich gefühlt ...

Ich verwarf den Gedanken wieder und drückte sanft ihre Schulter. »Du weißt, dass du mich immer anrufen kannst, wenn es dir zu viel wird, ja?«

»Ich weiß«, erwiderte sie leise. »Nur bitte ... bitte verrate es Mum nicht. Du weißt, wie sie sonst reagiert.«

»Ich halte dicht«, versprach ich. Augenblicklich musste ich an Mums und mein Gespräch denken, welches wir vor Savs Geburtstagsparty in der Garage geführt hatten. Wenn Savannah wüsste, dass Mum ihre Phasen noch immer als lästig beschrieb, würde es im schlimmsten Fall noch eine neue triggern. Unsere Mutter war schon immer schwierig gewesen, was Savs Krankheit anging. Für sie waren Depressionen keine echte Krankheit, weshalb sie Savannah nie so ernst nahm, wie meine Schwester es verdiente. Das war letztendlich auch der Grund gewesen, weshalb wir auf dem Campus lebten und nicht zu Hause – obwohl es sich anbot, da das Haus riesig und in Campusnähe war. Das Verhältnis zu unserer Mutter war einfach zu schwierig geworden. Hinzu kam noch der fast schon manische Druck, den sie wegen der Schwimmwettkämpfe auf mich ausübte.

Savannah räusperte sich und wechselte hastig das Thema, wobei sich ihre Stimme überschlug. »Hast du die Kinokarten reserviert?« Sie drehte das Radio wieder auf und wechselte den Song zu etwas Schnellerem, Fröhlicherem, von *Florence And The Machine.*

Ich rang mir ein Lächeln ab. »Natürlich habe ich die Karten reserviert.«

»Guter großer Bruder«, erwiderte sie und begann zur Musik mitzusingen.

Wir sammelten Ella und Summer an ihrem Wohnungskomplex in der Nähe des Coldwater Rivers ein und fuhren anschließend weiter zur Fletcher Mall, in der sich das Kino befand. Während der Fahrt unterhielten sich die Mädchen eifrig über den Vorgänger des Films, den wir uns ansehen wollten, während ich allmählich wieder in Gedanken versank.

Ich wusste, dass es hirnrissig war, was ich vorhatte. Denn ich hatte mir einen Plan zurechtgelegt. Die Kontraliste war weitaus länger als die Liste mit den Pros, und sicher, Carla hatte mich gebeten, den Kuss zu vergessen, aber welcher Mensch könnte einen solchen Kuss einfach vergessen? Ich bezweifelte auch, dass Carla selbst ihn aus ihrem Gedächtnis gelöscht hatte, so wie sie behauptete. Vielleicht war es ein wenig zu viel des blinden Optimismus, dass ich so viel in diesen einen Moment hineininterpretierte, doch Hoffnung war eine Sache, die man nicht steuern konnte. Sie konnte Menschen dazu treiben, Dinge zu tun, die nicht logisch bis geradezu albern waren. Wie zum Beispiel, Carla beweisen zu wollen, dass etwas zwischen uns war.

Aber ich wollte es, daran gab es nichts zu rütteln. Ich wollte herausfinden, was noch alles hinter ihrer harten Schale steckte. Ich wollte wissen, wer sie war. Ich wollte die Last auf ihren Schultern mit ihr teilen und ihr helfen. Und vor allem wollte ich ihr beweisen, wie umwerfend wir zusammen sein könnten.

Es war der Samstag der folgenden Woche, und Carla und ich hatten uns für den späten Nachmittag im Haus meiner Eltern verabredet. Sie waren über das Wochenende bei meinen Großeltern, weshalb wir ungestört sein konnten. Niemand würde Fragen stellen oder uns sehen – das waren Carlas Bedingungen gewesen.

Das Training war in den letzten Tagen besonders hart gewesen. Unser ganzes Team hatte sich ins Zeug gelegt, bis Coach Pat mit unseren Zeiten, unseren Startsprüngen und Techniken zufrieden war. Nun war ich zwar übermüdet und erschöpft, doch ich konnte es kaum erwarten, Carla zu sehen. Wir waren uns nur ein einziges Mal auf dem Campus über den Weg gelaufen, denn sie und Lenny hatten sich in der Cafeteria an einen anderen Tisch gesetzt anstatt zu Ella, Summer, Sav und mir. Je länger ich über unseren absurden Deal nachdachte, desto mehr fühlte ich mich wie das selbstsüchtigste Arschloch auf Erden, weil ich sie dazu zwingen wollte, sich ihrer Angst zu stellen – und es mir dabei vor allem darum ging, dass wir Zeit miteinander verbrachten. Ich konnte es kaum noch erwarten. Und das sollte mir definitiv Sorgen bereiten.

Als es an der Tür klingelte, sprang ich wie von der Tarantel gestochen vom Sofa. Ich hastete zur Haustür, öffnete sie und …

Dort stand sie.

Ihr langes braunes Haar war offen. Es fiel ihr in Wellen bis unter die Brust, und ihr grauer Trenchcoat war fest zugeschnürt. Die Kälte verlieh ihrer Nasenspitze und ihren Wangen eine zarte Röte, und wieder einmal zogen ihre vollen, geschwungenen Lippen meine Aufmerksamkeit auf sich.

Sie sah umwerfend und nervös aus.

»Hi, Prinzessin«, sagte ich lächelnd und trat aus dem Haus. »Komm mit.«

Stumm folgte sie mir auf ihren hohen Keilabsätzen durch einen Weg im Vorgarten, bis zum Tor, hinter welchem unser Garten lag.

»Du wirkst aufgekratzt«, bemerkte ich, während ich zur Seite trat, um sie durch das Tor gehen zu lassen.

Sie warf mir einen flüchtigen Blick über die Schulter zu. »Ich bin nicht aufgekratzt, Hollister.«

Ich verkniff mir einen Widerspruch. Jetzt schon zu streiten war keine gute Idee.

Während wir zum Poolhaus liefen, hafteten Carlas Augen argwöhnisch auf dem Pool. Das fahle Licht der dunklen Wolkendecke spiegelte sich auf dem Türkisblau, und die Wasseroberfläche kräuselte sich im kalten Wind.

Carla wirkte so angespannt, als könnte sie jeden Moment anfangen zu schreien. Oder wegrennen.

Ich beschleunigte meine Schritte, bis ich neben ihr herlief. »Du wirst da nicht reinsteigen. Mach dir keine Sorgen«, sagte ich beschwichtigend.

Dass sie daraufhin bloß nickte und mich nicht ansah, anstatt mir eine schlagfertige Antwort zu liefern, bereitete mir ein wenig Sorgen. Sie schien alles andere als glücklich darüber, hier zu sein.

Vielleicht war dieser Deal doch ein Fehler. Ich sollte sie nicht zwingen, sich ihrer Angst zu stellen. Es war selbstsüchtig von mir, das von ihr zu verlangen. Andererseits musste es doch erdrückend sein, solche Furcht zu haben. Es schränkte sie in so vielen Dingen ein und legte ihr vielleicht sogar Steine in den Weg.

Ich öffnete die Glastür des Poolhauses und musste augenblicklich wieder daran denken, als ich zuletzt mit Carla hier gewesen war. Die Erinnerung war düster und verursachte mir einen Knoten im Magen. Sie hatte haltlos geschluchzt, hyperventiliert und sich panisch an mir festgekrallt.

»Was ist das denn?«, fragte Carla argwöhnisch. »Sind das riesige Marshmallows?«

Verwirrt folgte ich ihrem Blick. Dann lachte ich auf. »Nein, das ist die Wohnlandschaft.« Das U-förmige Sofa nahm beinahe den ganzen Raum für sich ein. Es war cremeweiß, ausladend und voller Kissen. Irgendwie sah es tatsächlich so aus wie ein riesiger Marshmallow. Gegenüber davon hing ein Flachbildfernseher, und in den Ecken des Raumes waren Boxen verteilt. Hier hatten Austin und ich uns ungefähr jeden existierenden Superheldenfilm angesehen. Mehrmals.

Das Poolhaus besaß ein Arbeitszimmer, zwei Badezimmer und ein großes Fernsehzimmer. Es war verwinkelt und bestand praktisch nur aus Fenstern.

»Komm mit, ich will dir etwas zeigen«, sagte ich und führte Carla den Flur entlang.

»Das hier ist das Arbeitszimmer«, kündigte ich an, ehe ich die weiße Kassettentür öffnete. »Meine Eltern benutzen es eigentlich nicht. Früher habe ich hier meine Hausaufgaben gemacht und gelernt.«

»Und das wolltest du mir unbedingt zeigen?«

Ich drehte mich zu Carla um und sah, wie sie mich mit hochgezogenen Augenbrauen anstarrte, so als wäre ich nicht mehr ganz bei Trost.

»Nein«, sagte ich grinsend und winkte sie in das Zimmer. »Sieh es dir selbst an.«

Wir traten ein. Die weißen Leinenvorhänge waren zugezogen, sodass das Licht im Raum gedimmt war. Die Luft war kühl und ein wenig feucht, was einen ganz bestimmten Grund hatte. Das Zimmer war genauso eingerichtet wie alle Räume, die von meiner Mutter hergerichtet wurden – so, als wären sie geradewegs einem Strandhaus in den Hamptons entsprungen. Der Schreibtisch war aus massivem Kirschholz, der Boden aus dunklen Dielen, die so auf Hochglanz poliert waren, dass man sich in ihnen spiegeln konnte. Die Einrichtung war maritim, schick und mit Liebe zum Detail.

Stirnrunzelnd sah Carla sich um.

»Dreh dich um«, sagte ich und drückte die Tür zu, damit sie das besondere Etwas in seiner ganzen Schönheit sehen konnte.

Sie kam meiner Aufforderung nach, und ich beobachtete gebannt, wie ihre Augen groß wurden, als sie das Aquarium erblickte. Jedoch nicht aus Panik, sondern aus Verwunderung.

Wie hypnotisiert trat sie langsam darauf zu. Ich war mir sicher, ich betrachtete sie mit einem ähnlichen Blick.

»Was denkst du?«, fragte ich und trat hinter sie. Ich konnte ihr Parfum riechen. Es war weiblich und süß.

Sie schwieg einen Moment lang. Dann sagte sie mit leiser Stimme etwas ganz anderes als das, was ich erwartet hatte.

»Es ist sehr schön.«

Mein Blick heftete sich nun ebenfalls auf das Aquarium. Es war in die Wand eingelassen und bedeckte fast deren gesamte Länge, vom Boden bis zur Decke. Auserlesene Wasserpflanzen, Steine und ein versunkenes Schiff lagen am Grund, und jede Menge schillernde bunte Fische schwammen dort umher. Seesterne klebten an der dicken Scheibe, und Luftbläschen blubberten aus einer kleinen Schatztruhe und einem versunkenen Springbrunnen. Bis auf das leise Summen der Wasserfilter war nichts zu hören.

»Also macht es dir keine Angst?«, fragte ich. »Ich dachte, wir könnten uns erst einmal mit Wasser an sich beschäftigen, bevor wir mit dem praktischen Teil anfangen.«

Carla drehte sich zu mir um. Ich glaubte, sie leise nach Luft schnappen zu hören, als hätte sie nicht erwartet, wie nah ich ihr war. Sie blickte durch dunkle, lange Wimpern zu mir auf. »Studierst du Psychologie, oder hast du für heute einfach eine ganze Therapiestunde entworfen?«

Meine Wangen wurden heiß. »Ich, äh, dachte bloß, dass es das Ganze für dich einfacher macht. Wenn du dich herantasten kannst, meine ich.« Ich hatte schon ein paarmal Schwimmunterricht gegeben, und es war nicht selten vorgekommen, dass manche der Kinder Angst hatten, zum ersten Mal im tiefen Becken zu schwimmen. Am besten überwanden sie die Angst, wenn man dem Wasser seinen Zauber nahm. Wenn sie genau wussten, womit sie es zu tun hatten, war die Furcht vor dem Ungewissen nicht mehr so groß. Dadurch fiel es ihnen leichter, das tiefe Becken mit neuen Augen zu betrachten.

Carla verzog das Gesicht. »Vielleicht erinnerst du dich ja, aber ich habe auch keine Angst zu duschen. Da werde ich bei dem Anblick eines Aquariums keine Schnappatmung bekommen.«

Meine Mundwinkel hoben sich, und ich beugte mich ein Stück zu ihr runter – ich konnte einfach nicht widerstehen. »Ach, dann erinnerst du dich doch?«

Sie blinzelte verwirrt. »Was?«

»An die Dusche«, half ich ihr grinsend auf die Sprünge. »Ich dachte, du hättest die Episode aus deinem Gedächtnis gelöscht?«

Ich war mir ziemlich sicher, dass sie sich ertappt fühlte, so wie ihr Mund aufklappte. Doch im nächsten Moment funkelte sie mich an und verschränkte die Arme vor der Brust. »Ich weiß nicht, was du meinst, Hollister.«

Ich hätte zu gerne nachgebohrt, entschied mich jedoch, das Thema fallen zu lassen. »Dann gehen wir jetzt zum spannenden Teil über«, sagte ich und trat zurück. »Wir setzen uns an den Whirlpool.«

Carla versteifte sich so schlagartig, dass ich meine Worte noch einmal wiederholte.

»*An* den Whirlpool, Carla, nicht hinein.«

»Claro«, sagte sie eilig und räusperte sich. »Soll ich mich umziehen?«

»Du hast Schwimmsachen dabei?«, fragte ich verblüfft.

»Ich wollte auf alles vorbereitet sein. Also, wo soll ich mich umziehen?«

Mit einem solchen Eifer hatte ich nun wirklich nicht gerechnet.

»Das, äh, kannst du hier drin machen. Ich ziehe mich im Schlafzimmer um. Komm danach einfach zu mir«, erwiderte ich und rieb mir über den Nacken. Ich wandte mich zum Gehen, ehe ich noch einmal stehen blieb. »Versuch, diesmal nicht einfach zu verschwinden, ja?«

Sie verdrehte die Augen, drückte mich aus dem Zimmer und schloss die Tür vor meiner Nase.

Ein Lächeln zuckte mir in den Mundwinkeln.

Wenige Minuten später trug ich auch schon meine Badehose und hatte zwei Handtücher sowie einen dicken Bademantel im Schlafzimmer auf das Bett gelegt. Das Zimmer war groß. Abgesehen vom einnehmenden Bett und einem Schrank gab es noch den Whirlpool. Es war ein großes, in den Boden eingelassenes Rechteck, umgeben von rauem Naturgestein inmitten der polierten Holzdielen. Es wirkte ein wenig fehl am Platz, doch Dad hatte schon immer von einem Whirlpool im Schlafzimmer geträumt.

Draußen wütete ein reißender Wind, und Nieselregen benetzte die Fensterscheiben. Laut Kalender hatte der Frühling zwar schon begonnen, doch es würde noch ein paar Wochen dauern, bis er sich auch tatsächlich blicken ließ. Immerhin war es gerade mal März. Wenn es nach mir ginge, hätte unser Schwimmteam schon längst angefangen, wieder in den Außenanlagen der Universität zu trainieren, auch wenn es dafür noch zu kalt war. Ich konnte es kaum abwarten.

Ich durchquerte den Raum und drückte einen Knopf an der Wand, wodurch sich die Platten über dem Jacuzzi öffneten. Augenblicklich begann sich das kleine Becken mit rauschendem Wasser zu füllen. Er war mit so vielen Düsen versehen, dass es nur wenige Minuten in Anspruch nahm, bis er voll war. Ebenfalls eine Spielerei meines Dads.

In diesem Moment fiel die Tür des Schlafzimmers ins Schloss, und ich hob den Blick.

Mein Mund wurde innerhalb eines Sekundenbruchteils staubtrocken.

Carla kam in einem knappen schwarzen Bikini geradewegs auf mich zugelaufen.

Gott. Ich hatte ihren Körper noch nie so nackt gesehen. Alles an ihr war perfekt. Ihre Haut hatte einen wunderschönen karamellfarbenen Teint, und ihre Kurven …

Verdammt. Ich wollte jeden Zentimeter ihres Körpers mit meinen Lippen erkunden.

Mir wurde schwindelig, als das Blut mir geradewegs in tiefere Gefilde schoss, und ich musste die Augen schließen, um mich zu fassen. *Komm schon, reiß dich zusammen. Denk an etwas anderes.* Die alte Professor Miller, die den Wirtschaftskurs schmiss und nie einen BH trug. Sie roch immer ein wenig nach Mottenkugeln und schwerem, moschushaltigem Parfum.

Ja. Das half etwas, stellte ich erleichtert fest. Besonders, wenn ich mir ihre nasale Stimme ins Gedächtnis rief.

Carla blieb vor mir stehen. Ohne ihre mörderisch hohen Schuhe war sie um einiges kleiner als sonst, und irgendwie gefiel mir das.

Ich brauchte einen Moment, um meine Stimme wiederzufinden. »Du, äh, hättest dir keinen ganzen Bikini anziehen müssen. Eine Badehose hätte gelangt.«

Sie schob das Kinn nach vorne und stemmte die Hände in die Hüften. »Du glaubst, ich ziehe vor dir blank? Ist das ein schlechter Versuch, mich flachzulegen?«

Mein Gesicht lief geradewegs knallrot an. »Was? Nein! Ich spreche davon, dass du ein T-Shirt hättest anbehalten können!«

Ein freches Grinsen erschien im nächsten Moment auf ihren Lippen, und sie ließ die Arme wieder sinken. »Ich weiß.«

Ich grollte leise, drehte mich um und stieg in den Jacuzzi. Wenn sie nicht gerade damit beschäftigt war, Mordpläne gegen mich zu schmieden, schien es ihr wohl eine ungeheure Freude zu bereiten, mich auflaufen zu lassen.

»Der Plan sieht folgendermaßen aus«, erklärte ich, um in meine Rolle als Mentor zurückzufinden, und deutete hinter mich. »Ich bin im Whirlpool, und du setzt dich vor mich. Wir gehen schrittweise vor, Zentimeter für Zentimeter, und wenn es dir zu viel wird, brechen wir sofort ab, okay?«

Sie biss sich auf die Lippe. Allmählich wich der Schalk aus ihren Zügen, und sie wirkte unsicher. »*Ay,* ich dachte, ich soll mich nur *an* den Whirlpool setzen.«

Nickend kniete ich mich auf die eingelassene Sitzbank im Becken. Das warme Wasser aus den Düsen sprudelte gegen meine Beine. »Genau. Und wenn du bereit bist, kannst du die Füße im Wasser baumeln lassen. Hast du eine Art Grenze? Bis wohin darf dir das Wasser reichen, bis du dich unwohl fühlst?«

»Mir ist jetzt schon unwohl zumute«, erwiderte sie und rümpfte die Nase. Die Art und Weise, wie Carla die Arme um ihren Körper schlang und zaghaft einen Schritt auf mich zumachte, verriet mir genug, um vorsichtiger zu sein. Sie war nicht so tough, wie sie mich glauben lassen wollte. Ich musste wohl noch langsamer vorgehen als geplant. Sie vertraute mir nicht und war bloß hier, um ihren Teil des Deals einzuhalten – mit anderen Worten, nicht aus freien Stücken. Es war weder ein entspanntes Treffen zwischen Freunden, noch war es ein Date. Irgendwie musste ich sie dazu bringen, das hier zu wollen.

»Setz dich«, sagte ich und klopfte auf die rauen, kühlen Steine vor mir, was einen nassen Fleck hinterließ.

Missmutig betrachtete sie den Handabdruck. Dann aber setzte sie sich hin, ohne weitere Proteste von sich zu geben. Da sie das Wasser nicht berühren wollte, zog sie ihre Knie an die Brust und schlang die Arme darum. Wir befanden uns nun beinahe auf Augenhöhe, nur dass Carla diesmal auf mich herabblickte. In ihren schönen Augen lag wieder diese Ruhelosigkeit.

»Wie fühlst du dich?«, fragte ich sanft.

»Bestens«, erwiderte sie und presste die Lippen zusammen.

»Wenn es dir zu viel wird, brechen wir ab. Ich habe noch einen weiteren Plan.«

Sie musterte mich mit verschlossener Miene, doch die Spannung in ihren Schultern schien sich ein wenig zu lösen. Sie schien nachzudenken und beobachtete das blubbernde Wasser um mich herum. Der Whirlpool war nun beinahe voll.

»Meine Waden«, sagte sie plötzlich.

»Was?«, fragte ich überrascht.

»Du wolltest wissen, wo meine Grenze liegt, bis ich mich unwohl fühle. Es sind meine Waden. Ich habe es … zu Hause in unserer Badewanne ausprobiert.« Sie wandte den Blick ab. »Ich habe mich reingestellt.«

Lange sah ich sie an. »Dann hast du also selbst schon versucht, etwas gegen deine Angst zu unternehmen?«

»Ganz offensichtlich, was?«

Erleichterung machte sich in mir breit. Das war gut. Nein, ehrlich gesagt war es sogar großartig. Carla wollte keine Angst mehr vor dem Wasser haben, und sie hatte versucht, sich selbst zu therapieren! Vielleicht würde es gar nicht allzu lange dauern, bis wir unsere Abmachung vergessen konnten, um uns ganz hierauf zu konzentrieren. Ich brauchte keine Deals, um ihre Geheimnisse für mich zu behalten. Ich brauchte sie nur, um ihr zu helfen.

»Okay, fangen wir an«, sagte ich und streckte eine Hand nach ihr aus. »Gib mir deine Hand.«

Der Whirlpool war voll. Das Wasser hörte abrupt auf zu fließen, und jegliches Blubbern verstummte, bis die Wasseroberfläche sich glättete. Sanftes Licht schaltete sich im Becken an, was tanzende Lichtreflexe ins Schlafzimmer warf.

»*Dios mío,* wie viel hat dieses Ding gekostet?«, fragte Carla erschrocken, während sie mit unübersehbarem Widerwillen ihre Hand in meine legte. »Mit dem Geld könnte man bestimmt ein ganzes Studium finanzieren!«

Verlegen lächelte ich. »Das ist eine Erfindung meines Dads. Er designt und installiert Bäder.«

Das schien sie zu verblüffen. »Oh. Ach so.«

Ich drehte ihre Hand herum, sodass ihre Handfläche nach oben zeigte. Irrationalerweise erfüllte es mich mit Stolz, dass ich sie berühren durfte.

»Tut mir leid«, murmelte sie. »Es geht mich nichts an, und ich hätte meine Klappe halten sollen.«

Es war das erste Mal, dass ich hörte, wie Carla sich für etwas bei mir entschuldigte. Aber ich versuchte, mir nichts anmerken zu lassen. Stattdessen tauchte ich meine freie Hand in den Whirlpool und ließ ein paar Tropfen Wasser auf ihre Finger tröpfeln. Carla zuckte zusammen.

»Ist das okay?«, fragte ich und suchte ihren Blick. Sie sah mich mit angespannter Miene an, nickte jedoch.

»Es muss dir nicht leidtun«, sagte ich, während ich fortfuhr. »Der Whirlpool ist Dads ganzer Stolz. Vielleicht wollte ich auch ein wenig angeben und habe dich deshalb hergebracht. Wir hätten uns auch an die Badewanne setzen können.« Ein schiefes Lächeln machte sich auf meinen Lippen breit.

Ich nahm ein wenig mehr Wasser und tröpfelte es in ihre Handfläche. Die Lichtreflexionen glitzerten auf ihrer sonnengeküssten Haut.

»Wieso habt ihr dieses Poolhaus?«, fragte sie, was mich von allen Dingen, die sie bisher zu mir gesagt hatte, am meisten überraschte. »Euer Haus ist so groß, wozu der ganze zusätzliche Platz?«, fügte sie hinzu. Währenddessen beobachteten ihre Augen aufmerksam, wie ich ihr Handgelenk und ihre Finger mit Wasser benetzte. »Ich habe nie verstanden, wieso sich die Reichen immer gleich einen ganzen Palast bauen müssen, nur weil sie es können.«

»Na ja«, murmelte ich, während ich ihre Hand losließ. Unaufgefordert reichte sie mir die andere. »Das Poolhaus war während unserer Kindheit so was wie Dads Freizeitprojekt. Er hat jahrelang daran gearbeitet und neue Dinge ausprobiert. Früher gehörte ein Teil des Grundstücks meinen Großeltern, aber sie sind nach Kanada ausgewandert und haben es meinen Eltern überlassen, kurz nachdem Sav auf die Welt kam. Also haben meine Eltern das alte Haus unserer Großeltern abgerissen, einen Garten daraus gemacht und das Poolhaus-Projekt gestartet.«

Während ich sprach, fuhr ich mit nassen Fingern auch über ihre andere Hand und beobachtete Carla dabei. Die Nervosität schien allmählich von ihr zu weichen.

»Das ist schön, dass dein Dad seine Träume verwirklichen konnte«, sagte sie und überraschte mich damit erneut. Ich hatte nicht damit gerechnet, dass sie wirklich mit mir reden würde. Ich hatte geglaubt, sie würde jegliches Gespräch abblocken, um all das hier so schnell wie möglich hinter sich zu bringen. Doch ich lag falsch. Je mehr Schnipsel sie von sich gab, desto größer wurde mein Verlangen danach, herauszufinden, wer sie wirklich war. Denn jeder dieser Schnipsel hielt mir deutlicher vor Augen, wie fremd wir uns eigentlich waren, obwohl wir uns schon so viele Jahre kannten.

»Es war nur eine seiner Spielereien«, erzählte ich und strich mit dem nassen Daumen über ihre Handfläche. Ich ertastete ein paar schwielige Stellen, die wohl von der vielen Hausarbeit und ihrem Job stammen mussten. Sanft glitt ich über sie und zeichnete mit der Daumenkuppe die Innenseite ihrer Finger nach. Eine nach der anderen.

Ich glaubte zu hören, wie Carla nach Luft schnappte. Die Berührung sorgte selbst bei mir dafür, dass ein Kribbeln von meiner Hand meinen Arm hinaufkroch, über meine Schultern und anschließend meinen Rücken hinunter, wie ein Wasserfall aus kitzelnden, Abertausenden Funken.

Ich hatte mit vielem gerechnet, doch die Intimität, welche dieser Augenblick barg, warf mich aus der Bahn.

Ich schöpfte erneut Wasser und umschloss ihre Handgelenke, glitt mit meinen Händen ihre Unterarme entlang, die noch immer ihre Knie umklammerten, und hinterließ eine Spur aus Wassertropfen.

Sobald ich Carla berührte, schien die Welt sich langsamer zu drehen. Und ganz offenbar war ich nicht der Einzige, der es fühlte. Was auch immer Carla empfand, es war *etwas*. Denn ich spürte eine Gänsehaut auf ihren Armen.

»Dads wirklicher Traum wäre es, wenn ich ebenfalls Innenarchitektur studieren würde, um irgendwann einmal das Familiengeschäft zu leiten«, murmelte ich, um wieder an unser Gespräch anzuknüpfen.

Carla schien sich sofort wieder zu fangen. »Wieso tust du es nicht? Es würde dich finanziell für den Rest deines Lebens absichern.«

Die Verständnislosigkeit in ihrer Stimme ließ mich lächeln, und ich blickte zu ihr auf. »Es wäre nicht das, was ich liebe. Etwas zu tun, das man liebt, ist wichtiger als Geld.«

Sie schien einen Augenblick darüber nachzudenken. »Liebe macht dich nicht satt und spendet dir kein Dach über dem Kopf.«

»Aber Geld macht dich nicht glücklich. Liebe schon.«

»An deiner Stelle wäre ich ins Familienunternehmen eingestiegen. Liebe ist nicht von Dauer.«

Ich lachte auf. »Glaubst du das wirklich, Prinzessin? Natürlich ist Liebe von Dauer. Wenn man Glück hat, sogar für die Ewigkeit.«

Ein spöttisches Funkeln trat in ihre Augen. »Sieh mal einer an, du bist also ein Romantiker.«

»Das hat nichts mit Romantik zu tun«, erwiderte ich und tauchte meine Hände wieder ins Wasser. »Ich meine, ja schon, wahrscheinlich bin ich einer. Aber ich habe handfeste Beweise. In meiner Familie gab es bisher noch keine einzige Scheidung, und ich habe drei Onkel und zwei Tanten, alle in glücklichen Ehen. Selbst die Eltern meiner Großeltern sind bis zu ihrem Tod zusammengeblieben. Wenn man erst einmal sein Gegenstück gefunden hat, bleibt man zusammen, und wenn etwas kaputt zu sein scheint, dann repariert man es und schmeißt es nicht weg.«

Carlas Mundwinkel begannen zu zucken. »Fängst du jetzt an zu singen?«

»Was?«

»Na, das machen Disney-Prinzessinnen doch andauernd. Trällern und tanzen und geben irgendeinen Unsinn über Liebe von sich, und – *ah!*« Sie kreischte, als ich ihr Wasser ins Gesicht spritzte.

»Du hast mir gerade *kein* Wasser ins Gesicht gespritzt, Hollister!«, keuchte sie.

Ich grinste breit. »Kommt ganz drauf an, ob du mich eben eine Disney-Prinzessin genannt hast.«

Im nächsten Moment lehnte sie sich angriffslustig vor. »Du legst dich mit der Falschen an, *Prinzessin.*«

»Hey!«, sagte ich, als sie ins Wasser langte und mich nass spritzte – der gewünschte Effekt blieb aus, da ich mich ohnehin bereits im Whirlpool befand. Hätte sie keine Angst vor dem Wasser gehabt, hätte ich einfach meine Arme um sie geschlungen, sie in das Becken gehoben und ihr die Wasserschlacht ihres Lebens geliefert. Doch leider fiel diese Option weg, weshalb ich mir etwas anderes überlegen musste.

»Carla«, drohte ich. »Du kannst mir nicht einfach meinen Spitznamen für dich klauen.«

»Tut mir leid, *Prinzessin*«, sagte sie und lächelte unschuldig. »Kannst du das noch einmal wiederholen? Du hast so leise gesprochen, da konnte ich dich nicht verstehen.«

»Du bewegst dich auf dünnem Eis.«

»Tue ich das, Elsa?« Sie lachte und – verdammt, am liebsten hätte ich ihr Gesicht in meine Hände genommen und ihren frechen Mund geküsst. Das plötzliche Bedürfnis war so roh und intensiv, dass es mir den Boden unter den Füßen weggerissen hätte, hätte ich gestanden.

Ich stieß den Atem aus und lachte auf. »Bevor ich etwas Unüberlegtes tue, sollten wir lieber weitermachen.«

»Als würde Mitchell Moore jemals etwas Unüberlegtes tun, dafür bist du viel zu anständig. Du solltest dir eine neue Drohung einfallen lassen.«

Ich grollte auf. »Du genießt das, oder?«

»Was meinst du?«

Ich schenkte Carlas unschuldiger Frage genauso wenig Glauben wie sie meiner Drohung und legte meine Hände auf ihre Knie. »Du genießt es, mich in den Wahnsinn zu treiben.«

»Definitiv«, sagte sie, wobei sich ihr Blick auf meine Hände richtete. Etwas in ihrer Miene veränderte sich. Ich konnte es deutlich sehen, was mich verharren ließ.

»Dann haben wir wohl endlich etwas gemeinsam.« Ich hatte es im Scherz sagen wollen, doch es klang nicht so. Und wenn ich ehrlich war, meinte ich es auch nicht im Scherz. Carla zu berühren löste die verschiedensten Gefühle in mir aus.

Der Schalk schien genauso schnell aus ihrer Miene zu weichen wie aus meiner.

Langsam tauchte ich meine Hände ins Wasser und legte sie zurück auf ihre Knie. Wassertropfen rannen ihre Beine hinab, und ein Schauer ließ sie erzittern.

»Ist das okay?«, fragte ich leise. Ich gab je eine Handvoll Wasser auf ihre Beine. Einmal, zweimal, dreimal. Ihre Haut war samtweich.

Ich schloss meine Hände um ihre Waden und glitt an ihnen hinauf. Wieder sah ich sie fragend an, und wieder nickte sie stumm – doch ich konnte sehen, wie sie schluckte. Eine zarte Röte lag auf ihren Wangen, und ihre Lippen teilten sich.

Die Luft im Raum schien sich zu verdichten. Sie wurde schwerer und aufgeladen.

Keiner von uns sprach ein Wort, während ich ihre Beine weiter und weiter mit Wasser benetzte.

Carla schüttelte sich leicht, versuchte, es zu unterdrücken. Doch ich hatte es gesehen.

Ich machte so lange weiter, bis sich die Spannung in ihren Schultern gelöst hatte – und insgeheim, bis sie noch einmal erschaudert war, denn ich hatte es noch einmal sehen müssen, um es auch wirklich zu glauben. Dass ich der Auslöser dafür war und nichts anderes.

Ich schloss meine Hände um ihre Knöchel und zog diese zu mir, bis ihre Zehen meinen Bauch berührten.

»Rutsch ein Stück nach vorne«, sagte ich heiser.

Es sah ihr nicht ähnlich, und doch kam sie meiner Aufforderung nach.

»Vertraust du mir?«, fragte ich und ließ ihre Füße los.

Sie hob eine Augenbraue. »Erwartest du auf diese Frage wirklich eine Antwort?«

»Versuch es einfach, okay? Gib mir deine Hände.«

Bevor sie mir ihre Hände geben konnte, hatte ich sie auch schon selbst ergriffen.

»Wir gehen einen Schritt weiter«, erklärte ich und legte mir ihre Hände auf die Schultern. »Halte dich einfach an mir fest.«

»Was hast du vor?«, fragte sie angespannt.

»Ich versuche, herauszufinden, wo deine neue Grenze ist«, sagte ich und zog ihre Füße zu meinen beiden Seiten langsam in das Wasser. Carlas Augen weiteten sich. Ihre Finger gruben sich in meine Schultern, was meine Kehle auf einen Schlag eng werden ließ.

»Wie fühlt es sich an?« Ich zog ihre Knie an meine Seiten und ließ ihre Beine langsam in das Wasser gleiten.

Diesmal schnappte sie hörbar nach Luft, und der Griff ihrer Hände um meine Schultern wurde stärker. Ihre Knie pressten sich an meine Taille, und ich musste die Kiefer fest aufeinanderpressen. *Denk an Professor Miller. Nur an sie.*

Carla kniff die Augen zusammen und biss sich fest auf die Lippe. »Das … das Wasser ist sehr warm.«

Starr ihr nicht auf den Mund. Starr auf keinen Fall auf ihren Mund.

Ich räusperte mich und legte meine Hände zurück auf ihre Knie. »Was fühlst du noch?«

»Ich habe keine Angst«, stieß sie hervor.

Lächelnd nickte ich. »Die musst du auch nicht haben. Du sitzt hier bloß und lässt deine Beine ein wenig baumeln. Dir kann absolut nichts passieren.«

Blinzelnd blickte sie hoch zur Decke und verstärkte noch einmal den Griff um meine Schultern. Mittlerweile klammerte sie sich regelrecht an mich. Ihre Beine hingen bis zu den Knien im Whirlpool, was für mich nicht harmloser hätte wirken können. Doch

Angst war irrational, und ganz offenbar ging es Carla nicht so gut, wie sie behauptete. Ihr Atem hatte sich beschleunigt, und ihre Pupillen waren riesig.

»Tief durchatmen«, sagte ich und streichelte beruhigend ihre Beine. »An was denkst du gerade?«

»An den Pool«, keuchte sie. »An … an das Gefühl, im Wasser zu sein.«

»Du steigerst dich rein. Konzentrier dich auf etwas anderes. Kannst du die Lampen im Wasser zählen?«

Ihre Augen huschten unruhig hin und her, und sie schüttelte den Kopf. »*No.* Ich kann mich nicht konzentrieren.«

»Vielleicht brechen wir hier ab«, schlug ich vor, während meine Finger weiter beruhigend über ihre Haut glitten. »Weiter als bis hierhin gehen wir heute nicht. Du hast dich großartig geschlagen. Das nächste Mal wird es viel einfacher.« Meine Hände erstarrten plötzlich, als mir bewusst wurde, was ich da eigentlich tat.

Meine Hände lagen auf ihren Oberschenkeln. Ich streichelte Carla Santos über die Oberschenkel.

Sie nickte, machte jedoch keine Anstalten, sich von mir zu lösen. Vielleicht bildete ich es mir nur ein, doch sie schien sich zu mir zu lehnen. Ihre Hände auf meinen Schultern und ihre Beine, die sie um mich geschlungen hatte, fühlten sich verboten gut an. Meine Augen begaben sich auf Wanderschaft, glitten über ihre vollen, sinnlichen Lippen, ihre ebenmäßigen Gesichtszüge, ihren Hals und die zarten Schlüsselbeine. Ich glaubte zu sehen, dass sie genau dasselbe tat. Ihre grünbraunen Augen studierten mich. Gut möglich, dass sie es nur tat, um sich vom Wasser abzulenken, doch so, wie sie mich ansah, bekam ich das Gefühl, nicht mehr richtig atmen zu können.

Und weil ich auch nur ein Mann war, landete mein Blick schließlich auf dem knappen schwarzen Bikinioberteil. Gott, sie hatte … tolle Brüste. Ich musste daran denken, wie ihre Fingernägel unter der Dusche meinen Rücken hinuntergefahren waren und es mir geradewegs wie ein Schlag bis in meinen Schwanz gefahren war.

Mein Puls wurde schneller, und ich leckte mir über die Lippen. Gedankenverloren bewegten sich meine Hände wieder auf ihren Beinen, und ich hörte, wie sie nach Luft schnappte.

Blinzelnd riss ich mich aus meiner Trance. Erst jetzt fiel mir auf, dass Carla seit geraumer Zeit schwieg und der Anflug von Panik aus ihren Augen gewichen war. Was ich stattdessen in ihren Augen entdeckte, raubte mir geradewegs den Atem.

»Du denkst an Sex«, sagte sie plötzlich unverblümt.

Mein Mund klappte auf.

Vermutlich hätte es aufziehend klingen sollen, doch das hatte es nicht. Sie runzelte die Stirn, fast so, als sei sie von der Machtlosigkeit in ihren Worten genauso überrascht wie ich. So wie Carla es gesagt hatte, war *sie* diejenige, die an Sex dachte, und dieser Gedanke wollte mir ein Stöhnen entlocken. Im letzten Moment hielt ich mich zurück.

»Oder?«, hakte sie nach.

Ich lächelte träge. »Gut möglich.«

»Das wird niemals passieren, Moore«, flüsterte sie. »Du und ich – das passt nicht. Außerdem bist du nicht mein Typ. Ich fühle mich einfach nicht zu dir hingezogen. Nicht mal ein klitzekleines …«

Ihre Stimme versagte, als ich meine Hände auf ihre Hüften legte und mich zu ihr beugte, was ihrer Abfuhr innerhalb von Sekunden den Wind aus den Segeln nahm.

»Sicher?«, murmelte ich und wanderte mit den Händen zu ihrem Rücken. Mutig fuhr ich ihr Kreuz hinauf, was ihr augenblicklich ein Seufzen entlockte.

Oh, verdammt noch mal. Ich spielte so was von mit dem Feuer.

Ich atmete flach, als ich mich wieder zurücklehnte. Mir war heiß und kalt, und jede Faser meines Körpers wollte sie. Doch wenn ich Carla beweisen wollte, dass es etwas zwischen uns gab, durfte ich nichts überstürzen – auch wenn ich das vielleicht bereits getan hatte. Ich wollte, dass sie es selbst sah.

Sie blinzelte ein paarmal. Ihr durchdringender, stürmischer Blick wurde klarer, und sie nahm die Hände von meinen Schultern. »Ich halte mich bloß an meinen Teil unseres Deals. Das hier ist nichts weiter als Unterricht.«

Unterricht in Selbstbeherrschung? Definitiv.

Sie rutschte von mir weg und zog die Beine aus dem Wasser. »Und der Unterricht ist jetzt vorbei!«

Damit rappelte sie sich auf und eilte aus dem Zimmer – so schnell, dass ich ihr nur hinterherstarren konnte.

KAPITEL 9

CARLA

Allmählich fragte ich mich, welche Feststellung mich wütender machen sollte: Dass ich ein Feigling war? Dass ich nicht aufhören konnte, daran zu denken, was zwischen Mitchell und mir vor drei Tagen im Poolhaus passiert war? Vielleicht machten mich diese Tatsachen auch gleichermaßen wütend. Die einzige Frage dabei war nur, ob ich auf ihn wütend sein sollte oder auf mich?

Vermutlich auf mich.

Knurrend spießte ich eine zerkochte Nudel auf und beobachtete das emsige Geschehen in der Cafeteria der Fletcher University. Der Frühling hatte sich endlich dazu entschlossen, der Stadt ein wenig Sonnenschein zu schenken, welcher nun durch die großen Fenster fiel und den Raum in helles, warmes Licht tränkte. Die Luft war dick und roch nach Käsemakkaroni, was mir den Appetit schon verdorben hatte, bevor ich mein Tablett damit beladen hatte.

Mein Blick wanderte weiter und blieb an einer filigranen goldenen Brille vor mir hängen, die das Sonnenlicht auffing und mich blendete. Die braunen Augen dahinter starrten mich an, wandten sich jedoch rasch ab.

Ich hob eine Augenbraue und beobachtete, wie Savannah sich ein wenig zu übereifrig ihrem Mittagessen widmete. Mir fiel auf, dass sie und Mitchell fast dieselbe Haarfarbe hatten …

Nein, stopp.

Als ich verstohlen zu Ella und Summer blickte, die mit an unserem Tisch saßen, und sie dabei erwischte, wie sie mich ebenfalls anstarrten, nur um sich anschließend ein wenig zu überschwänglich ihrem Essen zu widmen, ließ ich mein Besteck auf das Tablett fallen. »Was ist hier los?«

Savannah erstarrte. Ihre Wangen wurden rot, und sie hob den Kopf. »Äh … was soll los sein?«

»Ihr beobachtet mich«, erwiderte ich trocken. »Wenn ich nicht gerade einen gigantischen Popel an der Nase haben sollte, möchte ich wissen, warum.«

»Es ist nichts«, beeilte sich Ella zu sagen und schob sich rasch eine Gabel mit Nudeln in den Mund. Savannah wich meinem Blick erneut aus, schraubte ihre Wasserflasche auf und nahm einen Schluck. Nur Summer verzog die tiefrot geschminkten Lippen zu einem breiten Lächeln. Ihr goldblondes Haar fiel in glänzenden Wellen über ein himmelblaues Wollkleid.

»Sav hat uns etwas erzählt, Carly«, erklärte Summer.

Ich hob eine Augenbraue. »Und das wäre?«

Sie zerrupfte ein Salatblatt über ihrem Teller, und ein Funkeln trat in ihre blauen, großen Augen, was mich augenblicklich misstrauisch werden ließ.

»Die Haushälterin von Savs Eltern hat am Samstag die Küchenfenster geputzt. Dabei konnte sie beobachten, wie Mitchell ins Poolhaus ging. Aber er war nicht allein.« Ihr Grinsen wurde breiter. »Sie hat gesagt, dass sie auch eine hübsche Latina gesehen hat.«

Oh.

Oh! Mierda. Man hatte uns gesehen.

»Wann wolltest du es uns sagen, Carla?«, fragte Ella vorwurfsvoll.

»Euch was sagen?« Großartig. In diesen drei Worten lag genug Schuld, um mich für ein ganzes Staatsverbrechen dranzukriegen.

Savannah sah mich mindestens so vorwurfsvoll an, wie Ella geklungen hatte. »Wann wolltest du uns sagen, dass du und mein Bruder miteinander ins Bett geht?«

Drei aufmerksame Augenpaare pfählten mich, die jede Reaktion von mir mit Bedacht beobachteten.

Ich setzte mich hastig auf. »*Was?* Das ist lächerlich! Nicht einmal in einem Paralleluniversum würde das passieren!«

»Was würde wann nicht passieren?«, erklang plötzlich eine Stimme neben mir, ehe der Stuhl zu meiner Rechten zurückgezogen wurde.

Wenn man vom Teufel spricht.

Mitchell setzte sich neben mich. Sein Mitbewohner Todrick war ebenfalls mit von der Partie und ließ sich ebenfalls auf einen freien Stuhl fallen.

Verdammt noch mal, das Universum hatte sich gegen mich verschworen.

»Hey, Mitch!«, flötete Ella und lehnte sich über den Tisch. »Sag mal, können wir dich etwas fragen?«

Überrascht hob er die Augenbrauen und krempelte die Ärmel seines weinroten Kapuzenpullovers nach oben. »Seit wann fragst du, ob du mich etwas fragen darfst, Elmo? Ist irgendetwas passiert?«

Summer stöhnte auf. »Mein Gott, ihr redet alle um den heißen Brei! Mitch, haben du und Carla Sex?«

Die Gabel, die er eben in die Hand genommen hatte, rutschte ihm aus den Fingern und fiel klappernd zu Boden. Seine Augen wurden mindestens so kugelrund wie meine. *»Was?«*

»Da habt ihr es!«, rief Summer und klatschte triumphierend in die Hände. »Das große Geheimnis ist gelüftet! Santos und Hollister treiben es miteinander!«

»Ihr hättet es uns sagen sollen!« Sav langte über den Tisch, um ihrem Bruder gegen die Schulter zu boxen.

»Mann, ihr habt gevögelt, und du erzählst mir nichts davon?«, beschwerte sich nun auch Todrick und schüttelte den Kopf. »Großartig, Kumpel. Wirklich großartig.«

»Haltet alle eure Klappe!«, fauchte ich und schlug mit den Händen auf den Tisch. Einige Köpfe an den anderen Tischen drehten sich zu uns herum. »Wir schlafen nicht miteinander!«

»Wer hat das in die Welt gesetzt?«, fragte Mitchell mit hochrotem Gesicht.

Savannah schnalzte mit der Zunge, als wäre seine Frage absolut überflüssig. »Tu doch nicht so. Mums Haushälterin hat euch gesehen, ihr wart am Wochenende zusammen im Poolhaus!«

»Und wenn schon?«, sagte ich und suchte fieberhaft nach einer Ausrede. »Mitchell und ich sind Freunde.«

Ein ungläubiges Lachen erklang von Ella, ehe sie sich hastig die Hand vor den Mund hielt.

»Freunde«, wiederholte Summer langsam, als wäre diese Beschreibung in Bezug auf Mitchell und mich unwahrscheinlicher als ein spontaner Alienangriff. »Seit wann seid ihr zwei denn *Freunde?* Carla, hast du nicht immer gesagt, dass du Mitch langweilig und nervig findest?«

»Früher«, erklärte ich hastig, als Mitchell mir einen vorwurfsvollen Blick zuwarf. »Jetzt nicht mehr. Jetzt, äh, finde ich dich echt cool.«

Todrick lachte schallend, ehe ein Ruck durch seinen muskulösen Körper ging. Mitchell musste ihm unter dem Tisch einen Tritt verpasst haben.

»Carla hat recht«, kam er mir endlich zu Hilfe und warf einen Arm um meine Schultern. »Seit deinem Geburtstag sind wir Freunde, Savy. Wir haben zusammen getanzt und …«

»Nope, so entstehen keine Freundschaften«, fiel Summer ihm ins Wort. »Tut mir leid, Leute, aber so entstehen One-Night-Stands.«

»Mitchell ist schwul«, erklärte ich.

»Nein!«, widersprach er und warf mir einen verärgerten Blick zu. »Ich bin *nicht* schwul. Wir schlafen trotzdem nicht miteinander.«

»Angenommen, ich glaube euch«, sagte Savannah und hob die Augenbrauen. »Was habt ihr im Poolhaus gemacht?«

Ich verspannte mich. Auf keinen Fall würde ich zulassen, dass sie von unserem Deal erfuhren. »Wir, äh, haben einen Film geguckt.«

Ella nickte. »*Netflix und Chill.* Damit kenne ich mich aus.«

»Einen Film, ja? Welchen denn?«, fragte Savannah unschuldig, doch ihr Blick hinter der Brille war prüfend.

»Aquaman«, erwiderte ich sofort, weil es das Erste war, das mir in den Sinn kam, und nach einem Film klang, der jemandem wie Mitchell gefallen könnte – immerhin war er Schwimmer. Mateo hatte mich vor einer Weile überredet, den Actionfilm mit ihm zu sehen, wofür ich mit einem Mal dankbar war. »Marvel ist einfach toll!«, fügte ich lächelnd hinzu.

»Das ist DC, Prinzessin«, flüsterte Mitchell, doch ich stieß ihm bloß mit dem Ellbogen in die Seite und lächelte meine Freundinnen noch ein wenig strahlender an.

Savannah wirkte nicht überzeugt. »Aber du magst Superheldenfilme doch gar nicht.«

»Der Film hat ihr trotzdem gefallen«, bekräftigte Mitchell und tätschelte meine Schulter. »Vermutlich hauptsächlich wegen Jason Momoa.«

»Ja, genau. Der war heiß!«

»Das klingt wie ein Date«, brummte Ella.

»*Ay,* genau aus dem Grund wollte ich euch nicht erzählen, dass wir Freunde sind«, erwiderte ich schroff. »Ihr seid solche Tratschtanten.«

»Wohl wahr.« Mitchell löste seinen Arm von mir. »Ihr nervt. Alle miteinander.«

»Akzeptiert es einfach.« Ich nahm mein Besteck wieder in die Hände und stach in die zerkochten Nudeln. »Hollister und ich sind jetzt Freunde.«

Savannah verengte ihre Augen. Sie schien eine Weile zu überlegen, ehe sie sich geschlagen gab – zumindest für den Moment. »Na schön. Ihr seid Freunde.«

»Super, dann können wir ja alle gemeinsam einen Videoabend machen!«, schlug Ella vor. »Ches und ich wollten euch sowieso fragen, wann wir uns mal wieder alle treffen. Wir könnten Pizza bestellen und uns einen Streifen nach dem anderen ansehen.«

»Oh ja, das klingt toll!« Sav strahlte begeistert. »Wie wäre es mit Freitag?«

»Freitag habe *ich* ein Date«, erwiderte Summer und zückte ihr Telefon. Sie tippte darauf herum. »Wie wäre Samstag?«

»Samstag ist gut«, sagte Mitchell. Ich hinderte mich gerade rechtzeitig daran, ihm keinen vorwurfsvollen Blick zu schenken. Samstag war unsere nächste Verabredung.

»Ich habe morgens Training und muss anschließend mit ein paar Leuten aus meinem Kurs an einem Projekt arbeiten, aber wir können uns gegen acht bei Todrick und mir in *King House* treffen?«, fragte er und blickte durch die Runde.

»Klingt nach einem Plan.« Todrick grinste. »Mann, wir haben schon ewig keinen Filmeabend mehr bei uns im Wohnheim veranstaltet.«

»Ich sage Ches und Creed Bescheid!« Ella zückte nun ebenfalls ihr Handy. »Kommt Lenny auch?«

»Ich werde sie fragen«, sagte ich und presste die Lippen zusammen. »Das wird bestimmt großartig.«

»Irgendwie ist das cool.« Savannah lächelte mich warm an. »Früher wolltest du nie zu den Spieleabenden kommen. Ich freue mich, dass du dich umentschieden hast, Carly.«

Ihre Freude darüber wirkte so tief und echt, dass ich mit einem Mal ein schlechtes Gewissen bekam. Was machten wir hier bloß? Mitchell und ich machten unseren Freunden etwas vor. Das hatte ich nie gewollt. Deshalb hatte ich doch versucht, einen gewissen Abstand zu wahren. Doch hier war ich nun, und es fühlte sich grauenhaft an. Das Schlimmste an der Sache war, dass ich keine andere Wahl hatte. Verdammt, wieso hatte ich nicht schon vorher darüber nachgedacht, was wir sagen sollten, wenn unsere Freunde von unserem Arrangement Wind bekamen? Mitchell und ich verbrachten nun schlichtweg zu viel Zeit miteinander, als dass man es hätte geheim halten können.

Ich erwiderte Savannahs Lächeln, auch wenn es sich gezwungen anfühlte. Da mir der Appetit vergangen war und ich schnellstens hier wegwollte, stand ich auf und nahm mein Tablett in die Hände. »Ich muss noch in die Bibliothek. Wir sehen uns, Leute.« Mein Blick fiel zu Mitchell, was offenbar jeder am Tisch beobachtete. Ich versuchte, noch ein wenig breiter zu lächeln, was vermutlich eher einem angespannten Zähnezeigen glich, und zwinkerte ihm sogar zu. »Bis dann, *Kumpel.*«

Eilig machte ich mich auf den Weg über den Campus. Im Geiste versuchte ich bereits, einen Plan zu entwickeln, wie ich es am geschicktesten anstellte, Lenny dazu zu überreden, Samstagabend ebenfalls zu kommen. An den Wochenenden musste sie tanzen, oder sie war erledigt vom Tanzunterricht, den sie kleinen Mädchen im Gemeindezentrum der Stadt gab. Die freie Zeit, die sie hatte, verbrachte sie meist in Szeneclubs, um ihre seltsamen Freunde zu treffen und – Überraschung – noch mehr zu tanzen. Mir fiel nur eine Möglichkeit ein, wie ich sie dazu bringen konnte, zu kommen. Und ehrlich gesagt war das ein ziemlich unfairer Schachzug.

Ich würde die Creed-Karte spielen müssen.

Gerade als ich die hoch in den Himmel aufragende alte Bibliothek erreicht hatte, hörte ich, wie hinter mir mein Name gerufen wurde. Ich blieb stehen und drehte mich um.

Mitchell kam über den gepflasterten Weg auf mich zugejoggt. Seine federnden Schritte waren kraftvoll und wirkten seltsamerweise nicht stümperhaft, obwohl er sich so schnell bewegte. Der Kapuzenpullover spannte über seiner Brust, und die breiten Schultern und der eine oder andere Blick von ein paar Studentinnen folgte ihm.

Erst, als mir jemand auf die Schulter tippte, damit ich einen Schritt zur Seite machte, da ich die Tür blockierte, fiel mir auf, dass ich wie angewurzelt stehen geblieben war.

»Was willst du?«, fragte ich nervös, als Mitchell mich erreicht hatte.

»Was war das eben, Carla?« Er fuhr sich durch die zerzausten Haare und wirkte nicht ansatzweise atemlos, trotz des raschen Laufs.

»Was meinst du?«, erwiderte ich verwirrt.

Er bedeutete mir, ihm zu folgen. Wir setzten uns auf eine leere Bank unter einem kahlen Ahornbaum, neben dem Bibliotheksgebäude.

Mitchell ließ sich gegen die hölzerne Lehne sinken. Er zog die Augenbrauen zusammen. »Wir haben die anderen angelogen – wir haben Savannah angelogen.«

Ich verschränkte die Arme vor der Brust, als ich den Vorwurf aus seiner Stimme heraushörte. »Was hätten wir deiner Meinung nach sonst tun sollen? Wir haben immerhin einen …«

»Einen *Deal,* schon klar«, fiel er mir trocken ins Wort. »Aber wieso erzählst du ihnen nicht einfach die Wahrheit? Wieso willst du nicht, dass sie von der Sache mit dem Wasser wissen? Ich dachte, Sav, Ella und Summer sind deine Freundinnen.«

»Das sind sie auch!«, erwiderte ich aufgebracht. »Aber ich will nicht, dass sie … sie sollen nicht … ich …« Fluchend schloss ich die

Augen. Meine Brust schnürte sich zusammen. Ich wollte nicht, dass sie davon wussten. Ich wusste, dass meine Freundinnen mir um einiges mehr vertrauten als ich ihnen. Vertrauen war eben nicht meine Stärke. Die Vergangenheit hatte mir mehr als einmal gezeigt, dass man nur verletzt werden konnte, wenn man es zuließ. Und ich würde nie wieder verletzt werden. Nicht nach dem, was mit meinen Eltern geschehen war. Ich konnte meine Laster alleine stemmen. Unter keinen Umständen wollte ich, dass noch eine einzige weitere Menschenseele von meinen Geheimnissen erfuhr, selbst wenn es sich um meine Freundinnen handelte. Vielleicht sogar gerade deshalb nicht. Sie durften nicht auch noch unter meinen Lastern leiden.

»Das geht niemanden etwas an«, sagte ich leise. Meine Stimme klang nicht so scharf wie beabsichtigt. Ehrlich gesagt klang ich erschöpft. Ich *war* erschöpft.

Ich erwiderte Mitchells Blick, der plötzlich sanft wirkte, als könnte er in meinem Gesicht lesen wie in einem Buch.

»Das ist okay, Carla«, sagte er. »Tut mir leid.«

»Ich will kein Mitleid. Ich möchte einfach nur, dass die anderen nichts über uns herausfinden. Tun wir einfach so, als seien wir die besten Freunde, wenn sie in der Nähe sind, okay?«

Ungläubig hob er eine Augenbraue. »Du bist eine grauenhafte Schauspielerin, weißt du das eigentlich? Sav war nicht eine Sekunde von der Performance überzeugt. Die anderen glaube ich auch nicht. Das wird niemals funktionieren.«

»Ich bin eine gute Schauspielerin!«, widersprach ich empört. »Du hättest mich einfach mehr unterstützen müssen, dann hätte die Lüge glaubhafter gewirkt.«

»Abgesehen davon, dass ich es furchtbar finde, unseren Freunden etwas vorzuspielen, finde ich übrigens nicht, dass wir in ihrer Nähe so tun sollten, als seien wir Freunde.«

Nun war ich es, die ungläubig war. Verwirrt blinzelte ich ihn an. »Was meinst du damit?«

Er schmunzelte und legte seinen Arm über die Lehne der Bank. Hinter mich.

»Wir sollten einfach richtige Freunde sein. So bewahren wir dein Geheimnis und müssen nicht einmal lügen.«

Ich öffnete den Mund und schloss ihn wieder. Hitze schoss mir ins Gesicht, als ich sah, wie er den Kopf schief legte und mich erwartungsvoll ansah.

»I-ich … nein. Auf keinen Fall. Wir mögen uns nicht. Und wir verbringen nur Zeit zusammen, weil es ein Mittel zum Zweck ist.«

Plötzlich lachte Mitchell auf. Der volle, angenehme Klang sorgte dafür, dass ein paar Köpfe sich zu uns umdrehten.

Er grinste verschmitzt und lehnte sich zu mir. »Carla, was redest du da? Natürlich mögen wir uns.«

»Das redest du dir ein!«, widersprach ich hastig. Doch ich wich nicht vor seiner Nähe zurück. Und entweder ließ ihn das meine Lüge durchschauen, oder er hatte es bereits zuvor getan. *Mierda,* war es so offensichtlich gewesen, dass er mir im Whirlpool unter die Haut gegangen war? Schön, ja, vielleicht fand ich ihn körperlich ziemlich anziehend – *no,* ein winzig, *winzig* kleines bisschen –, und das auch nur, wenn er oberkörperfrei war. Aber das hatte nichts zu bedeuten. Das waren bloß Hormone. Ich hatte zu wenig Sex. Das eine Mal an Silvester mit Austin war im Vollrausch geschehen und zählte damit nicht gerade zu einer klaren Erinnerung. Ich war untervögelt, das war mein Problem! Und keine nicht existierende Tatsache, dass ich auf Mitchell Moore stand. Es war ja nicht meine Schuld, dass er steinerne Bauch- und Brustmuskeln hatte. Oder gut roch.

Er verdrehte die Augen. »Das rede ich mir nicht ein, Prinzessin. Das ist eine Tatsache. Ich mache dich verrückt, hast du gesagt. Außerdem haben wir jede Menge gemeinsam.«

Ich verpasste ihm einen Klaps auf die Schulter. »Du weißt genau, dass ich nicht diese Art von verrückt machen gemeint habe!«

Na ja, vielleicht ein wenig. *Aber noch einmal fürs Protokoll: Rein. Körperliche. Reaktion.*

»Außerdem haben wir absolut gar nichts gemeinsam«, fuhr ich fort. »Wir können niemals Freunde sein, tut mir leid, Hollister.«

Ich stand auf, doch er hielt mich am Handgelenk fest.

»Warte, Carla«, sagte er, noch immer lächelnd, und zog mich zurück auf die Bank. »Pancakes oder Waffeln?«

»Was?«, fragte ich verdutzt.

»Wenn du dich für eins entscheiden müsstest, was würdest du nehmen?«

Einen Moment lang musterte ich ihn. Dann seufzte ich und gab mich geschlagen. »Pancakes.«

»Ebenfalls Pancakes. Siehst du? Und du sagst, wir hätten nichts gemeinsam.«

Ich verzog den Mund, als er selbstzufrieden grinste. »So einfach geht das nicht. Außerdem hast du bloß behauptet, dasselbe zu nehmen wie ich, nur um deinen Standpunkt zu umzäunen!«

Er lachte auf. »Das nennt man einen Standpunkt *untermauern,* nicht *umzäunen.* Und nein, ich finde Pancakes wirklich besser als Waffeln. Im Notfall würde ich aber auch beides nehmen. Wenn du mir nicht glaubst, frag mich selbst etwas.«

Ich blies den Atem aus. Schon wieder so eine bescheuerte Redewendung.

»Schön, ich spiele mit. Aber nur damit du mich in Zukunft nicht mehr nervst. Kaffee oder Tee?«

»Natürlich Kaffee. Aber manchmal trinke ich auch Tee.« Er hob erwartungsvoll die Augenbrauen. »Und du?«

»Kaffee«, murrte ich widerwillig. »Aber das war zu einfach! Ohne Kaffee würde kein Mensch auf diesem Campus überleben. Katze oder Hund?«

»Oh, definitiv Hund. Irgendwann möchte ich einen Labrador haben oder einen Husky.«

»Auch Hund. Aber ich mag nur die kleinen, deshalb zählt das nicht. Was ziehst du vor, Stadt oder Land?«

»Hm«, machte Mitchell, »eher Stadt, wobei ich Metropolen zu hektisch finde.«

Allmählich wurde ich sauer. »Auch Stadt. Nacht oder Tag?«

»Beides«, erwiderte er schulterzuckend.

Verdammt noch mal! Ich hätte mich auch für beides entschieden.

Ich liebte die frühen Morgenstunden, besonders den Sonnenaufgang. Doch die Nacht hatte ebenfalls ihren eigenen Zauber.

»Ich nehme die Nacht«, log ich und lächelte triumphierend. »Siehst du? Keine Gemeinsamkeit.«

Mitchell schüttelte seufzend den Kopf, dann lehnte er sich wieder zu mir, bis seine Lippen mein Ohr streiften. Bevor ich es unterdrücken konnte, schnappte ich nach Luft. Sein warmer Atem kitzelte auf meiner Haut.

»Ich habe doch gesagt, dass du eine schlechte Schauspielerin bist«, raunte er. »Wusstest du eigentlich, dass deine Nase jedes Mal ein wenig zuckt, wenn du lügst? Ist irgendwie niedlich.«

»Ich lüge nicht!« Ich drückte meine Hand hastig gegen seine Brust, damit er sich wieder aufrichtete. Meine Wangen glühten, und ich verfluchte mich innerlich dafür. Mitchell war mir so nahe, dass ich jede einzelne verdammte Sommersprosse auf seiner Nase und den Wangen ausmachen konnte.

Seine braunen Augen leuchteten regelrecht, und seine Lippen waren zu einem schiefen Lächeln verzogen. »Weißt du was? Mach dir nichts draus. Ich interpretiere deine Worte einfach mal als ein ›lass uns Freunde sein, Mitch!‹. Wie wäre es, wenn ich dich am Samstag um siebzehn Uhr abhole?«

Diesmal stand ich auf und ließ mich dabei nicht von ihm aufhalten. »Du spinnst, Mitchell Moore.« Nein, es war mehr als das. Er war vollkommen übergeschnappt.

Unbekümmert zuckte er mit den Schultern und sank tiefer auf die Bank. »Danke, Prinzessin. Also, Samstag?«

Ich presste die Lippen zusammen und stieß einen missmutigen Laut aus. »Bis Samstag, du Esel.«

Damit wirbelte ich herum und stolzierte in die Bücherei.

Lenny würde uns zum Filmeabend begleiten, ob es ihr nun passte oder nicht – denn ich würde diesen Abend ohne sie vermutlich nicht überleben. Mir war jedes Mittel recht.

KAPITEL 10

MITCHELL

Der Rest der Woche zog sich wie zäher Kaugummi. Neben dem Schwimmtraining und einer Hausarbeit war ich außerdem ziemlich darum bemüht, meiner Schwester aus dem Weg zu gehen. Wann immer ich sie dabei erwischte, wie sie mich musterte, oder wenn wir mit den anderen beim Mittagessen saßen, konnte ich sehen, dass es in ihrem Kopf arbeitete. Sie glaubte immer noch nicht, dass Carla und ich neuerdings Freunde waren. Und ich wollte meine Schwester nicht noch einmal anlügen, also blieb mir nichts anderes übrig, als zu vermeiden, mit ihr allein zu sein. Denn ich wusste, sobald das der Fall war, würde sie mich ausquetschen. Vermutlich hatte Savannah Arden von Carla und mir erzählt, denn seit ein paar Tagen häuften sich Ardens Textnachrichten wieder. Sie entfolgte und folgte mir auf Instagram, verlinkte mich unter Tierbabyvideos oder schickte mir Links zu Campusveranstaltungen, die sie mit mir besuchen wollte – nein, nicht einfach nur besuchen. Arden wollte ein richtiges *Date.* Ich hatte nicht den leisesten Schimmer, wie ich darauf reagieren sollte, vor allem, da wir uns seit der Kindheit so nahegestanden hatten. Ich erkannte sie kaum wieder.

Ich lenkte meinen Wagen auf den Parkplatz vor Carlas und Lennys Wohnkomplex. Das Gebäude wirkte etwas heruntergekommen. Vor den Fenstern in den oberen Stockwerken hingen entweder vergilbte Gardinen, rostige Rollläden oder Wäscheleinen. In diesem Teil von Fletcher war ich bis jetzt nur wenige Male gewesen, und es war jedes Mal erschreckend gewesen, wie anders es hier war, im Gegensatz zum Rest der Stadt.

Im Inneren des Hauses war es nicht viel besser. Der Flur roch nach nassem Hund und Curry, und von irgendwoher erklangen das Weinen eines Babys und das Plärren eines etwas zu lauten Fernsehers.

Ich fühlte mich schuldig. Das erste Mal, als ich hier gewesen war, war ich schockiert gewesen. Ich hatte nicht mit solchen Umständen gerechnet. Dass sie sich zusammen mit Lenny und ihren beiden Brüdern eine winzige Wohnung teilte, hatte mich vollkommen überrascht. Es hatte mir umso mehr bewiesen, wie wenig ich eigentlich über Carla wusste. Und jetzt, da ich erfahren hatte, dass sie sich allein um ihre Brüder kümmerte und neben dem Studium arbeitete, wurde das Fragezeichen in meinem Kopf noch größer. Wie war es möglich, dass sie all das schaffte? Und wie konnte sie es all die Jahre geheim halten? Wieso hatte sie nicht einmal Savannah davon erzählt?

Eigentlich kannte ich die Antwort bereits. Carla war zu stolz. Vermutlich schaffte sie all das nur mit einer besonders harten Schale. Die kleinste Schwäche, und das ganze Gerüst würde zusammenbrechen. Vielleicht war auch das der Grund, weshalb sie so sehr darauf bestanden hatte, diese Vereinbarung mit mir zu treffen. Es ging ihr gar nicht explizit darum, dass jemand von ihrer Angst vor dem Wasser erfuhr. Vielleicht ging es einzig und allein darum, keine Schwäche zuzulassen. Und indem ich ihr versprach, unseren Deal einzuhalten, half ich ihr dabei. Gewissermaßen.

Seufzend fuhr ich mir durch die Haare. Wenn ich jemals geglaubt hatte, zu wissen, wie es war, ein kompliziertes Leben zu haben, hatte ich mich geschnitten. Erfolgsdruck? Prüfungsstress? Eine schwierige Mutter? Meine Probleme schienen im Vergleich winzig.

Vor Carlas Haustür blieb ich stehen und klopfte zweimal gegen das dunkle Holz. Ich konnte Stimmen von innen vernehmen. Einen Moment später wurde die Tür auch schon aufgerissen.

Lenny stand vor mir. Ihre Lippen verzogen sich zu einem wissenden Grinsen, als sie mich erblickte. »Oh, hey, Mitchell. Komm doch rein.«

»Hi, Len«, erwiderte ich und vergrub die Hände in den Taschen meiner Jeans. Sie machte einen Schritt zur Seite und ließ mich eintreten.

Carlas und Lennys Wohnung war klein, aber gemütlich. Der Wohnraum besaß ein großes, altes Ledersofa sowie einen Fernseher und einen großen Esstisch, an welchem bunt bemalte Holzstühle standen. Gleich daneben befand sich ein offener Türbogen zur Küche, welcher von einem Perlenvorhang verdeckt wurde.

Carla kam aus ihrem Zimmer und schulterte eine Tasche. Als ihr Blick auf mich fiel, glaubte ich für einen Moment, dass sich ihre Miene aufhellte. Doch vielleicht war es auch nichts weiter als Wunschdenken, denn einen Augenblick später war der Ausdruck auch schon wieder fort.

»*Hola,* Mitchell.« Sie strich sich das lange braune Haar aus dem Gesicht und stolzierte auf ihren hohen Schuhen zur Tür. Die hellen Jeans schmiegten sich an ihre schlanken Beine und ihre Kurven, und der enge, dünne Pullover tat genau dasselbe. Ich gab mir große Mühe, sie nicht anzustarren. Doch ein leises Lachen von Lenny ließ mich aufblicken und sehen, dass sie mich genau dabei erwischt hatte. Beim Starren.

»Machen wir uns am besten gleich auf den Weg«, sagte Carla und riss die Tür auf. »Wir sehen uns dann heute Abend, Lenny. Komm nicht zu spät.«

»Du kommst auch?«, fragte ich überrascht, während ich Carla folgte.

Lenny lehnte sich gegen die Wand und zuckte mit den Schultern, die in dem weiten schwarzen Pullover zu schwimmen schienen. »Das kann ich mir doch nicht entgehen lassen, wenn meine Mitbewohnerin und ihr *bester Freund* einen Filmeabend veranstalten.«

Carla hielt inne und warf Lenny einen erbosten Blick zu. »Wir wissen beide, weshalb du kommst«, erwiderte sie trocken. »Und es hat weder mit mir noch mit Mitchell etwas zu tun.«

Das Lächeln auf Lennys Lippen bekam Risse, und ihre Wangen wurden rot. Sie schien genau zu wissen, was Carla meinte, was augenblicklich meine Neugierde weckte. Es gab also einen bestimmten Grund, weshalb sie heute Abend kommen würde? Ich fragte mich, was wohl dieser Grund war – und ahnte zugleich, dass ich es ganz sicher nicht erfahren würde.

Ich verabschiedete mich mit einem entschuldigenden Lächeln und schloss die Haustür hinter Carla und mir.

»Also, *Kumpel*«, sagte Carla, als wir den Flur durchquerten und raus ins kühle Freie traten. »Was hast du für heute geplant?«

Ich lief um die Motorhaube meines Wagens herum. »Keine Überraschungen. Wir machen exakt dasselbe wie das letzte Mal.«

Sie öffnete die Beifahrertür und setzte sich in das Auto. Ich tat es ihr gleich.

»Mehr traust du mir nicht zu?«

»Ich dachte, wir gehen es lieber vorsichtig an.«

»Wenn ich nicht herausgefordert werde, lerne ich nichts dabei.«

Ich ließ den Motor starten und lachte verblüfft auf. Irgendetwas war heute anders an ihr. Ich konnte nicht genau sagen, was es war, doch etwas hatte sich verändert.

»Das ist neu«, sagte ich und fuhr das Auto vom Parkplatz herunter.

»Was meinst du?«, fragte Carla.

»Na ja, erst wolltest du das alles nicht. Ich habe irgendwie das Gefühl, dass sich das geändert hat.«

Sie schnaubte. »Bilde dir darauf nichts ein, Hollister. Je schneller ich meine Angst überwunden habe, desto eher können wir mit dieser Fassade aufhören.«

Ein Lächeln zupfte an meinen Mundwinkeln, doch ich zwang mich, mich weiter auf den Verkehr zu konzentrieren. »Mit was aufhören, Prinzessin?«

»Mit dieser Fassade!«, wiederholte sie. »*Dios mío,* mit diesem Spiel, diesem Theater!«

»Ah.« Ich nickte bemüht ernst. »Du meinst also *Farce* und nicht *Fassade.*«

Sie verpasste mir einen Schlag gegen den Arm, was mich laut auflachen ließ.

»Ich hasse es, wenn du das tust!«

»Weiß ich doch«, erwiderte ich grinsend. »Aber es ist ziemlich niedlich. Ich kann nicht anders.«

Wenige Minuten später erreichten wir das Haus meiner Eltern. Ich parkte den Wagen in der Auffahrt und stieg aus.

»Sind deine Eltern zu Hause?«, fragte Carla angespannt und ließ die Beifahrertür zufallen.

Ich sah mich um. Es brannten keine Lichter, doch unsere Garage stand offen. Mums silberner Mercedes stand darin.

»Meine Mum ist zu Hause, mein Dad ist noch bei der Arbeit«, sagte ich und führte Carla, wie auch das letzte Mal, durch das Tor in den Garten.

Ich war ebenso wenig darauf erpicht wie sie, dass meine Mutter uns zusammen sah. Sobald Sav oder ich Freunde nach Hause brachten, unterzog sie sie jedes Mal einer Art Verhör. *»Wenn du schon nicht trainierst, will ich wissen, womit du deine Zeit verschwendest, Mitchell.«* Diese Aussage war eine meiner liebsten. Manchmal kam es mir vor, als würde sie nur wollen, dass ich als Schwimmer erfolgreich war, weil sie es nicht mehr konnte. Seit Jahren schon redete sie über nichts anderes mit mir. Nicht, wie es mir ging oder was mich sonst noch interessierte.

Erst als ich die Tür des Poolhauses hinter uns schloss, entspannte ich mich und atmete auf.

»Ich gehe mich umziehen«, sagte Carla augenblicklich und ging mit selbstbewussten Schritten in den Flur.

»Klar«, sagte ich verblüfft und starrte ihr hinterher. Ich hätte noch eine Ewigkeit so dastehen können, raffte mich jedoch zusammen und machte mich auf den Weg, das Wasser einzulassen.

KAPITEL 11

CARLA

Ich öffnete die Schlafzimmertür und schlang automatisch die Arme um mich, als wollte mein Körper sich vor dem schützen, was ihn gleich erwartete. Der glatte Holzboden war kühl unter meinen nackten Füßen, und eine Gänsehaut kroch meine Beine hinauf.

Wie auch das letzte Mal wartete Mitchell bereits auf mich. Er trug eine blaue Badehose, die wie eine Boxershorts geschnitten war. Verstohlen glitten meine Augen über seinen Oberkörper. Seine Muskeln waren nicht protzig, jedoch klar definiert und bildeten an seinem Bauch eine leichte V-Form. Und ohne Shirt wirkte sein Kreuz irgendwie noch breiter.

Hastig tat ich so, als würde ich den Raum betrachten.

Den ganzen Morgen hatte ich überlegt, welche glaubwürdige Ausrede ich ihm vorgaukeln könnte, um für heute abzusagen. Das letzte Mal war zwar überhaupt nicht so schlimm gewesen, wie ich befürchtet hatte, doch ich war trotzdem nicht scharf darauf, wieder ins Wasser zu gehen. Doch wir hatten einen Deal, und dieser Deal war mir wichtig genug, um mich letztendlich doch darauf einzulassen. Jetzt allerdings, da ich das Wasser rauschen hören konnte, bekam ich erneut Zweifel. Es machte mich so nervös, dass sich mein Bauch verknotete.

Ich trat an den Whirlpool und betrachtete das schäumende, blubbernde Wasser. Mit reißender Kraft strömte es aus allen Seiten in das Becken und dröhnte mir in den Ohren.

Mierda. Ich konnte einfach nicht fassen, wie protzig diese Maschine war. Sie musste wirklich ein Vermögen wert sein. Das ganze Haus musste mehrere Vermögen wert sein, und diese Vorstellung allein sorgte dafür, dass ich mich unwohl fühlte. Ich gehörte nicht hierher. Sicher, unser Haus damals in Coldwater war auch schön und groß gewesen, aber das Geld, mit dem es gebaut worden war, war schmutzig gewesen. So war mein Leben nicht mehr. Das war Geschichte.

Wie schon zuvor setzte ich mich widerstrebend auf das raue Naturgestein, welches das Becken umgab.

Unbekümmert stieg Mitchell hinein in das rauschende, blubbernde Wasser, und ehe ich michs versah, befanden wir uns nahezu in der gleichen Position wie beim letzten Mal. Ich saß vor ihm, die Beine an die Brust gezogen, er kniete auf der Bank im Wasser vor mir. Unwillkürlich dachte ich zurück an unseren ersten Versuch. Es war … intensiv gewesen. So mitreißend, dass ich beinahe vergessen hatte, dass meine Beine bis zu den Knien im Wasser baumelten.

»Erzähl mir etwas von dir«, sagte Mitchell und fuhr sich durch die Haare, bis diese nass waren.

Erschrocken sah ich ihn an. »Wieso das denn?«

»Gesprächstherapien dauern zwar eine ganze Weile, aber es ist immerhin etwas.«

»Wo kommt das auf einmal her?«, fragte ich verwirrt.

Eine zarte Röte trat auf seine markanten Wangen. »Ich, äh, habe Todrick gefragt, wie so was läuft, weil er Psychologie studiert.«

Ich versteifte mich mit einem Mal, und meine Augen verengten sich. Scham und Wut loderten in mir auf. »Du hast Todrick Becker etwas über mich erzählt?«

Ich war drauf und dran, aufzustehen und zu verschwinden, als Mitchell mir eine Hand um den Arm legte. »Nein! Carla, natürlich nicht. Ich habe dich mit keinem Wort erwähnt. Ich habe behauptet, dass ich mich für eine Trainerstelle interessiere und gerne mehr psychologisches Hintergrundwissen hätte. Aquaphobie ist nämlich gar nicht so selten.«

Ich schnaubte, um meine Überraschung zu überspielen. *Dios mío,* er schien das Ganze ernster zu nehmen, als ich gedacht hatte.

»Dafür gibt es also einen Begriff, ja?«, fragte ich und schlang wieder die Arme um mich. Die Gänsehaut stammte mit Sicherheit von der kalten Luft im Zimmer.

»Wenn du es genau wissen willst, ich habe mich die halbe Nacht durch Foren geklickt«, gestand Mitchell mit einem zaghaften Lächeln und ergriff meine Hände.

Ich zuckte vor der Nässe seiner Finger zurück. *Reiß dich zusammen. Es sind nur nasse Hände.* Heute musste ich Fortschritte machen. Ich würde das hier schaffen.

»Ich bin kein Therapeut oder Psychologe, aber ich hoffe, dass ich dir trotzdem helfen kann. Aber dafür musst du mir etwas von dir erzählen, Carla.«

»Das ist alles? Das ist der Plan?«, fragte ich angespannt. »Irgendwie klingt das bescheuert.«

Wie auch das letzte Mal begann Mitchell damit, meine Hände mit Wasser zu benetzen. »Es braucht ein Vertrauensverhältnis zwischen dir und mir, damit das hier funktioniert. Und du vertraust mir nicht. Das möchte ich ändern.«

Ich schwieg und starrte ihn an. Er starrte zurück. Unsicherheit lag in seinem Blick, jedoch auch ein gewisses Maß an Entschlossenheit, und diese wirkte unerschütterlich. Ich gab es nur ungern zu, aber seine Beharrlichkeit beeindruckte mich.

Ich biss mir auf die Unterlippe, ein wenig zu fest, was einen feinen Schmerz auslöste. *Vertrauen.* Dieses Wort war so mächtig. Ich konnte Mitchell Moore nicht einfach vertrauen. Wer konnte überhaupt irgendwem einfach vertrauen? Das war irrsinnig. Aber ich hatte ihm zwei Versprechen gegeben: Ich würde mit ihm reden, ihn nicht ausschließen, und ich würde zulassen, dass er mir dabei half, meine Angst zu überwinden.

Einen Versuch war es wert. Oder? Immerhin wäre ich mit einer Schwäche weniger besser dran, und wie Savannahs Party bewiesen hatte, würde ich nicht ewig vor meiner Angst davonlaufen können.

»Na schön«, sagte ich schließlich leise und atmete tief durch. »Ich werde es versuchen, aber ich verspreche dir nichts.«

Ein strahlendes, beinahe stolzes Lächeln erhellte sein Gesicht. »Ich habe auch nichts anderes erwartet, Prinzessin. Auch wenn es nach unserer Abmachung klar ist, möchte ich noch einmal wiederholen, dass nichts, was zwischen uns in diesem Raum besprochen wird, jemals nach außen gelangen wird. Jedes deiner Geheimnisse ist und wird bei mir sicher sein, ob mit oder ohne Deals.«

Ich nickte. Mein Hals wurde mit einem Mal eng. »Verstanden.«

Er schloss seine Hände um meine Knöchel, was mich nach Luft schnappen ließ. Langsam zog er meine Beine zu seinen Seiten ins Becken. Ich konnte nicht verhindern zu erschaudern, als meine Füße in das unglaublich warme Wasser glitten. Eine Gänsehaut kroch meinen Körper hinab. Ich versuchte mich zu konzentrieren, auf das Gefühl, auf Mitchells Hände und auf meine Atmung.

So weit, so gut. Es ging mir gut. Alles war in bester Ordnung. Das Wasser reichte mir bis auf die Mitte meiner Waden. Das hielt ich aus.

»Wie fühlst du dich?«, fragte Mitchell sanft und glitt mit den Händen meine Beine hinauf. Hitze folgte seiner Berührung, kitzelte zwischen seinen nassen Fingerkuppen und meiner mit Gänsehaut bedeckten Haut. Es fühlte sich an wie elektrische, knisternde Spannung.

»Gut«, erwiderte ich. *Das war nichts. Nur eine kleine körperliche Reaktion.*

»Wie lange hast du diese Angst schon?« Er schöpfte Wasser aus dem Whirlpool und tröpfelte es auf meine Knie. Ich konzentrierte mich auf das Gefühl, darauf, dass es mir nichts anhaben konnte, dass es keine Macht über mich besaß. Eventuell hatten sich meine Augen dabei auf Mitchells durchtrainierte Brust gerichtet. Ich beobachtete die Wassertropfen, die über seine blasse glatte Haut rannen.

»Lange«, antwortete ich schließlich wiederstrebend und hob den Blick. »Ich war elf. Oder zwölf.«

»Kannst du dich an irgendein Ereignis erinnern, das deine Angst ausgelöst haben könnte?«

»Ich …« Bilder blitzten plötzlich vor meinem inneren Auge auf. Bilder, die ich normalerweise tief vergraben hatte. *Schwimmende Whiskeyflaschen. Unzählige Dollarscheine. Unmengen an Wasser, ein lautes Schreien, das von mir stammte und nur davon unterbrochen wurde, dass ich immer wieder unter Wasser sank, ehe ich mich mit den Füßen wieder vom Beckenboden abstoßen konnte.*

Eine Welle der Übelkeit erfasste mich, und mein Herz klopfte hart und fest gegen meine Brust. Mein Hals wurde plötzlich so eng, dass ich glaubte zu ersticken.

»Carla?«, fragte Mitchell besorgt. »Tief durchatmen. Wir müssen noch nicht darüber sprechen, vor allem nicht hier am Wasser. Tut mir leid, vielleicht war das zu direkt von mir.«

Blinzelnd zwang ich mein Hirn dazu, die Bilder zurückzudrängen, und sah stattdessen Mitchell an. »*No.* Es ist nichts«, stieß ich hervor, doch das Zittern in meiner Stimme verriet mich. »Los, frag mich etwas anderes.«

Er zog die Augenbrauen zusammen und legte den Kopf schief. »Hast du wirklich *Aquaman* gesehen, oder hast du das vor Savy und den anderen bloß behauptet?«

»Ich habe ihn wirklich gesehen«, erwiderte ich und zwang mich, tief durchzuatmen, so wie Mitchell es mir geraten hatte. »Mateo hat so lange darum gebettelt, bis ich die DVD gekauft habe.«

»Und wie findest du den Film?«

»Er war in Ordnung, aber nicht mein Fall. Ich habe nicht viel für Superhelden übrig.« *Und für so viel Wasser,* was ich aber nicht aussprach.

Mitchell machte ein bestürztes Gesicht. »Sag das noch mal.«

»Was, dass der Film nicht mein Fall war?«

»Nein, den anderen Teil. Hast du gerade wirklich gesagt, dass du für Superhelden nichts übrighast?«

Ich zuckte mit den Schultern, auch wenn mich seine Reaktion insgeheim amüsierte. Allmählich beruhigten sich meine Nerven. Mein Puls nahm nach und nach wieder eine normale Geschwindigkeit an. »Ich schätze, nicht jeder findet Männer in hautengen Kostümen, die gegen das Böse kämpfen, sonderlich interessant.«

Mitchell lachte erschrocken auf. »Ist das dein Ernst? Weißt du eigentlich, was für Kinorekorde *Avengers: Endgame* geknackt hat? Er hat sie *alle* geknackt.«

»Ist mir egal, weil ich keine Superhelden mag.« Ich verkniff mir ein Grinsen. Offenbar hatte ich einen ganz schön wunden Punkt getroffen, und Mitchell nahm meine Worte persönlich.

»Das ertrage ich nicht«, sagte er, schöpfte Wasser mit den Händen und gab es großzügig auf meine Beine. Diesmal zuckte ich nicht zusammen, was ich als gutes Zeichen deutete. Ich lehnte mich zurück und stützte mich mit den Händen auf dem Boden ab. »Damit musst du leider leben, Hollister. Es kann ja nicht jeder so ein riesiger Nerd sein wie du oder Savannah. Sag mal, wird diese Eigenschaft in eurer Familie eigentlich genetisch weitervererbt?«

»Hm. Weiß nicht, wird es denn in deiner Familie weitervererbt, ein unfassbar freches Mundwerk zu haben?«

»Claro«, erwiderte ich und zuckte mit den Schultern. »Ich bin Kolumbianerin. Wir haben Feuer im Blut und sagen, was wir denken.«

Mitchell lachte auf und verdrehte die Augen. »Carla Santos, Botschafterin Kolumbiens, hat gesprochen. Apropos, warst du eigentlich schon einmal dort?«

Allmählich begriff ich, was er da tat. Verdammt, dieser Kerl hatte es wirklich getan, und das, ohne sich sonderlich anzustrengen. Er hatte meine Gedanken in eine andere Richtung gelenkt, genau wie ich gebeten hatte. Er hatte dafür gesorgt, dass ich mich entspannte und sogar aufhörte, daran zu denken, dass meine Beine im Wasser hingen. Das musste eine Gabe sein. Er war ein Naturtalent darin. Vielleicht hatte er einfach ein Gespür für seine Mitmenschen. Das musste auch der Grund sein, wieso jeder ihn mochte und er zu jeder einzelnen Party am Campus eingeladen wurde.

Mitchells Mundwinkel zuckten, und er legte den Kopf schief. »Wieso siehst du mich so an?«

Mein Herz machte einen Sprung. Ich bemühte mich darum, mir nichts anmerken zu lassen, doch die Wärme auf meinen Wangen verriet mir, dass man deutlich sehen konnte, wie ertappt ich mich fühlte. Aber wieso fühlte ich mich plötzlich so? Ich hatte nichts Verbotenes getan.

»Wie sehe ich dich denn an, Mitchell?«, fragte ich und hob eine Braue.

Seine Augen verdunkelten sich. Er öffnete den Mund, um zu antworten, doch … es löste sich kein Wort von seinen Lippen.

Ohne dass ich es verhindern konnte, richteten sich meine Augen auf seinen Mund, und die Erinnerungen schossen mir auf einmal mehr als lebhaft ins Gedächtnis. Ich erinnerte mich daran, wie es sich angefühlt hatte, diese Lippen auf meinen zu spüren. Wie sich seine Hand auf meinem Rücken gespreizt und mich an ihn gepresst hatte. Die leisen, tiefen Geräusche, die er von sich gegeben hatte. Die berauschende Hitze, die durch meinen Körper gewandert war …

Je länger ich Mitchell Moores Lippen anstarrte, desto klarer wurde die Erinnerung.

Hastig wandte ich den Blick ab. Mir war heiß geworden, aber das konnte auch am Dampf liegen, der vom Whirlpool aufstieg. Es musste nicht an Mitchell liegen, überhaupt nicht.

Mierda, wem machte ich hier eigentlich etwas vor?

»Ich weiß, woran du denkst«, sagte Mitchell plötzlich unvermittelt, was mich erschrocken aufblicken ließ.

»Was?«, erwiderte ich und setzte mich aufrecht hin – wodurch ich ihm unweigerlich näher kam.

Ich hielt die Luft an, als er sich zu mir beugte. Der Ausdruck auf seinem Gesicht gefiel mir ganz und gar nicht. Ich fühlte mich schon wieder ertappt.

»No«, sagte ich, bevor er etwas sagen konnte, was ich nicht hören wollte. »Du weißt nicht, was ich denke, Hollister. Ich finde übrigens, dass wir einen Schritt weitergehen sollten. I-ich halte mehr aus als das. Machen wir weiter!«

Bevor ich darüber nachdenken konnte, rückte ich näher zu ihm und dem Whirlpool, wodurch meine Beine tiefer ins Wasser ragten, sich weiter spreizten und das Wasser an die Unterseite meiner Knie und noch ein ganzes, weites Stück darüberschwappte.

»Langsam, Carla!«, sagte Mitchell und ergriff meine Arme, während mir ein Keuchen entfuhr. Der Abstand zwischen uns war jetzt so klein, dass sich meine Oberschenkel an seine Taille pressten und unsere Gesichter sich viel zu nahe waren.

Der Schreck trieb jegliches Blut aus meinem Gesicht. Das Wasser war warm und machte meine Beine schwerelos, kitzelte mich, umschloss mich.

Fesselte mich.

Die Angst kam kriechend und unaufhaltsam, verätzte alles auf ihrem Weg, wie Flusssäure. Dann setzte das Rauschen in meinen Ohren ein. Mein Mut verließ mich so schnell, wie er gekommen war. Ich war so eine Idiotin, wieso hatte ich das getan?

»Carla, atme«, sagte Mitchell sanft. »Alles ist gut.«

Meine Augen huschten über das Wasser, ruhelos, ziellos. *No. Du kannst das. Du bist stärker als deine Angst. Du bist stärker als die Erinnerungen. Kämpf dagegen an!*

Wieder schossen mir Bilder durch den Kopf, diesmal von Savannahs Geburtstag. Dem Pool. Sie vermischten sich mit Szenen aus meinem Albtraum; tiefe Dunkelheit, eiskaltes, hartes Wasser.

Ich zuckte zusammen, als Mitchells Hände sich um mein Gesicht schlossen. Er zwang mich, ihn anzusehen. »Wo bist du gerade, Carla? Wieso bekommst du Panik?«

Du kannst das. Du kannst das. Du kannst das.

»Bilder«, brach ich hervor.

»Was für Bilder? Woran denkst du?«

»Den Tod.«

»Wieso an den Tod?«

»Weil ich ertrinke«, flüsterte ich. *Tief einatmen. Ausatmen. Du hast bloß eine zu schnelle Bewegung gemacht. Du musst keine Angst haben.*

»Du kannst nicht ertrinken, Carla«, sagte Mitchell ernst und eindringlich. »Und weißt du auch, wieso nicht? Weil ich bei dir bin. Bei mir kann dir nichts passieren, niemals. Bei mir bist du immer sicher. Das verspreche ich dir.«

Ich atmete aus, so langsam ich konnte. Dann nahm ich einen tiefen Atemzug und lenkte meine Konzentration weg von meinen Beinen und hin zu den Händen an meinen Wangen. Sie waren warm und groß. Sie fühlten sich gut an. Sie berührten mich so, als sei ich zerbrechlich.

Wieder nahm ich einen langsamen, zittrigen Atemzug und legte meine Hände über Mitchells. Nicht eine Sekunde löste sich dabei mein Blick von seinem, doch anstatt, dass ich ihm ausweichen wollte, beruhigte es mich.

Ich fluchte leise und atmete tief durch.

»Besser?«, fragte er.

»Woher weißt du das?«, erwiderte ich und ließ meine Hände sinken.

»Weil du geflucht hast. Ein Indiz, dass du wieder du selbst bist.«

Ich war bereits drauf und dran, etwas Spitzes zu erwidern, doch dafür fehlte mir die Kraft. Ich spürte, dass es nicht viel brauchte, um die Angst zurück in meinen Kopf dringen zu lassen. Es kostete mich einiges an Konzentration. Sie war wie ein hungriger Wolf, der vor dem Versteck seiner Beute auf und ab tigerte.

»Danke«, flüsterte ich also stattdessen und biss mir auf die Zunge. Meinem Stolz würde das später bestimmt nicht gefallen, doch ich war es Mitchell schuldig. Ich wollte sagen, was ich fühlte, und das war nun mal Dankbarkeit.

Ich wusste nicht, was der Ausdruck zu bedeuten hatte, der nun in seine Augen trat, doch er sorgte dafür, dass mein Mund trocken wurde. Gefährlich trocken.

»Jederzeit wieder, Carla«, sagte Mitchell und nahm die Hände von meinen Wangen.

Lange sahen wir uns an. Fieberhaft überlegte ich, was ich sagen sollte, während sich wieder diese unumgängliche Anziehung zwischen uns ausbreitete. Wie ein Gummiband, das wieder zurückschnappte.

Schon wieder dachte ich an diesen verdammten Kuss. *Dios,* ich konnte nichts dagegen tun. Nicht, wenn er mich so ansah. Sehnsüchtig. Hungrig.

»I-ich glaube, das ist genug für heute«, sagte ich und rückte von ihm ab. Ich zog meine Beine aus dem Becken und rappelte mich auf. Im letzten Moment konnte ich mich bremsen, nicht schon wieder aus dem Zimmer zu stürmen. *Das* würde mein Stolz heute wirklich nicht mehr verkraften.

Mitchell blinzelte, als müsse er sich fangen. Dann räusperte er sich und rieb sich über den Nacken. »Klar. Sicher. Wir sollten sowieso bald aufbrechen.«

»Okay.« Ich presste die Lippen zusammen, was eigentlich als ein Lächeln gedacht war. Großer Gott, ich war nicht mehr ich selbst. Was auch immer eben geschehen war, es hatte mich vollkommen aus der Bahn geworfen. »Dann, äh, gehe ich jetzt und mache mich fertig.«

Ich drehte mich um und lief mit steifen Schritten aus dem Zimmer.

Unfassbar. Ich hatte tatsächlich »Äh« gesagt! Dieser Kerl war wie eine Krankheit, und die Symptome gefielen mir überhaupt nicht.

Sobald ich die Tür des Schlafzimmers hinter mir geschlossen hatte, atmete ich auf. Ich holte meine Sachen aus dem Arbeitszimmer, schloss mich im Bad ein und rieb mir mit den Händen über das Gesicht. Meine Haut kribbelte und fühlte sich zu eng an. Die Mischung aus zu viel Körperkontakt und der gefährlichen Grenze an einer Panikattacke bekamen mir nicht gut. Ich gab zu viel von mir preis. Ich wollte nicht, dass mich irgendjemand so verletzlich sah. Jegliche Schutzmechanismen in mir ließen dabei ihre Alarmglocken schrillen.

Aber vielleicht musste ich endlich der Wahrheit ins Auge blicken: Mitchell Moore ging mir unter die Haut.

Stöhnend vergrub ich das Gesicht in einem weichen Handtuch. Mein Problem war um einiges größer, als ich geglaubt hatte. Er trieb mich zur Weißglut. Er und seine richtigen Worte und sein sanfter Blick und seine Hände.

Gerade nachdem ich mich umgezogen und den Bikini in meiner Handtasche verstaut hatte, klopfte es an der Badezimmertür.

»Alles in Ordnung, Carla?«

Ich fuhr mir mit den Händen über die Jeans, die klamm an meinen Beinen klebte, entriegelte die Badezimmertür und riss sie auf. *»Sí«,* sagte ich atemlos. Ich wollte noch hinzufügen: »Es könnte nicht besser sein«, doch er …

Hijueputa. Mein Hirn war zu nichts zu gebrauchen.

Mitchells Haar war noch feucht, und er trug nichts, bis auf eine Jogginghose. Sein breiter, drahtiger Oberkörper war nackt. Und bevor ich mich bremsen konnte, saugten meine Augen seinen Anblick auch schon in sich auf. Mein Körper benahm sich regelrecht so, als hätte er Mitchell nicht eben gerade erst gesehen. Je länger ich ihn ansah, desto mehr fragte ich mich insgeheim, wie mir nie aufgefallen sein konnte, wie attraktiv er wirklich war – rein optisch natürlich. Oder war es mir vielleicht aufgefallen, und ich hatte es nicht wahrhaben wollen?

Er hatte wirklich die Statur eines Schwimmers; breites Kreuz, starke Arme und eine definierte Brust. Mein Blick wanderte weiter, hoch zu seinen Augen, die mit einem Funkeln beobachteten, wie ich ihn absolut schamlos abcheckte.

Mit einem Schmunzeln lehnte Mitchell sich an den Türrahmen. »Gefällt dir, was du siehst?«

Ich verschränkte die Arme und räusperte mich. »Sei nicht so arrogant, Hollister. Das steht dir nicht.«

»Du hast meine Frage nicht beantwortet.«

»Ich pfeife ja auch nicht nach deiner Flöte!«

Mitchell starrte mich an. Verwirrt blinzelte er. Dann legte er den Kopf plötzlich in den Nacken und prustete so laut los, dass es durch das Poolhaus hallte.

Ich dachte über meine Worte nach. Ein Kichern entschlüpfte mir, und ich schlug mir erschrocken die Hand auf den Mund. Doch Mitchell lachte so schallend, dass ich mein Lachen nicht länger in mir behalten konnte. Es brach aus mir heraus, und ich lachte mit ihm.

»Nicht … nach der Flöte … pfeifen!« Er wischte sich atemlos eine Träne aus dem Augenwinkel.

Ich verdeckte mein Gesicht mit den Händen. Das war absolut manisch, ich sollte nicht einmal darüber lachen, und so lustig war es nun auch wieder nicht!

Mitchell schien sich wieder beruhigt zu haben, denn im nächsten Moment zog er mir die Hände vom Gesicht. Er grinste noch immer breit, und als er meinen Blick sah, wurde der Ausdruck in seinen

Augen noch wärmer. »Du hast übrigens ein süßes Lachen. Du solltest das öfter tun, es steht dir gut.«

Ich verdrehte die Augen. »Ach ja? Und weißt du, was dir gut steht?«

Oh, große Klasse, Carla. Jetzt konnte ich noch nicht einmal kontern.

Seine Schultern begannen wieder zu beben, doch er verkniff sich das Lachen. »Na los, sag mir, was mir steht, Prinzessin. Ich kann es verkraften.«

»Ach, vergiss es.« Ich wollte an ihm vorbeihuschen, doch damit ließ er mich nicht davonkommen.

»Nicht so schnell!« Er schlang einen Arm um mich, und plötzlich war ich zwischen ihm und der Wand des Flurs gefangen. Mein Atem kam ins Stocken, als ich nach Luft schnappte.

»Ich bin ganz Ohr«, sagte er leise und sah mich herausfordernd an.

»Nichts steht dir, Moore«, sagte ich und reckte das Kinn nach vorne. Doch als Mitchells Wangen rot wurden, fiel mir wieder ein, dass er, genau in diesem Moment, oberkörperfrei war. Meine Aussage hätte nicht unglücklicher gewählt sein können.

»Verdammt noch mal!«, rief ich aufgebracht auf Spanisch und schob ihn von mir weg. »Diese verdammte Sprache macht mich wahnsinnig!«

Mitchell grinste. »Du musst dich nicht dafür schämen, Carla. Ich fühle mich geschmeichelt, wirklich.«

»Aufgeblasener Esel«, murmelte ich und lief den Flur hinunter in Richtung Fernsehzimmer. »Zieh dir endlich etwas an, Hollister.«

»Wo gehst du hin?«

Ich warf ihm einen Blick über die Schultern zu. »Was glaubst du wohl? Ich ziehe mir meine Jacke an. Die anderen warten bestimmt schon, heute ist Filmeabend.«

KAPITEL 12

MITCHELL

Der Abspann von *Guardians of The Galaxy 2* lief auf dem Fernseher des Gemeinschaftsraumes in *King House.*

Wir saßen auf den abgewetzten Sofas und aßen die letzten Reste aus unseren Pizzakartons. Alle waren gekommen, bis auf Todrick, der von seinem Arschgesicht-Coach zusammen mit seinen Teamkollegen zu einer Nacht im Fitnessstudio verdonnert worden war. Da die Sportanlagen der Universität von hier aus nur einen Katzensprung entfernt waren, wohnten die meisten Sportler in diesem Wohnheim. Der Großteil von ihnen schien zudem von einem ähnlichen Schlag zu sein wie Todrick, weshalb das Hausmotto von *King House* lautete: *Kniet nieder vor eurem König!* Ich hatte ja für *Winter is Coming* plädiert, aber die anderen Hausbewohner wollten nicht mit den Traditionen brechen.

Den ganzen Abend über hatten unsere Freunde Carla und mich genauestens beobachtet, was mich ungemein nervös gemacht hatte. Aber es amüsierte mich, wie sehr Carla beweisen wollte, dass wir Freunde waren, was meine innere Unruhe mehr als wieder wettmachte. Sie lachte über jeden meiner Witze und hatte sogar gefragt, ob sie von meiner Pizza probieren dürfe. Kurzzeitig war ich davon überzeugt gewesen, dass ein Alien ihre Gestalt angenommen hatte und die echte Carla Santos gefesselt in irgendeinem Raumschiff saß und die armen Entführer-Aliens gehörig zur Schnecke machte. Es kostete mich wirklich Mühe, nicht an einem Stück zu grinsen.

»Spielen wir ein Spiel«, schlug Summer vor und schnappte sich ihre leere Bierflasche. »Wie wäre es mit ›Ich hab noch nie‹?«

»Ich hasse das Spiel«, sagte Carla neben ihr und rümpfte die Nase. »Es ist langweilig und dämlich.«

»Also, ich finde es cool«, sagte ich und sah sie herausfordernd an. »Wir sollten es unbedingt spielen, Carly.«

Ich musste mir ein Lachen verkneifen, als ich sah, wie der Muskel an ihrer Schläfe zuckte. Die wenigsten nannten Carla bei diesem Spitznamen, und ganz offenbar störte es sie, dass ich es tat.

Vermutlich hätte es mir nicht so viel Spaß machen sollen, sie zu ärgern. Ich wusste, dass sie nicht lange mit einem Rückschlag warten würde, sobald wir wieder allein waren.

Und vermutlich hätte ich mich nicht auch noch *darauf* freuen sollen.

Creed kehrte gerade mit zwei Sixpacks Bier zurück und hielt sie triumphierend in die Luft. »Glücklicherweise habe ich diese beiden Schätzchen hier gefunden.«

»*Ay*, wir sind keine sechzehn mehr!«, protestierte Carla noch einmal und setzte sich auf. »Niemand spielt das in unserem Alter noch!«

»Du musst ja nicht mitspielen«, sagte ich und legte meinen leeren Pizzakarton auf den Couchtisch zu den anderen. Ich konnte es mir nicht verkneifen hinzuzufügen: »Wenn du dich nicht traust, ist das überhaupt nicht schlimm.«

Carlas Reaktion war genau das, womit ich gerechnet – und worauf ich gebaut hatte. Sie pfählte mich regelrecht mit einem finsteren Blick. Dann fluchte sie auf Spanisch und stand auf. »Ich hole mir noch einen Drink.«

Mit einem Lächeln auf den Lippen sah ich ihr hinterher, während wir uns vor das Sofa auf den Boden in einen Kreis setzten. Meine Augen glitten über ihre Beine in den hautengen Jeans und über den dünnen Pullover, der sich an ihren flachen Bauch und ihre Brüste schmiegte. Ihre dunklen Haare fielen in Wellen bis über ihre Schultern.

Ein Schauer erfasste mich. Es war nicht gerade hilfreich, dass ich mittlerweile wusste, wie Carla in nichts als einem knappen Bikini aussah.

Ches räusperte sich neben mir.

Blinzelnd riss ich meinen Blick von ihr los und begegnete geradewegs neugierig funkelnden Augen.

»Was ist?«, fragte ich unschuldig, während ich mich rasch vergewisserte, dass er der Einzige war, der mich beobachtete. Aber das war natürlich eine Fehlanzeige. Creed war genauso furchtbar aufmerksam wie sein bester Freund, und Lenny offenbar auch. Glücklicherweise hatten wenigstens Ella und meine Schwester eine heiße Debatte über Chris Pratt aus dem eben gelaufenen Marvel-Film gestartet. Summer verband ihr iPhone mit der Anlage, und einen Moment später schallte ein Song von Drake durch den Raum. Die gerahmten Trikots und die Schwarz-Weiß-Fotografien von Footballspielern an den Wänden vibrierten leicht durch den Bass.

»Starr sie nicht so an«, raunte Ches und lehnte sich zu mir.

»Was meinst du?«, erwiderte ich, auch wenn ich gleichzeitig spürte, wie mir Hitze den Hals hinaufkroch.

Ches ließ sich nichts vormachen. »Wenn sie es merkt, wird sie noch nervöser, als sie offenbar bereits ist, und schmeißt im schlimmsten Fall mit Dingen um sich.«

Abwehrend hob ich die Hände und lachte auf. »Wir sind nur Freunde. Ich starre sie nicht …«

»Versuch es erst gar nicht, Mitch«, sagte Creed und grinste schief.

Lenny krabbelte in ihren schwarzen Schlabberklamotten neben mich und klopfte mir auf die Schulter. »Ein gut gemeinter Rat, Kumpel. Schenk deine Aufmerksamkeit lieber einem Mädchen, das auch interessiert ist.«

Autsch.

»Ich kann mich nur wiederholen«, sagte ich, bemüht, mein Lächeln aufrechtzuerhalten, auch wenn es sich mittlerweile nicht mehr so lässig anfühlte. »Wir sind nur Freunde.«

Aus dem Augenwinkel sah ich, wie Carla zurückkehrte, und griff nach meinem Wasser. Etwas lauter sagte ich: »Spielen wir jetzt, oder was?«

Lenny musterte mich noch einen Moment, dann wandte sie sich ab.

Wir begannen mit harmlosen Fragen, über Dinge, die jeder von uns schon getan hatte. Ich war der Einzige in der Runde, der heute Abend nichts trank. Morgen früh beim Schwimmtraining wollte ich Bestleistungen erzielen, und mit einem Kater war das wohl kaum möglich. Schlimm genug, dass ich eine Pizza gegessen hatte anstelle des Abendessens aus meinem Ernährungsplan.

»Ich habe noch nie eine Schulstunde geschwänzt«, sagte Creed grinsend – und rührte sein Bier nicht an. Betreten griffen alle anderen außer Lenny und mir nach ihren Getränken.

»Das hättet ihr nicht erwartet, was?«, sagte Lenny grinsend. »Ich war eine Musterschülerin.«

»Ernsthaft, Sav?«, fragte ich feixend. »Du hast schon mal geschwänzt? Das wird Mum aber gar nicht freuen.«

Savannah wurde rot vor Verlegenheit und winkte ab. »Das fing erst hier am College an. Ich hatte irgendwie den Drang, ein paar Regeln zu brechen.«

»Du Rebell«, spottete Lenny. »Also, als ich zum ersten Mal den Drang hatte, die Regeln zu brechen, bin ich von zu Hause abgehauen und nie wieder zurückgekehrt.«

Wir sahen sie erschrocken an. Lenny schien das jedoch offenbar nicht zu kümmern. Sie lächelte ironisch und prostete uns mit ihrer Bierflasche zu. »Ich bin dran: Ich hatte noch nie eine kaputte Familie. *Cheers.*« Dann nahm sie einen tiefen Schluck.

Mit peinlicher Berührung musste ich feststellen, dass jeder trank, außer Savannah und mir. Meine Hand zuckte zu meinem Wasser, doch ich schloss sie zur Faust und rührte sie nicht, denn Sav tat es schließlich auch nicht. Unsere Familie konnte verdammt schwierig sein, sicher. Sie war zerrüttet, aber noch nicht kaputt. Ich fragte mich jedoch, wie lange das wohl noch anhielt. Meine Freunde hatte es nicht so glimpflich getroffen. Von Ella wusste ich, dass ihr Vater vor ein paar Jahren gestorben war. Summer hatte ein schlechtes Verhältnis zu ihrer Mum und ihrem Stiefvater und schon seit geraumer Zeit keinen Kontakt mehr zu ihrem leiblichen Vater. Ches und Creed hatten beide durchblicken lassen, dass sie viel hatten mitmachen müssen, und über Carla wusste ich ja inzwischen ebenfalls Bescheid.

»Die Quoten-Goldkinder«, sagte Carla und seufzte. »Siehst du, Hollister? Hier hast du den Beweis, dass Liebe nichts ist, worauf man bauen sollte.«

Kaum hatten die Worte ihren Mund verlassen, erstarrte sie plötzlich. Es war klar, dass es ihr rausgerutscht war, aber sie erblasste und sah die anderen erschrocken an, die uns mit unverhohlener Neugier beobachteten.

Meine Mundwinkel zuckten selbstgefällig. Wenn sie gewusst hätte, dass allein ihre Reaktion diese Neugierde geweckt hatte. Manchmal war Carlas Unbeholfenheit so plötzlich und unerwartet, dass ich das wilde Bedürfnis verspürte, sie küssen zu wollen.

»Werden wir ja sehen«, erwiderte ich und zwinkerte ihr zu, um die Situation aufzulockern.

»Jetzt wird es interessant«, murmelte Ella an den Rand ihrer Bierflasche.

Ich wechselte rasch das Thema. »Ich habe noch nie jemanden aus dem Knast befreien müssen – oder habe dringesessen.«

Meine Aussage hatte den gewünschten Effekt. Ella, Summer und Savannah stöhnten auf und lachten, dann tranken wir vier je einen Schluck.

»Wir waren nicht im Knast, Mitch!«, protestierte Savannah. »Es war nur die Ausnüchterungszelle auf der Wache.«

»Schwedische Gardinen bleiben schwedische Gardinen, Schwesterherz«, sagte ich und zuckte grinsend mit den Schultern. Ein Seitenblick verriet mir, dass Carla nicht mehr ganz so angespannt wirkte.

Neben mir klirrte es, als Ches und Creed mit ihren Flaschen anstießen.

»Was?«, fragte ich verblüfft und drehte mich zu ihnen. »Bitte erzählt uns jetzt nicht, dass ihr Ex-Knackis seid. Das hättet ihr nämlich die letzten Monate schon mal erwähnen können.«

»Nope, kein Knast, zumindest für uns«, erwiderte Creed und wich meinem Blick aus.

»Lange Geschichte«, murmelte Ches. Er und Ella wechselten einen langen Blick. »Die erzählen wir besser ein anderes Mal.«

»Den Nächsten mache ich!«, rief Summer einige Runden später. Ihr Blick war dabei sehnsüchtig auf Creed gerichtet. »Es wird Zeit, dass die Fragen ein wenig interessanter werden. Ich hatte noch nie einen One-Night-Stand.«

Allgemeines Lachen. Alle tranken, bis auf meine Schwester und Ella.

»Eine andere Antwort von Sav hätte meine Welt aus den Angeln gehoben«, sagte Carla und grinste.

»Meine auch«, sagten Ella und ich gleichzeitig, was Sav hochrot werden ließ.

»Ich hatte noch nie einen Orgasmus«, sagte Creed als Nächstes grinsend, nur um den letzten Schluck seines Biers auszutrinken. Meine Schwester schien bei den Worten im Erdboden zu versinken, so peinlich berührt war sie, was uns alle lachen ließ. Ich zog Savannah auf, indem ich die Hände an die Schläfen legte, um ja nicht in ihre Richtung zu blicken und zu sehen, wie sie trank – und sah stattdessen geradewegs zu Carla. Doch sie rührte ihr Getränk nicht an, was nicht nur meine Aufmerksamkeit weckte.

»Scherzkeks«, sagte Summer und stieß sie mit dem Ellbogen an. »Ich weiß von mindestens zwei Kerlen, mit denen du innerhalb der letzten drei Jahre geschlafen hast.«

Zwei Kerle. Ein spitzer Anflug von Eifersucht fuhr mir durch die Brust. Es gefiel mir ganz und gar nicht, mir vorzustellen, wie Carla mit irgendwelchen Typen schlief. Gleichzeitig war ich verblüfft.

»Na und?«, fauchte Carla abwehrend und bekam errötete Wangen. »Das geht euch nichts an!«

»Aber noch nie?«, fragte Ella. »Sicher?«

Nun trank Carla doch ihr Bier aus und machte ein finsteres Gesicht. »Ich hole mir noch etwas.« Ohne eine Antwort abzuwarten, rappelte sie sich auf und verließ den Raum. Diesmal zwang ich mich, ihr nicht hinterherzublicken. Es war mehr als offensichtlich, dass ihr die Frage zu weit gegangen war. Es war zu intim. Vielleicht war das auch der Grund gewesen, weshalb sie das Spiel von vorneherein nicht hatte spielen wollen; sie wollte nichts von sich preisgeben. Schon vor Jahren hatte sie aufgehört, sich Ella, Sav und Summer anzuvertrauen, und begegnete seither jedermann nur noch mit einem gewissen Abstand, der es unmöglich machte, mehr über sie herauszufinden. Savannah schwor darauf, dass man sich bloß in Geduld üben musste, bis Carla sich einem wieder öffnete. Ich bezweifelte zwar, dass sie meiner Schwester von ihrer Angst oder von ihren Eltern erzählt hatte, aber wissen konnte ich es natürlich nicht. Vielleicht hatte sie Savannah genau das anvertraut, und meine Schwester hielt bloß dicht – natürlich würde sie das, wenn Carla ihr so private Dinge erzählt hätte.

Carla redete kein Wort mehr, nachdem sie zurückgekehrt war. Niemand machte ein großes Ding draus, auch wenn es das für sie ganz offenbar war. *Und für mich,* flüsterte ein Teil meines Hirns, was ich sofort zu unterdrücken versuchte.

Wir spielten anschließend noch ein wenig Karten, wobei ich immer wieder zu ihr blicken musste. Unser Treffen am Pool spielte sich immer wieder vor meinem inneren Auge ab, und eine plötzliche Sehnsucht erfüllte mich, ihr nahe sein zu wollen. Ich wollte mit ihr allein sein. Ich wollte mit ihr reden. Ich wollte sie berühren. Ich wollte ihre Augen zum Funkeln bringen. Verdammt, je länger ich darüber nachdachte, desto größer wurde das Verlangen und desto mehr Dinge fielen mir ein, die ich unbedingt wollte.

Als Lenny schließlich als Erste aufbrach, begleitete Carla sie. Ihr Abschied war flüchtig, so, als wollte sie einfach nur weg von hier. Ella, Ches und Summer waren die Nächsten, die gingen, und Savannah schlief auf dem Sofa ein.

Ich war gerade dabei, auf dem Flur die Pizzakartons zu zerkleinern, als Creed sich zu mir gesellte.

»Erzählst du mir, was passiert ist?«, fragte er und stellte unsere leeren Bierflaschen auf einem Holzregal ab.

»Was meinst du?« Ich drehte mich zu ihm um.

Ein Lächeln huschte über Creeds Lippen, und er lehnte sich mit verschränkten Armen an die Wand. »Carla und du. Ihr habt euch den ganzen Abend über bedeutungsschwere Blicke zugeworfen. Von dir bin ich das ja gewohnt, aber nicht von ihr.«

Ich konnte nicht verhindern, dass mein Herz einen kleinen Sprung machte. »Sie hat …« Ich hielt mich gerade noch rechtzeitig davon ab, wie ein aufgeregter kleiner Junge zu fragen, ob sie wirklich zurückgeschaut hatte. So langsam machte ich mich lächerlich.

Creed lächelte wissend, als wüsste er genau, was mir durch den Kopf ging. »So nervös kenne ich Carla gar nicht. Was zum Teufel hast du mit ihr angestellt, Mann?«

»Nichts.« Ich drehte mich wieder um und zerriss die Kartons. Natürlich musste ich genau jetzt daran denken, wie sie ihre Beine um meine Hüften geschlungen und ich auf sie eingeredet hatte, damit sie gegen ihre Panik ankämpfen konnte. Es war noch keine vierundzwanzig Stunden her. ›Nichts‹ war demnach die Untertreibung des Jahrhunderts.

Ein Seufzen erklang hinter mir. »Was genau erhoffst du dir, Mitchell? Versteh mich nicht falsch, ich möchte weder dich noch sie schlechtmachen, ihr seid meine Freunde. Aber Carla ist kompliziert und schwierig und hat verdammt viele Probleme. Du bist der perfekte Schwiegersohn-Typ mit dem Stipendium und der perfekten Familie. Ihr kommt aus ganz unterschiedlichen Welten.«

Meine Hände stellten jede Bewegung ein. Ich biss die Zähne zusammen und schloss die Augen, um nichts Unüberlegtes zu sagen. »Das ist kein soziales Experiment, Creed. Und mein Leben ist verdammt noch mal nicht perfekt. Vielleicht kennst du mich doch nicht so gut, wie du dachtest.«

Ich dachte an Savannah, meine Eltern und die große Schlucht, die sich in den letzten Jahren zwischen uns aufgetan hatte. Mein Dad wollte mir nicht verzeihen, dass ich mich gegen seine Präferenzen für mein Hauptfach im Studium und stattdessen für Sport entschieden hatte. Er hatte jede Hoffnung in mich gesetzt, dass ich eines Tages die Familiengeschäfte übernehmen würde. Ich liebte meine Eltern, keine Frage, aber diese Dinge hatten einen Keil zwischen uns getrieben. Dann war da noch dieser immense Druck, den Coach Pat und meine Mutter auf mich ausübten. Mum sagte immer, dass es der größte Fehler ihres Lebens gewesen war, mit dem Schwimmen aufzuhören, besonders als es ihr Bruder vor etlichen Jahren bis zu den Olympischen Spielen geschafft hatte. Sie war bitter enttäuscht gewesen, als Savannah in der Highschool das

Schwimmen ebenfalls aufgegeben hatte, weshalb sie nun all ihre Hoffnung in mich setzte. Ich war ihre Chance auf Ruhm. Und ich liebte sie und auch das Schwimmen genug, um mein Bestes zu tun, ihren Traum – und meinen Traum – zu erfüllen, auch wenn ich manchmal das Gefühl hatte, es würde mich in die Knie zwingen. Immer wieder sagten Leute, wie perfekt das Leben der Moore-Geschwister sein musste, und nichts kotzte mich mehr an. Wessen Leben war schon perfekt? Unseres ganz bestimmt nicht. Wenn man keine Geldsorgen hatte, wusste das Leben schon, wie es diese Lücke wieder füllen konnte. Unsere Probleme waren nicht weniger problematisch, nur weil jemand anderes größere, schwerwiegendere Probleme hatte. Eine gebrochene Hand bereitete Schmerzen, genau wie ein amputiertes Bein. Das eine machte das andere nicht weniger schmerzhaft. Und wer sagte eigentlich, dass manche Menschen mit einem amputierten Bein nicht vielleicht sogar besser zurechtgekommen wären als mit einer gebrochenen Hand?

»Vergiss es einfach«, murmelte ich und schmiss den Rest der Pappe auf einen Haufen. »Ich bekomme den Rest hier schon allein hin. Fahr ruhig nach Hause. Wir sehen uns morgen im Sportstudio.«

Creed zögerte einen Moment. Dann gab er sich schließlich geschlagen. »Klar. Wir sehen uns morgen, Kumpel.«

Erst als er ging und um die Ecke zur Treppe abbog, atmete ich aus und rieb mir mit den Händen über das Gesicht. Irgendetwas verschwieg Creed mir, und es hatte mit Carla zu tun. Wäre ich vernünftig gewesen, hätte ich es ignoriert und mir nichts daraus gemacht.

Aber ich war nicht vernünftig. Das war ja das verdammte Problem.

KAPITEL 13

CARLA

Ich wurde besser, langsam, aber stetig. In der darauffolgenden Woche hatten Mitchell und ich uns noch einmal getroffen. Es war kaum zu glauben, aber unsere Stunden schienen tatsächlich zu funktionieren. Ich hatte keine Panikattacke erlitten, war ihm nicht zu nahe gekommen und hatte nichts gesagt, was ich bereute. Das war großartig. Genau das hatte ich mir für unser Arrangement gewünscht: ganz und gar ohne Komplikationen.

Es war Freitagabend. Die gesamte Woche hatte ich Mitchell nun schon nicht gesehen, da er wieder mal ein Trainingscamp für die Schwimmmeisterschaft besuchte. Definitiv freute ich mich *nicht,* ihn am Montag wiederzusehen. Ich konnte es bloß kaum erwarten, mit unseren Stunden am Whirlpool fortzufahren, was einzig und allein den Grund hatte, dass wir damit aufhören konnten, sobald ich meine Angst überwunden hatte. Und je eher das geschah, desto besser. Dreimal hatte ich mich diese Woche schon zusätzlich zu Hause in unsere Badewanne gesetzt, um herauszufinden, wie weit ich gehen konnte. Mittlerweile hatte ich sogar herausgefunden, dass es besser funktionierte, wenn ich vorher lange duschte. Das Wasser konnte mir jetzt bis zur Mitte meiner Oberschenkel reichen, ohne dass mein Puls sich veränderte. Dieser Erfolg fühlte sich so gut an, dass ich am liebsten laut jubeln wollte. Ich hatte mich außerdem überwunden, Aquaphobie zu googeln, und war auf ein Forum anderer Betroffener gestoßen. Es beruhigte mich, zu lesen, dass ich … nicht allein war. Dort draußen gab es Menschen, die sich noch nicht einmal die Hände waschen konnten. Eine ältere Frau aus Missouri aß einen Haufen Wassermelonen, weil sie Angst vor dem Trinken hatte; sie hielt das Gefühl nicht aus, den Mund und den Bauch voller Wasser zu haben. Ein Mann aus Dallas war schon Dutzende Male wegen Dehydrierung im Krankenhaus gelandet, so fortgeschritten war seine Phobie, und lebte mittlerweile in einem Trailerpark, weil die hohen Krankenhausrechnungen ihn um sein Haus und um seine Ehe gebracht hatten. Einige der Schreiber im Forum hatten ihre Angst durch eine Therapie überwunden, andere kämpften noch damit, so wie ich. Sie alle hatten in ihrer Vergangenheit etwas durchmachen müssen. Dieses Miteinander gab mir Kraft. Irgendwie sorgte es dafür, dass ich mich besser fühlte. Ich hatte mir sogar die App des Forums auf mein Handy heruntergeladen. Die Anonymität machte es leichter, sich zu öffnen, auch wenn es lange gedauert hatte, bis ich selbst etwas hineingeschrieben hatte. Ich fühlte mich, als hätte ich ein schweres Verbrechen begangen, als ich von meiner Mum erzählt hatte. Von einer Erinnerung, über die ich schon lange nicht mehr so viel nachgedacht hatte. Und das wiederum hatte zur Folge, dass mein Albtraum zurückgekehrt war.

Dieser verdammte Albtraum.

Es war ja nicht so, dass ich ohnehin schon wenig Schlaf bekam – und jetzt schreckte ich auch noch jede Nacht aus ihm auf.

Ich trocknete mir gerade die Hände in der großen Spüle des *Leo's* ab und starrte Löcher in die Luft. Diesmal erwischte mich Brigham dabei, während er die Theke mit einem Lappen abwischte, und quittierte es mit einem fragenden Blick. Die Musik war laut. Die Billardtische und die Sitznischen waren besetzt. Nur vereinzelt standen Leute an der Bar, um etwas zu bestellen, aber alle paar Minuten sorgten wir für Nachschub an den Tischen.

Ich wandte mich einem Cocktail zu, den ich gerade gemischt hatte, doch Brig schob sich in mein Blickfeld. Er hob eine Augenbraue und nahm mir den fertigen Drink aus der Hand, um ihn an den Gast weiterzureichen. Das Mädchen lächelte ihn dabei kokett an und zwinkerte ihm zu – noch so etwas: Seit Brigham hier arbeitete, waren definitiv mehr Frauen anwesend.

»Jetzt spuck schon endlich aus, was dir auf der Seele liegt, Babygirl.«

»Ich weiß nicht, was du meinst«, erwiderte ich und fuhr damit fort, zwei Cocktails zu mischen. Ich hantierte mit den hochprozentigen Flaschen und fügte Fruchtsäfte, Eis und Orangenscheiben hinzu. »Du hast übrigens etwas zwischen den Zähnen«, fügte ich hinzu, um ihn zu ärgern.

»Hab ich nicht!« Hastig nahm er sich ein silbernes Tablett und überprüfte sein perfektes Gebiss. Dann verzog er das Gesicht und stellte es wieder ab. »Hab ich nicht«, wiederholte Brigham pikiert, und ich verdrehte die Augen. Er war so selbsteingenommen.

Ich reichte einem blonden Collegemädchen seinen Drink und nahm sein Geld entgegen. Sie bedankte sich, jedoch waren ihre Augen dabei auf Mr. Eitelkeit gerichtet, als wäre er es gewesen, der ihr den Cocktail gemacht hatte.

Knurrend wandte ich mich an zwei ältere Männer in Holzfällerhemden, die ihre Augen zwar nicht auf Brigham gerichtet hatten, dafür aber auf meine Brüste.

»Carlita«, flötete Brig und schwang mir seinen Arm über die Schultern. Seine blonden Locken saßen ihm heute in einem Knoten am Hinterkopf, und jede Strähne, die daraus herausfiel, war genau dort, wo er sie haben wollte. Zugegebenermaßen sah er fabelhaft aus. Ich wollte gar nicht wissen, wie lange er im Badezimmer brauchte. Nicht einmal ich trug ein so extravagantes Parfum, wenn ich zur Arbeit ging.

»Du kannst mit Onkel B reden. Jederzeit. Ich sehe ja schon Qualm aus deinen Ohren steigen, und wir wollen doch nicht, dass dein hübscher Kopf noch in Flammen aufgeht, oder?«

»Na schön! Vielleicht wollte ich dich etwas fragen«, log ich, weil er es immer mochte, wenn es entweder um ihn oder um Sex ging. Ich wollte außerdem endlich meine Ruhe haben. Nicht in tausend Jahren würde ich ihm sagen, dass ich gerade daran gedacht hatte, wie furchtbar es wäre, mit mehreren Litern Wasser in der Lunge am Grunde eines Sees zu ertrinken.

Da sollte mal jemand behaupten, ich sei nicht verkorkst.

Ich holte das Flaschenbier für die Auf-die-Brüste-starr-Männer aus einem der Kühlschränke. Mit dem Flaschenöffner machte ich eine schnelle Bewegung und reichte ihnen ihre Getränke, ehe ich die Dollarscheine entgegennahm.

»Passt so, Schätzchen«, sagte einer von ihnen und zwinkerte meinen Brüsten zu. Sie verschwanden von der Bar, bevor ich etwas Bissiges erwidern konnte. Ich hätte ihnen natürlich etwas nachrufen können, aber dann fiel mir wieder Leos Warnung ein, und ich ermahnte mich, die Kosenamen und ihr widerliches Verhalten über mich ergehen zu lassen. Auf keinen Fall durfte eine neue Auseinandersetzung stattfinden, das würde mich ein für alle Mal meinen Job kosten.

»Jetzt frag schon endlich«, drängte Brigham, ungeduldig wie ein Kleinkind, und sah mich mit seinen großen grünen Augen an.

Ich schüttelte seinen Arm von meiner Schulter und lehnte mich gegen den Tresen. *»Bueno«,* sagte ich und kräuselte nachdenklich die Lippen. Was konnte ich bloß sagen, um ihn bei der Stange zu halten?

»Nenne mir fünf Gründe, wieso man keinen Sex mit jemandem haben sollte.«

Wie zu erwarten, sprang Brig sofort darauf an. Er blickte nachdenklich in die Luft. »Okay. Erster Grund: Die Person hat einen Pilz, Filzläuse oder Hepatitis. Zweiter Grund: Die Person will, dass du sie während des heiligen Aktes mit einem Hammer versohlst – und ich rate dir wirklich, lass dich nicht drauf ein. Total krank. Dritter Grund: Die Person stinkt. Das ist eklig, und es gibt genug andere, die es nicht tun, also such dir jemand anderen. Vierter Grund: Du oder die Person haben Blähungen. Stinkt auch. Selbes Spiel. Oh, und zu guter Letzt: Die Person ist der Zwilling von einem Psycho, mit dem du auch gevögelt hast. Tu es nicht, sonst musst du Wohnort und Namen ändern. Ich habe da letztens so eine Telenovela mit Untertitel gesehen, die ziemlich abgefahren war.«

Ich lachte los, und zwar so sehr, dass ich mir den Bauch halten musste. »Manchmal habe ich echt das Gefühl, dass du etwas im Kopf hast, aber dann kommt wieder so was dabei raus! *Loco.*«

Brigham stimmte in mein Lachen ein, während er Shotgläser auf ein Tablett stellte und sie mit Tequila füllte. »Wieso willst du das überhaupt wissen, Carloo Babe?«

»Nur so.« Ich wandte mich ab. Doch nachdem Brig das Tablett zu einer der Sitznischen gebracht hatte und wir an der Bar ein wenig Leerlauf hatten, ließ er mich nicht mehr in Ruhe. Und gerade hatte ich noch geglaubt, mein Ablenkungsmanöver hätte funktioniert.

Ich rammte ihm meinen Ellbogen in die Seite und wirbelte zu ihm herum. »Du bist wie eine verdammte Schmalzfliege, Brig!«

»Du meinst bestimmt Schmeißfliege.«

»Leck mich!«

»Oh.« Ein verwegenes Grinsen machte sich auf seinen Lippen breit. »Wenn es das ist, was du willst, hättest du schon viel früher etwas sagen können, Zuckerpuppe. Wir sind zwar Bros, aber für dich würde ich eine Ausnahme machen und dir meine magische Ventilatortechnik demonstrieren. Das biete ich sonst niemals einem Bro an, glaub mir.«

Ich schenkte ihm einen genervten Blick und nahm die Bestellung von einem Gast entgegen. Eine Weile arbeiteten wir weiter, als schließlich eine Gruppe Studenten die Bar betrat und jede Menge Getränke bestellte. Die düsteren Gedanken ans Wasser kreisten noch immer durch meinen Kopf, nachdem ich letzte Nacht noch über eine Stunde Beiträge im Forum gelesen hatte. Ich fragte mich, ob meine Albträume alles, was ich in den letzten Wochen erreicht hatte, wieder zunichtegemacht hatten.

»Was ist los, Babygirl?«, fragte Brigham wieder, als der Ansturm ein wenig nachgelassen hatte, und verschränkte die lächerlich muskulösen Arme vor der Brust. »Wenn ich beim ersten Versuch richtig rate, spendierst du mir einen Kurzen.« Er wartete gar nicht ab, ob ich auf sein Angebot eingehen würde, sondern holte bereits tief Luft. »Es geht um Hollister!«

Mein Herz krachte so plötzlich zu Boden, dass es eigentlich ein Loch hätte hineinschlagen müssen.

Was. Zum. Teufel?

Ich musste meine gesamte Kraft aufbringen, damit mir nicht der Kiefer herunterklappte.

»Falsch«, sagte ich betont gleichgültig. Ich ließ mir Zeit damit, eine Zitrone aus einem der Kühlfächer zu nehmen und sie in Scheiben zu schneiden.

»Es sollte aber um Mitchy gehen«, beharrte Brigham und legte sein Kinn auf meiner Schulter ab. Seine Stimme wurde zu einem leisen, tiefen Schnurren an meinem Ohr, was mir eine Gänsehaut verpasste. »Ich bin mir eigentlich sogar ziemlich sicher, dass du wegen *Abercrombie & Mitch* gefragt hast. Zwischen euch ist etwas passiert, oder? Onkel B hat gewisse Sensoren für so etwas. Du willst fünf Gründe hören, weshalb du nicht mit *ihm* vögeln solltest, oder? Ich gebe dir die Antwort darauf: Es gibt keine. So einfach ist das. Hollister ist heiß und Single, und aus seinen Augen schießen Funken, wenn er dich ansieht, Carly Boo. Lass dich ordentlich von ihm flachlegen. Und gib mir anschließend all die versauten Details.«

Ich konnte nicht verhindern, dass mein Mund trocken wurde und mein Bauch sich verknotete. Das Furchtbare an der Sache war, dass ich Brigham gar keinen Vorwurf machen konnte. Dieses Grab hatte ich mir heute Abend selbst geschaufelt. Aber … seine Worte erschütterten mich. Sie entsetzten mich so sehr, dass mir unerträglich heiß wurde. Die Härchen in meinem Nacken stellten sich auf, und ein Schauer kroch meinen Rücken hinunter.

No. Das lag nur an Brighams Stimme. Nicht an seinen Worten, auf keinen Fall. Er hätte mit seiner rauchigen Stimme für eine dieser schmutzigen Telefonhotlines arbeiten können und wäre dort vermutlich in kürzester Zeit der Mitarbeiter des Monats.

»Dann hab du doch Sex mit ihm, wenn du ihn so toll findest!«, erwiderte ich, nahm einen nassen Lappen und schlug damit über meine Schulter, genau in Brighams Gesicht.

Er kreischte laut und spitz und sprang von mir zurück. »Du bist so was von ekelhaft!«

Ich musste laut lachen und drehte mich triumphierend zu ihm herum. »*Ay*, das hast du nun davon!«

An der Theke erklang ein weiteres Lachen, das mir gefährlich vertraut vorkam.

Ich wirbelte herum und sah mich plötzlich Mitchell gegenüber.

Der Schreck sorgte dafür, dass mir für eine halbe Sekunde schwindelig wurde, und mein Herz geriet für ein paar Schläge aus dem Takt.

Was um alles in der Welt machte er hier? Ich war fest davon ausgegangen, dass wir uns frühestens Montag auf dem Campus sehen würden! Was war mit seinem Trainingscamp?

»Sex mit wem?«, frage Mitchell amüsiert und lehnte sich an der Theke weiter vor. »Hi übrigens«, fügte er fast schon sanft hinzu und schenkte mir ein Lächeln. Er trug ein graues T-Shirt, das an seinen breiten Schultern und der Brust gespannt war, besonders da er die Arme auf dem Tresen verschränkt hatte. Seine Wangen waren von der kühlen Abendluft gerötet, aus welcher er höchstwahrscheinlich gerade gekommen war, und das braune Haar war wie so oft zerzaust.

Es dauerte ein paar Sekunden, bis ich meine Stimme wiedergefunden hatte.

»Mit niemandem«, erwiderte ich. »Brig und ich haben uns nur unterhalten.«

Mitchell streckte den Arm aus und hielt mir ein paar Dollar hin. »Bekomme ich ein alkoholfreies Bier?«

»Claro«, erwiderte ich und nahm das Geld entgegen. Dabei streiften sich unsere Finger.

Sofort beeilte ich mich, das Geld in der Kasse zu verstauen und ihm sein Getränk zu holen.

Erst jetzt fiel mir auf, dass Mitchell nicht allein war. Ches, Ella und Sav traten gerade ebenfalls an die Bar.

»Hey, Carly!«, rief Savannah und winkte mir aufgeregt zu.

Ein überraschtes Lächeln machte sich auf meinen Lippen breit. Ich lehnte mich über den Tresen, um ihre Wangen zu küssen. »Was machst du denn hier, Sav? Du kommst doch nie her.«

»Ella hat mich überredet. Summer hat heute Abend ein Date, und ich wollte den Samstagabend nicht schon wieder im Bett verbringen. Das Buch, das du mir geschenkt hast, ist übrigens toll.«

»Du hast ihres zuerst gelesen?«, fragte Mitchell und machte ein empörtes Gesicht. »Wieso? Kat hat gesagt, du wirst die andere Buchreihe viel besser finden!«

Savannah schob sich die Brille höher auf die Stupsnase und tätschelte ihrem Bruder die Schulter. »Ach Mitch, du musst noch so viel lernen. Da gibt es etwas, das nennt sich ›Stapel ungelesener Bücher‹. Ich habe die Buchtitel auf Zettel geschrieben, sie in ein Glas gesteckt und das Schicksal entscheiden lassen, was ich lesen soll. Sonst wäre das Leben doch langweilig.«

Diesmal war ich es, die seufzte und Savannah eine Hand auf die Schulter legte. »Ach Savy. Du musst noch so viel lernen.«

Das entlockte Ella ein Lachen, und ich fiel mit ein. Wir begrüßten uns, und ich küsste sie ebenfalls auf die Wangen, wie auch Ches. Dabei entging mir nicht, wie Mitchell mich beobachtete. Die plötzliche Vorstellung, ihn ebenfalls mit Küssen zu begrüßen, wie ich es bei meinen Freunden je nach Lust und Laune tat, bereitete mir mit einem Mal ein nervöses Unbehagen. Ich schüttelte den Gedanken von mir, bevor sich in meinem Kopf auch noch Bilder dazugesellen konnten.

Brigham kehrte aus dem Hinterzimmer zurück und tupfte sich das Gesicht mit einem Wattepad ab. Er begrüßte die Neuankömmlinge mit einer leichten Verbeugung.

»Brig, was ist das?«, fragte Ella stirnrunzelnd. Er rieb sich das Wattepad über die Stirn und schenkte mir einen erbosten Blick. »Das ist desinfizierendes Gesichtstonic. Ist dir eigentlich klar, wie viele Bakterien in so einem Lappen drin sind, *Susan?*«

Dauernd machte Brigham Anspielungen auf irgendwelche Memes aus dem Internet. *Susan* war eine davon, und ich wurde nicht schlau daraus.

Keiner von uns fragte noch, weshalb er desinfizierendes Gesichtstonic und ein Wattepad griffbereit hatte. Er schmiss es in den Mülleimer und trocknete sich die Hände an seiner hellen, verwaschenen Jeans. »An dieser Stelle möchte ich Hollisters Frage von eben noch einmal aufgreifen, bevor sie in Vergessenheit gerät. *Sex mit wem?,* hast du gefragt? Die Antwort lautet: Sex mit dir, Mr. Moore. Das war unser brandheißes Gesprächsthema.« Er warf mir einen bösen Blick zu und lächelte diabolisch, als würde er sagen: »Rache ist süß, Baby.«

Nicht nur Mitchells Augenbrauen schossen im nächsten Moment in die Höhe.

Savannah, Ches und Ella starrten Brigham ungläubig an.

Hastig versuchte ich, es zu erklären und dabei noch immer cool zu wirken, auch wenn mein Puls sich eindeutig beschleunigte. »Brig steht auf dich und findet dich heiß, Mitchell«, sagte ich und verdrehte die Augen.

Brigham stieß mich mit der Hüfte zur Seite und ergriff Mitchells Bizeps. »Wie könnte ich auch nicht? Mitchyboy ist zum Anbeißen.« Er grinste breit und tätschelte Mitchells Wange. »Wenn ich eine Frau wäre, hätte ich dich schon beritten, bevor du Hottehü sagen könntest.«

Ella kreischte vor Lachen und schlug sich eine Hand vor den Mund. Savannahs Gesicht war knallrot, und sie lachte so sehr, dass ihre zierlichen Schultern bebten. Ches und Mitchell fielen mit ein, sodass sich ein paar Leute zu uns umdrehten.

»Alter, du hast echt einen Schaden«, sagte Mitchell und schüttelte den Kopf.

»Das ist aber mein voller Ernst.« Brigham schlang einen Arm um mich und zog mich mit einem Ruck zu sich, wodurch ich beinahe auf meinen Pumps umknickte. »Sag mir, Carlita, wer würde bei diesem Rundumpaket nicht zugreifen? Macht Hollister dich nicht unglaublich an?«

Mein Blick schoss erschrocken zu Mitchell. Ich glaubte zu sehen, wie sich seine Wangen in genau der Sekunde rot färbten, als mir die Hitze ins Gesicht schoss.

Ein nervöses Lachen entfuhr mir. »Nie im Leben. Nicht in tausend Jahren!«

Doch als ich Ella ansah, bemerkte ich, wie sie mit breitem Lächeln erst Mitchell und dann mich musterte. Sie und Ches wechselten einen bedeutungsschweren Blick.

Meine Laune polterte in den Keller. *Tja. Das ist allein deine Schuld. Hättest du Brigham doch lieber von deinen Albträumen erzählt.*

Als ein älterer Mann mit dem Arm wedelte, um meine Aufmerksamkeit auf sich zu lenken, gab ich seiner Bitte beinahe dankend nach. Anschließend bediente ich noch zwei weitere Personen und einen Tisch und konzentrierte mich ganz darauf, Schnaps in Gläser zu füllen, Bierflaschen zu öffnen und Drinks zusammenzumischen. Ich verfluchte Brig. Dieser aufgeplusterte Vogel! Wieso versuchte er, mir das Leben zur Hölle zur machen? Falls ich je geglaubt hatte, dass ich ihn mochte, war das nun offiziell Geschichte. Meine Freunde waren allesamt Verräter, und mein liebster Arbeitskollege war Judas. Mein Erzfeind.

Als ich schließlich alle Kunden bedient hatte, fühlte ich mich, als hätte man mir meine Deckung weggenommen. Hastig warf ich einen Blick auf die Wanduhr, die zwischen unzähligen Nummernschildern an der holzvertäfelten Wand hing. Nur noch fünfzehn Minuten, dann hatte ich Feierabend.

Jemand rief meinen Namen, und ich drehte mich um, nur um zu sehen, dass es schon wieder Mitchell war.

Ich stöhnte auf und ging zu ihm. »Was willst du, Hollister?« Ich war schwer darauf bedacht, so distanziert wie möglich zu klingen. Besonders, da ich das plötzliche Gefühl hatte, dass Savannah und Ella ein reges Interesse daran entwickelt hatten, uns so aufmerksam zu beobachten, dass mir ganz komisch wurde. Ich konnte ihre Blicke von weiter hinten im Laden bis hierher spüren. Schon während unseres Filmeabends war das so gewesen. Ich hatte mich gefühlt wie ein Goldfisch im Glas. Entblößt und in der Falle. Der Abend war furchtbar gewesen.

Mitch deutete mit dem Daumen hinter sich zu den anderen. »Wir spielen noch ein paar Runden Billard.«

»So wie jedes Mal«, erwiderte ich unbeeindruckt und hob eine Augenbraue. Er lud mich nie ein, mit ihnen zu spielen, da ich grundsätzlich zu allem Nein sagte, was er vorschlug. Ich fragte mich jedoch, welche Worte mein Mund jetzt bilden würde, sollte er es doch versuchen. Immerhin machte sich mein Körper in letzter Zeit gerne selbstständig.

Mitchell ließ den Blick zur Wanduhr gleiten. »Du hast gleich Feierabend, oder? Wir spielen bestimmt noch eine ganze Weile.«

»Schön für euch.«

Ich sagte nicht Nein. Und ich hoffte, dass es nur mir auffiel.

»Und übrigens, Carla«, sagte er, bevor ich mich abwenden konnte. Er betrachtete mich einen Moment, ehe er lächelte. »Ich freue mich, dich zu sehen. Wenn ich ganz ehrlich sein soll, habe ich dich und unsere Stunde am Whirlpool etwas vermisst.«

Mit offenem Mund sah ich ihn an. *Vermisst.* Er hatte mich *vermisst?*

Was sollte ich darauf antworten?

Glücklicherweise musste ich gar nichts erwidern. Er zwinkerte mir nämlich zu, stieß sich dann von der Theke ab und schob sich zwischen zwei Männern mit gewaltigen Bäuchen hindurch.

Die Minuten bis zu meinem Feierabend erschienen mir endlos. Wenn man es genau nahm, ging ich sogar schon zwei Minuten früher nach hinten in den Pausenraum, wo ich mich rasch frisch machte.

Den heutigen Abend bereute ich jetzt schon, angefangen mit meinem Debakel mit Brigham an der Bar. Also konnte ich der Liste ruhig noch etwas hinzufügen.

Der Erste, der mich bemerkte, als ich den Billardtisch erreichte, war Ches. Er warf mir ein überraschtes Lächeln zu, und ich war froh, dass es weder aufziehend wirkte noch vor Genugtuung strotzte. Deshalb erwiderte ich es. Er schien sich wirklich zu freuen, dass ich gekommen war.

Mitchell lehnte sich gerade über den mit grünem Stoff bezogenen Billardtisch und stieß mit seinem Queue die weiße Kugel an. Die Kugeln, die eben noch in einem ordentlichen Dreieck gestanden hatten, stoben nun geräuschvoll auseinander, und eine gelbe Kugel landete sogar in einem Loch. Er grinste und richtete sich wieder auf. Dabei landete sein Blick geradewegs auf meinem.

Ein überraschter Ausdruck huschte über seine Züge. »Wow, ich glaube, ich habe eine Halluzination.«

»Kneif mich!«, rief Savannah, nahm ihre Brille ab und setzte sie sich wieder auf. »Nein, sie ist es wirklich!«

»Ha, ha«, erwiderte ich und nahm mir ein Shotglas vom Tablett auf dem Stehtisch, welches Brig für die Truppe eben bestückt hatte. Fragend sah ich Ella an. »Darf ich?«

Sie grinste. »Aber klar. Eigentlich habe ich vorgehabt, Sav damit bei einem Trinkspiel herauszufordern, aber wie es aussieht, werde ich nicht mitspielen, wenn du mitspielst.« Seltsamerweise wirkte sie erleichtert. Ich hob eine Augenbraue. »Und wieso lächelst du jetzt?«

Ches lachte. »Man kann von Glück reden, wenn El die Kugel überhaupt erst trifft.«

»Billard ist eben nicht mein Lieblingsspiel«, erklärte sie und warf Ches einen finsteren Blick zu. »Und so schlecht bin ich nun auch wieder nicht!«

Er strich Ella eine Haarsträhne hinter das Ohr und küsste sie. »Stimmt. Du bist viel schlimmer.«

Ich wandte den Blick von ihnen ab, als sie begannen, zu turteln. Es war fast schon nervtötend, wie verliebt sie waren. Aber irgendwie erinnerten sie mich an Alma und Vince, und das wiederum ließ mein Herz warm werden.

»Ich habe eine Idee«, sagte Savannah und nahm sich ebenfalls ein Schnapsglas vom Tablett. Sie sah mich mit funkelnden Augen an. Mir fiel auf, dass Mitchell viel mehr Sommersprossen hatte, als sie und …

Ich verwarf den Gedanken sofort wieder.

»Wie wäre es, wenn du mit Mitchell im Team spielst und ich mit Ches?«

»Ich kümmere mich um die Getränke!«, sagte Ella sofort begeistert und löste sich von Ches. »Was willst du trinken, Carla?«

»Karamellwodka«, sagte ich, ohne groß darüber nachzudenken. Ein Grinsen zupfte an meinen Mundwinkeln. »Mit Milch.«

»Ich nehme auch einen!«, sagte Sav entzückt.

»*Carlas Special,* kommt sofort.« Ella tat so, als würde sie sich etwas notieren, und verschwand in Richtung Bar. Ches verzog angewidert das Gesicht und schüttelte sich. »Ich verstehe nicht, wie ihr Mädels das Zeug trinken könnt.«

»Es schmeckt gar nicht so schlecht, wie es sich anhört«, warf Mitchell ein. »Irgendwie nach warmer Eiscreme.«

Ich trank das Glas in meinen Händen rasch aus, nahm mir einen Queue und stellte mich zu Mitchell an den Billardtisch. Der

Alkohol brannte in meiner Kehle, und ich leckte mir über die Lippen.

»Ich denke, wir sind im Vorteil«, sagte er und lehnte sich an den Tisch. Er wirkte vollkommen entspannt. Sein warmer, frischer Duft schlug mir entgegen, und ich atmete instinktiv tiefer ein.

Sein Blick ruhte unentwegt auf meinem. »Sav spielt bestimmt nicht so gut wie du. Ches ist die eigentliche Bedrohung.«

»Verstanden«, sagte ich und nickte. In diesem Moment machte Ches seinen Spielzug. Er versenkte zwei Kugeln hintereinander und schlug mit Savannah ab.

»Wo ist eigentlich Creed?«, fragte ich und sah mich um. Es war ungewöhnlich, ihn nicht bei der Truppe zu sehen. Wenn er nicht mit Ches oder Vince abhing, dann mit Mitchell.

Ches räusperte sich. »Er ist über das Wochenende nach Hause geflogen.«

Ich verspannte mich. »Oh. Ach so.« Keiner von beiden hatte mir je sagen wollen, was es damals mit der Sache im Käfig auf sich gehabt hatte, doch seitdem es endlich vorbei war, flogen Ches und Creed öfter zurück nach Maine, wo sie eigentlich herkamen. Das hatten sie die letzten drei Jahre kein einziges Mal getan, also schätzte ich, dass sich etwas Schwerwiegendes verändert haben musste. Ich war zwar neugierig, aber ich hakte nicht weiter nach. Immerhin hatte ich meine eigenen Geheimnisse.

»Ich wollte dich noch etwas fragen, Prinzessin«, sagte Mitchell, was mich aus meinen Gedanken riss.

Ich konnte spüren, wie Sav und Ches uns schon wieder beobachteten. Also lief ich auf die andere Seite des Tisches, um die weiße Kugel ins Visier zu nehmen.

»Frag«, verlangte ich und lehnte mich nach unten. Dieser Zug würde einfach werden.

Mit einem vorsichtigen Stoß versenkte ich eine grüne Kugel. Als Nächstes nahm ich mir eine rote vor, doch sie landete nicht dort, wo ich sie gerne gehabt hätte.

Ich kehrte zu Mitchell zurück und sah ihn erwartungsvoll an.

Ein Schmunzeln umspielte seine Lippen. Er trat dicht vor mich und lehnte sich nach unten, an mein Ohr. »Na ja. Ich habe mich nur gefragt, wieso du eigentlich einen Bikini besitzt, wenn du nicht schwimmen gehst.«

Ich schnaubte belustigt. Dann legte ich ihm eine Hand auf die Brust und drückte ihn von mir weg. Vielleicht – aber auch nur vielleicht – verweilte meine Hand dabei einen Augenblick länger auf ihm, als sie sollte. »Im Sommer liege ich eben gerne in der Sonne. Das kann ich wohl kaum nackt machen. Ist das ein Verbrechen?«

Er grinste spitzbübisch, aber das konnte mich nicht täuschen. Seine Wangen wurden rot. »Definitiv kein Verbrechen. Aber ich denke, dass man das sehr wohl nackt machen kann.«

Ich verdrehte die Augen. »Idiot.«

Als ich mich zu unseren Freunden umdrehte, sah ich, dass Ella zurückgekehrt war und sie und Sav sich weder unterhielten noch Billard spielten. Sie starrten uns ganz ungeniert an.

Ich machte ein finsteres Gesicht und lief zum Stehtisch mit den Getränken. »Gibt es hier irgendein Problem?«

»Nein«, sagten die Mädchen gleichzeitig.

Ich schnappte mir meinen Drink, den Leo netterweise tatsächlich *Carlas Special* getauft hatte, und nahm einen tiefen, langen Schluck. Durch die Milch konnte man den Alkohol kaum mehr schmecken, und der Karamell machte alles süß und köstlich.

»Das hoffe ich für euch«, sagte ich warnend. »Sonst wird es nämlich ein Problem geben.« Ich überlegte einen Moment. »Ich werde dann das Problem sein«, fügte ich hinzu, für den Fall, dass alles, was ich sagte, mal wieder falsch aufgefasst werden könnte.

Ella winkte ab und verdrehte die Augen. »Keine Sorge, Carla. Keine Probleme, alles in bester Ordnung. Soll ich dir noch einen holen?« Sie deutete auf mein Glas, als ich einen weiteren sehr tiefen Schluck nahm.

»Ach, wieso nicht.« Morgen konnte ich immerhin ausschlafen und mich um meinen Unikram kümmern. Ich hatte Feierabend, und meine Brüder waren bei Tante Alma. Mit anderen Worten, Weihnachten und Ostern fanden in diesem Universum ganz offensichtlich an ein und demselben Tag statt. Heute würde ich mal wieder ein wenig Spaß haben. Und wenn ich genug getrunken hatte, würde vielleicht auch mein schlechtes Gewissen verschwinden, dass ich meine Brüder für diese Nacht bei Alma abgeladen hatte.

Wir spielten für die nächsten Stunden weiter, tranken zusammen und unterhielten uns. Überraschenderweise waren Mitchell und ich ein tolles Team. Was mich noch mehr überraschte, war, wie viel Spaß ich hatte. Der Karamellwodka mit Milch ließ meinen Kopf leichter werden, und die Welt schwankte angenehm.

Gespannt beobachteten wir alle, wie Mitchell sich über den Tisch lehnte und den perfekten Winkel austüftelte, um unsere letzte Kugel zu versenken. Dabei hatte er die Zähne in seine Unterlippe gegraben und in Konzentration die Stirn in Falten gelegt.

Ich seufzte auf. Er war verdammt sexy, wenn er so konzentriert war. Ich fühlte mich nicht einmal furchtbar, so etwas zu denken, was wohl dem Alkohol zuzuschreiben war. Tatsächlich schien Mitchells Anziehungskraft dadurch noch gestiegen zu sein.

Er versenkte die Kugel in einem Eckloch, und ich schrie jubelnd auf. Wir klatschten lachend ab, und ich wäre am liebsten vor Siegesglück auf meinen Heels im Kreis gesprungen.

Mitchell nahm mir den Drink aus der Hand. Unsere Finger streiften sich, und ich sah fasziniert dabei zu, wie er einen kleinen Schluck trank, ohne die Augen dabei von mir zu lösen. Er gab mir das Glas zurück und leckte sich über die Lippen.

Dann sagte er etwas, was ich über die laute Rockmusik hinweg nicht hören konnte. Als er merkte, dass ich ihn nicht verstanden hatte, beugte er sich zu mir runter. Ich konnte spüren, wie seine Hand meinen Rücken berührte.

Was mich jedoch sprachlos machte, war nicht nur das, was er sagte. Es war die Sprache, die er dabei sprach, nämlich Spanisch.

Er strich mir eine Haarsträhne über die Schulter, um seine Lippen an mein Ohr zu legen. »Ich habe gesagt: Der Drink schmeckt fast so süß wie du.«

Mein Magen schlug einen Purzelbaum, verknotete sich und machte stattdessen für etwas Platz, was heftig kribbelte – und anschließend in tiefere Regionen wanderte.

Ich verspürte das plötzliche Bedürfnis, Mitchells Gesicht zwischen die Hände zu nehmen und ihn zu küssen. Die Vorstellung bereitete mir eine Gänsehaut und versetzte mein Innenleben gleichzeitig in Aufruhr. Wieder musste ich an Brighams Worte denken, was das alles nicht besser machte.

Mitchell trat wieder zurück, um mich betrachten zu können. Was auch immer er glaubte, in meinem Gesicht zu sehen, es sorgte für ein äußert zufriedenes Funkeln in seinen braunen Augen.

Dios mío. Wenn er mich auch nur eine weitere Sekunde so ansah, würde ich ihn küssen. Es führte gar kein Weg dran vorbei.

»Mitchell!«, rief plötzlich eine helle Stimme über den Klang der Musik.

Ich zuckte so heftig zusammen, als hätte mir jemand Eiswasser über den Kopf geschüttet.

Wir drehten uns um und …

Wut stieg in mir auf, noch in der Sekunde, als ich sie sah.

Arden.

»Hey, was machst du denn hier?«, fragte Mitchell erschrocken. Währenddessen begrüßte Savannah sie aufgeregt und fiel ihrer Mitbewohnerin um den Hals. Ella begrüßte sie auch, weitaus weniger enthusiastisch, und als Arden auch Ches umarmte und dabei ein wenig zu lange brauchte, verzog Ella das Gesicht.

Ich ballte die Hände zu Fäusten und tötete das blond gefärbte Miststück allein mit meinen Augen. Was zum Teufel hatte sie hier zu suchen?

»Wir sind um die Bars gezogen«, erklärte Arden im Plauderton und kam näher. Ihre Haare waren ein trockenes, sprödes Nest, und ihr Make-up saß dick auf ihrem Gesicht. Sie hatte zwei ihrer Freundinnen im Schlepptau, und sie sahen aus, als gehörten sie mit ihren knappen, glitzernden Kleidern eher zu den Kardashians als in Leos Bar.

»Sicher seid ihr das«, sagte ich und schnaubte verächtlich.

Arden ignorierte mich geflissentlich und strahlte Mitchell an. Sie legte ihm die Hände auf die Arme und blickte durch falsche Wimpern zu ihm hoch. »Kommst du mit mir an die Bar, Mitch?«

Mein Blick huschte verstohlen zu Ella und Savannah. Sie beobachteten die ganze Szene mit entgeisterten Mienen. Savannahs Mund stand offen. Offenbar fielen sie wegen Ardens Flirt aus allen Wolken. Hätte ich Mitchell auf Savannahs Geburtstag nicht bereits aus einem ähnlichen Schlamassel mit Arden befreien müssen – und damit eine Katastrophe ausgelöst –, wäre ich wohl auch erschrocken gewesen. Soweit ich wusste, waren Arden und ihr Bruder Austin mit Sav und Mitchell groß geworden. Selbst ihre Eltern waren befreundet und gemeinsam zur Schule gegangen. Diese Flirtversuche waren neu.

Mein Blick kehrte zurück zu Mitch, und seltsamerweise erwiderte er ihn sofort, anstatt zu Arden zu blicken und mit ihr an die Bar zu gehen.

»Sorry, Arden«, sagte er langsam. Erst ein paar Sekunden später löste er den Blick von mir und richtete ihn auf sie. »Aber ich bin mit meinen Freunden hier. Vielleicht ein andermal, ja?«

»Sicher?«, säuselte sie und machte einen Schmollmund.

Wut flackerte in mir auf, als ich daran dachte, dass alles Ardens Schuld war. Wegen ihres stockbesoffenen Ausrasters auf Savs Party war ich in den Pool gestürzt. Sie hatte sich noch nicht einmal dafür entschuldigt.

»Verzieht euch, Arden«, sagte ich und verschränkte die Arme vor der Brust. »Du machst dich lächerlich. Ihr seid hier nicht willkommen.«

»Carla!«, sagte Savannah empört und wandte sich hastig an Arden. »Sie meint das nicht so. Ihr könnt gerne bleiben, wenn ihr wollt.«

Ardens angeblich süßes Strahlen verwandelte sich innerhalb eines Wimpernschlages in ein finsteres Gesicht. Sie trat einen Schritt zurück und ließ von Mitchell ab, ehe sie mir ein bösartiges Lächeln schenkte. »Du meinst, so lächerlich wie du, als du im Pool um dich geschlagen hast?«

Ich erstarrte.

Mitchell reagierte, bevor ich es tun konnte. Er schlang von hinten einen Arm um meine Mitte und presste mich fest gegen seine Brust.

Ich wollte auf Arden losgehen, ich wollte mich auf sie stürzen, und der Alkohol in meinem Blut befeuerte meine Wut, so wie Spiritus eine Flamme. Doch Mitchell hielt mich fest. »Was fällt dir ein?«, fauchte ich, nicht sicher, ob es an Arden oder Mitchell gerichtet war.

Sie betrachtete mich, fast schon zufrieden, und verschränkte die Arme vor der Brust mit dem tiefen Ausschnitt. »Heather hat auf Savs Party durch die Fenster im Wohnzimmer gesehen, wie du wild mit den Armen herumgefuchtelt hast. Man hätte meinen können, du kannst nicht schwimmen.«

Ich hörte, wie Savannah nach Luft schnappte. »*Du* warst es, die in den Pool gefallen ist, Carly?«

Diesmal war es Ella, die wütend auf Arden zustampfte. Doch im Gegensatz zu mir hielt sie niemand auf. Sie packte Arden am Arm und wirbelte sie zu sich herum. »Was soll der Scheiß? Wieso zum Teufel versuchst du, Carla so bloßzustellen? Hat sie dir etwas getan? Und was meinst du mit dem Pool?«

Diesmal sprach Heather, eine von Ardens Freundinnen. Eine wirklich unausstehliche Kuh. »Arden und Carla haben sich auf Savannahs Party gestritten, weil Carla ihr den Freund ausgespannt hat. Dabei ist Carla in den Pool gefallen. Irgendjemand musste sie anschließend wie einen nassen Sack wieder herausfischen.«

»Welchen Freund?«, fragte Savannah entgeistert.

Genau das hatte ich mich während Ardens hysterischem Anfall auch gefragt. Wann hatte ich dieser Giftkröte jemals den Freund ausgespannt? Diese Geschichte war selbst mir neu gewesen.

Das Blut rauschte mir in den Ohren, und ich stieß ein Grollen aus, als Mitchell seinen Griff um mich verstärkte.

»Nur um das klarzustellen«, schaltete er sich mit eisiger Stimme ein. »Ich war es, der Carla aus dem Pool geholt hat. Bevor ihr zwei euch draußen gestritten habt, haben wir ziemlich viel Alkohol getrunken. Ein hoher Pegel, Kleidung und kaltes Wasser waren noch nie eine gesunde Kombination. Selbst ich wäre unter gegebenen Umständen dadurch in Gefahr geraten. Es ging ihr anschließend nicht gut. Darüber macht man keine Witze, Arden.«

Der Schock war Arden deutlich anzusehen. »D-du hast sie aus dem Pool geholt? Wie?«

»Indem ich verdammt noch mal hinterhergesprungen bin und sie gerettet habe – was *du* hättest tun sollen, nachdem sie deinetwegen hineingestürzt ist! Du und deine Freundinnen solltet vielleicht gehen. Das wäre das Beste. Tut mir leid.«

Langsam ließ er mich los. Es juckte mich in den Fingern, trotzdem noch auf die falsche Schlange loszugehen.

Arden keuchte ungläubig. Sie machte ein betroffenes, fast schon verletztes Gesicht, wirbelte dann aber herum und stürmte davon. Ihre Freundinnen folgten ihr hastig, ohne sich zu verabschieden.

Savannah stand mit offenem Mund neben mir. Wir sahen uns an. Dann tauschten sie und Ella einen Blick. »Himmel noch mal, was war das denn gerade? Hat Arden mit meinem Bruder *geflirtet?* Ich hab sie gar nicht wiedererkannt! Irgendwie kam ich mir vor, als wären wir plötzlich bei *Mean Girls.*«

Sie, Ella und Ches kamen um den Tisch herum.

»Bist du wirklich in den Pool gefallen, Carla?«, fragte Ella besorgt und blickte von mir zu Mitchell. »Wieso habt ihr uns das nicht erzählt?«

Mir war heiß und kalt. Ich hatte plötzlich das Gefühl, nicht mehr atmen zu können, so eng wurde meine Kehle. *Sie wussten es. Dios mío, sie wussten es!*

Mir war schlecht, und meine Hände zitterten unübersehbar.

»Weil es unwichtig ist«, stieß ich hervor. Erschrocken bemerkte ich, wie schwer mein spanischer Akzent mit einem Mal war. »Jetzt ist alles wieder gut, und ich will nicht mehr darüber reden.«

Verdammt. Ich rollte sogar wieder das ›R‹.

Mitchell drehte mich sanft zu sich herum und musterte mich besorgt. »Sicher, dass alles in Ordnung ist?«

Hastig nickte ich. »Könnte nicht besser sein. Ich fahre nach Hause, ich bin sehr müde«, verkündete ich und leerte mein Glas. »Wir sehen uns, Leute.«

»Warte!«, rief Savannah, doch ich beachtete sie nicht. Ich wollte nicht darüber reden, wie ich im Pool gelandet war. Vor allem wollte ich nicht, dass sie wussten, wie empfindlich ich bei diesem Thema war. Das konnte ich unter gar keinen Umständen zulassen. Eher würde ich … mir eine Hand abhacken. Ja. Das war dramatisch genug, das würde ich auf jeden Fall tun.

Ich stellte das Glas auf dem Bartresen ab und verschwand nach hinten in den Pausenraum, um meine Sachen zu holen. Ich schlüpfte in meine Jacke und schwang mir meine Handtasche über die Schulter. Die Bewegung sorgte dafür, dass ich mein Gleichgewicht verlor und drei Schritte auf meinen Heels zur Seite stolperte. *»Mierda!«,* fluchte ich laut und stützte mich an der Wand ab. Diese verdammte Welt sollte gefälligst aufhören, sich zu drehen!

Während ich mich an Leuten vorbei durch die Bar schlängelte, kramte ich meinen Schlüssel aus meiner Tasche. Doch noch bevor ich die Tür erreichen konnte, riss ihn mir jemand aus der Hand.

»Hast du den Verstand verloren?!«

Mitchell hielt vorwurfsvoll die Autoschlüssel in die Luft und sah mich wütend an. »Bitte erzähl mir nicht, dass du tatsächlich vorhattest, heute noch Auto zu fahren.«

»Das geht dich nichts an, Hollister!« Ich versuchte, ihm den Schlüssel wieder aus der Hand zu schnappen, doch er brachte ihn aus meiner Reichweite.

»Mein Gott, Carla, du hast einiges getrunken. Du wirst unter keinen Umständen heute noch Auto fahren!«

»Das hast du nicht zu entscheiden! Ich fahre vorsichtig!«

»Ich entscheide es aber, weil ich derjenige von uns bin, der noch klar denken kann. Und darum werde ich auch ignorieren, was du eben gesagt hast, weil das nämlich total dämlich war. Ich fahre dich.«

Drohend hob ich einen Finger. »*No,* das tust du nicht.«

»Doch, das tue ich sehr wohl.«

»Du hast doch selbst etwas getrunken!«

»Zwei Bier im Lauf des ganzen Abends, die alkoholfrei waren, falls du dich erinnerst. Ich bin nüchtern. Im Gegensatz zu dir.«

Wir sahen uns herausfordernd an, als würden unsere Blicke miteinander duellieren.

Er baute sich bedrohlich vor mir auf. »Wenn du nicht willst, dass wir bis zu dir laufen, folgst du mir jetzt besser zu meinem Wagen.«

»Ich fasse es nicht, Mitchell Moore droht mir!«

»Ganz richtig bemerkt. Und jetzt lass uns gehen.«

Er ergriff meine Hand und zog mich aus der Bar.

Schock erfasste mich, und ich entzog ihm meine Hand so schnell, als hätten mich seine Finger verbrannt. Seine Augen machten eine Bewegung, doch da hatte er auch schon das Gesicht abgewandt und lief die Straße hinunter. Ein Stück vor uns blinkten die Lichter eines Autos auf.

Ich beschleunigte meine Schritte. »Hast du gerade deine Augen verdreht?«

»Und wenn es so wäre?«

»*Dios mío,* seit wann bist du so mutig, Hollister? Das sieht dir gar nicht ähnlich.«

»Wenn du glaubst, immer feuern zu können, ohne irgendwann Gegenfeuer zu erhalten, hast du dich geschnitten, Prinzessin. Und außerdem, wie willst du beurteilen, was mir ähnlich sieht und was nicht?«

Wir erreichten sein Auto. Ich hatte wegen der kühlen Nachtluft die Arme um mich geschlungen und sah ihn herausfordernd an. »Weil ich dich kenne.«

»Falsch«, sagte er und drehte sich zu mir um. Er lehnte sich gegen den Wagen und verschränkte die Arme vor der breiten Brust. »Aber ich habe nichts dagegen, wenn du mich kennenlernen willst.«

»Ich will dich nicht kennenlernen«, sagte ich wie aus der Pistole geschossen. »Du … du interessierst mich einfach nicht die Erbse.«

Er blinzelte. Seine Augen leuchteten auf, und ein Lachen entschlüpfte ihm. Plötzlich nahm er mein Gesicht in die Hände, zog mich zu sich und küsste meine Stirn.

Ich schnappte nach Luft, und alles in mir kam mit einem Mal zum Stillstand.

»Na los«, flüsterte er und seufzte. »Bringen wir dich nach Hause.«

Stumm sah ich ihn an. Ein plötzlicher Drang entbrannte in mir. Schon wieder. *Komm schon, nur ein Kuss,* bettelte eine Stimme in meinem alkoholisierten Hirn. *Nur ein winziger, klitzekleiner Kuss, um herauszufinden, ob seine Lippen sich immer noch genauso gut anfühlen.*

Nein. Ich wollte Mitchell Moore nicht küssen. Es war noch viel, viel schlimmer:

Ich wollte, dass er *mich* küsste.

Das Klopfen in meiner Brust beschleunigte sich. Meine Fantasie ging mit mir durch. Ich wollte, dass er mich gegen sein Auto drängte und mit seinem Mund auf meinem dafür sorgte, dass mir Hören und Sehen verging.

Ich konnte plötzlich vor Verlangen kaum atmen. Gerade wollte ich nachgeben, wollte mich nach vorne beugen und ihn küssen, als er mich wieder losließ. Ein Muskel in seinem Kiefer zuckte, und er ging um den Wagen herum, um einzusteigen.

Wow. Er hatte nicht einmal bemerkt, was eben beinahe passiert wäre. Verdammt, er merkte wahrscheinlich noch nicht einmal, dass ich es noch immer wollte. Und höchstwahrscheinlich war das auch besser so.

Wortlos stieg ich zu Mitchell ins Auto und schnallte mich an. Er startete den Motor, schaltete die Scheinwerfer an und rollte auf die Straße.

Sobald sich meine Gemüter wieder beruhigt hatten und ich nüchtern war, würde ich vermutlich jeden einzelnen verfluchten Gedankengang der letzten fünf Minuten schwer bereuen. Denn Alkohol und ein bisschen Spaß bekamen mir offensichtlich nicht gut. Ganz und gar nicht gut.

KAPITEL 14

MITCHELL

Ich hätte sie küssen sollen.

Nichts ging mir so sehr gegen den Strich als die Tatsache, dass ich Carla hätte küssen sollen und einen Rückzieher gemacht hatte. Ich verfluchte mich wieder und wieder. Der Augenblick wäre perfekt gewesen.

Verdammt sollte sie sein. Sie und ihre falschen Sprichwörter und ihre vorlaute Zunge. Trotz meines Ärgers darüber, dass Carla trotz der Drinks hatte Auto fahren wollen, schaffte sie es, selbst in einem solchen Moment so liebenswert zu sein, dass ich sie am liebsten in die Arme schließen wollte. Vorzugshalber so, dass ich sie nie wieder loslassen musste. Aber manchmal waren Zeitfenster für gewisse Möglichkeiten so klein, dass man sie sofort nutzen musste, da sie sonst wieder verflogen. Genau so ein Moment war es gewesen. Und irgendwie hatte ich das Gefühl, dass sie es zugelassen hätte, hätte ich meine Lippen auf die ihren gelegt. Meine Hoffnung, was Carla betraf, nahm sehr ungesunde, problematische Ausmaße an. Oder bildete ich mir bloß ein, dass sie ihre Mauern für mich ein Stück gesenkt hatte? Wir hatten gespielt und sogar ein wenig herumgealbert – auch wenn ich dabei der ausführende Part gewesen war –, und wir waren ein Team gewesen. Ein verdammt gutes Team.

Ich wollte mit den Zähnen knirschen.

Wir waren im Wagen auf dem Weg zu ihr. Ich hatte Carla ihre Schlüssel wiedergegeben, die sie stumm entgegengenommen hatte. Keiner von uns sprach ein Wort, und es lief auch keine Musik. Ampeln und geschlossene Läden zogen an uns vorbei, Stadtvillen und Apartmentkomplexe. Für die Uhrzeit waren noch erstaunlich viele Leute in Fletcher unterwegs, ob auf den Gehwegen oder im Gegenverkehr.

Ardens Auftritt eben in der Bar hatte Carla ganz schön aus der Bahn geworfen. Ich hatte gesehen, wie ihre Augen sich entsetzt geweitet hatten, als Arden sich vor allen anderen über den Vorfall am Pool geäußert hatte. Zugegeben, mich hatte es auch eiskalt erwischt. Ich fragte mich, was nur in sie gefahren war und wo die unschuldige, süße Arden abgeblieben war, mit der Savannah und ich aufgewachsen waren? Wann war aus ihr diese … Barbie geworden?

Es tat mir leid für Carla. Als wir den Deal geschlossen hatten, hatte ich mich noch gefragt, wieso sie überhaupt einen wollte. Welcher Mensch konnte sich über die Angst vor Wasser lustig machen? So jemanden gab es doch nicht.

Aber Arden hatte mir den Beweis geliefert, dass Carlas Deal doch seine Berechtigung hatte.

»Wieso trinkst du nie?«, fragte Carla irgendwann und durchbrach damit die Stille.

Ich warf ihr einen raschen Blick zu, ehe ich mich wieder auf die Straße konzentrierte. »Das kann ich mir nicht leisten. Ich trainiere immerhin ziemlich hart«, antwortete ich.

Sie erwiderte nichts, und eine Weile schwiegen wir einfach wieder.

Während ich an einer Kreuzung abbog, erwischte ich sie dabei, wie sie mich anstarrte. Das überraschte mich so sehr, dass ich beinahe vergaß, mich wieder auf den Verkehr zu konzentrieren.

Ich verstärkte den Griff um das Lenkrad. »Darf ich dich auch etwas fragen?«

Einen ganzen Moment lang schien sie zu überlegen. »Frag«, sagte sie schließlich.

Wir bogen in ihre Straße ein, und ich parkte den Wagen auf dem Parkplatz vor ihrem Wohngebäude. Der Motor erstarb, und erst als ich ihr meinen Oberkörper zuwandte, bemerkte ich, wie wachsam Carlas Augen waren. Vorsichtig.

»Wieso hast du Angst vor dem Wasser?«, fragte ich leise. Ich war bestens auf einen erneuten Rückschlag vorbereitet. Immerhin war es nicht das erste Mal, dass ich ihr diese Frage stellte.

Carla schien mit sich zu ringen. Sie fuhr sich nervös durch die Haare und biss sich auf die Lippe.

Ich ruderte zurück. »Tut mir leid. Ich hätte es nicht schon wieder ansprechen sollen. Du musst es mir nicht sagen, und ich verspreche dir, dass ich auch nie wieder danach fragen werde. Ich habe mich nur gefragt …«

»Meine Mutter ist ertrunken, und ich habe es mitangesehen.«

Ihr Mund schloss sich so schnell, wie er sich geöffnet hatte. Sie starrte nach draußen, wohl darauf bedacht, nicht zu mir zu blicken.

Mein Atem stockte. Der Schock sickerte nur langsam zu mir durch. Er sorgte dafür, dass sich mein Magen verkrampfte.

Sie … hatte ihre Mutter sterben sehen? Gott, sie hatte es mit *angesehen?*

Carla blickte noch immer starr geradeaus, und ihre Miene gab nichts preis.

Ich wollte ihr sagen, wie unendlich leid es mir tat. Ich wollte sie in den Arm nehmen und ihr zeigen, dass ich für sie da war. Aber ich kannte Carla gut genug, um zu wissen, dass sie das vermutlich am allerwenigsten wollen würde.

»Wie ist das passiert?«, fragte ich vorsichtig.

Sie schnaubte leise. »Alkohol. Wir haben in einem großen Haus drüben in Coldwater gelebt. Sie hat immer viel getrunken, aber an diesem Tag besonders viel. Wir waren im Pool.«

Die Stille, die daraufhin folgte, war erdrückend. Mein Herz zog sich zusammen.

Ich streckte die Hand aus und legte sie auf ihre steifen Finger. Wie zu erwarten, fuhr sie zusammen, und ihr Kopf schnellte zu mir herum.

»Carla, das tut mir leid«, sagte ich, so aufrichtig, wie ich nur konnte. Sanft ließ ich meinen Daumen über ihren Handrücken fahren. Es wunderte mich, dass sie ihre Hand nicht schon längst weggezogen hatte, dass sie nicht ausstieg und einfach ging. Es sah ihr nicht ähnlich. Andererseits sah es ihr auch nicht ähnlich, sich mir anzuvertrauen oder gar Billard zu spielen. Vielleicht war es auch einfach nur der Alkohol, der ihre Zunge lockerte.

»Und danke«, fügte ich leise hinzu, »dass du mir das gesagt hast.«

»Was nützt es dir, das zu wissen?« Unsicherheit lag in ihren Augen, auch wenn sie ganz offensichtlich darum bemüht war, es nicht preiszugeben. Und doch zog sie ihre Hand unter meiner noch immer nicht weg. Ich konnte ihr süßes Parfum riechen. Ich wollte ihr so nahe sein, dass ich nichts außer ihr mehr wahrnahm.

… Nur auf den leichten Hauch von Alkohol hätte ich getrost verzichten können.

»Na ja«, sagte ich und verschränkte mutig meine Finger mit ihren. »Ich schätze, du interessierst mich einfach die Erbse.«

Einer ihrer Mundwinkel zuckte nach oben. Ich erwiderte das kleine Lächeln. Wärme breitete sich in meiner Brust aus.

Dann schüttelte sie seufzend den Kopf, zog ihre Hand aus meiner und lehnte sich zurück. »Wir werden bestimmt keine Freunde, wenn du dich weiter über mich lustig machst, Hollister.«

»Dann sind wir also auf dem Weg, Freunde zu werden, ja?« Ich lächelte breit. Breit und triumphierend.

Carla schien ihre Worte noch einmal zu überdenken. »*Ay*, das habe ich nicht gesagt.«

Das musstest du auch nicht. »Mir würde es wohl auch schwerfallen, mit jemandem zu sprechen, der mich so wahnsinnig macht wie ich dich«, erwiderte ich neckend.

Sie lachte auf und verdrehte die Augen. »Das reicht. Gute Nacht, Mitchell.« Sie schnallte sich ab und öffnete die Autotür.

Dann aber zögerte sie. Einige endlos scheinende Augenblicke rührte Carla sich nicht, was mich die Stirn runzeln ließ.

Dann plötzlich drehte sie sich um und nahm mein Gesicht in ihre Hände.

Mein Herz blieb mit einem donnernden Schlag stehen. Was zum …?

Sie zog mich zu sich, und ihre Lippen trafen auf meine Wange. Die ganze Welt erstarrte, und nichts schien mehr zu existieren, bis auf Carla und mich.

Dann glitten ihre Lippen zur anderen Wange, wobei ihr heißer Atem meinen Mund streifte. Es waren keine flüchtigen, unschuldigen Küsse wie die, die sie Sav oder den anderen zur Begrüßung gab.

Ihre vollen, weichen Lippen verweilten auf meiner Haut, ihre Finger, die sich kaum merklich an meinem Haaransatz bewegten, bescherten mir eine irrsinnige Gänsehaut, die sich über meinen ganzen Körper ausbreitete. Und ich war mir verdammt sicher, genau in diesem Augenblick zu sterben.

Langsam löste Carla sich von mir und sah mich mit geweiteten Augen an. Ich war zu sprachlos, um irgendetwas zu erwidern.

»So verabschiede ich mich von meinen Freunden«, erklärte sie, doch ihre Stimme klang verräterisch dünn.

Ich konnte nicht mehr tun, als sie fragend anzusehen. Meine Gedanken und Gefühle waren zu wirr, als dass ich hätte widersprechen können. So küsste man keine Freunde. Nicht einmal sie.

Die Luft im Auto schien elektrisch aufgeladen.

»Damit du weißt, was dir entgeht, wenn du mich weiterhin aufziehst«, fügte sie hinzu.

Sie wartete nicht länger ab, sondern kletterte aus meinem Wagen, schlug die Tür zu und ging davon.

Ich atmete tief durch. Dann schloss ich die Augen und lehnte meinen Kopf nach hinten gegen den Sitz. Mein Herz donnerte regelrecht gegen meine Rippen. Ihr Duft hing noch immer in der Luft, und ich konnte noch immer den Druck ihrer Lippen auf meinen Wangen spüren.

»Verdammt noch mal«, murmelte ich.

Carla Santos war nicht nur mein Untergang. Sie war dabei, mir das Herz zu stehlen und nichts übrig zu lassen bis auf das erschütternde Verlangen, mich in ihr zu verlieren.

KAPITEL 15

CARLA

Mein Herz klopfte so fest gegen meine Brust, dass ich schon Angst bekam, es könnte herausspringen. Ich stand in der dunklen, leeren Wohnung, eine Hand auf meine Lippen gepresst, und atmete tief durch. In mir herrschte das reinste Gefühlschaos. Ich sollte mich schlecht fühlen. Schlecht und schuldig und beschämt. Ich hatte Mitchell von meiner Mutter erzählt – das, was ich auch schon in dem Forum geschrieben hatte. Doch anders als im Internet fühlte ich mich nicht schlecht damit, obwohl es doch genau andersherum hätte sein müssen. In der Anonymität des Forums hätte es mir leichterfallen sollen als bei Mitchell, dessen Fragen ich nicht entgehen konnte, indem ich einfach den Browser schloss. Es sollte mich nervös machen, aber das tat es nicht. Es war sogar irgendwie befreiend gewesen – und das verwirrte mich zutiefst. Fast so sehr wie dieser Moment, kurz bevor ich aus dem Auto gestiegen war. Ich schrieb es dem Alkohol zu, wie sehr ich mich nach ihm gesehnt hatte. Auch wenn ich nur beschwipst und nicht betrunken war.

Ich zog meine Schuhe aus, pfefferte sie in eine Ecke und ging anschließend in mein Zimmer, um in ein T-Shirt und eine Jogginghose zu schlüpfen.

Als ich schließlich in meinem Bett lag und hellwach auf das Poster von Luis Fonsi starrte, das über dem Fußende hing, erwischte ich mich dabei, wie ich gedankenverloren mit den Fingern über meine Lippen strich. In meiner Brust glühte es.

Vielleicht sollte ich einfach aufhören nachzudenken. Morgen war auch noch ein Tag. Ich würde meinen Freundinnen einfach aus dem Weg gehen, bis sie vergessen hatten, dass Arden in der Bar aufgetaucht war und mich bloßgestellt hatte. Und morgen war auch noch genug Zeit, um sich mit dem Wirrwarr in meinem Kopf zu beschäftigen.

Ich schloss die Augen und vergrub das Gesicht in meinem Kissen. Der Schlaf kam schneller, als ich geglaubt hatte. Aber mein Körper war wohl erschöpfter als mein Geist.

Ich driftete in die sanfte, warme Dunkelheit, die mich empfing wie ein alter Freund – ohne zu ahnen, dass der Albtraum, der darauf folgte, kein Traum war. Es war die grausame Realität, und sie begann mit dem Klingeln meines Handys.

»Habt ihr ihn gefunden?«, fragte ich atemlos und rieb mir energisch über die müden Augen. Gleichzeitig versuchte ich, mich an Lennys Beifahrersitz festzukrallen und mir mein Telefon ans Ohr zu pressen, während sie durch die Straßen bretterte. Sie fuhr wie eine Wahnsinnige. Es war tatsächlich wie ein Albtraum. Ich konnte nicht klar denken, geschweige denn sagen, wo ich war und was gerade alles passierte. Die Panik fraß sich durch mich hindurch bis in meine Knochen.

»Nein«, erwiderte Vince durch den Hörer. »Vielleicht sollten wir Ches und Creed fragen, ob sie uns bei der Suche helfen.«

»Noch nicht«, sagte ich sofort. Meine Brust zog sich schmerzhaft zusammen. »Suchen wir noch eine Stunde, wenn wir ihn bis dahin nicht gefunden haben, rufen wir die Jungs an.«

Lenny warf mir einen Blick zu, was mich kreischen ließ.

»Behalte deine Augen auf der Straße!«

»Du willst die Jungs anrufen?«, fragte Lenny. »Es ist halb fünf am Morgen.«

»Mein Bruder ist verschwunden!«, herrschte ich sie an, wobei meine Stimme hysterisch in die Höhe schnellte. »Natürlich werde ich die beiden anrufen, wenn wir ihn nicht bald finden!«

Vince meldete sich wieder auf der anderen Leitung. »Carla, wir rufen dich zurück. Alma und ich fahren in den Käfig und fragen dort nach Mateo.«

In den Käfig. Der Szeneclub im Industriegebiet war kein guter Ort, egal, für wen. Weder für Erwachsene und erst recht nicht für ausgebüxte Fünfzehnjährige. Selbst meine Freunde und ich hielten uns von dort fern, seit der Sache, die letztes Jahr geschehen war.

Angst krampfte meinen Magen zusammen. Oh, Gott.

»Okay«, sagte ich und rieb mir energisch die Tränen aus den Augenwinkeln. »*Gracias,* Vince.«

»Mach dir keine Sorgen, Carla. Er ist nur ein bockiger Teenager, der sich nachts weggeschlichen hat.«

Nett, dass Vince außen vor ließ, dass Mateo zu diesem Zweck sein Auto entwendet hatte.

»Ruft an, wenn ihr etwas erfahren habt«, sagte ich, ehe ich auflegte.

Stöhnend vergrub ich das Gesicht in den Händen. »Ich bringe ihn um. Ich schwöre, diesmal bringe ich Mati um.«

»Kannst du mir bitte noch einmal sagen, was zum Teufel genau passiert ist?«

Als Lenny an einer Ampel eine Vollbremsung hinlegte, wurde ich fest gegen meinen Sitzgurt gepresst und dann hart zurück in meinen Sitz geschleudert. Ich warf Lenny einen finsteren Blick zu. Wieso hatte ihr die Polizei den Führerschein nicht schon längst abgenommen? Ich kannte keinen Menschen, der einen vergleichbaren Fahrstil hatte wie Lenny James. Auch wenn man es eigentlich kaum als Fahrstil bezeichnen konnte. Es glich mehr einem Todeswunsch.

Ich wiederholte das, was Alma mir ganz aufgelöst erzählt hatte, als ihr Anruf mich vor einer halben Stunde geweckt hatte. »Irgendwann heute Nacht hat Mateo sich weggeschlichen, zwei Flaschen Rum, fünfzig Dollar und Vincents Auto mitgehen lassen.«

»Er hat *was?!* Oh, Scheiße, diesmal hat Mateo es wirklich zu weit getrieben.«

Die Autoreifen quietschten, als Lenny bei Grün wieder losfuhr.

Ich ächzte, als ich erneut in meinen Sitz gepresst wurde. Die Erschöpfung ließ meine Schläfen pochen.

Alma und Vince hatten zunächst allein nach Mateo gesucht und erst Alarm geschlagen, als sie gesehen hatte, was er alles hatte mitgehen lassen. Ich konnte nicht fassen, dass sie mich nicht sofort kontaktiert hatten.

Weil Mitchell mich nach Hause gefahren hatte, stand mein Auto noch immer vor der Bar. Lenny brachte mich nun dorthin, damit wir getrennt weiter nach meinem Bruder suchen konnten.

Endlich erreichten wir das *Leo's*. Die Straße war wie ausgestorben. Kein Mensch war mehr auf den sonst so belebten Straßen zu sehen. Im Osten wurde es bereits heller, trotzdem lag noch immer dicke, dichte Dunkelheit über der Stadt.

Lenny parkte mit quietschenden Reifen, und ich stieß einen erstickten Laut aus, als ich abermals in meinen Gurt gepresst wurde.

»Ich hasse es, mit dir Auto zu fahren!«, fauchte ich, während ich mich abschnallte.

»Bist du sicher, dass du fahren kannst, Santos?«, fragte Lenny. »Ich dachte, du hättest heute Abend etwas getrunken.«

»Das ist Stunden her, Lenny. Neben dir im Auto zu sitzen ist weitaus tödlicher, egal, ob du trinkst oder nicht.« Ich stieg aus. Mein Magen wollte sich einfach nicht entkrampfen. Die Wut und die Sorge um Mateo erfüllten jeden Zentimeter meines Körpers.

»Ruf mich an, wenn du ihn vor mir findest«, sagte Lenny eindringlich. »Ich hab mein Handy auf laut und werde am Campus und bei der Mall vorbeifahren.«

Ich nickte, ehe ich die Tür zufallen ließ und Lenny mit aufheulendem Motor zurück auf die Straße bretterte.

Es war eiskalt. Mein Atem stieg in kleinen weißen Wolken vor mir in die Luft, und ich schlang die Arme um mich, während ich zu meinem Wagen eilte.

Ich hatte Angst. So war es. Ich hatte nicht nur Angst um meinen kleinen Bruder, sondern besonders vor dem Rattenschwanz, welchen diese Nacht hinter sich herziehen könnte. Wenn die Polizei Mateo vor uns fand – Gott bewahre, wenn das nicht bereits eingetroffen war –, wäre es vorbei. Sie würden wissen wollen, woher er den Alkohol hatte und wessen Auto er gefahren war. Das würde ihn mit Alma und Vince in Verbindung bringen. Und wenn man ihn mit den falschen Leuten fand, konnte das sogar noch größere Probleme nach sich ziehen. Die Sorgerechtssituation meiner Brüder war kompliziert, denn offiziell hatte es noch immer unser Vater. Ich wusste nicht, ob er unter seinem echten Namen in Kolumbien eingebuchtet worden war, doch so oder so war diese Tatsache nie bis zu den amerikanischen Behörden durchgedrungen. Als unsere Mutter gestorben war, hatte Alma das Sorgerecht für uns drei übernehmen wollen, doch zu dem Zeitpunkt hatte sie noch keine Papiere, dafür aber ziemlich viele eigene Probleme gehabt, weshalb wir damit nie zum Amt gegangen waren. Wo kein Kläger war, war schließlich auch kein Richter. Erst seit sie mit Vince zusammen war und er ihr den letzten Anstoß gegeben hatte, hatte sie es gewagt, die Anträge für eine dauerhafte, ganz offizielle Aufenthaltserlaubnis zu stellen. Das war vor über einem Jahr gewesen, trotzdem hatte sie immer noch keine Greencard, und die Prozesse schienen immer komplizierter zu werden. Almas momentaner Status erlaubte es ihr zwar, in den Staaten zu bleiben und zu arbeiten, aber sollte sie jemals Ärger mit dem Gesetz bekommen, hatte sie ein riesiges Problem.

Und heute Nacht sah es ganz so aus, als würde alles auf ein solches Problem hinsteuern.

Meine Zähne bibberten und schlugen hörbar aufeinander. Und das nicht nur vor Kälte. Hoffentlich ging es Mateo gut. Hoffentlich war er nicht bei der Polizei und nicht mit seinen falschen Freunden unterwegs.

Aber wo sollte er sonst sein?

Ich stieg in mein Auto, startete den Motor und fuhr los.

Während der Fahrt erlaubte ich es mir, meiner Verzweiflung Luft zu machen und die bitteren Tränen nicht länger zurückzuhalten. Als Erstes fuhr ich zur Sportanlage der Fletcher High. Angespannt nahm ich jedes Auto unter die Lupe und hatte die Fenster geöffnet, um nach verdächtigen Geräuschen zu horchen. Die ersten Vögel zwitscherten bereits, doch sonst war nichts zu hören, bis auf das Brummen meines Motors. Ich fuhr auf den Parkplatz, drehte eine Runde und nahm mir anschließend das restliche Schulgelände und die Middleschool vor.

Als ich schließlich ziellos durch Fletcher fuhr, war der Himmel noch ein wenig heller geworden. Eine halbe Stunde lang rollte ich durch die ausgestorbenen Straßen und wurde dabei immer missmutiger.

Ich beschloss, es noch einmal auf Mateos Handy zu versuchen, auch wenn Alma gesagt hatte, dass nur die Mailbox ranging und ich das selbst schon längst überprüft hatte. Ich fuhr nicht schnell, und die Straßen waren leer, weshalb ich blind mein Telefon aus der Jackentasche zog und meine Kontakte aufrief. Mit einem flüchtigen Blick klickte ich auf Mateos Namen und hielt mir das Telefon ans Ohr.

Erleichterung durchströmte mich, als der Freiton erklang. Er hatte sein Telefon wieder angeschaltet! Mein Herz hämmerte, während ich gleichzeitig versuchte, die Gehwege und parkenden Autos im Blick zu behalten.

Nach dem gefühlt hundertsten Piepton nahm er endlich ab.

»Mateo!«, sagte ich atemlos. Dann brach wütendes Spanisch aus mir heraus. »Wo zum Teufel steckst du? Hast du auch nur den Hauch einer Ahnung, was du angerichtet hast? Wo bist du? Ich komme dich holen, und ich schwöre dir …«

»Carla?«

Mein Fuß drückte die Bremse durch, das Auto kam ruckartig zum Stehen, und der Motor würgte ab.

Ich erstarrte zu Eis.

Das war nicht Mateos Stimme am anderen Ende der Leitung.

Es war Mitchell.

Oh, mein Gott, was hatte Mitchell an Mateos Handy zu suchen? War er *bei ihm?* Wie?

»Carla, was ist los?«, fragte er mit rauer Stimme, die klang, als hätte er eben noch geschlafen. Vielleicht war er doch nicht bei Mateo …

Hastig riss ich mir das Telefon vom Ohr und starrte auf das Display.

Oh, nein. *Nein, nein, nein, nein! Mierda,* in der Hektik hatte ich nicht auf ›M‹ wie Mateo geklickt. Sondern auf ›M‹ wie Mitchell!

Damit stand es fest, Gott hasste mich.

Eilig legte ich auf und warf das Handy auf den Beifahrersitz. »Verdammt«, flüsterte ich und startete wieder den Motor.

Ich fuhr weiter und hörte dabei nicht auf, mich selbst zu verfluchen. Welcher Mensch ging auch um diese Uhrzeit ans Telefon? Was stimmte nicht mit ihm? Schaltete er es nicht aus, bevor er schlafen ging?

Als würde er mich aufziehen wollen, begann das Telefon neben mir zu vibrieren. Ein Seitenblick zeigte mir, dass es wieder Mitchell war.

War ja klar, dass er es nicht auf sich beruhen lassen würde.

Ich hob ab. »Geh zurück ins Bett.«

»Jetzt bin ich aber wach«, widersprach er mit deutlich klarerer Stimme. »Was ist passiert?«

»Ich wollte nicht dich, sondern Mateo anrufen.«

»Was ist mit Mateo?«

Ich stöhnte gequält. »Mati hat Vincents Auto geklaut. Ich weiß nicht, was in ihn gefahren ist. Aber du kannst nichts tun. Das ist nicht dein Problem.«

»Verdammt, was? Ich ziehe mir was an und bin sofort bei dir.«

»*No,* geh wieder schlafen!«

»Ich wäre sowieso in zwei Stunden aufgestanden, um trainieren zu gehen.«

»Mitchell«, warnte ich scharf. »Ich meine es ernst. Das ist nicht dein Problem. Bleib einfach, wo du bist, verstanden?«

Hastig legte ich auf und pfefferte das Telefon auf die Rückbank. Mir war eiskalt, und das Zittern in meinen Knochen wollte sich einfach nicht legen. Ich brauchte Kaffee, und zwar dringend. Hinter meiner Stirn breitete sich bereits ein Pochen aus, und meine Augen brannten.

Instinktiv und vom Drang nach Koffein getrieben, lenkte ich den Wagen, um einen kurzen Halt am nächsten 24-Stunden-Supermarkt zu machen …

Da entdeckte ich einen vertrauten silbernen Sportwagen.

Mein Atem stockte. Wachsam sah ich mich um. Ich war auf einer schmalen Straße am Coldwater River. Wenige Meter von mir entfernt begann der Park, der das Flussufer säumte. In der Dämmerung war es noch immer schwer, etwas zu erkennen.

Das war definitiv Vincents Auto.

Ich parkte meinen Wagen am Straßenrand und lauschte angestrengt.

Da waren Stimmen, die ich hören konnte. Und wenn ich mich nicht irrte, leise Musik …

Mit klopfendem Herzen stieg ich aus und wickelte mich enger in meine Strickjacke. Dann lief ich auf die spärlichen, noch immer kahlen Bäume zu und spähte durch die Äste.

Meine Schritte beschleunigten sich, zusammen mit meinem Herzschlag. Als ich mich einem hohen Gestrüpp näherte, konnte ich Wortfetzen aufschnappen und …

Wut stieg brodelnd und heiß in mir auf.

Diese Stimme kannte ich.

Ich stürmte los, umrundete den Busch und entdeckte eine Gruppe von vier jungen Kerlen auf einer Parkbank. Im selben Moment blickten auch sie zu mir auf. Besonders auf einen von ihnen fiel mein Blick, dessen Augen riesengroß wurden, als er mich sah. Er hing auf der Bank, halb sitzend, halb liegend.

»C-carla?«, stieß Mateo hervor. Er ließ etwas fallen, versuchte es zu verstecken, doch ich hatte es genau gesehen. Eine Zigarette.

No me jodas! Ich hatte doch gewusst, dass er rauchte! Immer hatte er es auf Diego oder auf sonst wen geschoben, wenn es zu Hause mal wie nach Rauch gestunken hatte. Dieser verdammte Lügner!

Die Rapmusik, die blechern aus einem der Handys gekommen war, verstummte, und Mateo sprang auf, als ich sie erreichte. Ich packte ihn und zerrte ihn mit mir.

»Au!« Er jaulte, und ich musste an mich halten, nicht noch fester zu ziehen.

Ich hörte ein paar »Ooh« von seinen Freunden und warf ihnen einen so bitterbösen Blick zu, dass sie augenblicklich verstummten. Sie waren ebenfalls Latinos, um einiges älter als mein fünfzehnjähriger Bruder, und hatten Zigaretten und Vincents Rumflaschen in den Händen. Die Flaschen waren so gut wie leer.

»Was in Gottes Namen fällt dir ein, du dämlicher, hirnloser, verantwortungsloser kleiner Dreckskerl!«

»Lass mich los!«, heulte Mateo, als ich ihn mit mir zerrte. Ich sah rot. Mein Atem war flach, und das Blut rauschte mir in den Ohren.

Er stolperte mir hilflos hinterher, als wir auf mein Auto zugingen, ehe ich ihn gegen die Beifahrertür drängte.

»Hauch mich an!«, bellte ich und ergriff mit einer Hand seinen Kiefer. Seine dichten braunen Haare waren zerzaust, seine Augen glasig und seine Wagen und seine Nase gerötet von der Kälte. Er funkelte mich wütend an, doch ich verstärkte knurrend meinen Griff und fluchte.

Widerwillig kam er meiner Aufforderung nach und hauchte mich an. Mir wurde schon schlecht, bevor sein gesamter Atemschwall mich erreicht hatte. Er stank zur Hölle.

»Du weißt gar nicht, wie sehr du mich enttäuschst«, zürnte ich und schob ihn zur Seite, um die Beifahrertür zu öffnen. Dabei taumelte Mateo jedoch haltlos und fiel plötzlich zu Boden. Benommen blickte er zu mir auf und stöhnte vor Schmerz. »*Joder,* Carla, jetzt schalt mal'n Gang runter!« Er lallte so stark, dass ich ihn kaum verstehen konnte. Er versuchte, sich wieder aufzurappeln, schaffte es jedoch nicht aus eigener Kraft. Der Anblick zerriss mein Herz und verpasste mir einen so schweren Schlag in den Magen, dass mir abermals Tränen in die Augen schossen. Er war total betrunken. Er war fünfzehn Jahre alt und total am Ende.

Ich musste plötzlich an Mateos neunten Geburtstag denken und wie wir damals mit Alma und Oskar ins Kino gegangen waren. Er war so ein süßer kleiner Junge gewesen, neugierig, aufgeweckt und höflich. Die Frauen in Almas Salon hatten ihn geliebt und ihn und Oskar jedes Mal mit Süßigkeiten überhäuft, wenn wir dort gewesen waren.

Wann war das hier nur passiert? Wann war Mateo so geworden? Er hatte als Kind schon Wutanfälle gehabt, doch es waren keine gewesen, wegen derer man sich hätte Sorgen machen müssen. Mit dreizehn war er dann schwieriger geworden. Verdammt, ich liebte diesen Esel mehr als mein eigenes Leben, ihn und Oskar. Doch wann hatte er angefangen zu rauchen? Und zu trinken? Alma und ich sagten uns immer wieder, dass es bloß die Pubertät war, die ihn so schwierig machte. Wie hatte ich übersehen können, dass er zu einem *dieser* Jungen geworden war, die Autos stahlen, ihrer Familie Geld klauten und sich nachts in Parks mit älteren Kids die Birne zudröhnten?

Enttäuschung und Verzweiflung mischten sich unter meine kochenden Gefühle. Ich hatte versagt. Ich hatte auf voller Linie versagt, sowohl als große Schwester als auch als die Person, die ihn zusammen mit Alma großgezogen hatte. Wie hatte das nur passieren können? Wie hatte ich das nur zulassen können?

Ich half Mateo, aufzustehen, und setzte ihn ins Auto. Anschließend setzte ich mich ebenfalls hinein und krallte die Hände um das Lenkrad. Der Motor war aus. Stille erfüllte die Morgenluft.

Wir schwiegen uns an, und ich konnte Mateo schniefen hören. Mein ach so cooler Draufgänger-Bruder saß neben mir und weinte. Er hing auf dem Beifahrersitz wie ein nasser Sack und schwankte hin und her, obwohl der Wagen sich nicht bewegte.

»Musst du dich übergeben?«, fragte ich, was ihn zusammenzucken ließ.

Er schluchzte heftiger und schüttelte den Kopf.

Ich presste die Lippen zusammen. Dann kramte ich im Seitenfach meiner Tür nach einer Plastiktüte. Ich wurde fündig und legte sie ihm auf den Schoß, nur für alle Fälle.

Und dann konnte ich nicht mehr. Ich konnte nicht mehr anders, als die Arme um Mateo zu schlingen. Ich zog ihn zu mir, lehnte meinen Kopf an seinen und presste die Augen zusammen. Und ich weinte mit ihm. All die Angst und die Wut, die heute Nacht in mir hochgekocht waren, aber auch die grenzenlose Erleichterung, ihn halbwegs wohlbehalten wieder bei mir zu haben, brachen in Form von Tränen aus mir heraus. Mateo klammerte sich an mich, doch er sagte nichts. Ich konnte bloß spüren, wie seine Schultern immer wieder zuckten.

So saßen wir eine ganze Weile da.

»Wieso?«, fragte ich nach einer Weile erstickt und löste mich wieder von ihm. »Wieso machst du so was, Mati?«

Nun weinte er lauter und bekam Schluckauf.

Und dann plötzlich erstarrte er. Er setzte sich ruckartig auf, griff hastig nach der Tüte, öffnete sie und kotzte mit einem geräuschvollen Würgen hinein.

Ich fuhr uns nach Hause. In diesem Zustand würde ich kein Gespräch mit ihm führen können. Er musste seinen Rausch ausschlafen und anschließend unbedingt duschen.

Ein paar Minuten später – wohlgemerkt mit offenen Fenstern, da bei dem penetranten Geruch nach Erbrochenem nun auch mir schlecht wurde – parkte ich das Auto vor unserem Wohnkomplex.

Dann rief ich endlich Tante Alma an. Nach dem zweiten Klingeln hob sie ab.

»Ich hab ihn«, sagte ich. »Wir sind zu Hause. Sagt Lenny Bescheid.«

Alma schrie auf. »*Ay,* Gott sei Dank! Du hast ihn gefunden! Geht es ihm gut?«

»Nicht wirklich. Mati ist sturzbetrunken und hat die ganze Autofahrt über gekotzt.«

Wie aufs Stichwort erklang neben mir wieder ein Würgen. Ich schüttelte mich vor Ekel und verzog das Gesicht.

Alma stieß ein Stoßgebet aus. »Wir machen uns sofort auf den Weg.«

»Gut, ich traue mich nämlich nicht, ihn alleine ins Haus zu schaffen. Bis gleich.«

Ich schnallte mich ab und stieg aus, da ich es nicht länger aushielt, im Wagen zu sitzen.

»Carla?«

Bei dem Klang meines Namens wirbelte ich herum. Mein Herz blieb mit einem donnernden Schlag stehen.

Mitchell erhob sich von den Stufen unseres Wohnhauses. Er trug lange Sporthosen und einen Collegepullover. Seine Wangen waren von der frühmorgendlichen Kälte knallrot, und die Sorge und die Schläfrigkeit standen ihm ins Gesicht geschrieben. Doch er war gekommen.

Er war gekommen.

»Was machst du denn hier?«, fragte ich ungläubig. Währenddessen hörte man durch die geöffneten Autofenster wieder Mateos Würgen.

Mit schnellen Schritten kam Mitchell zu mir gehastet. Seine Miene war ernst, seine warmen braunen Augen besorgt. »Du glaubst doch nicht wirklich, dass ich nach so einem Anruf wieder schlafen gehen kann.«

Ich holte schon Luft, um ihn zum Gehen aufzufordern. Doch als ich mich umdrehte und meinen Bruder beobachtete, wurde ich unsicher. Ich müsste auf Alma und Vince warten, um Mati ins Haus zu verfrachten. Andererseits wollte ich ihn nicht länger als nötig hier draußen wissen, und nun war Mitchell hier …

Ich knickte ein. »Na schön. Wir müssen ihn ins Haus bringen.«

Mitchell nickte und ging augenblicklich zur Beifahrerseite. Er öffnete sie und beugte sich hinunter. Dabei verzog er keine Miene, trotz des Geruchs. »Hey, Kumpel«, sagte er sanft zu meinem Bruder. Er rieb mit der Hand über seinen Rücken, und Mateo hustete in die Plastiktüte. »Lass uns reingehen, ja?«

»No«, stöhnte Mateo erstickt. »Will nich.«

»Weil dir schlecht ist?«

Er antwortete mit einem Wimmern.

»Kannst du deine Tüte ganz fest halten?«, fragte Mitchell. Langsam ging ich um die Motorhaube und beobachtete die beiden argwöhnisch.

Mitchell schaffte es irgendwie, Mateo aus dem Auto zu befördern, und ich beeilte mich, den Wagen abzuschließen und anschließend die Haustür zu öffnen.

Die Schritte meines Bruders waren wackelig, doch Mitchell hatte den Arm um seine Mitte gelegt und stützte ihn.

Gerade als wir die Wohnung betreten hatten, spuckte Mateo sich endgültig voll.

»Ins Badezimmer«, wies ich an und eilte voraus. Ich öffnete die Tür des kleinen Raumes und schaltete das Licht an. Anschließend öffnete ich das winzige Fenster über der Toilette und nahm den Duschvorhang aus der Badewanne. Ich half Mitchell, Mateo in die

Wanne zu setzen und ihm die Schuhe auszuziehen. Mateo kippte ständig zur Seite, unfähig, sein Gleichgewicht zu halten.

»Willst du etwas trinken, Mati?«, fragte ich sanft.

Er reichte Mitchell seine Kotztüte, welche dieser mit angewiderter Miene entgegennahm. Er hielt sie von sich weg. »Ich entsorge das eben mal.«

»Nich trinken«, lallte Mateo bloß erschöpft und lehnte sich mit dem Hinterkopf gegen die Kacheln. »Nur schlafen.«

»Ist dir noch schlecht?«

»*No.* Müde.« Er schüttelte den Kopf. »Mir ist nicht schlecht«, sagte er auf Spanisch, was jedoch so schwerfällig aus seinem Mund drang, dass ich mir nicht sicher war, ob er das auch wirklich gesagt hatte.

Das spielte jedoch keine Rolle, weil er sich im nächsten Moment schon wieder vollspuckte.

Ich half meinem Bruder aus seiner Jacke und zog ein Handy und eine Packung Zigaretten aus seiner Jeanstasche.

»Carla?«, erklang im nächsten Moment Almas Stimme. Mehrere Schritte ertönten aus der Wohnung. Ich hörte, wie Vince verwundert etwas zu Mitchell sagte. Dann öffnete sich die Badezimmertür, und Mitchell kehrte zurück, gefolgt von Alma, Lenny und Vince, die im Türrahmen stehen blieben.

»Was machst du denn hier, Mitch?«, fragte Lenny erschrocken.

»Carla hat mich angerufen.«

»Aus Versehen«, erklärte ich und zerdrückte die halb leere Packung Zigaretten in meiner Faust.

»Oh, mein Junge!« Alma trat in den kleinen Raum und kniff sich in die Nasenwurzel. Ihre unfrisierten Locken steckten in einem wirren Knoten auf ihrem Kopf, und sie trug einen verschlissenen Trainingsanzug. Vince schien ebenfalls nur einen Pyjama zu tragen, und seine feuerroten Haare standen vom Kopf ab. Er und Mitchell drängten sich nun auch in das enge Badezimmer und beugten sich über die Badewanne. »Verdammt noch mal«, murmelte Vince. »Ich kann nicht glauben, wie betrunken er ist.«

»Ich frage mich, ob es das erste Mal ist, dass er so was gemacht hat«, sagte ich, während Vince und Mitchell ihm das schmutzige Shirt auszogen. »Denkst du, er macht das öfter und ich bekomme es bloß nicht mit?«

Vince schüttelte den Kopf. Er setzte Mateo wieder aufrecht hin und hielt ihn fest. »Ich glaube nicht. Er war überhaupt nicht vorsichtig, als hätte er keine Ahnung, wie man sich von zu Hause davonschleicht. Außerdem hätte er sonst öfter nach Rauch gestunken, nicht nur die Wohnung. Du würdest so etwas eher riechen als ein Raucher wie ich.«

Alma warf mir einen Blick zu. »Ich will nicht, dass du dir irgendwelche Vorwürfe machst, verstanden, Carla?«

Ich machte eine finstere Miene, doch noch bevor ich antworten konnte, schüttelte Vince den Kopf. »Das hier ist nicht deine Schuld. Mateo ist ein Teenager. Wir haben alle unsere ersten Fehler als Teenager gemacht. Das bedeutet aber nicht, dass die Eltern, oder in diesem Fall du, versagt haben. Irgendwann verliert man die absolute Kontrolle. Irgendwann werden Kinder nämlich älter und entwickeln ihren ganz eigenen Kopf. Verstehst du?«

Meine Brust zog sich schmerzhaft zusammen. Ich hätte trotzdem öfter zu Hause sein sollen. Wäre ich mehr für ihn und Oskar da gewesen, wäre das alles heute Nacht vielleicht nicht passiert.

Alma ergriff meine Hand und drückte sie sanft. »Du bist einundzwanzig Jahre alt, *Mariposa.* Du musstest in die Highschool gehen, und jetzt musst du ans College. Du kannst nicht ständig bei deinen Brüdern sein. Deswegen gibt es ja noch Vince und mich und Maria und die anderen aus dem Salon. Wir halten zusammen. Wir sind eine Familie, verstehst du das? Du musst das nicht alleine durchstehen, das musstest du nie.«

Ich biss mir fest auf die zitternde Lippe und atmete tief durch. All die Gefühle in mir drohten mich erneut zu überwältigen.

Ich führte Almas Hand an meinen Mund und küsste sie fest. »Danke, Tante«, flüsterte ich mit belegter Stimme. »Für alles, was ihr tut.«

Sie schenkte mir ein Lächeln. Dann drehte Vince den Wasserhahn auf, und sie beide hielten Mateo aufrecht.

Mein Bruder begann sich zu wehren. Das Wasser prasselte ihm über den Kopf und den schmächtigen Oberkörper, und er wand sich.

»Wir machen das schon«, sagte Alma und blickte zu Mitchell und mir auf. »Ruht ihr euch aus. Vince und ich übernehmen ab hier.«

»Dann gehe ich wohl auch mal ins Bett«, sagte Lenny, die das alles vom Türrahmen aus beobachtet hatte. »Wenn ihr mich braucht, weckt mich einfach.«

Nur zögerlich wandte ich mich zum Gehen, aber Alma ließ nicht locker und scheuchte uns raus. Ich wollte bei meinem Bruder bleiben, doch es gab im Moment nichts für mich zu tun.

Mitchell schloss die Tür hinter uns, und Mateos klagende Rufe und das Plätschern der Dusche verebbten zu dumpfen Geräuschen.

Lennys Schlafzimmertür fiel ins Schloss, was mich zusammenzucken ließ.

Wir waren allein. Fahles Licht fiel durch die Fenster, das mit jedem Augenblick heller zu werden schien.

Mit einem Mal sehnte ich mich danach, den Kopf einfach an Mitchells Brust zu lehnen. Ich hatte eine Umarmung dringend nötig, fast noch mehr als Schlaf.

»Kaffee«, sagte ich jedoch stattdessen und lief durch den bunten Perlenvorhang in die Küche. »Willst du auch einen?«

»Auf jeden Fall«, antwortete er.

Schweigend betätigte ich die Kaffeemaschine und füllte zwei Tassen. Anschließend goss ich Milch ein und reichte eine Tasse weiter.

Wir setzten uns auf das Sofa im Wohnzimmer. Ein Seufzen entfuhr mir, als ich mich zurücklehnte und einen Schluck trank. Meine Augen juckten vor Müdigkeit.

Ich versuchte, die Geräusche aus dem Badezimmer so gut es ging zu ignorieren, auch wenn meine Brust bei dem kleinsten Mucks eng wurde. Diese Nacht war wirklich höllisch gewesen.

Mitchell hatte ebenfalls zur Tür gesehen, doch jetzt, da ich ihn ansah, glitt sein Blick zu mir. Ich konnte einen leichten Bartschatten auf seinem gewöhnlich so glatten Gesicht ausmachen.

»Danke«, sagte ich leise. »Danke, dass du gekommen bist.«

Er sollte gar nicht hier sein, das wusste ich. Aber ich war froh, dass er es war. Bei dem Bild, wie er Mateo in das Haus trug und sich um ihn kümmerte, zog sich mein Hals zusammen.

»Keine Ursache«, erwiderte er mit einem erschöpften Lächeln auf den Lippen. »Dafür sind Freunde da, oder?«

Meine Mundwinkel hoben sich, ohne dass ich etwas dagegen tun konnte. Es wäre ein Leichtes gewesen, ihm zu widersprechen, doch meine Dankbarkeit war zu groß. Niemand, der nur etwas beweisen wollte, hätte so gehandelt wie er. Und das rechnete ich ihm hoch an.

»Ja, das sind sie«, erwiderte ich.

Seine Augen bekamen einen zärtlichen Ausdruck. Nicht triumphierend oder selbstzufrieden.

Wärme fuhr durch meine Brust.

»Darf ich fragen, was genau passiert ist?«, fragte Mitchell vorsichtig.

Seufzend trank ich noch einen tiefen Schluck, ehe ich die Tasse auf dem Couchtisch abstellte. »Zwei Flaschen Rum, Geld und Vincents Auto. Er ist einfach abgehauen. Das Ergebnis hast du ja gesehen.«

Ein Muskel in seinem Kiefer zuckte. »Ist das schon öfter passiert?«

»Ehrlich gesagt bin ich mir da nicht sicher«, gab ich widerwillig zu. Und ich konnte noch immer nicht glauben, dass es wirklich so war. Vielleicht war das hier Gottes Strafe, weil ich heute Nacht losgelassen hatte. Ich hatte Spaß gehabt. Vielleicht wollte er mich wissen lassen, wo mein Platz war und dass ich diesen Pfad nicht verlassen durfte. Immerhin hatte ich eine Aufgabe. Ich sollte mich um meine Brüder kümmern, das hatte ich mir nach Mamás Tod versprochen.

Die Polizei hätte Mateo finden können. Meine Brüder hätten mir weggenommen werden können, und Alma …

Mitchells Hand berührte meinen Arm. Der Trost, den mir diese kleine Berührung spendete, trieb mir letztendlich doch Tränen in die Augen. Ich sah ihn an. »Es gibt keine Geheimnisse mehr«, krächzte ich. »Jetzt weißt du alles. Alles, was es über mich zu wissen gibt.«

Mitchell schwieg einige Sekunden. »Du glaubst ernsthaft, dass es sonst nichts Wissenswertes über dich gibt?«

Ich zuckte mit den Schultern und zog die Knie an die Brust.

Seine Hand strich über mein Haar, was mich erschaudern ließ. Mitchell stellte ebenfalls seine Tasse ab, ehe er sich mir voll und ganz zuwandte. Er bedachte mich mit überraschend strenger, ernster Miene. »Sag das nie wieder, hast verstanden, Carla? Du bist der stärkste Mensch, dem ich je begegnet bin.«

»*No.* Das ist keine Stärke, sondern Verbissenheit.«

Er legte mir plötzlich die Hände an die Wangen, und seine Nähe ließ mich nach Luft schnappen.

»Vince und Alma haben mit allem recht, was sie eben zu dir gesagt haben. Du bist stark, ehrgeizig, leidenschaftlich und liebevoll zu deinen Brüdern. Du weißt gar nicht, wie ... wie wundervoll du bist.« Er schluckte. Der Sturm in seinen Augen, die Gefühle in seiner Stimme drohten mich zu überwältigen.

Diesmal konnte ich mich nicht daran hindern. Ich musste ihn umarmen. Ich streckte die Arme aus, schlang sie um Mitchell und vergrub das Gesicht an seiner Halsbeuge. Die Wärme und sein vertrauter frischer Duft entlockten mir ein tiefes Schluchzen. All die Emotionen in meiner Brust waren zu viel. Ich kniff fest die Augen zusammen, um sie in mir behalten zu können, auch wenn es unmöglich schien. Doch dann erwiderte Mitchell die Umarmung, als würde er verhindern wollen, dass ich zerbrach. Und es half. Ich blieb ganz. Er hielt mich beisammen.

So saßen wir eine ganze Weile da. Mir wollten schon die Augen zufallen, während Mitchell mit seinem Daumen träge Kreise hinter meinem Ohr zeichnete. Es wäre so verlockend gewesen, in seinen Armen einzuschlafen. Wer hätte gedacht, dass sich das so gut anfühlen würde? So richtig? Ich wusste nicht, ob es Pech oder Schicksal war, doch er erwischte mich immer wieder in meinen schwächsten Momenten und schien dann geradewegs durch meine Mauern zu brechen. Erst im Poolhaus. Jetzt hier. Doch diesmal floh ich nicht vor ihm. Vielleicht, weil ich zu müde war.

Ich lehnte mich tiefer in die Umarmung, und mein Knie kam auf seinem Oberschenkel zu liegen. Wir versanken regelrecht in meinem abgewetzten Sofa. Ineinander.

Gedämpft vernahmen wir Almas und Vincents Stimmen. Das Wasser hinter der Badezimmertür verklang. Es juckte mich in den Fingern, nach Mateo zu sehen, doch ich ermahnte mich, sitzen zu bleiben.

»Ich habe gelogen«, murmelte Mitchell plötzlich.

Ich drehte den Kopf nach oben und runzelte die Stirn. Seine Worten schienen aus heiterem Himmel zu kommen. »Über was genau?«

Er presste die Lippen zusammen und starrte in die Luft. »Meine Eltern haben sich schon getrennt, als Sav und ich noch auf die Highschool gegangen sind.«

Ich lehnte mich zurück, um ihn anzusehen. »Was? Aber sie leben doch immer noch zusammen.«

Wieder schwieg er. Es war, als wöge er seine nächsten Worte ab. »Weil Savannah nichts davon wissen soll. Meiner Schwester ging es auf der Highschool ziemlich schlecht. Den einen Sommer war sie sogar …« Er verstummte. Gebannt wartete ich darauf, was er noch sagen würde. Wäre es nicht um Savannah gegangen, die immerhin so was wie meine beste Freundin war, hätte ich nachgebohrt. Aber es stand mir nicht zu, so was zu fragen, vor allem, wenn es nicht Sav selbst war, die ich fragte. Es erschien mir falsch. Doch ein Teil von mir ahnte bereits, in welche Richtung es ging. Und es fühlte sich düster an.

Ich musste schlucken.

Mitchell sah mich nicht an und sprach weiter. »Wegen Sav sind meine Eltern noch zusammen. Nicht weil sie sich lieben, sondern aus Angst. Wenn Sav nicht dabei ist, macht meine Mum es ihr zum Vorwurf, dass sie an dieses Haus und meinen Dad gefesselt ist und hier nicht wegkann. Gott, wenn Savannah davon wüsste.«

»Wieso erzählst du mir das?«, flüsterte ich. Ich musste mir auf die Zunge beißen, um meine Fragen zurückzudrängen. Ich hatte keine Ahnung gehabt.

»Jeder glaubt, unsere Familie sei perfekt. Alle sehen in uns die Goldkinder, frei von Sorgen und Problemen.« Er lachte trocken auf. »Das ist so ein gigantischer Bullshit. Meine Mum ist so versessen darauf, mich bei den Olympischen Spielen zu sehen, dass ich am liebsten schreien würde. Für sie dreht sich alles nur ums Schwimmen und was die Nachbarn von uns denken, nicht um ihre Tochter, nicht um ihren Sohn. Nicht um das, was ich tue und was ich *will.*«

Ich setzte mich auf. »Warte. Heißt das, dann willst du gar nicht schwimmen?«

»Doch, natürlich.« Er seufzte schwer und ließ den Kopf gegen die Rücklehne des Sofas sinken. »Ich liebe es. Ich will nichts anderes machen. Aber meine Mum und mein Coach erdrücken mich. Ich trainiere fast jeden Tag und stecke jeden Funken Energie in die Sache. Manchmal … manchmal habe ich einfach das Gefühl, durch diesen ganzen Druck zu ersticken.«

Der grimmige, erschöpfte Ausdruck auf seinem Gesicht … passte nicht zu Mitchell. Es passte nicht zum immer fröhlichen Good Guy, den er sonst gab. Die Furche zwischen seinen Augenbrauen war tief, und ein Muskel an seinem Kiefer zuckte. Diesmal war er es, der seine Mauern gesenkt hatte, nicht ich. Und dabei hatte ich nicht einmal gewusst, dass er welche besaß. So offen war Mitchell noch nie mit mir gewesen. Ich wusste, was Druck mit einem anstellen konnte, und zu hören, wie hoch er bei ihm war, erschreckte mich. Das plötzliche Bedürfnis, ihm zu helfen, irgendwie die Last mit ihm zu teilen, war beinahe genauso erschreckend.

»Du hättest mir das nicht erzählen müssen«, murmelte ich. »Aber ich bin froh, dass du es getan hast.«

Ein schlechtes Gewissen nagte an mir. Vielleicht hatte Mitchell sich dazu verpflichtet gefühlt, nach allem, was diese Nacht geschehen war, und nach allem, was er bereits über mich und meine Familie wusste. Das wollte ich nicht. Er sollte sich zu nichts verpflichtet fühlen.

Mitchell sah mich an, und der Sturm aus Gefühlen in seinen Augen ließ mich die Luft anhalten. »Carla, ich will keinen neuen Deal. Falls du mich wegen heute Nacht noch darum bitten wolltest. Ich vertraue dir, und vielleicht ist das leichtsinnig, aber mein Vertrauen ist blind. Ich will nicht, dass du glaubst, du bräuchtest Abmachungen, damit du mir auch vertrauen kannst.«

Oh.

Mein Herz wurde schwer. Jedes Wort, nein, jede Silbe, hatte denselben Effekt, wie eine Stahlfaust, die auf meinen Magen traf. Seine Worte …

Und da wurde es mir klar. Seine Worte verletzten mich. Und das taten sie, weil ich ihm bereits vertraute. Ich hatte ihn gar nicht um einen weiteren Deal bitten wollen. Es war mir überhaupt nicht in den Sinn gekommen. Ich hatte ihn angelogen, als wir vergangenen Abend zusammen gewesen waren. Ich interessierte mich sehr wohl für ihn, und ich wollte mehr über ihn und seine Familie wissen. Ich … wollte für ihn da sein.

Wann hatte diese Wandlung in mir stattgefunden? Ich hätte in Panik ausbrechen sollen, weil er mir immer näher kam – nicht nur körperlich. So was ließ ich nie, niemals zu. Ich hätte aufgebracht sein sollen, das wäre nur logisch gewesen. So war ich schließlich gestrickt – in einem fort die wütende, aufbrausende Latina. So sahen mich meine Mitmenschen, weil es der Teil von mir war, den ich sie gefahrlos sehen lassen konnte. Doch in diesem Moment verspürte ich nichts von alldem.

Etwas flackerte in Mitchells Augen auf, doch ich konnte es nicht benennen. Es war intensiv und sorgte dafür, dass mein Innerstes sich einmal um seine eigene Achse drehte.

Er beugte sich zu mir, ehe seine Lippen meine Wange berührten. Keine flüchtige Berührung. Es war ein Kuss. Diese plötzliche zärtliche Geste ließ mich den Atem anhalten, und ich schloss die Augen. Die Hitze in meiner Brust wanderte in meinen Bauch, ließ ihn kribbeln und sich zusammenziehen. Noch bevor sich das Gefühl seiner Lippen in mir einbrennen konnte, löste er sich jedoch von mir und stand auf.

»Ich sollte nach Hause gehen. Steht das noch mit unserem Treffen morgen? Wobei, vielleicht sollten wir schon von heute sprechen. Die Sonne geht gleich auf.«

Ich stand ebenfalls auf, auch wenn ich mich auf einmal komisch fühlte.

Wir standen dicht voreinander. Für mehrere Sekunden überlegte mein Hirn, wie ich mich von ihm verabschieden sollte.

Schließlich schlang ich die Arme um mich selbst. Heute Nacht war viel passiert. Meine plötzlichen Gefühle verwirrten und verschreckten mich, und ich fühlte mich ausgelaugt und erschöpft.

»Ja. Das Treffen steht«, brach ich hervor. »Danke noch einmal, Mitchell.«

Er lächelte sanft. »Jederzeit wieder, Carla.«

Dann ging er. Dabei folgten ihm meine Augen, bis die Haustür ins Schloss gefallen war.

Ich stieß den Atem aus und rieb über meine Augen. Vermutlich war dies die längste Nacht meines Lebens gewesen. Und es wäre sicher auch eine der schlimmsten gewesen, wenn Mitchell nicht gewesen wäre. Ich hatte keine Ahnung, wie er es anstellte, doch er hatte es geschafft, dass ich mich ein wenig leichter fühlte. Er hatte die Nacht erträglicher gemacht.

»Du magst ihn, *Mariposa.*«

Bei dem Klang von Almas Stimme zuckte ich zusammen und wirbelte herum. Sie stand im Türrahmen zu Mateos und Oskars Zimmer, so, als stünde sie dort bereits eine ganze Weile.

Mein Herz rutschte mir in die Hose. Wie viel hatte sie gehört? Oder gesehen?

Vince erschien an ihrer Seite und lächelte vielsagend. »Mitch ist einer von den Guten.«

»Und von denen gibt es nicht mehr viele«, bekräftigte Alma mit aufleuchtenden Augen. »Mateo liegt jetzt übrigens im Bett und schläft wie ein Stein.«

Die Hitze in meinen Wangen war vermutlich nicht zu übersehen.

»Alma, ich bin nicht …«, begann ich protestierend, fand jedoch nicht die richtigen Worte. Ich fluchte.

Obwohl ihr die Erschöpfung ebenfalls mehr als deutlich anzusehen war, trat meine Tante lächelnd zu mir, ehe sie mir in die erhitzte Wange kniff. »*Ay*, ich habe nichts gesehen und weiß von nichts.«

KAPITEL 16

CARLA

Vorsichtig öffnete ich die Tür zu Mateos und Oskars Zimmer und spähte in den abgedunkelten Raum. Die Luft war stickig, verbraucht und roch schlecht. Das stammte wahrscheinlich nicht nur von Mateos Eskapade der letzten Nacht, sondern auch von all der Wäsche auf seiner Zimmerseite, den leeren Tellern auf dem Schreibtisch und dem restlichen Müll, vorwiegend bestehend aus Chipstüten, leeren Dosen von Energydrinks und Pizzakartons. Was für ein Saustall.

Ich unterdrückte den Impuls, ihn zu wecken, nur um ihn zum Aufräumen zu zwingen. Oskars Zimmerseite war vielleicht nicht so sauber, dass man vom Boden hätte essen können, doch er hatte wenigstens sein Bett gemacht, bevor er über das Wochenende zu Alma und Vince gefahren war.

Mateo schlief noch immer tief und fest, also ließ ich ihn in Ruhe.

Lenny und ich hatten bis zum Mittag durchgeschlafen. Für Lenny war das nichts Besonderes, für mich jedoch schon. Ich würde vermutlich eine Krise bekommen, wenn meine Nächte immer so lang wären wie ihre. Sie war gerade von der Arbeit gekommen, als Alma angerufen hatte.

Nachdem ich unter die Dusche gesprungen war, schickte ich meiner Tante eine schnelle Nachricht, dass es Mateo gut ginge. Sie beruhigte meine Nerven, indem sie mir erzählte, dass Oskar tief und fest geschlafen und nichts von alldem mitbekommen hatte. Maria, Luciana und Viviana hatten ihn heute Morgen sogar mit in die Kirche genommen. Alma würde gleich vorbeikommen und Mateo abholen, damit er für eine Weile drüben bei ihr und Vince bleiben konnte. Sie hatten einiges an Überzeugungskraft aufwenden müssen, bis ich mich darauf eingelassen hatte. Alma hatte sich extra freigenommen und wollte Zeit mit Mateo verbringen. Hauptsächlich wollte sie jedoch seinen Hausarrest überwachen und dafür sorgen, dass er außerhalb der Klassenzimmer nichts anderes als das Gästezimmer in ihrem Apartment zu Gesicht bekommen würde. Es gefiel mir zwar überhaupt nicht – wenn ich ehrlich war, machte es mich nervös und besorgt –, doch ich musste letztendlich eingestehen, dass es eine gute Idee war. Alma konnte diese Aufgabe besser übernehmen als ich. Immerhin war ich kaum zu Hause.

Nachdem ich mich fertig gemacht hatte, kochte ich Kaffee, presste für Mateo ein paar Orangen aus und fegte die Wohnung. Dabei versank ich in Gedanken über die Planung für die kommenden Wochen. Wenn Mateo bei Alma und Vince sein würde, wollte Oskar es vermutlich auch sein. Obwohl Mati immer gemein zu ihm war, blickte Oskar zu ihm auf. Ich hoffte bloß, dass er nicht werden wollte wie er. Es gab definitiv bessere Vorbilder im Leben als Mateo Santos.

Lenny kam aus ihrem Zimmer und hatte einen schweren Ordner voller Papiere unter dem Arm.

»Schläft Mati noch?«

»Tief und fest«, erwiderte ich und trank aus meiner Tasse. Vor mir standen mein Laptop und ein aufgeschlagenes Lehrbuch über Gender-Marketing. Bei dem Anblick trank ich gleich noch einen Schluck.

»Was wollt ihr jetzt mit Mati anstellen?«, fragte Lenny. Sie verschwand durch den Perlenvorhang in die Küche. Schränke klapperten, und einen Moment später erklang das Brummen der Kaffeemaschine.

»Ehrlich gesagt weiß ich das noch nicht so genau«, erwiderte ich. »Seinen Hausarrest wird er bei Alma und Vince verbringen. Was danach passiert, bleibt abzusehen. Vielleicht melde ich ihn bei einer dieser Realityshows für schwer erziehbare Kids an, damit er sich eine Weile auf irgendeiner abgelegenen Farm in Sibirien durchschlagen muss.«

Lenny setzte sich zu mir an den Tisch und schnaubte belustigt. »Ich kann mir vorstellen, dass er sogar das irgendwie vergeigen könnte.« Sie warf mir einen feixenden Blick zu und trank aus ihrer Tasse. Ihre vollen, welligen Haare fielen ihr bis unter die Brust, was sonst nie jemand zu Gesicht bekam. Ich fragte mich immer, wie sie es schaffte, ihre Schönheit so zu verstecken. Sie hatte ein ebenmäßiges Gesicht, große Augen und geschwungene rosige Lippen. Wenn Lenny es darauf angelegt hätte, wären ihr bestimmt so einige Männer hilflos verfallen. Doch den Part überließ sie ganz allein ihrem Alter Ego *Daisy.*

Ihr Leben war um so viele Grade schräger als meines.

»Du und Mitchell gebt übrigens ein gutes Team ab«, sagte sie beiläufig und pulte an einem Fingernagel herum.

Ich starrte auf meinen Laptop, als seien die vier Seiten meiner unfertigen Hausarbeit plötzlich sehr interessant geworden. »Wie kommst du darauf?«

»Ella hat mir geschrieben. Sie meinte, dass gestern Abend im *Leo's* zwischen euch die Funken geflogen wären.«

»Sind sie nicht.«

»Sind sie doch. Sogar Ches ist es aufgefallen. Jetzt wollen alle, dass ihr süße kleine Babys macht.«

»*Ay,* ihr seid furchtbar. Wir haben nur Billard gespielt, und anschließend hat er mich nach Hause gefahren.«

»Und dann ist er heute Nacht wie ein Ritter in edler Rüstung aufgetaucht und dir zu Hilfe geeilt.«

»Lenny«, warnte ich und verengte die Augen.

Sie lachte und grinste mich an. »Hattet ihr schon schmutzigen Sex? Und wann trefft ihr euch wieder?«

Ich klappte meinen Laptop zu. »Hollister ist nicht mein Typ! Ich bin ihm dankbar, dass er heute Nacht hier war, auch wenn ich es nicht heraufbeschwören wollte. Das ist alles.«

»Oh, bitte, Carly. Du warst schon mal besser im Lügen. Seinen Spitznamen hat er nicht bekommen, weil er ein unscheinbarer kleiner Junge ist. Mitch ist total der Überflieger. Jeder liebt ihn, und unglaublich viele Tussis wären bestimmt liebend gerne an deiner Stelle. Arden zum Beispiel.«

»Wir reden in diesem Haus nicht über Miststücke. Sie ist gestern übrigens in der Bar aufgetaucht und hat eine Teenie-Drama-Szene hingelegt.«

»Ich weiß. Ella hat es mir gesimst.«

»*Dios mío,* ihr seid solche Tratschmäuler! Oh, und wo wir gerade dabei sind – hast du eigentlich vor, Summer still und heimlich für immer zu hassen?«

Sie zuckte mit den Schultern. »Vielleicht. Sie ist eine hohle, billige Barbie.«

»Oho.« Ich verschränkte die Arme und hob die Augenbrauen. »Und ich habe schon geglaubt, du würdest sie hassen, weil sie sich Creed an den Hals schmeißt.«

Lenny verzog keine Miene, doch ich sah einen Muskel an ihrer Schläfe zucken. »Ich weiß zwar nicht, wieso du plötzlich Creed zur Sprache bringst, aber es hat absolut nichts mit ihm zu tun.«

»Am Anfang mochtest du Summer.«

»Da wusste ich auch noch nicht, wie dämlich und nervig sie ist.«

»Wir wissen beide, dass das nicht stimmt. Irgendwann muss man seinen Groll auch mal ruhen lassen.«

Lenny lachte laut auf. »Was für eine heuchlerische Scheißaussage soll das denn sein? Ausgerechnet du rätst mir dazu, meinen Groll ruhen zu lassen?« Sie stand auf und band sich die Haare zu ihrem typischen strengen Knoten zusammen. »Ich verzieh mich zum Lernen in die Bibliothek. Du nervst nämlich.«

»Ich liebe dich auch, Len.«

Lenny war vermutlich der einzige Mensch auf Erden, mit dem ich mich streiten konnte, ohne dass wir uns weniger liebten. Sie war in jeder Hinsicht die Schwester, die ich nie hatte.

Sie betrachtete mich einen Moment lang verdrossen und kräuselte die Lippen. »Kommst du später nach und bringst Essen vom Chinesen mit?«

»Sollte ich wohl«, sagte ich und seufzte. »Aufs Lernen bezogen, nicht auf das Essen. Aber Alma kommt gleich, und außerdem … habe ich schon etwas vor.«

Wissen blitzte in ihren Augen auf. »Ich wusste doch, dass du und Mitchell es miteinander … okay sieh mich nicht so an, das sollte ein Scherz werden. Nicht, dass du mir gleich noch deinen Laptop über den Kopf ziehst.«

»Kannst du Gedanken lesen?«, erwiderte ich und schenkte ihr ein bedrohliches Lächeln.

Wieso störte es mich überhaupt so sehr, mit Lenny darüber zu sprechen? Ich hatte ihr schon weitaus fatalere Dinge anvertraut.

Und was genau willst du ihr anvertrauen?, fragte eine höhnische Stimme in meinem Kopf. Es gab nichts zum Anvertrauen. Oder? Schön, ich hatte eingesehen, dass Mitchell wirklich kein übler Kerl war und dass ich ihn irgendwie mochte. Und vielleicht war er auch nicht hässlich. Er war lustig und wusste, wie er Gespräche am Laufen hielt.

Aber das hieß alles noch gar nichts! Jeder konnte noch etwas dazulernen, das bedeutete jedoch nicht, was auch immer Lenny zu glauben schien – oder Sav, Ella und Ches. Sie bauschten die Sache auf. Weiter nichts.

Lenny rollte sich die Ärmel ihres schwarzen Kapuzenpullovers nach oben und schlang die Arme um ihren schwer aussehenden Ordner. »Na schön, ich werde wahrscheinlich bis heute Abend in der Bibliothek sein. Bis später, Santos.«

Sie schenkte mir ein letztes selbstzufriedenes Lächeln, dann verließ sie auch schon unsere kleine Wohnung. Die Tür war noch nicht hinter ihr zugefallen, als ich hörte, wie sie Oskar auf dem Hausflur grüßte.

Alma und Oskar traten im nächsten Moment durch die Wohnungstür und schlossen sie hinter sich.

»Hey, Stinker«, sagte ich und lächelte Oskar an. »Wie war euer Wochenende?«

Er strahlte mich an und pfefferte seinen Rucksack auf die Couch. Seine dunklen Locken waren vom Besuch in der Kirche noch immer ordentlich zur Seite gekämmt, und er trug ein gebügeltes Jeanshemd und graue Stoffhosen. Er sah so niedlich aus, dass ich ihm am liebsten in die Wangen gekniffen hätte.

»Es war total cool! Ich hab gestern mit Onkel Vince an Autos geschraubt! Kannst du das glauben, Carly? Eins konnten wir sogar wieder zum Laufen bringen, für andere fehlen ihm aber noch Teile, die erst bestellt werden müssen. Oh, und wir waren heute Morgen bei der Messe. Das war irgendwie auch cool.« Er zuckte mit den Schultern und grinste noch immer.

Ich trat zu ihm und drückte ihm einen Kuss auf den Scheitel. »Hast du auch ein wenig gelernt, *mi amor?*«

Er scharrte mit den Füßen. »Äh, eigentlich nicht. Ich wollte ja, aber irgendwie …«

Ich verdrehte die Augen. »Na schön. Du kommst erst mal an, und dann setzen wir uns hin und lernen zusammen. Ihr bleibt doch noch zum Essen, bevor ihr Mateo mitnehmt, oder, Alma?«

»Claro«, sagte meine Tante und unterdrückte ein Gähnen.

»Planen wir dann auch meine Geburtstagsparty?«, fragte Oskar aufgeregt und sah mich mit funkelnden Augen an.

Ich blinzelte verwirrt. Dann unterdrückte ich ein Stöhnen und versuchte es mit einem Lächeln zu überspielen. Oh, nein. Wie hatte ich nur seinen Geburtstag vergessen können? In nur zwei Wochen war es schon so weit!

Hilfe suchend blickte ich zu Alma, die genau zu wissen schien, was in meinem Kopf vorging. Sie wusste immer alles.

»Maria und ich haben am Montag schon die Einladungen verschickt, *Mariposa.*«

Erleichtert seufzte ich auf und fasste mir an die Brust. »Danke, Tante.« Ich wandte mich wieder an Oskar. »Wir lernen, und dann planen wir deine Party, okay?«

In diesem Augenblick öffnete sich eine der Schlafzimmertüren. Alma und ich drehten uns gleichzeitig um.

Mateo trat heraus, und er sah aus wie der Tod höchstpersönlich. Sein Gesicht war aufgequollen, seine Augen klein, und er machte einen so elenden Eindruck, als hätte er nichts dagegen, sich zusammenzurollen und den Rest der Woche leidend in seinem Bett zu verbringen.

»Guten Morgen, Sonnenschein«, sagte ich trocken. »Gut geschlafen?«

Murrend schirmte er seine Augen gegen das Licht im Raum ab, als würde es ihn blenden. »Ich glaube, ich will sterben. Ihr müsst mich ins Krankenhaus fahren.«

Alma schnalzte mit der Zunge. »*No, Mijo.* Das nennt man einen Kater. So was wirst du in deinem Leben noch oft erleben – aber hoffentlich erst wieder in sechs Jahren, wenn du einundzwanzig geworden bist.«

»*Nooo*«, stöhnte Mateo. »Ich schwöre, ich trinke nie wieder einen Schluck!«

Ich konnte nicht verhindern, zu schmunzeln. »Hier, trink frischen Orangensaft. Und dann pack deine Sachen, du wirst die nächste Woche bei Tante Alma und Vince verbringen.«

»Mach zwei Wochen draus«, sagte Alma mit einer wegwerfenden Handbewegung. »Er hat zwei Wochen verdient.«

»Wieso machen wir nicht drei draus?«

Alma und ich gaben uns ein High Five – obwohl wir es ja insgeheim bereits vereinbart hatten.

»So lange?«, jammerte Mateo. »Dann muss ich dauernd in die Kirche!« Seine Stimme klang so tief und rau wie die eines kolumbianischen *abuelo,* der nichts tat, außer den ganzen Tag lang Zigarren zu rauchen.

»Da gehörst du auch hin!«, schimpfte Alma. »Zu Gott und Jesus. Wenn die dir nicht helfen können, wird es keiner!«

»Das nennt man übrigens auch Hausarrest, Schwachkopf«, erklärte ich und reichte ihm lächelnd seinen Orangensaft. Ächzend nahm Mateo die Hände von den Augen und schloss sie um das Glas. Sie zitterten unübersehbar. Seine dunklen Haare standen in alle Richtungen ab, und sein Pullover war ganz zerknittert. Es war ein Glück, dass Vince und Alma ihn letzte Nacht – oder wohl eher heute Morgen – in die Badewanne gesteckt hatten. So blieb uns wenigstens der Gestank erspart.

Mateo erwiderte nichts, sondern trat in Zombieschritten auf den Esstisch zu, ehe er sich auf einen Stuhl sinken ließ und dabei leidend stöhnte.

»Wann ist Mateo denn krank geworden? Gestern ging es ihm doch noch gut«, fragte Oskar mit gerunzelter Stirn. »Musst du wirklich ins Krankenhaus, Mati?«

»Kannst du bitte leiser sprechen?«, murmelte Mateo und trank einen Schluck vom Saft. Er verzog kurz darauf das Gesicht. »Ich glaube, mir ist schlecht.«

»Er muss nicht ins Krankenhaus«, erwiderte ich an Oskar gewandt. »Er muss jetzt einfach nur aus Fehlern lernen, auch wenn ihm dabei sehr, *sehr* schlecht sein wird.« Almas Handy vibrierte im nächsten Moment, und Luis Fonsi dröhnte durch die Lautsprecher. Normalerweise ließ mein Lieblingssänger mein Herz höherschlagen, doch *Despacito* war mir schon auf die Nerven gegangen, bevor Alma es zu ihrem Klingelton gemacht hatte.

Als sie geradewegs ins Spanische überwechselte, wusste ich, dass eine ihrer Mitarbeiterinnen im Salon in der Leitung war. Sie wandte sich ab und sprach schnell und leise.

Ich nutzte den Moment, um mich neben Mateo zu setzen.

Er sah mich nicht an und starrte grimmig Löcher in die Luft.

»Wir müssen uns unterhalten«, sagte ich, diesmal voller Ernst.

»Kann das nicht warten? Ich bin noch gar nicht richtig wach.«

»Ist mir egal, Mati.« Ich blickte auf und sah unseren jüngeren Bruder an. »Oskar, holst du deine Bücher zum Lernen?«

Widerwillig nahm Oskar seinen Rucksack vom Sofa und stiefelte in sein und Matis Zimmer. Als die Tür sich hinter ihm schloss, wandte ich mich wieder Mateo zu. Ich bemühte mich, mir meinen Ärger nicht allzu sehr anmerken zu lassen. Jetzt war einer dieser wichtigen Große-Schwester-Momente, das konnte ich fühlen.

»Kannst du dich noch an letzte Nacht erinnern?«

Er schwieg. Seine Miene wurde finsterer. Langsam nahm er noch einen Schluck vom Orangensaft und schüttelte sich.

»Mateo, rede mit mir.«

»Ja, ich kann mich erinnern«, gab er knurrend zu.

»Wer waren diese Typen, mit denen du unterwegs warst? Haben sie dich dazu überredet, Vincents Auto und den Alkohol zu stehlen?«

Als er wieder schwieg, legte ich ihm meine Hand auf die Schulter und zwang ihn, mich anzusehen. »Ich schwöre dir, Mati, wenn du nicht mit mir sprichst, werde ich jedem erzählen, wie du angefangen hast zu heulen und dich zu übergeben.«

Wütend schüttelte er meine Hand ab. »Es geht dich nichts an, Carla!«

Falsche Antwort.

Ich verpasste ihm einen Klaps auf den Hinterkopf. »Noch mal von vorne. Wer waren diese Kerle? Glaubst du wirklich, ich finde es nicht heraus? Ich bin eine Frau, ich finde alles heraus!«

Er funkelte mich an. »Schön! Es waren Freunde von Diego. Ich kannte sie kaum, Diego und sein Mädchen sind schon gegen Mitternacht gegangen.«

Ruhig bleiben. »Diego also. Wie oft soll ich dir noch sagen, dass du dich von ihm fernhalten sollst? Hat er dich dazu angestiftet?«

»Nein!«, antwortete mein Bruder ein wenig zu heftig. Er sah so schuldig aus, dass ein Geständnis schon nicht mehr nötig war. »Diego hatte nichts damit zu tun. Es war meine Idee, klar? Außerdem kannst du mir meine Freunde nicht einfach verbieten, nur weil du sie nicht magst!«

Ich schlug die Faust auf den Tisch. »Mati, wenn ich diesen Diego noch einmal in deiner Nähe sehe, werden drei Wochen Hausarrest bei Alma wie eine Wohltat aussehen! Vielleicht schicken wir dich ins Knabenkloster nach Kolumbien oder so.«

Seine Augen weiteten sich. Dann funkelte er mich an. »Du bluffst doch nur.«

»Fordere mich noch einmal heraus, und du wirst bald sehen, ob ich bluffe oder nicht!«

Alma kehrte zu uns zurück und verstaute ihr Handy in der Tasche ihrer hautengen Jeans. »Carla, wir müssen gehen, es gibt einen Notfall im Salon. Wir verschieben das Essen, okay?«

»Sicher«, sagte ich und fuhr mir durch die Haare, um mich zu beruhigen. »Kann ich Oskar morgen Abend abholen? Ich habe den ganzen Tag Vorlesungen und könnte im Anschluss kommen.«

Alma lächelte. *»Claro.«*

Plötzlich klingelte es an der Tür. Meine Augen huschten von ihr zu Mateo und weiter zur Tür, und mein Herz rutschte mir in die Hose. »Alma, wie spät ist es?«, fragte ich.

Sie warf einen Blick auf ihre Armbanduhr. »Gleich vier. Wieso?«

O Gott, Mitchell. Er war schon hier.

Was auch immer ich für ein Gesicht machte, sie zog die Stirn daraufhin in Falten. »Erwartest du jemanden, *Mariposa?*« Sie ging zur Tür und öffnete sie, was mich beinahe hätte aufspringen lassen. Betont gelassen erhob ich mich von meinem Stuhl.

»Mitchell!«, rief Alma überrascht, als sie ihn erblickte.

»Hi, Alma. Schön, dich zu sehen.«

Erfreut küsste sie seine Wangen und ließ ihn eintreten. Sein Blick wanderte ohne Umschweife zu mir.

»Du bist aber früh dran«, sagte ich wie gelähmt.

Ernsthaft? Das ist alles, was du zu bieten hast?

Er vergrub die Hände in den Taschen seines Pullovers. Ein großer Kreis in roten, weißen und blauen Streifen war darauf abgebildet, ebenso wie ein Stern in der Mitte. Ich war mir ziemlich sicher, dass Oskar dieses Symbol auf einem T-Shirt hatte, also hatte es höchstwahrscheinlich etwas mit Superhelden zu tun.

»Ehrlich gesagt bin ich sogar zu spät. Ich habe verschlafen.« Er lächelte schief. Dann wanderte sein Blick zu Mateo. »Hey, Kumpel. Wie fühlst du dich?«

Ärgerlicherweise hellte sich Mateos Miene sichtlich auf. Er zuckte lässig mit den Schultern, obwohl er eben noch wie ein Weltmeister gejammert hatte. »Ist okay. Mir geht's ziemlich gut, Mann. War keine große Sache.«

Alma lachte los, und ich konnte nicht anders, als prustend mit einzufallen. »Glaub ihm kein Wort! Mateo hat total den Kater.«

»Halt die Klappe, Carla!«, fauchte mein Bruder.

»Zwing mich doch«, erwiderte ich auf Spanisch und hob herausfordernd eine Augenbraue.

Oskar kam zurück ins Wohnzimmer, als hätte er Mitchells Anwesenheit gewittert. Er hüpfte beinahe vor Freude. »Coach Mitch! Was machst du denn hier?«

Er ging zu ihm hinüber, und sie begrüßten sich mit einem Handschlag.

»Hey, Kleiner. Ich hole deine Schwester ab, wir haben noch etwas vor.«

Oskar schnappte nach Luft und wirbelte zu mir herum. Seine Augen strahlten wie Scheinwerfer. »Habt ihr ein *Date?* Das ist so cool!«

»No!«, sagte ich, während Mitchell zur selben Zeit »Nein« sagte.

Verstohlen blickte ich zu Alma und sah einen nervig zufriedenen Ausdruck auf ihrem Gesicht, wie zuvor auch schon bei Lenny.

»Nein, haben wir nicht«, wiederholte ich mit Nachdruck.

Oskar wirkte allen Ernstes enttäuscht und ließ die Schultern sinken. »Schade.«

»Mati, geh und hol deine Sachen«, sagte Alma und legte Mateo eine Hand auf den Kopf.

Er schüttelte sie mit finsterer Miene ab und hielt sich im nächsten Moment den schmerzenden Schädel. »Kann ich nicht einfach hierbleiben? Ist doch egal, ob ich meinen Hausarrest hier oder bei euch verbringe.«

»Ich diskutiere nicht mit verkaterten Teenagern. Und jetzt hol deine Sachen. Dabei könntest du auch gleich ein wenig von dem stinkenden Müll aus eurem Zimmer entsorgen und lüften.«

»Das ist so was von unfair! Ich will nicht mit zu euch!«

Allmählich wurde Alma wütend – und ich wünschte nicht einmal meinem schlimmsten Feind, in ihrer Nähe zu sein, wenn sie wütend wurde. Sie zog ihn vom Stuhl hoch, was die goldenen Armreifen an ihren Handgelenken klimpern ließ. *»Ay,* pack deine Sachen, oder ich werde es tun!«

»Lass mich los, verdammt!« Er entzog ihr seinen Arm, rauschte ins Jungszimmer und knallte die Tür lautstark hinter sich zu. Alma stampfte ihm hinterher. »Wenn du noch einmal eine Tür in diesem Haus so zuschlagen lässt, *reiße ich sie aus den Angeln und schmeiße sie weg!«*

Ich warf Mitchell ein verlegenes Lächeln zu.

»Wow«, sagte Mitchell. »Du hattest recht. Das Feuer scheint tatsächlich bei euch in der Familie zu liegen.«

»Wenn du wüsstest.« Eine plötzliche Erinnerung erschien vor meinem inneren Auge. Meine Mutter, wie sie weinte. Dutzende Blutergüsse. Und mein schreiender, wütender Vater.

Ich blinzelte mehrmals und atmete tief durch. Wo kam diese Erinnerung plötzlich her?

Oskar nahm Mitchell in Beschlag und befragte ihn eifrig über alle möglichen Dinge – Football, die Highschool, das College und Superheldenfilme. Mit gerunzelter Stirn beobachtete ich sie. Genauer gesagt, beobachtete ich Mitchell. Dabei trug er heute bloß Bluejeans und einen einfachen Pullover. Seine braunen Haare waren wie so oft zerzaust, und eine leichte Röte saß auf seinen Wangen. Das Licht im Raum ließ seine Gesichtszüge markant erscheinen. Ich wollte ihn nicht attraktiv finden, und doch …

Mitchell sah auf und erwischte mich geradewegs dabei, wie ich ihn musterte, während er mit Oskar sprach. Hitze zuckte durch mich hindurch. Seine Augen leuchteten auf, und er lächelte schief.

Hastig wirbelte ich herum und verschwand in die Küche. Leise verfluchte ich mich. Ich brauchte wirklich ganz dringend mehr Koffein.

Ein Rumpeln erklang aus Matis und Oskars Zimmer. Er schien tatsächlich zu packen, während er noch immer mit Alma stritt. Unsere Tante war wie eine mächtige Löwin. Die Herrscherin über die Savanne. Vielleicht war es wirklich nicht so schlecht, wenn Mateo eine Weile bei ihr und Vince blieb. Alma konnte vielleicht einen von Marias Söhnen darauf ansetzen, in der Highschool zu beobachten, mit wem Mateo abhing und ob er heimlich nach der Schule rauchte. Ich wollte den Namen Diego nie wieder hören. Ich erkannte Ärger, wenn ich welchen sah, und ohne Zweifel war mein Bruder von diesem Kerl zu der Sache von letzter Nacht angestiftet worden.

Nachdem ich zwei Tassen mit Kaffee gefüllt hatte, kehrte ich ins Wohnzimmer zurück.

»Hier«, sagte ich und hielt Mitchell eine der Tassen hin.

Er nahm sie entgegen. »Danke, Prinzessin.«

Hastig zog ich meine Hand zurück.

»Hey, Coach Mitch«, sagte Oskar aufgeregt. »Was machst du am Samstag in zwei Wochen?«

»Weiß ich noch nicht«, erwiderte Mitchell und runzelte die Stirn. Erst nach einem Augenblick riss er seinen Blick von mir los, was mich erleichtert aufatmen ließ. »Ich glaube, ich habe noch nichts vor.«

Oskars Augen leuchteten auf. »Willst du zu meiner Geburtstagsparty kommen?«

Ich blinzelte.

Warte, was?

Auch Mitchell wirkte verdutzt. Er blickte von mir zu meinem Bruder. Dann hellte sich sein sommersprossiges Gesicht auf, und er wuschelte Oskar durch die dunkle Mähne. »Zu deiner Geburtstagsparty? Nichts lieber als das, Kumpel!«

Er warf mir wieder einen Blick zu und schien mit einem Mal unsicher. »Wenn das okay ist?«, fügte er vorsichtig hinzu.

Ich konnte es Oskar unmöglich abschlagen. »Es ist Oskars Geburtstag, und er kann einladen, wen er will.«

Mitchell lächelte und stieß seine Faust gegen die meines Bruders. »Dann freue ich mich schon.«

Mateo öffnete die Schlafzimmertür und hatte eine große Tasche geschultert. Alma folgte ihm mit zufriedener Miene. So griesgrämig wie heute hatte ich meinen Bruder vermutlich noch nie erlebt. Hoffentlich war der Kater so grauenhaft, dass er nicht so bald wieder in Erwägung ziehen würde, Alkohol zu trinken.

»Gehen wir jetzt, oder was?«, keifte er Alma an. Sein Tonfall brachte ihm ein lang gezogenes Ohr ein und eine Schimpftirade, die sich gewaschen hatte.

Ich musste mir ein Grinsen verkneifen. Mati war so ein Idiot. Er kannte unsere Tante – wie zum Teufel kam er auf die Idee, so mit ihr zu reden? Vielleicht sehnte er sich ja nach lebenslangem Hausarrest. Das, oder er war schlichtweg lebensmüde.

Wütend stiefelte er zur Haustür, riss sie auf und verschwand.

»Na los, *mi amor*«, sagte ich zu Oskar und unterdrückte ein Gähnen. »Zeit zu gehen. Und morgen holen wir die Partyplanung nach, versprochen.«

Bevor er gehen konnte, drückte ich ihm noch hastig einen Schmatzer auf die Wange.

»Mann, Carly, das ist total peinlich!«

Alma und ich lachten, als er ins Zimmer floh, um noch ein paar Sachen zusammenzusuchen.

»Ich gehe schon mal zum Auto, bevor Mati noch auf die Idee kommt, es auch zu knacken und wieder zu verschwinden«, verkündete Alma mit einem verkniffenen Lächeln und klimperte mit den Autoschlüsseln. »Schick Oskar einfach raus, wenn er fertig ist, ja?«

»*Gracias,* Alma«, sagte ich und schloss sie fest in die Arme.

»Ruf mich an, wenn was ist«, sagte sie und kniff mir in die Wange, was mich vor Schmerz wimmern ließ. Ich hasste es, wenn sie das tat. Die dicken Pausbäckchen hatte ich schon nicht mehr, seit ich ein kleines Mädchen war, und trotzdem hörte sie mit der Geste einfach nicht auf.

»Um mich musst du dir keine Sorgen machen.«

»Ruf mich trotzdem gefälligst an, wenn etwas ist.« Sie drückte mir einen Kuss auf die Wange, so wie ich es eben bei Oskar getan hatte, ehe sie Mitchells Wangen ebenfalls küsste und anschließend die Wohnung verließ.

Ich wandte mich mit einem halb liebevollen, halb wehmütigen Lächeln meinem Kaffee zu und trank einen Schluck. Wenn doch bloß endlich diese ewige Warterei auf ihre Papiere aufhören würde. Es wäre alles so viel einfacher. Solch eine große Last, die von unser aller Schultern fallen würde. Meine Brüder könnten mehr Zeit bei ihr und Vince verbringen, ohne dass ich vor Sorge ganz krank wurde. Alma konnte das gut, das wusste ich aus eigener Erfahrung – viel besser als ich. Erst seit meinem sechzehnten Lebensjahr lebte ich mit meinen Brüdern allein. Bis dahin war sie praktisch unsere Mutter gewesen. Gott, ich war beinahe so alt gewesen wie Mati jetzt, als ich beschloss, auszuziehen und den Druck von ihr zu nehmen. Der Gedanke war erschreckend, vor allem weil dieser stinkende Esel genau das Gegenteil von selbstständig war. Er wusste ja nicht einmal, wie man Wäsche wusch.

Oskar kam mit seinen Sachen aus seinem Zimmer gehastet. »Ist Tante Alma schon weg? Sie sollte doch auf mich warten! Bis dann, Carly. Bis dann, Coach Mitch. Viel Spaß bei eurem Date!« Er hastete aus der Wohnung, ehe ich auch nur den Mund öffnen konnte, um ihn daran zu erinnern, dass es kein Date war.

Langsam drehte ich mich zu Mitchell um. Plötzlich wurde ich nervös. »Wollen wir, äh, auch gehen?«

Mierda, ich hatte schon wieder »äh« gesagt.

Er lächelte. »Du willst das immer noch?«

»*Claro.* Ich habe mich sogar vorbereitet. Was glaubst du, was ich unter meiner Kleidung trage?«

Das war vielleicht keine Frage, die ich hätte stellen sollen. Im nächsten Moment glitten seine Augen nämlich langsam über meinen Körper, Stück für Stück. Es fühlte sich an, als würde er mir dabei sowohl meine Jeans wie auch mein Top im Leopardenprint ausziehen.

Ich schluckte. »Das war keine Einladung, für was auch immer du da gerade tust.«

Ein jungenhaftes Grinsen stahl sich auf seine Lippen. »War es nicht? Dann tut es mir leid.«

Ich verdrehte die Augen. »Tut es dir nicht. Und jetzt lass uns gehen, bevor ich es mir doch noch anders überlege.«

KAPITEL 17

MITCHELL

Das Wasser rauschte in den Whirlpool und ließ die Luft im Schlafzimmer durch seinen Dampf augenblicklich wärmer werden. Ich legte die Fernbedienung auf die Natursteine und setzte mich an den Beckenrand, so wie Carla es sonst immer tat. Sie war noch im Badezimmer, um ihre Kleidung auszuziehen, weshalb ich mir einen Moment nahm, um die Augen zu schließen und tief durchzuatmen. Der mangelnde Schlaf machte sich bemerkbar. Vier Stunden waren selbst für meine Verhältnisse zu wenig. Den Morgen hatte ich im Sportstudio verbracht und währenddessen über Kopfhörer die letzte Vorlesung von Professor Miller angehört, die ich mit meinem Handy aufgenommen hatte. Würde ich das Lernen und das Training nicht kombinieren, hätte ich mit hoher Wahrscheinlichkeit bei den letzten Prüfungen um einiges schlechter abgeschnitten.

Ein ohrenbetäubendes Donnergrollen ließ mich aufblicken. Als Carla und ich im Poolhaus angekommen waren, hatte es bloß ein wenig genieselt. Jetzt jedoch, innerhalb von wenigen Augenblicken, hatte sich der Himmel dazu entschieden, seine beinahe schon schwarzen Wolken brechen zu lassen. Unmengen an Wasser regneten herab und schlugen lautstark gegen die Scheiben. Der Wind ließ die Bäume und Sträucher des ausladenden gepflegten Gartens peitschend umherwehen und drückte sie nieder.

Vielleicht war ich seltsam, aber ich liebte solche Stürme. Nicht unbedingt, wenn ich in einem steckte, aber wenn ich sie beobachten konnte, so wie jetzt. Der Anblick rührte etwas in mir. So viel unbändige Kraft, wütendes Donnergrollen und all der Regen. Es hatte etwas Beruhigendes. Ich erinnerte mich daran, wie Savannah und ich als Kinder einmal unsere Großeltern in Kanada besucht hatten. Das Unwetter war so schlimm gewesen, dass meine Schwester sich unter dem Bett versteckt hatte. Grandma hatte schließlich die Jalousien heruntergelassen, heiße Schokolade gekocht und die ganze Nacht auf ihrem Fernseher *Mamma Mia* laufen lassen. Während dieser Ferien hatte Savannah den Film mindestens zwanzig Mal gesehen. Vermutlich war das auch der Beginn ihrer Musical-Obsession gewesen.

Die Schlafzimmertür öffnete sich hinter mir.

»Da draußen geht die Welt unter!«

Ich hörte die Schritte ihrer nackten Füße hinter mir. Carla setzte sich neben mich und streckte, ohne zu zögern, ihre Beine ins Wasser.

»Hast du heimlich geübt?«, fragte ich erstaunt und sah sie an. Wie immer zog sich bei ihrem Anblick alles in mir zusammen, und mein Herz machte einen Sprung.

»Hab ich«, sagte sie lächelnd und zuckte mit den Schultern, als wäre das keine große Sache. »In unserer Badewanne. Oh, und fast hätte ich es vergessen.«

Sie stand wieder auf und verschwand noch einmal in dem kleinen Badezimmer. Verwundert starrte ich auf die geschlossene Tür, als dahinter rauschendes Wasser erklang.

Einen Moment später kehrte Carla zurück – und war klatschnass.

Ich hielt den Atem an.

Mit schnellen Schritten eilte sie zurück zum Whirlpool und setzte sich wieder. Sie grinste breit und schob sich die nassen Haare aus dem Gesicht. »So klappt es besser. Ich habe es ausprobiert.«

»Sicher«, erwiderte ich und räusperte mich. Verdammt, es war fast so, als wollte Carla es darauf anlegen, die Synapsen in meinem Hirn zum Durchbrennen zu bringen.

»Dann lass uns anfangen«, sagte ich und ließ mich in den Whirlpool gleiten. Er war nahezu voll, rauschte und blubberte aber noch immer, weshalb sich meine Augen weiteten, als Carla tief durchatmete und sich schließlich ebenfalls ins Wasser gleiten ließ.

»Immer langsam!« Ich griff nach ihren Armen. »Was machst du da?«

Sie keuchte auf, griff nach mir und schlang ihre schlanken Finger um meine Schultern. Ihre Augen wurden riesig. »I-ich fordere mich heraus.«

Im selben Moment stoppte das einfließende Wasser. Mit den letzten aufsteigenden Luftblasen glättete sich die Wasseroberfläche, was Carla aufatmen ließ. Sanftes Licht erfüllte den Whirlpool und warf tanzende Reflexionen auf unsere Körper.

»Denkst du nicht, du überstürzt es ein wenig?«, fragte ich besorgt, doch sie schüttelte bereits den Kopf, noch bevor ich zu Ende gesprochen hatte.

»Siehst du? Ich habe keine Panik. Es funktioniert. Ich sagte doch, ich habe geübt.«

Zu sehen, welche Fortschritte sie in den letzten Wochen gemacht hatte, ließ meine Brust vor Stolz anschwellen.

»Das bedeutet aber nicht, dass dein Körper und deine Psyche jedes Mal bis zur absoluten Stresssituation getrieben werden müssen, sobald du dich mit dem Wasser konfrontierst«, warf ich ein.

»Jetzt klingst du schon wie ein Seelenklempner, Hollister. Es geht mir gut, das siehst du doch. Freu dich mit mir! Das ist gut. Nicht mehr lange, und ich brauche diese Stunden nicht mehr. Vielleicht noch drei oder vier.« Sie lächelte triumphierend, doch ich sah die Unruhe in ihren Augen. Hier im Wasser war sie alles andere als entspannt.

Ich runzelte bei ihren Worten die Stirn. »Carla, dir ist klar, dass wir danach noch lange nicht fertig sind, oder?« Ich ließ sie los und setzte mich auf die Sitzbank. Das warme Wasser entspannte meine Muskeln, die vom Training noch immer erschöpft waren. Ich seufzte auf und lehnte mich zurück.

Carla blieb stehen, wo sie war. Ihre selbstsichere Miene entgleiste für einen Augenblick. »Was genau willst du damit sagen?«

»Ist doch klar. Ich bringe dir bei, wie man schwimmt.«

»No!«, schnappte sie sofort und schlang die Arme um sich. »Auf keinen Fall.«

»Dann könntest du aber einen Schlussstrich ziehen«, erwiderte ich. »Erst musst du deine Angst besiegen und dann das Wasser.

Wenn du schwimmen kannst, wird es dir absolut nichts mehr anhaben können.« Meine Stimme klang rau. »Wenn das jemand schaffen kann, dann du.«

Entschlossenheit trat in ihr Gesicht. Sie atmete tief durch und nickte schließlich. »Vielleicht. Mal sehen.«

Ich beobachtete, wie ihre Brust sich hob und senkte. Und tatsächlich war ihre Atmung nicht flach oder abgehackt. Keine Panikattacke im Anmarsch, noch nicht. Doch ihr ganzer Körper war zum Zerreißen angespannt.

Einen Augenblick lang sagte keiner von uns etwas. Der Dampf und das heiße Wasser hatten ihrer karamellfarbenen Haut eine frische Rosigkeit verliehen, und ihre nassen Haarspitzen lockten sich leicht und ließen Wassertropfen ihre Arme hinabrinnen. Wir sahen uns einfach nur an, was die Luft mit Spannung erfüllte. Nur das laute Regenprasseln an den Fensterscheiben war zu hören. Ein Blitz erhellte das Schlafzimmer.

Mir fielen Dutzende Dinge ein, die ich in diesem Moment gerne getan hätte. Doch anstatt mich zu rühren, stand ich nur da, unfähig, meinen Blick von ihrem zu lösen.

Ihre Augen wanderten fast schon schmerzlich langsam über mich hinweg. Über meine Arme, meine Brust, mein Gesicht. Aber gleichzeitig bemerkte ich, dass sie die Hände zu Fäusten ballte und eine Furche zwischen ihren Augenbrauen erschien. Sie wirkte hoch konzentriert. Ich fragte mich, was ihr in diesem Moment, hier im Wasser, durch den Kopf ging. Was genau löste ihre Panikattacken aus? Wie schaffte sie es, sie zu unterdrücken? Obwohl wir das hier nun bereits einige Male getan hatten, fiel es mir noch immer schwer, mich in sie hineinzuversetzen. Ich hatte keine Ahnung, was genau in ihr vorging. Ich wusste nicht, welche Sekundenfragmente ihre Angst auslösten und was alles in ihr geschah. Deshalb konnte ich nichts anderes tun, als blind vorzugehen. Langsam, ganz in ihrem Tempo, aber dennoch blind.

»Und was jetzt?« Ihre Stimme war leise. Ich bildete mir sogar ein, dass sie sehnsüchtig klang. Und es brachte meinen Puls dazu, ziemlich schnell zu werden.

»Komm her«, sagte ich. »Ich will etwas ausprobieren, okay?«

Sie zögerte. Schließlich trat sie vor mich, bis unsere Knie sich berührten. Das Unbehagen war Carla deutlich anzusehen.

»Ich will, dass du dich neben mich setzt. Glaubst du, du kriegst das hin?«

Ich wartete, bis sie bereit war. Sie fixierte den Platz neben mir so angestrengt, als würde sie an einer Klippe stehen und überlegen, zu springen. Es erinnerte mich daran, wie einige der Kinder, denen ich während der Sommerferien auf der Highschool das Schwimmen beigebracht hatte, zum ersten Mal vom Einmeterbrett gesprungen waren.

»Wenn es dir zu viel wird, stehst du einfach wieder auf«, sagte ich sanft. »Es kann dir nichts passieren. Ich passe auf dich auf.«

Wieder nickte sie. Dann, zögerlich, machte sie noch einen Schritt tiefer ins Wasser und atmete tief durch. Sie glitt auf den Platz neben mir und setzte sich auf ihre Beine, sodass ihr das Wasser bis zu den Brüsten reichte.

Ein Lächeln stahl sich auf mein Gesicht, und ich ergriff ihre Hände. »Du machst das toll, Carla.«

Nervös lachte sie auf. Ihr Griff wurde stärker, und ihr Blick war starr in die Luft gerichtet.

»Woran denkst du?«, fragte ich leise.

Sie atmete stockend ein. »An meinen Traum.«

»Erzählst du mir davon?«

Mittlerweile zerquetschte mir Carla beinahe schon meine Finger, aber ich hielt stand.

»Ich träume ihn dauernd.« Ihr Atem wurde immer schneller, und ich konnte spüren, wie sie zu zittern begann. Noch immer war ihr Blick starr geradeaus gerichtet.

»Nicht reinsteigern«, sagte ich sanft. »Tief durchatmen. Ich weiß, dass du das kannst. Seit wann hast du diesen Traum schon?«

»Seit … seit meine Mutter ertrunken ist.«

»Und was passiert darin?«

Sie presste die Augen zu und versuchte, tief durchzuatmen. »Ich ertrinke.«

»Wegen deiner Mum?«, fragte ich vorsichtig.

Sie zuckte mit den Schultern und lockerte endlich den Griff um meine Finger. *»No lo sé.«*

Sie wusste es nicht?

Ich versuchte, mir meine Verwunderung und das Mitleid nicht allzu sehr anmerken zu lassen. Ich war vielleicht kein Psychologe, aber es lag auf der Hand, wo ihre Angst ihren Ursprung hatte.

»Hey«, murmelte ich und zog leicht an ihren Händen, die wie der Großteil von ihr unter Wasser waren. »Sieh mich an, Carla.«

Sie kam meiner Aufforderung nach. Ihre schönen grünbraunen Augen waren glasig. Ich sah den Kampf darin, und wie sehr sie sich bemühte, gegen all die Gefühle zu ringen.

Der Wunsch danach, ihr diesen Kampf abzunehmen, war überwältigend. Ich wollte sie beschützen, vor ihren Dämonen, vor der Welt, vor sich selbst. Das Bedürfnis war roh und tief.

Ich versuchte, sie abzulenken. »Wie waren deine Eltern so?«

Sie schnaubte, was fast wie ein Lachen klang. Doch sie spielte mit. »Die perfekten Vorzeigeeltern. M-meine Mutter hat schon viel getrunken, bevor mein Vater in Kolumbien eingebuchtet wurde. Er hat sie geschlagen.«

Das Blut in meinen Adern fror ein. Mit einem Mal saß ich aufrechter. »Carla, ich wollte nicht … du musst mir nicht …«

»Das wolltest du doch wissen, oder?« Sie sah mich mit ruhelosen Augen an. Der Ausdruck in ihnen wurde hart. »Mein Vater war ein schlechter Mensch. Ich schäme mich nicht, das zuzugeben. Er hat uns ein schickes Haus gekauft, aber mit schmutzigem Geld. Er war schlecht zu meiner Mutter. Hat sie geschlagen und andauernd geschrien. Als Mamá endlich frei von ihm war, hat sie die Kontrolle verloren. Sie fing an, uns genauso zu behandeln, wie mein … wie mein Vater sie behandelt hat.«

Mir wurde schlecht. Wut zuckte plötzlich durch meine Brust. Ich suchte nach den richtigen Worten, doch ich fand sie nicht. »Carla, sag mir nicht, dass sie …« Ich konnte die Worte einfach nicht aussprechen.

Carla schwieg so lange, dass ich schon glaubte, sie würde nicht mehr antworten. Doch offenbar rang sie mit sich.

»Doch«, flüsterte sie schließlich.

Alles in mir zog sich vor Erschütterung zusammen und wurde schwer. Ich stellte mir vor, wie Carla als kleines Mädchen von ihrer eigenen Mutter geschlagen wurde. Und Mateo und Oskar. Allein der Gedanke machte mich schon so wütend, dass mir das Blut in den Ohren rauschte.

»Ich sehe es vor mir«, flüsterte sie und presste die Lippen zusammen. Die Worte schienen nicht mehr aufhaltbar, jetzt, da sie erst mal angefangen hatte.

»Mamá und ich haben uns gestritten. Es war ein heißer Sommer, und sie hat wieder getrunken, draußen auf einer Liege neben unserem Pool. Die Bank wollte uns das Haus wegnehmen, aber sie weigerte sich, auch nur eine Kiste zu packen. Ich wollte nicht mehr, dass sie trinkt und all das Geld, das eigentlich für uns gedacht war, für Alkohol und Zigaretten ausgibt. Also habe ich unseren Safe geöffnet, das Geld genommen und in den Pool geworfen. Ich weiß, dass das dämlich war, aber ich war ein Kind und ich wollte nicht mehr länger mitansehen, wie meine Mutter immer mehr diesem Monster mutierte. Sie ist ausgerastet. Hat mich in den Pool geschubst, wo das Wasser tief war. Ich konnte nicht schwimmen und sie kaum mehr geradeaus laufen. Und trotzdem ist sie dem Geld hinterhergesprungen.«

Carla löste eine Hand aus meiner, um sich fahrig über die Augen zu fahren. »Ihre Leiche wurde erst zwei Stunden später geborgen, als Tante Alma zu Besuch kam und uns gefunden hat. Ich habe mich am Beckenrand festgeklammert und konnte mich nicht bewegen.«

Ich stieß einen Fluch aus. Wenn selbst dieses Echo ihres Schmerzes ausreichte, dass sich mein Hals zusammenschnürte, wollte ich mir gar nicht ausmalen, wie groß der Horror war, den sie durchgemacht hatte.

Aus einem Impuls heraus legte ich meine Arme um sie und zog sie an meine Brust. »Gott, Carla.«

Sie erstarrte für einen Augenblick, dann jedoch klammerte sie sich an mich und vergrub das Gesicht an meiner Schulter. Ihr Körper bebte noch stärker als ihre Hände, und ich spürte ihren flachen, schnellen Atem an meinem Hals. Doch Carla weinte nicht. Sie ließ es nicht zu. Und ich fragte mich, ob sie sich jemals erlaubt hatte, eine angemessene Zeit lang um ihre Mutter zu trauern.

»Du warst noch ein Kind. Verdammt, es ist nicht fair, dass du all das durchmachen musstest.«

»Es ist lange her«, ächzte sie. »Ich habe das überwunden. Jetzt ist es nur noch ein Traum. Nichts weiter.«

»Es ist nicht nur ein Traum, Carla. Was damals passiert ist, hat dich geprägt und deine Angst auch.«

Nun ergab alles einen Sinn. Die Mauer, die sie um sich gebaut hatte. Unsere Deals. Carla hatte den Kontakt zu ihren Freunden gekappt, als sie ungefähr sechzehn gewesen war. Das musste die Zeit gewesen sein, als sie anfing, sich alleine um ihre Brüder zu kümmern. Vielleicht sah sie es als ihre Pflicht, sonst würden sie alle drei mit Sicherheit noch bei Alma leben. Mit elf Jahren hätte sie sich niemals um Mateo und Oskar kümmern können, deshalb vermutete ich, dass Alma sich damals ihrer angenommen hatte und Carla ausgezogen war, sobald sie die Chance gesehen hatte, selbst das Ruder in die Hand zu nehmen. Die Zeitpunkte ergaben alle Sinn.

Mein Hirn wurde von so vielen verschiedenen Emotionen überflutet, dass ich mich beinahe schon berauscht fühlte. Mitgefühl, Schmerz, der Drang, sie beschützen zu wollen, Sehnsucht, Hochachtung.

Carlas Umarmung wurde ein wenig zu fest. Sie hielt die Luft an und verkrampfte sich.

Sanft rieb ich über ihren Rücken. »Atme, Carla. Tief durchatmen, okay?«

Keuchend schnappte sie nach Luft. »Es hört nicht auf, Mitchell!«

»Was hört nicht auf?«

»Die Bilder!«

»Dann sieh mich an.« Ich drückte sie sanft von mir, um ihr Gesicht in die Hände nehmen zu können. »Nicht auf die Bilder achten, sieh nur mich an, okay?«

Ihre Knie drückten sich in meinen Oberschenkel, und sie beugte sich in einem ungesunden Winkel zu mir. Sie nickte, doch die Position schien ihr alles andere als dabei weiterzuhelfen, sich zu entspannen.

»Ach, scheiß drauf«, murmelte ich, packte sie im nächsten Moment und hob sie auf meinen Schoß.

Ihre Augen weiteten sich, und sie keuchte auf, während ich nach Luft schnappte. Sie saß nun rittlings auf mir. Meine Hände pressten ihren Körper an meinen, und ich überlegte fieberhaft. Ich musste sie ablenken. Ich musste das Thema wechseln oder sie aus dem Wasser holen, bevor ihre Panik sie vollkommen in der Hand hatte.

»Erzähl mir von Alma«, versuchte ich es. »Erzähl mir von eurer Zeit bei ihr.«

Ihr Atem wurde immer schneller. Sie blinzelte angestrengt und blickte zur Decke. Hilflos sah ich mit an, wie sich eine der Tränen aus ihren Augen löste und ihre Wange hinunterrann. Sie schluchzte auf. »I-ich kann nicht. Ich kann mich nicht konzentrieren.«

»Dann brechen wir hier ab.«

»*No!* Ich gehe hier erst raus, wenn ich es geschafft habe.«

»Okay. Na schön. Aber erst musst du langsamer atmen. Ich mach es vor.« Ich atmete tief ein und aus, immer wieder und wartete angespannt darauf, dass Carla es auch tat. Sie gab sich Mühe, doch es gelang ihr nicht. Sie verlor sich.

Verdammt, wenn sie es nicht gleich schaffte, würde ich sie aus diesem Whirlpool holen, ob es nun ihren Stolz verletzte oder nicht.

»Es hilft nicht!« Sie schluchzte auf, ihr Atem überschlug sich. »I-ich kann nicht aufhören, ich …«

Meine Lippen brachten ihren Mund so schnell zum Schweigen, dass die Welt plötzlich einfach stehenblieb.

Stille.

Mein Herz zog sich zusammen.

Darauf hatte ich es nicht abgesehen. Ich hatte es einfach getan, ohne darüber nachzudenken. Ich hatte sie ablenken wollen, und Worte hatten nichts genützt. Also war ein Kuss die naheliegendste Antwort für mich gewesen.

Und tatsächlich funktionierte es, denn Carla hielt den Atem an.

Ich verstärkte meinen Griff um sie und ließ den Kuss sanfter werden. Ich küsste sie mit aller Zärtlichkeit, die ich aufbringen konnte.

Langsam löste ich mich von ihr und öffnete die Augen. Ich hatte nicht einmal gemerkt, dass sie mir zugefallen waren.

Bis auf das Beben in ihrem Körper rührte sie sich keinen Millimeter. Ihre Wangen und Lippen waren so rosig und schön wie eh und je, nur glänzte eine Träne unter ihrem Auge. Ich wischte sie mit dem Daumen fort und lehnte meine Stirn an ihre. »Alles in Ordnung?«, flüsterte ich. Meine Brust glühte förmlich.

So sehr in jemanden verliebt zu sein war beinahe eine körperliche Qual. Ich sehnte mich danach, sie noch einmal zu küssen. Ich wollte, dass sie den Kuss erwiderte und mir zeigte, dass sie mich genauso wollte wie ich sie, auch wenn das hier vermutlich der unpassendste Moment der Welt war.

Doch meine Hoffnung wurde gleich darauf zerstört.

Ich erstarrte, als Carla den Kopf schüttelte.

Es kam einer gehörigen Ohrfeige gleich.

Gott, ich war so ein verdammter Idiot. Sie hatte eine Panikattacke, und ich küsste sie einfach, als wollte ich ihre Schwäche für mich ausnutzen!

Hastig wischte sie sich über die Augen.

Ich wollte gerade etwas erwidern, mich bei ihr entschuldigen, als sie sich plötzlich vorbeugte und mich ebenfalls küsste.

Sie … küsste mich.

Mein Erstarren währte nur eine Sekunde, dann erwiderte ich den Kuss und seufzte an ihren Lippen auf.

Vielleicht sollte ich diese Sprache so sehr verfluchen, wie sie es tat. Nicht der Kuss war für sie nicht in Ordnung gewesen, sondern dass ich aufgehört hatte, sie zu küssen!

Sie schlang die Arme um meinen Hals und küsste mich inniger. Ich glitt mit meiner Hand über ihren Rücken und vergrub sie anschließend in ihren Haaren. Mir wurde heiß, und das Herz hämmerte hart gegen meine Brust.

Dieser Kuss hatte kaum etwas mit jenem Kuss gemein, den sie mir unter der Dusche gegeben hatte. Dieser hier war behutsam. Beinahe zärtlich. Nein, nicht nur beinahe. Es war die Art von Kuss, die niemals enden sollte. Genießerisch. Innig. Ein Kuss, in dem man sich verlor.

Und viel zu schnell endete er demnach.

Carla lehnte sich zurück und erschauderte. Der Ausdruck in ihren Augen brannte sich förmlich in mich hinein. Ich konnte Verlangen sehen, Sehnsucht, Furcht. Es war, als würde sie sich vollkommen vor mir entblößen.

»Wollen wir hier raus?«, fragte ich heiser, als ich spürte, wie ihr Zittern wieder schlimmer wurde.

Sie atmete auf und nickte.

Ohne sie loszulassen, stieg ich aus dem Whirlpool und stellte sie sachte ab.

»Bin sofort wieder zurück, warte hier.« Ich eilte ins Badezimmer und holte zwei Bademäntel aus dem Schrank sowie ein Handtuch für ihre Haare.

Als ich zurückkehrte, stand sie mit um sich geschlungenen Armen da und starrte auf das erleuchtete Wasser. Noch immer wütete das Unwetter vor den Fenstern, und ein Blitz durchzuckte für einen Sekundenbruchteil den Raum.

»Hier«, sagte ich und reichte ihr das Handtuch. Den Bademantel legte ich ihr um die Schultern und schlüpfte anschließend in meinen eigenen.

Ich betrachtete sie, während sie sich die Haare trocknete und sich eng in den weichen Frotteestoff wickelte. Sie konzentrierte sich dabei ganz auf diese Aufgaben, als würden sie höchste Aufmerksamkeit erfordern.

Diese Carla vor mir hatte nichts gemein mit der Person, die sie sonst immer vorgab zu sein. Mein Gefühl sagte mir, dass jegliche

Schutzmauern in diesem Moment nicht existierten. Das hier war Carla Santos. Verletzlich und stark und eigensinnig und wunderschön, ohne jede Maske.

Das hier war in jeder Hinsicht das Mädchen, in das ich mich Hals über Kopf verliebt hatte.

Sie erwischte mich dabei, wie ich sie ansah, und hielt inne. Langsam ließ sie das Handtuch sinken. »Was ist?«

Ich trat vor sie und strich mit dem Daumen über ihre Unterlippe. Meine Augen folgten der Bewegung. Das eben hatte stark an ihren Nerven gezerrt. Und wenn ich ehrlich war, auch an meinen. Sie war zu weit gegangen. Sie war noch nicht bereit, mit dem ganzen Körper ins Wasser zu steigen. Bei der nächsten Stunde sollten wir wohl wieder kleinere Schritte machen.

»Geht es dir gut?« Ich betrachtete meine Finger und spürte, wie sich ihre Wangen unter ihnen anfühlten. Ich betrachtete ihre Züge, die fehlende Härte darin und ihre schönen Augen, die in lange, dichte Wimpern gehüllt waren. Sie waren noch immer feucht von den Tränen.

»Es geht mir bestens, Mitchell«, erwiderte sie leise.

»Sicher? Denn falls nicht, ist das in Ordnung. Ich hoffe, du weißt das.«

Anstatt etwas Bissiges zu erwidern, wie ich es von früher kannte, nickte Carla bloß erschöpft. Ihre Finger glitten unter meinen Bademantel, strichen meine Rippen hinauf und über meine nasse Brust, was mich den Atem anhalten ließ.

»Danke.« Sie sah mich nicht an, und ihre Wangen wurden feuerrot. »Für die Ablenkung.«

Ich war wie gelähmt. Die Gänsehaut, die sich durch die zarte Berührung auf mir ausbreitete, fühlte sich an wie ein Funkenregen.

»Jederzeit wieder«, flüsterte ich – und ich hatte noch nie etwas ernster gemeint.

Carla blickte auf, die Augen auf meinen Mund gerichtet. Und das reichte bereits aus.

Wir bewegten uns gleichzeitig aufeinander zu. Sie stellte sich auf die Zehenspitzen, und ich senkte den Kopf, bis unsere Lippen wieder aufeinandertrafen.

Ein tiefes Stöhnen entfuhr mir, und ich schlang die Arme um sie. Der Kuss war weitaus drängender als noch eben im Whirlpool. Ausgehungert und sehnsüchtig. Wir waren wie zwei Puzzleteile, die perfekt ineinanderpassten. Zwei Magnete, die sich so lange abgestoßen und nun endlich zueinandergefunden hatten. Das Verlangen zwischen uns war nicht aufzuhalten. Es war wie eine Lawine. Ich wollte ein Gentleman sein und sie loslassen, doch so, wie Carla ihre Brüste an mich drückte, war mein Widerstand nicht existent. Meine Hände begaben sich auf Wanderschaft, und ich hatte das verzweifelte Gefühl, nicht genug zu bekommen. Nichts fühlte sich so richtig, so notwendig und gut an wie das hier. Ihre Lippen waren weich und süß und perfekt. Ihre Hände pressten sich auf meinen Rücken.

Ein Keuchen entfuhr ihr, als unsere Zungenspitzen sich berührten. Ich reagierte augenblicklich darauf. Jegliches Blut schoss in meine Lendengegend, und ich sog scharf den Atem ein, als ihre Fingernägel dem elektrischen Gefühl folgten.

Fuck.

Wenn ich eine Schwachstelle hatte, dann waren es Fingernägel.

Schwer atmend löste ich mich von ihr und starrte sie an. »Das solltest du lieber nicht tun.«

Ihre Augen blitzten unter gesenkten Lidern auf. »Ach nein?«

Es wäre vermutlich vernünftiger gewesen, sie nach Hause zu bringen. Wir waren heute weit gekommen. Sie hatte ihre Panikattacke mehr oder minder bezwungen. *Babyschritte.*

Ein letztes Mal senkte ich den Kopf und strich mit den Lippen ihren Kiefer entlang. Ich wollte sie nur noch einmal kosten …

Ein Stöhnen entwich ihr, als ich an ihrem Hals knabberte, was mich zufrieden seufzen ließ.

»Mitchell«, sagte Carla leise, auf eine Art und Weise, als sei mein Name ein Gebet. Meine Haut fühlte sich zu eng an, mein Blut zu heiß. Genüsslich ließ ich meine Lippen ihre Halsbeuge entlangwandern, kostete das Gefühl langsam und ausgiebig aus. Ich wollte ihr zeigen, wie verrückt sie mich wirklich machte. Ich wollte ihren Körper auf jede erdenkliche Art und Weise erkunden. Dafür müsste ich sie nur zum Bett tragen, um herauszufinden, was das Feuer zwischen uns noch alles zu bieten hatte.

Doch ich ermahnte mich erneut. *Kleine Schritte!*

Langsam wich ich zurück. Ihre Augen glühten so sehr, dass mein Mund staubtrocken wurde. Lust brannte intensiv und heiß in ihrem Blick.

»Du hast es geschafft«, stieß ich hervor. Ein schwacher Versuch, das Thema zu wechseln. »Wir sind fertig für heute.«

Sie schluckte, ebenfalls um Beherrschung bemüht. »Ich habe es geschafft«, wiederholte sie leise. »Zumindest ein bisschen.«

Mein Lächeln wurde stolz. »In ein paar Wochen wird dich der Whirlpool so kaltlassen wie ein Fußbad.«

Ich legte meine Hand über ihre, die auf meiner Brust ruhte, und drückte sie. Worte brannten mir auf der Zunge. Worte, die unbedingt gelöst werden wollten. Ich wollte wissen, was in ihrem Kopf vorging. Was sie wollte. Denn was ich wollte, stand außer Frage.

Damit würde ich aber wohl oder übel den Moment zerstören. Ich wollte nicht, dass sie ihre Schutzmauern wieder hochriss und sich abschottete. Also machte ich einen Rückzieher.

»Soll ich dich nach Hause fahren?«, fragte ich nach einem Moment. Sie zögerte und starrte wieder auf meine Lippen, was meine Selbstbeherrschung gefährlich auf die Probe stellte.

»Das wäre nett«, sagte sie schließlich widerwillig und runzelte unwillkürlich die Stirn. Genau dieselbe Reaktion hatte ich auch.

Wir sahen uns an und grinsten gleichzeitig. Wenn es etwas gab, was nicht einmal in Paralleluniversen nach Carla klang, dann waren es Aussagen wie *»Das wäre nett«*.

»Ich sollte mich umziehen«, sagte sie und seufzte.

»Solltest du«, bekräftigte ich. Sie machte keine Anstalten, sich von mir zu lösen, also tat ich es auch nicht. Es wäre so verlockend, meine Hände noch weiter wandern zu lassen, noch tiefer, sie fester an mich zu pressen und sie dann …

Mit aller Willensstärke, die ich aufbringen konnte, ließ ich Carla los. Und als sie schließlich ins Badezimmer ging, um sich umzuziehen, zwang ich mich, ihr nicht zu folgen oder ihr meine Hilfe anzubieten.

Hier war mein Beweis. Ich hatte es von Anfang an gesagt und so was von recht behalten: Zusammen waren wir einfach unglaublich.

KAPITEL 18

CARLA

Die beiden Wochen bis zu Oskars Geburtstag vergingen wie im Flug. Endlich zeigte sich auch der Frühling in seiner vollen Pracht. Es blühten unzählige Sträucher und Blumen in der ganzen Stadt, und die alten, majestätischen Bäume an der Fletcher University öffneten ihre ersten Blätter. Ich liebte vor allem die vielen blühenden Magnolienbäume auf dem Campus, die mit ihren großen, weiß-rosafarbenen Blütenblättern ins Auge fielen. Der Duft war cremig süß, mit einer sanften Zitrusnote, was mir besonders gefiel. Es war, als würde die ganze Welt aus dem Winterschlaf erwachen, und ich gleich mit ihr. Studenten verbrachten mehr Zeit auf den ausladenden gepflegten Rasenflächen der Fletcher University, lernten auf den Steinbänken vor den Fakultäten und hatten ihre dicken Winterjacken weggepackt. Die Sonne wurde mit jedem Tag stärker.

Glücklicherweise hatte ich es doch noch geschafft, mit meiner Hausarbeit fertig zu werden und sie rechtzeitig abzugeben sowie genug zu lernen, um zumindest einen Teil meiner Vorlesungen zu verstehen. Ich arbeitete mehr, wo doch Oskar und Mateo bei Alma waren, und brachte die Wohnung wieder auf Vordermann. Es fühlte sich beinahe an wie Urlaub, meine Brüder nicht andauernd um mich zu haben, und das bereitete mir ein ganz schön schlechtes Gewissen. Doch ein selbstsüchtiger Teil von mir genoss es.

Abgesehen davon hatte ich Mitchell kaum zu Gesicht bekommen, weil er nun in der heißen Trainingsphase für die Meisterschaften steckte. Wir hatten deshalb vorerst keine Verabredungen mehr, nur flüchtige Begegnungen auf dem Campus.

Seit wir uns wieder geküsst hatten, hatte sich etwas Grundlegendes zwischen uns verändert. Ich *freute* mich, ihn zu sehen. Nein, ich freute mich nicht einfach nur, ich hielt *Ausschau* nach ihm. Und diesmal redete ich mir nicht ein, dass es nicht so war. Ich stand dazu, zumindest vor mir selbst, auch wenn ich dadurch ebenfalls ein schlechtes Gewissen bekam. Meine Zweifel und mein Selbstschutz waren doch immer berechtigt gewesen, oder nicht? Ich hatte gesehen, wie die Beziehung meiner Eltern sie zugrunde gerichtet hatte. Ich wollte nicht dasselbe erleben. Ich wollte nicht so enden wie meine Mutter. Niemals. Und trotzdem wollte ich bei Mitchell sein. Immerhin gab es auch Paare, die funktionierten, wie Alma und Vince, oder Ella und Ches. Mitchell war anders als die Typen, mit denen ich in der Vergangenheit zu tun gehabt hatte. Bei ihm fühlte ich mich sicher. Es fühlte sich gut an. Gefährlich gut. Ein Teil von mir genoss dieses Gefühl, während ich versuchte, den anderen, skeptischen Teil zu unterdrücken. Ich hatte es satt, mir selbst im Weg zu stehen. Deshalb hatte ich mich, solange Mitch keine Zeit für mich hatte, wieder ganz allein dem Wasser gestellt. Innerhalb von zwei Wochen war ich ganze fünf Mal in die Badewanne gestiegen. Es hatte mich zwar Überwindung gekostet, aber mein Dickkopf war schon immer eisern gewesen. Die Bilder meiner Mutter im Pool, die irrationale, atemraubende Angst hatten mich noch immer gepackt. Doch ich hatte keine typischen Panikattacken bekommen. Sie hatten sich diese Male nicht in Hyperventilation geäußert, sondern in Form von schweißnassen Händen, einer zugeschnürten Brust und einem Zittern, in meinem ganzen Körper. Jedes Mal war ich anschließend so erschöpft wie nach einem Marathonlauf. Und wenn ich ganz ehrlich zu mir selbst war, vermisste ich Mitchell bei alldem.

Es war nicht nur, dass ich mir eingestanden hatte, mich zu ihm hingezogen zu fühlen, oder dass er mich und ich ihn geküsst hatte. Da war mehr. Diese Intimität und Vertrautheit war angsteinflößend, gleichzeitig sehnte ich mich aber auch danach. Mit nur einem Blick schaffte er es, jeden Widerstand in mir niederzureißen. Er wurde nicht grob, laut oder eindringlich. Er zwang mich zu nichts. Und vielleicht war genau das der entscheidende Punkt. Alles, was er tat, alles, was er sagte, machte es mir schwerer, ihm zu widerstehen.

»Also«, sagte Lenny, während sie die Piñata aufhängte. »Du und Mitch, was?«

Wir waren im Garten, und ich stellte mich gerade auf die letzte Sprosse der Leiter, um die Luftschlangen über das Kabel der Lichterkette zu werfen.

Ich antwortete nicht darauf und holte mit der nächsten Luftschlange aus.

Wir waren fast fertig mit den Vorbereitungen für Oskars Party. Die Hotdog-Brötchen waren aufgeschnitten, die Snacks vorbereitet, und wir hatten die bunten Holzstühle vom Esstisch nach draußen getragen.

»Ist dir das eigentlich mal aufgefallen?«, fragte Lenny und sprang leichtfüßig von ihrer Leiter. »Immer wenn ich das Thema auf Mitch lenke, wirst du total wortkarg. Kannst du wenigstens zugeben, dass du auf ihn stehst? Dann lasse ich dich damit in Ruhe, ich schwör's! Diese ganze ›Wir sind jetzt Freunde‹-Nummer kaufe ich dir nämlich nicht ab.« Sie grinste und schlang die Arme um meine Waden. »Komm schon, Santos!«

Ich schrie auf und hielt mich an der Leiter fest. »Lass mich los, du Verrückte, sonst breche ich mir noch den Hals!«

»Du bist selbst dran schuld, wenn du mit solchen Absätzen auf eine Leiter steigst. Wieso besitzt du eigentlich keine flachen Schuhe wie jeder normale Mensch? Wenigstens ein einziges Paar, sagen wir, um auf Leitern herumzuklettern?«

»Wir schmeißen eine Party, da trägt man doch keine flachen Schuhe. Und jetzt lass mich los, du Freak.«

»Sagte der Freak, der in High Heels auf einer Leiter steht«, konterte meine Mitbewohnerin und trat zurück.

Ich kletterte von den Sprossen und klopfte mir die Hände an meiner zerrissenen Jeans ab. Unter den Löchern blitzte meine Netzstrumpfhose hervor. Dazu trug ich ein enges schwarzes Top und hatte mir am Morgen im Salon von Maria die Haare hochstecken lassen. Lenny hingegen trug wie immer weite schwarze Hosen, blitzsaubere Sneakers und einen dicken schwarzen Pullover, der für das milde Frühlingswetter definitiv zu warm war.

Ich stemmte die Hände in die Hüften. »*Ay*, früher warst du übrigens nicht so ätzend, weißt du das?«

Als sie nur eine Augenbraue hob, stöhnte ich auf. Natürlich hätte ich noch einmal versuchen können, sie davon zu überzeugen, dass Mitchell und ich nur Freunde waren. Aber … ich konnte es nicht mehr. Nicht nach allem, was in den letzten Wochen zwischen ihm und mir passiert war. Und ich war es so leid, zu lügen. Also entschied ich mich für das einzig Richtige. Es war immerhin an der Zeit.

»Wir haben uns geküsst«, gestand ich zögerlich.

Lenny starrte mich unbeeindruckt an. »Das hast du mir schon erzählt, Santos. Ist das nicht Schnee von gestern?«

»*No,* es ist wieder passiert. Vor zwei Wochen, als wir im Whirlpool gewesen sind.«

»*Im Whirlpool?* Ernsthaft, du warst in so einem Ding?« Ihre Augen leuchteten auf. »Wow. Wie war es? Beides, meine ich. Der Whirlpool und der Kuss. Ist bei all der nackten Haut nicht mehr passiert?«

Ich gab ein Murren von mir. »Es … war gut. Wir haben uns nur geküsst, mehr ist nicht passiert.«

»Ah.«

»Irgendwie ist Mitchell nett. Ich mag ihn.«

Lennys Miene entgleiste. Unglaube machte sich auf ihr breit. »Okay. Nett also.«

»Ich dachte, er ist ein Idiot, aber ich habe festgestellt, dass er eigentlich in Ordnung ist. Wir sind Freunde.«

»Versteh mich nicht falsch, ich mag Mitchell auch. Aber bei dir bedeutet das etwas anderes. Du sagst es nie so daher wie andere Leute. Du betitelst andere nicht leichtfertig als Freunde, Carla. Und du steckst deinen Freunden normalerweise nicht die Zunge in den Hals.« Sie legte den Kopf schief und verengte die Augen. »Scheiße, du magst ihn also wirklich.«

Ich ignorierte den letzten Teil. »Ich habe ihn erst dafür gehasst, dass ich in den Pool gehen muss. Aber irgendwie finde ich es gut, dass wir das machen. Ich komme jetzt viel besser mit dem Wasser zurecht.«

Ihre Miene wurde weicher. Sie wusste, was all das für mich bedeutete. »Dann machst du also Fortschritte?«

»Ich denke schon.« Wir trugen unsere Leitern zum Holzzaun, der den Garten umgab. Das Haus, in dem wir lebten, war groß, und der Unrat der anderen Bewohner türmte sich in einer Ecke des Gartens. Ein altes Sofa, Holzlatten und ein uralter Computer, der von Wind und Wetter schon ganz gezeichnet war, stapelten sich dort.

»Das ist toll, Carla, wirklich. Du kannst stolz auf dich sein, dass du überhaupt etwas unternimmst. Hast du es Alma schon erzählt?«

»Noch nicht. Ich habe es noch niemandem erzählt, außer dir.« Ich verspürte plötzlich das Bedürfnis, Lenny alles zu beichten. Doch ich biss mir auf die Lippe. Was, wenn sie etwas sagen würde, das ich nicht hören wollte? Was, wenn ich verlernt hatte, Menschen an mich heranzulassen, und sie mir raten würde, es lieber zu beenden? Die Geschichte meiner Eltern hatte Narben hinterlassen. Nicht etwa die feinen silbrigen, die kaum erkennbar waren, sondern die wulstigen, gruseligen, die selbst nach Jahren noch so aussahen, als sei die Wunde gerade erst zugewachsen und könnte bei einer falschen Bewegung gleich wieder aufreißen.

Ich konnte sehen, dass Lenny noch weiterbohren wollte, doch sie hielt sich zurück und schloss den Mund wieder, als wüsste sie, was in meinem Kopf vor sich ging. Wir arbeiteten stillschweigend weiter.

»Jetzt bin ich dran«, sagte ich nach einer Weile, um mich auf andere Gedanken zu bringen.

»Lass hören, Santos.« Sie verteilte die übrigen Luftschlangen zwischen den Schüsseln mit den Snacks.

»Du bist in Creed verknallt«, sagte ich beiläufig und drehte mich zu meiner Mitbewohnerin um, um ihre Reaktion zu sehen. Ich wusste es schon seit einer Ewigkeit. Jetzt, da sie mich jedoch so über Mitchell ausquetschte, schien es mir der richtige Zeitpunkt, es ebenfalls auszusprechen.

Lennys sorglose Miene verblasste auf einen Schlag, und ihre Augen weiteten sich. »Bitte *was?*«

Ein zufriedenes Lächeln machte sich auf meinen Lippen breit. »Hast du geglaubt, ich wüsste es nicht? Wenn er einen Raum betritt, ignorierst du ihn sofort, nur um Stunden später an ihm zu kleben.«

»Ich klebe nie an ihm!« Empört schnappte sie nach Luft und wurde puterrot im Gesicht. Panik stand in ihren grauen Augen geschrieben. »Oder mache ich den Eindruck, als würde ich an ihm kleben? Ich bin nicht wie diese billigen Tussis, die sich Creed an den Hals schmeißen! Oh, Gott. U-und ich bin nicht in ihn …«

»No«, sagte ich und hielt einen Finger vor ihr Gesicht. »Sprich diesen Satz ja nicht zu Ende. Du weißt es, ich weiß es, Ches und Ella wissen es. Und wenn du endlich diese komische Verkleidung loswerden würdest, könnte er sehen, was er noch so verpasst.«

Lenny schüttelte heftig den Kopf und rieb sich mit den Händen über das ungeschminkte Gesicht. »Das ist keine verdammte Verkleidung, und das weißt du ganz genau, Santos. Ich versuche bloß, einen Kontrast zwischen mir und *Daisy* zu schaffen.«

Ich verschränkte die Arme und verkniff mir ein triumphierendes Grinsen.

Sie gab sich mit einem Stöhnen geschlagen und sah finster drein. »Ich bringe euch alle um, wenn ihr auch nur ein beschissenes Wort sagt.«

Ich lehnte mich vor, um ihre Wange zu küssen. »Jetzt sind wir quitt.«

Wir arbeiteten weiter, doch offenbar war Lenny so aufgewühlt, dass sie es nicht auf sich beruhen lassen konnte.

Wieder blieb sie neben mir stehen. »Seit wann weißt du es?«, fragte sie argwöhnisch.

»Schon immer«, erwiderte ich achselzuckend. »Seit Creed und Ches in Fletcher aufgekreuzt sind und sich mit Vince angefreundet haben.«

»Aber …« Ihr Mund schloss sich wieder. »Na schön. Aber ich will nicht, dass es jemand erfährt, verstanden? Genauso wenig, wie du nicht willst, dass jemand erfährt, wie unglaublich du plötzlich in Mitchell Moore verknallt bist.«

Ich schnappte erschrocken nach Luft. »Ich habe nie gesagt, dass ich …«

»No«, äffte sie mich nach und hielt ihren unlackierten Finger dies-

mal vor mein Gesicht. Belustigung blitzte in ihren Augen auf. »Sprich diesen Satz nicht zu Ende. Ich weiß es, du weißt es, Ches weiß es, Savannah, Summer und Ella … Na ja, eigentlich wissen es alle. Nur du nicht. Es ist kaum zu übersehen.«

Ich verdrehte die Augen, trotz der Tatsache, dass mir das Herz in die Hose rutschte. »*Idiota.* Ich gehe und hole meine Bluetooth-Boxen.«

»Ha!«, rief Lenny mir hinterher. »Wie du mir, so ich dir, Baby!«

Eine Stunde später waren Vince, Alma, Mateo und Oskar sowie die Gäste eingetrudelt. Die Damen aus dem Salon waren da, zusammen mit ihren Kindern, und weitere Schulfreunde meines kleinen Bruders. Luciana war Oskar mit Küsschen um den Hals gefallen, und Ximena hatte ihn beinahe mit ihren großen Brüsten erdrückt, die sie wie üblich in eine hautenge Bluse gezwängt hatte. Die Party schien ein voller Erfolg zu sein. Das Wetter war schön, Musik spielte, und es gab genug zu Essen.

»Lenny, Schatz, komm her«, sagte Maria mit einem schweren Akzent. »Lass mich dir … einen Tages …« Sie brach ab, seufzte und sagte es auf Spanisch.

Verwirrt runzelte Lenny die Stirn und lächelte Maria entschuldigend an. »Was hat sie gesagt, Carla?«

»Sie möchte dir irgendwann mal die Haare machen«, antwortete ich. »Maria kann schöne Haare im wahrsten Sinne des Wortes riechen, auch wenn du deine immer gut versteckst.«

Lenny grinste und schüttelte den Kopf. »Sorry, Maria, aber ich mache mir die Haare nicht. Niemals.«

Ich übersetzte für sie, und Maria seufzte enttäuscht. »Na gut. Schade. Wirklich sehr schade.«

Lenny und ich holten uns etwas zu trinken, und ich drehte die Musik ein wenig lauter. Glücklicherweise hatte ich ein paar Songs von Luis Fonsi auf die Playlist schmuggeln können. *Imposible* schallte als Nächstes durch den Garten, was Lenny die Augen verdrehen ließ. »Wie lange willst du mich eigentlich noch mit diesem furchtbaren Lied quälen?«

»Es ist mein Lieblingslied. So lange, bis ich es nicht mehr hören kann«, erwiderte ich grinsend und stieß meine Limodose zum Prost an ihre Bierflasche. Vince hatte ein paar Bänke aufgestellt und einen langen Klapptisch, an welchem Alma und ihre Freundinnen saßen. Oskars Geburtstagskuchen stand im Kühlschrank, wie immer aus Schokolade mit frischen Erdbeeren. Nicht mehr lange, und wir würden ihn holen, damit Oskar die Kerzen auspusten durfte.

Ich betrachtete den Garten und die Party mit Wehmut. Vielleicht war es die letzte Party dieser Art. Oskar war nun schon elf Jahre alt. Mit zwölf würde er sich vielleicht bereits zu cool für eine Gartenfeier, Barbecue und eine Piñata fühlen. Bei Mateo war es zumindest so gewesen. An seinem zwölften Geburtstag hatte er sich eine Lederjacke gewünscht – die er zwar drei Wochen später bei einem Schulausflug verloren hatte, doch er hatte sie sich gewünscht. Er hatte von Piñatas, Barbecues und Twister nichts mehr wissen wollen, obwohl er das Jahr zuvor noch glitzernde Augen davon bekommen hatte.

Ich schüttelte die Sorgen von mir. Oskar war nicht wie Mateo. Er war ein ganz anderer Typ Mensch, das konnte jeder sehen. Und wenn wir Glück hatten, würde Mateos schwierige Phase ja vielleicht bald ein Ende finden.

»Klopf, klopf!«, erklang es in diesem Moment von der Fliegengittertür, und ich wirbelte herum. Mitchell und Creed hatten den Garten betreten und steuerten geradewegs auf uns zu.

Mitchell sah mich an, was geradewegs Hitze durch meine Brust zucken ließ.

»Da seid ihr ja«, sagte ich, als sie uns erreichten. Flüchtig küsste ich Creeds Wangen. »Das Geschenk könnt ihr neben dem Grill auf den Tisch zu den anderen stellen.«

»Alles klar, Boss.« Creed machte sich mit dem Geschenk, welches verdächtig nach einem Football aussah, auf den Weg zum Tisch. Allerdings nicht, ohne Lenny ein Grinsen und ein Augenzwinkern zu schenken. »Hey, Len.«

»Creed«, erwiderte sie knapp und presste die Lippen zusammen.

Gott, sie war so schlecht darin, es zu überspielen. Denn es dauerte nur ein paar Sekunden, bis ihre Augen, die zunächst am Boden geklebt hatten, ihm verstohlen folgten.

Mein Blick glitt zurück zu Mitchell.

Mit einem Mal blieb mir der Atem im Hals stecken, als er sich plötzlich runterbeugte und meine Wange küsste. »Hallo, Prinzessin.«

Ich biss mir auf die Lippe. Er roch gut und schien frisch rasiert zu sein, denn seine Wangen waren ganz weich, als ich sie ebenfalls küsste. Vielleicht zog ich den Moment ein wenig in die Länge.

»Hallo, Hollister«, erwiderte ich und löste mich langsam von ihm. Er nahm mich in Augenschein, ehe ein träges Lächeln auf seinen Lippen erschien.

»Willst du etwas essen?«, fragte ich mit seltsamer Stimme und deutete auf den Tisch mit den Snacks und den Hotdogs. *Mierda.* Ich war nervös.

»Klar«, sagte er, noch immer, ohne die Augen von mir zu lösen. »Aber erst mal muss ich das Geburtstagskind suchen.«

»Coach Mitch!«, rief Oskar im selben Moment, und wir drehten uns um. Oskars Augen waren riesengroß, als er sich von seinen Freunden löste und zu uns gerannt kam. Im ersten Moment wirkte es, als wolle er Mitchell in die Arme springen, doch im letzten Moment bremste er sich.

»Alles Gute zum Geburtstag, Champ!« Mitchell grinste und schloss meinen Bruder in eine Umarmung. Oskar erwiderte sie so stürmisch, als hätte er nur darauf gewartet.

»Das ist so cool, dass Creed und du gekommen seid! Meine Kumpels sind total neidisch, dass wir abhängen!«

Ich lachte auf. »Ihr hängt ab? Seit wann das denn?«

Oskar machte eine wedelnde Handbewegung, als würde er eine Fliege verscheuchen wollen. »Wir hängen eben ab, Carla. Hey, wo ist Creed?«

Ich blickte mich um und entdeckte ihn bei Vince, der Würstchen auf dem Grill wendete. Die beiden öffneten gerade Bierflaschen und unterhielten sich.

Ich zeigte auf ihn. »Dort vorne.«

»Aber du kommst gleich und verbindest mir die Augen?«, fragte Oskar, während er bereits rückwärts lief. Es war jedes Jahr dasselbe. Oskar liebte das Piñata-Spiel.

»Versprochen, *Cariño*«, sagte ich lächelnd.

»Cool!« Er wirbelte herum und rannte los.

»Willst du auch etwas trinken, Mitch?«, fragte ich – und erstarrte verblüfft. Ich hatte ihn noch nie bei seinem Spitznamen genannt – zumindest nicht bei diesem normalen.

Falls es ihm auffiel, ließ er es sich jedenfalls nicht anmerken. »Ich würde ein alkoholfreies Bier nehmen, wenn ihr das dahabt. Sonst Wasser«, erwiderte er.

Ich schlug den Weg zu den Getränken ein, und Mitchell folgte mir – genau wie etliche Augenpaare, was ich unmissverständlich im Nacken spüren konnte.

Großartig. Ich wusste genau, was von nun an Thema im Salon sein würde.

»Die Party ist toll«, bemerkte Mitchell und sah sich um. Ich tat es ihm nach. Oskar war schon wieder bei seinen Freunden. Er sprang herum wie ein Flummi und war ganz aufgedreht. Sie spielten irgendein Spiel und rannten durch den Garten. Die Fliegengittertür des Hauses fiel dabei immer wieder auf und zu. Glücklicherweise war der Himmel heute blau, auch wenn das Wetter in letzter Zeit launenhaft war.

»Lenny hat das meiste vorbereitet«, erwiderte ich. »Aber ich finde auch, dass die Party toll geworden ist.« Ich schnappte mir den Flaschenöffner und zog ihn mit einer raschen Bewegung über eine Bierflasche.

»Danke, Miss Barkeeperin«, sagte Mitchell grinsend, als ich ihm die Flasche reichte.

»Angewohnheit.«

»Bis wann hat gestern deine Schicht gedauert?«

Ich seufzte auf. »Bis drei ungefähr. Brigham hat von Leo seine erste Abmahnung bekommen, weil er während seiner Schicht getrunken hat. Und so ein paar widerliche Scheißkerle wollten mich nicht in Ruhe lassen. Leo hat sie rausgeworfen.«

Mitchell kratzte sich am Kopf. »O Mann. Wäre ich nach dem Training nicht so erledigt gewesen, wäre ich noch vorbeigekommen.«

Ich hob eine Augenbraue. »Brauche ich jetzt einen Retter in der Not? Ich kann selbst auf meinen Hintern aufpassen.«

Seine Augen blitzten auf. »Ich würde aber gerne auf deinen Hintern aufpassen.«

Ich schnaubte und verpasste ihm einen Klaps gegen die Schulter.

»Übrigens«, sagte Mitchell und lehnte sich an mein Ohr, bis ich seine Lippen daran spüren konnte. Seine Hand berührte meine Taille. »Du siehst toll aus, Carla. Ich kann meine Augen gar nicht von dir lassen.«

Ich schnappte nach Luft. Meine Kehle wurde plötzlich staubtrocken.

Dios mío. Alle konnten uns hier sehen. Sie konnten sehen, wie meine Wangen glühten!

Hastig trat ich einen Schritt zurück und blickte mich im Garten um. Und tatsächlich: Maria, Luciana, Ximena, Viviana und Alma beobachteten uns so gebannt, als wären wir eine Folge ihrer heiß geliebten Telenovelas. Alma grinste sogar und winkte uns zu.

»Hör auf, mit mir zu flirten, Hollister!«, zischte ich und trank einen eiligen Schluck aus meiner Limodose.

Mitchell lachte, und seine braunen Augen wurden dabei ganz klein. »Wieso?«

»Weil … weil Freunde so was nicht machen!«

»Wir machen viele Dinge, die Freunde nicht tun.«

Die Bilder in meinem Kopf machten die Sache nicht besser. Oder einfacher. »Jeder Tag ist ein neuer Anfang«, sagte ich und reckte das Kinn nach vorne.

Er verdrehte die Augen, doch die Unbekümmertheit verschwand nicht. Und ich verfluchte mich dafür, dass ich ihm nicht nur auf den Mund starrte, sondern spürte, wie meine Mundwinkel sich ebenfalls hoben.

»Suchen wir Oskar«, sagte ich und warf meine leere Dose in einen Müllsack, der am Tischende hing. »Ich glaube, in den letzten fünf

Minuten hat er mindestens hundert Kilometer zurückgelegt, so viel wie er hier herumrennt.«

Wir fanden meinen Bruder zusammen mit seinen Freunden, Lenny und Creed bei der Piñata.

Oskar hielt mir bereits die Augenbinde hin. Es war so was wie eine Tradition, dass ich es war, die ihm zum Geburtstag die Augen verband. Niemand sonst, so war es schon immer gewesen.

Lächelnd nahm ich sie entgegen und stellte mich hinter ihn.

»Hast du Mitchells und Creeds Geschenk schon ausgepackt?«

»Nein, noch nicht. Alma hat gesagt, die Geschenke werden erst ausgepackt, wenn der Kuchen geholt wurde – au! Nicht so fest!«

Ich lockerte den Knoten an Oskars Hinterkopf und verkniff es mir, seinen Scheitel zu küssen. Vor seinen Freunden wäre ihm das bestimmt peinlich – so cool war er dann doch schon.

»Wir holen den Kuchen, sobald ihr die Piñata erlegt habt«, versprach ich und nahm von Lenny den Baseballschläger entgegen, um ihn Oskar in die Hand zu drücken.

Er drehte blind den Kopf hin und her und grinste. »Okay.«

Ich wirbelte meinen Bruder fünfmal in die eine und fünfmal in die andere Richtung. Dann begannen seine Freunde auch schon, ihn anzufeuern.

»Los geht's!«, rief ich und nahm hastig einen Sicherheitsabstand ein. Creed und Lenny wichen ebenfalls zurück, doch Oskars Freunde umringten ihn, lockten ihn auf die falsche Fährte und wichen kreischend und lachend seinem Schläger aus, wenn er ausholte.

Hastig packte ich Mitchells Hand und zog ihn weg von der Piñata. »Wenn du nicht getroffen werden willst, solltest du nicht unbedingt unter diesem Ding stehen.«

»Oh«, sagte er, ohne den faszinierten Blick von Oskar zu lösen. Oskar kam durch die Rufe seiner Freunde nur schleichend der Piñata näher und schlug mit dem Schläger immer wieder heftig in die Luft.

Ich schielte zu Mitchell. »Hast du das noch nie gespielt?« Ich wollte meine Hand aus seiner ziehen. Doch er hielt sie fest.

»Nein, noch nie«, erwiderte er und strich mit dem Daumen über meinen Handrücken. »An meinen Geburtstagen gab es entweder Lasertag, oder wir sind zur Bowlingbahn nach Frayton gefahren.«

Mir wurde schlagartig heiß, und ich zog hektisch meine Hand aus seiner. Verstohlen blickte ich mich wieder um, und als mein Blick auf Creeds traf, wandte dieser seinen ein paar Augenblicke zu spät ab.

Mistkerl. Unauffällig darin zu sein, Menschen zu beobachten, konnte er definitiv nicht zu seinen Stärken zählen.

»Das klingt schön«, erwiderte ich abgelenkt. Über was genau hatten wir noch mal gesprochen? »Ich, äh, hole mir noch etwas zu trinken.«

»Carla!«, zwitscherte Alma hinter uns, gerade, als ich die Flucht ergreifen wollte. Sie trug noch höhere High Heels als ich und schlang Mitchell und mir die Arme um die Schultern. Ihr blumiges Parfum stieg mir augenblicklich in die Nase.

»Maria und die anderen möchten Mitchell gerne kennenlernen«, verkündete sie und zog uns auch schon mit sich.

Oh. Gott.

Ich wusste, was das bedeutete.

Hilflos warf ich Mitchell einen Blick zu, aber er wirkte vollkommen unbekümmert. Er hatte ja schließlich keine Ahnung, dass Alma ihn nun in die Höhle der Löwen locken würde. Und er war nicht etwa ein weiterer Löwe für sie, o nein. Er war ihre nächste Mahlzeit.

Die Frauen aus dem Salon standen vor dem Büfett und unterhielten sich in schnellem Spanisch und mit lautem Lachen. Jede von ihnen war eine Persönlichkeit für sich. Und keine von ihnen trug flache Schuhe. Ich fragte mich, ob uns das wohl allen im Blut lag – eine Art Anti-Flachschuh-Gen. Hohe Hacken oder gar nichts. Alma jedenfalls hatte genau wie ich die Angewohnheit, konsequent barfuß zu laufen, wenn die Füße nicht gerade in Heels steckten.

Vince warf uns vom Grill aus ein wissendes Grinsen zu. Schlau wie er war, hielt der Rotschopf jedoch seinen gesunden Abstand zu uns und den Frauen.

Alma ließ mich los, behielt Mitchell im Arm und zog ihn zu ihren Freundinnen. »Mitch, das sind Maria, Ximena, Luciana und Viviana.«

Im nächsten Moment umschwärmten die Frauen Mitchell auch schon wie eine Horde Bienen und kicherten und begrüßten ihn mit Küsschen und Umarmungen.

»*Ay*, du bist also Carlas Freund?«, fragte Viviana mit schwerem Akzent und stemmte die Hände in die schmalen Hüften.

»*No*«, sagte ich eilig und erklärte auf Spanisch: »Er ist nicht mein Freund, wir sind bloß …«

»Er ist süß«, sagte Luciana, ebenfalls auf Spanisch und zwinkerte Mitchell zu. »Wie habt ihr euch kennengelernt, *Mariposa?* Er hat schöne, männliche Arme.«

»Ich mag seine *Pecas.*« Ximena deutete auf seine Sommersprossen.

»Er ist ein guter Fang, Carly«, stimmte Maria auf Spanisch mit ein und kniff mir grinsend in die Wange.

»Autsch!« Mein Herz schlug mir bis zum Hals. »Stopp!«, sagte ich atemlos. »Wir sind wirklich nicht …«

»Sprichst du Spanisch, Mitchell?«, fragte Luciana hoffnungsvoll und berührte ihn am Bizeps.

Mitchells Augen waren geweitet, und er wirkte ein wenig überfordert. Doch dann lächelte er ein absolut entwaffnendes Lächeln und erwiderte auf Spanisch: »Ein bisschen, ich lerne es noch. Ich liebe die Sprache und die vielen Kulturen Südamerikas, deswegen habe ich es als Zweitstudienfach belegt.« Er warf mir einen Blick zu, und ich hob eine Augenbraue. Dieser Angeber. Er tat das mit Absicht. Er wollte, dass sie ihn liebten.

Wie auf Kommando seufzten die Damen auf.

»*Ay*, Carla!« Viviana ergriff meine Hände und strahlte mich an. Ihre braunen Haare reichten ihr bis zur Taille. »Das ist so romantisch, er lernt Spanisch für dich, genau wie Vincent es für Alma gelernt hat!«

Maria seufzte. »*Ay*, mein nächster Mann wird auch Amerikaner! Die sind anständig im Gegensatz zu diesen verdammten Kolumbianern.«

»Dann muss dein nächster Mann aber schon Spanisch sprechen können, sonst versteht er dich nicht, Maria«, warf Alma ein, und die anderen Frauen kicherten.

Hilflos schob ich mich zu Mitchell durch und stellte mich beschützend neben ihn. »Ihr versteht das falsch! Wir sind Freunde, und Oskar hat Mitchell zu seinem Geburtstag eingeladen, nicht ich.«

»Carla hat recht«, pflichtete Mitchell mir bei. Noch immer auf Spanisch und mit einem eindeutigen Akzent, was die Frauen wieder aufseufzen ließ. »Oskar hat mich eingeladen, und Carla und ich sind Freunde. Bis vor Kurzem hat sie mich sogar noch gehasst.«

»Feuer.« Viviana nickte und ballte die manikürte Hand zur Faust. »Zwischen euch ist ein unbändiges Feuer, das Freundschaft nicht löschen kann!«

»*Ay*, ihr seid wie Camila Guerrero und Eduardo Rubio aus *Liebe und Sturm!*«, rief Maria und drückte sich gerührt eine Hand gegen die üppige Brust.

»Okay, jetzt reicht es.« Ich packte Mitchells Arm. »Wir müssen jetzt den Kuchen holen. Wenn ihr uns entschuldigen würdet.«

Eilig zog ich ihn mit mir aus dem Garten und riss die Fliegengittertür zum Haus auf. Ich stieß ein verzweifeltes Stöhnen aus, als sie sich hinter uns schloss und wir in den Flur traten. »Mitchell, es tut mir unglaublich leid! Meine Familie ist peinlich und forsch und schaut zu viele Telenovelas.«

Er lachte und lehnte sich gegen die Wand. »Ich finde sie toll. Sie scheinen dich sehr zu lieben.«

Ich schnaubte. »Nicht so sehr, wie sie dich lieben.«

Er zog mich näher zu sich und berührte federleicht mit seinen Fingerspitzen meinen Arm. Eine Gänsehaut ereilte mich, und ich tat mein Bestes, sie zu unterdrücken.

Ein Lächeln umspielte seine Lippen. »Wolltest du wirklich den Kuchen holen oder bloß Deckung suchen?«

»Beides«, sagte ich und lachte auf. Dann warf ich einen flüchtigen Blick über die Schulter, zur Party. »Du bist wegen Oskar hier. Du solltest nicht die ganze Zeit bei mir sein.«

»Ach nein?« Er hob meine Hand an seine Lippen. »Ich möchte aber bei dir sein.« Ohne mich aus den Augen zu lassen, küsste er meine Fingerknöchel.

Ich konnte mich nicht mehr rühren. Dann, langsam, drückte Mitchell seine weichen Lippen auf meine Handfläche. Er küsste sie so lange, dass ich das Gefühl bekam, innerlich zu verbrennen. Das Kribbeln zog sich von der Handfläche meinen Arm hinauf in meine Schulter und bis in meine Wirbelsäule, wo sie heiß prickelte. Das war vielleicht der denkbar ungünstigste Augenblick, um daran zu denken, doch das Bild, wie wir eng umschlungen vor dem Jacuzzi gestanden hatten, brannte plötzlich vor meinem inneren Auge.

Urplötzliches Verlangen erfüllte mich, und ich musste mich daran hindern, einfach die Arme um ihn zu schlingen und meine Handfläche mit meinen Lippen auszutauschen.

»Wir müssen den Kuchen holen«, sagte ich leise und zog schweren Herzens meine Hand zurück. »Oskar und seine Freunde dürften die Piñata jeden Moment erlegt haben.«

Wie auf Kommando erklangen aus dem Garten lauter jubelnde Kinderstimmen.

»Komm mit«, sagte ich und ergriff wieder seine Hand. Ich wusste, dass ich das nicht tun musste, da er nicht zum ersten Mal hier war. Doch ich musste ihn einfach berühren. Ich konnte nicht anders. Ich hatte das Gefühl, dass wir seit dem Kuss jede Gelegenheit nutzten, um uns zu berühren. Und ich konnte nicht behaupten, dass es mir nicht gefiel.

Wir liefen in die Wohnung und fanden dort Mateo auf dem Sofa vor. Er zockte ein Videospiel, blickte kurz auf, als wir eintraten, wandte sich jedoch desinteressiert wieder ab.

»Willst du gar keinen Kuchen, Mati?«, fragte ich und ließ Mitchell los. Ich trat durch den klimpernden Perlenvorhang in die chaotische Küche und öffnete den Kühlschrank.

»Keinen Hunger«, murrte mein Bruder aus dem Wohnzimmer. Der Klang von ratternden Gewehren und anderen Soundeffekten erfüllte die Luft.

Ich holte das Tablett mit dem Schokokuchen heraus und steckte elf Kerzen sowie ein paar Wunderkerzen zwischen die Erdbeeren in die Schokobuttercreme. Vince hatte den Kuchen gebacken. Es war sein geheimes Talent. Wenn er nicht in seiner Werkstatt war, tüftelte er meistens in der Küche herum, was Alma und ihren Putzfimmel wahnsinnig machte. Er war dabei nämlich alles andere als ordentlich. Aber das Ergebnis war jedes Mal umwerfend.

»Ich kann dir einen Hotdog holen«, hörte ich Mitchell meinem Bruder anbieten. »Oder ein paar Süßigkeiten aus der Piñata.«

»Nein, danke.«

Ich verdrehte die Augen und zündete die Kerzen an. Mitchell hielt mir den Perlenvorhang auf, und ich blieb zögernd neben dem Sofa stehen. »Du musst dich hier nicht verkriechen, Mateo. Draußen feiert dein kleiner Bruder seinen Geburtstag, und du solltest dazukommen. Du weißt, dass es Oskar freuen würde.«

»Interessiert mich nicht, was den kleinen Scheißer freut.«

Ich verzog das Gesicht. »*Muy bien.* Dann viel Spaß noch, hier drin alleine weiter Videospiele zu spielen. Genieß es, solange du noch kannst. Heute Abend geht dein Hausarrest bei Alma nämlich weiter.«

Wir gingen zurück in den Garten, und Mitchell hielt mir eine Tür nach der anderen auf.

Sofort wurden die Kinder auf uns aufmerksam.

Ich begann *Cumpleaños Feliz* anzusingen, woraufhin alle einstiegen, ob auf Spanisch oder mit *Happy Birthday.* Wir stellten den Kuchen auf dem langen Klapptisch ab, und Oskar setzte sich mit funkelnden Augen vor seine Torte – in den Händen Unmengen an Bonbons. Er sah aus wie das glücklichste Kind der Welt, was meine Brust vor Rührung anschwellen ließ.

»Alles Gute zum Geburtstag, Oskar«, sagte ich, als Alma ihm das Messer in die Hand drückte, um den Kuchen anzuschneiden. Ich küsste seinen Scheitel, und diesmal war es mir egal, ob seine Freunde es sehen konnten oder nicht.

KAPITEL 19

MITCHELL

Die Party endete drei Stunden später. Nachdem alle zu viel Kuchen, zu viele Hotdogs und zu viele Bonbons gegessen hatten, verabschiedeten sich die Frauen aus dem Salon zusammen mit ihren Kindern. Oskars andere Freunde wurden von ihren Eltern abgeholt, und Alma hatte Oskar und Mateo schließlich mit nach Hause genommen. Übrig blieben nur Carla, Lenny, Creed, Vince und ich, um aufzuräumen.

»Es war ein toller Tag«, sagte ich und schmiss einen Plastikbecher in die Mülltüte, die ich in der Hand hielt.

»Du musst nicht bleiben und helfen«, wiederholte Carla zum ungefähr tausendsten Mal.

»Ich möchte aber«, erwiderte ich, genau wie die Male davor. Die ganze Feier hatten Carla und ich zusammen verbracht. Während Lenny und ich mit Oskar und seinen Freunden Limbo gespielt hatten, war ich mehr als einmal vollkommen aus dem Konzept gebracht worden, weil meine Aufmerksamkeit immer wieder zu ihr zurückgekehrt war.

Aus den Lautsprechern drangen zum dritten Mal die ersten Töne desselben Liedes.

»Carla, bitte«, jammerte Lenny. »Können wir nicht etwas anderes hören?«

»Nur noch dieses Mal«, versprach Carla grinsend und sang den Refrain mit, während sie auf ihrer Leiter balancierte, um die Lichterkette abzunehmen. Vince tat dasselbe auf der anderen Seite des Gartens und fiel schief und mit falschem Text in ihren Gesang ein.

Lenny stöhnte gequält, was Creed und mich lachen ließ.

»Wie heißt der Song?«, fragte ich.

»*No Me Doy Por Vencido.* Von meiner ersten und einzigen großen

Liebe«, sagte Carla und sang wieder mit, was mich schmunzeln ließ. Sie war süß, wenn sie so gelöst war.

»Luis Fonsi«, erklärte Lenny genervt. »Du müsstest mal ihr Zimmer sehen, da hängen überall Poster von ihm.«

»*Gracias,* Lenny« erwiderte Carla verdrossen und warf ihr vom oberen Teil der Leiter einen bösen Blick zu.

»Und was hängt in deinem Zimmer, Len?«, fragte Creed mit einem anzüglichen Grinsen. »Vielleicht zeigst du es mir später mal.«

»Creed«, warnte Vince, doch Lenny verdrehte die Augen. »Nicht mal in deinen Träumen, du Idiot.«

Es war immer dasselbe. Wann immer er mit Lenny und Vince in einem Raum war, flirtete er mit Lenny, was das Zeug hielt, um Vince damit zu ärgern. Lennys Onkel hatte einen ziemlich ausgeprägten Beschützerinstinkt, was sie anging, besonders wenn Creed so schamlose Dinge zu ihr sagte. Er war schlimmer als ich bei Savannah.

»Ich glaube, ich habe noch nie von Luis Fonsi gehört«, sagte ich und stützte mich mit einem Arm auf Carlas Leiter ab.

»Doch, hast du. Jeder kennt *Despacito.*«

»Ah, das kenne ich natürlich. Und das ist dein Lieblingssänger?«

»Mein Seelenverwandter«, widersprach sie todernst. Ihre Augen blitzten spielerisch auf, und sie reichte mir die Lichterkette.

Ihre Füße in den hohen Absätzen rutschten jedoch plötzlich von der Sprosse, und ein Schrei entfuhr ihr, als sie das Gleichgewicht verlor.

»Vorsicht!« Gerade noch rechtzeitig fing ich sie auf, bevor sie zu Boden stürzen konnte.

Ihr Aufprall auf meinen Armen war unsanft. Das Herz blieb mir im Hals stecken, und ich sah sie mit aufgerissenen Augen an. »Glück gehabt.«

»Danke«, stieß sie atemlos hervor. Ihr Gesicht war meinem plötzlich so nah, dass ich ihren Atem auf den Lippen spüren konnte.

»Ich sagte doch, du wirst dir irgendwann noch den Hals brechen«, sagte Lenny, was mich daran erinnerte, dass wir nicht allein waren.

Es hatte nämlich nur einen Sekundenbruchteil gebraucht, und ich hatte die Welt um uns herum vergessen.

Carla löste sich von mir, sobald ich sie abgestellt hatte, und bückte sich, um den Müll aufzusammeln, der bei der spontanen Rettungsaktion aus meiner Tüte gefallen war.

»Ich bringe das rein«, murmelte sie und ging ins Haus.

Wortlos starrte ich ihr hinterher. Seit unserem Kuss im Poolhaus war die Anziehung zwischen uns beinahe unerträglich geworden. Den ganzen Tag hatte ich sie ständig berühren müssen. Vielleicht wäre es besser gewesen, wenn ich mich zusammengerissen hätte, da ihre Familie uns beobachtet hatte – was wiederum Carla nervös gemacht hatte. »Wie Aasgeier über einem toten Büffel«, um es mit ihren Worten auszudrücken. Aber realistisch betrachtet war es völlig unmöglich, sich zusammenzureißen. Denn jedes Mal, wenn sich unsere Finger auch nur streiften, breitete sich Hitze unter meiner Haut aus, nur um Momente später wieder zu verglühen und sich nach mehr zu sehnen.

»Mitch«, sagte Creed, was mich fast schon zusammenzucken ließ.

Vielsagend hob er die Augenbrauen und nickte Richtung Hintereingang, durch welchen Carla gerade verschwand.

»Wir machen den Rest schon fertig«, sagte Vince mit einem wissenden Lächeln, woraufhin Lenny bloß grinste.

Die Hitze, die meinen Hals hinaufkroch, war mehr als unangenehm. Ich war schließlich nicht blöd, ich wusste, was sie da taten.

Also atmete ich tief durch und lief ins Haus. Dabei brannten die Blicke meiner Freunde überdeutlich in meinem Nacken.

Die kleine Wohnung war dunkel, bis auf das Küchenlicht, welches spärlich durch den Perlenvorhang ins Wohnzimmer fiel. In der Stille dröhnte mir mein Herzschlag regelrecht in den Ohren.

Ich ließ die Tür ins Schloss fallen.

Ein erschrockener Laut kam aus der Küche, ehe Carla auch schon den Perlenvorhang zur Seite riss. Sie fasste sich an die Brust. »*Dios mío,* du hast mich fast zu Tode erschreckt.«

Ich vergrub die Hände in den Taschen meiner Jeans und lächelte.

»Tut mir leid. Die anderen haben uns für heute Feierabend gegeben, sie werden sich um alles Restliche kümmern.«

»Schön«, sagte sie und seufzte erleichtert. Die Erschöpfung stand ihr ins Gesicht geschrieben.

Einen Moment lang sahen wir uns einfach nur an. Die Stille und die Dunkelheit schienen die Spannung in der Luft zu beflügeln.

»Du hast wirklich Glück, dass du Oskar und Mateo hast«, sagte ich und ging langsam auf sie zu.

»Glück und Unglück«, erwiderte sie, ohne sich zu rühren, ohne den Blick von mir abzuwenden.

»Mateo ist doch gar nicht so übel. Er macht nur eine schwierige Zeit durch. Aber die Pubertät hält zum Glück nicht für immer an.«

»Ich mache mir Sorgen, dass er auf die schiefe Bahn geraten könnte«, murmelte sie.

Ich blieb vor ihr stehen. »Du bist seine große Schwester«, erinnerte ich sie. »Wenn das jemand verhindern kann, dann du. Außerdem sind Lenny, Alma, Vince und die Damen aus dem Salon auch noch da. Ich bin sicher, Mateo bekommt die Kurve. Hey, ich wünschte, ich hätte auch einen kleinen Bruder. Oskar vergöttert dich. Diese Geburtstage wird er für immer in Erinnerung behalten.«

Ihre Mundwinkel zuckten. »Kleine Brüder können *sehr* anstrengend sein.«

»Kleine Schwestern sind auch anstrengend. Vor allem, wenn sie dich für Shoppingausflüge und schnulzige Kinofilme missbrauchen. Trotzdem sind sie super.«

Eine tiefe Furche erschien zwischen ihren Augenbrauen, und sie schlang die Arme um sich. »Entschuldige noch mal das mit Alma und den anderen. Sie haben dich überfallen wie ein Schwarm manikürter Piranhas.«

»Es war ein kleiner Kulturschock, aber ich freue mich schon auf das nächste Mal«, sagte ich und zuckte mit den Schultern.

Ihre Augen wurden groß. »Welches nächste Mal?«

»Unser nächstes Zusammentreffen. Spätestens, wenn ich mir den Salon ansehe.«

»D-du willst dir den Salon ansehen?«

»Ich musste Maria und Viviana versprechen, sie zu besuchen. Sie haben darauf bestanden.«

Das entlockte Carla ein Lachen, und ich hätte trotz des spärlichen Lichts schwören können, dass ihre Wangen dunkler wurden. »*Ay*, sie sind unverbesserlich!«

Ich beugte mich zu ihr runter, als wollte ich ihr ein Geheimnis verraten. Ihr verführerischer Duft stieg mir dabei in die Nase. »Übrigens siehst du süß aus, wenn du rot wirst.«

Ihre Augen weiteten sich kaum merklich. »Ich werde nie rot.«

»Oh, doch. Du wirst immer dann rot, wenn dich etwas aus dem Konzept bringt, und ich habe das Gefühl, dass das in letzter Zeit öfter passiert.« Ich konnte mir ein zufriedenes Grinsen nicht verkneifen.

»Tu gar nicht so, du weißt genau, dass du mich aus dem Konzept bringst!«, fuhr sie mich an – ehe sie erstarrte. Dann fluchte sie auf Spanisch, als wären ihr die Worte unabsichtlich herausgerutscht.

Ich hielt es einfach nicht länger aus. Meine Hände schlossen sich um ihre Taille, und ohne auch nur einen Moment darüber nachzudenken, zog ich sie an mich.

Carla sog hörbar die Luft ein, stolperte nach vorne und stützte sich instinktiv mit den Händen an meiner Brust ab. Vermutlich konnte sie unter ihren Fingern spüren, wie schnell mein Herz schlug.

»Siehst du, Carla?«, sagte ich leise und lächelte schief. Ich spürte die Wärme ihres Körpers an meinem, die verbotenen Kurven unter meinen Händen. »Du bekommst rote Wangen. Und wenn ich ganz ehrlich sein soll, stehe ich total drauf.«

»Freunde flirten nicht!«, sagte sie, wobei ihre Stimme jedoch viel machtloser klang als noch vor einem Moment.

Freunde. Ich wollte nicht mit Carla Santos befreundet sein. Das hatte ich nie gewollt. Sie in den Armen zu halten, so wie jetzt, fühlte sich zu gut an. Ich sehnte mich nach mehr. Und Freunde sehnten sich nicht nacheinander.

Die Spannung zwischen uns war kaum mehr auszuhalten und dick und schwer wie eine dunkle Wolke. Meine Hände strichen über Carlas Rücken, ihre Seiten, den glatten Stoff ihres Oberteils. Obwohl sie nichts sagte, wanderten auch ihre Hände meine Arme hinauf bis zu meinen Schultern, als könnte sie sich auch nicht gegen die Anziehung wehren.

»Mitchell«, warnte sie leise, während sie noch näher an mich herantrat. Ich hielt sie so fest, dass unsere Körper sich aneinanderschmiegten und – Gott, es fühlte sich so gut an.

»Hör auf damit«, wisperte sie, während sich ihr Blick senkte. Auf meinen Mund.

»Sicher?«, murmelte ich und senkte den Kopf. Meine Nasenspitze streifte ihre, und unser Atem vermischte sich. Glühend heiß, als könnte er alles um uns herum versengen.

»Nein«, hauchte sie.

Und mit einem Mal war es, als würde ein überspanntes Gummiband reißen.

Als unsere Lippen endlich aufeinandertrafen, war es, als würde ein Feuerwerkskörper in die Luft gehen.

Ich seufzte auf und schob eine Hand an ihren Nacken. Ihr weicher, perfekter Mund war süßer und verführerischer als alles, was ich kannte. Ein tiefer Laut stieg aus meiner Kehle. Carla küsste mich begierig und gleichzeitig vorsichtig. Unsere Lippen erforschten einander in einem solchen Einklang, als wären wir dafür gemacht, einander zu küssen.

Der Kuss hatte nichts mit den vorherigen gemein. Dieser hier schrie Erlösung. Und knisternde, träge Lust.

Aus der Trägheit wurde schnell Fiebrigkeit, als sich unsere Zungen berührten und ein heißes Pochen mir geradewegs an eine ganz bestimmte Stelle schoss. Mehr. Ich brauchte mehr.

Doch nicht hier und nicht jetzt. *Dieser* Kuss war heute schon längst überfällig gewesen, doch es war definitiv der falsche Ort und der falsche Zeitpunkt.

Keuchend löste ich mich von ihr und lehnte mich zurück. Carla sah mich mit flachem Atem an, ihre Augen leuchteten. Ich strich ihr eine Strähne von der Wange, die sich aus den Überresten ihrer Hochsteckfrisur gelöst hatte, und ließ meine Hand dort verweilen.

Es schien eine Ewigkeit zu dauern, bis ich meine Stimme wiederfand. »Das war … wow.«

Sie wich zurück. »Mitchell, wir sollten nicht …«

»Geh mit mir aus«, sagte ich und strich mit dem Daumen über ihre Unterlippe.

Ihre Augen wurden groß. »Was?«

Ich wich ebenfalls ein wenig zurück, jedoch ohne sie loszulassen. »Ein Date. Geh mit mir auf ein Date«, wiederholte ich.

»I-ich kann nicht.«

»Wieso?«, fragte ich und merkte beschämt, dass es fast schon vorwurfsvoll klang. Ich ließ meine Hand sinken. »Du magst mich, und ich mag dich. Wenn so was passiert, gehen die meisten Leute miteinander aus.«

Sie fuhr sich fahrig durch die Haare, was ihre Frisur vollständig auflöste. »Wir sind jetzt Freunde, Mitch. Ich date keine Freunde.«

»Dann lass uns keine Freunde mehr sein«, erwiderte ich ernst. »Jeder Tag ist ein neuer Anfang. Die Worte stammen von dir.«

Das hier. Das hier war ein Schlüsselmoment.

Kein Weglaufen mehr.

»Gib uns eine Chance, Carla«, murmelte ich. »Ich will bloß … dich. Ich will dich. Mehr nicht.«

Der Sturm aus Gefühlen in ihrem Blick war nicht zu übersehen. »Und ich will …«

Dich. Es war als hätte sie es ausgesprochen.

Sie schlang wieder die Arme um sich, was etwas Hilfloses an sich hatte. »Ich hatte nie Dates«, erklärte sie. »Ich konnte keine Dates haben. Ich wusste, was passieren würde, wenn doch.«

Ich starrte sie mit offenem Mund an. Das drückende Gewicht auf meinen Schultern löste sich allmählich von mir.

Hier ging es gar nicht um mich. Hier ging es um ihre Dämonen. Dämonen, die Carla fest im Griff hatten und sie regelrecht gefangen hielten.

Sie erwiderte meinen Blick nicht, fast so, als würde sie sich nicht trauen.

Mitgefühl erfüllte mich mit einem Mal.

Ich ergriff ihre Hände und hielt sie über meinem Herzen fest. »Hast du dann Lust, mit mir abzuhängen?«, fragte ich schließlich. Meine Lippen verzogen sich zu einem Lächeln.

Verwirrt blinzelte sie mich an. »Abhängen?«

»Ja, ganz locker. Ich hole dich zu Hause ab, wir essen etwas auf dem Weg zu mir und sehen uns Actionfilme an. Wie Kumpels das eben tun.«

Regungslose Sekunden verstrichen, in denen sie mich nur anstarrte. Dann, zögerlich, nickte sie. Ihre Mundwinkel zuckten. »Wie Kumpels also.«

»Genau«, bekräftigte ich sie und verschränkte unsere Finger miteinander. »Eventuell musst du dich aber in Schale werfen. Das hat aber nichts mit dem Abhängen zu tun, sondern bloß mit diesem Laden, wo wir uns etwas zu essen holen. Die mögen keine Jeans und zerknitterte T-Shirts.«

Sie schnaubte. »Ich trage nie zerknitterte Shirts.«

»Ich weiß, Prinzessin.«

Sie blickte zu mir auf. Mir war nicht einmal aufgefallen, dass uns schon wieder bloß Zentimeter trennten. »Okay, dann tun wir es«, flüsterte sie. Ein vorsichtiges Lächeln erschien auf ihren Lippen.

Tausend Bilder schossen mir durch den Kopf. Tausend Möglichkeiten. Ich konnte sehen, wie ihre Augen sich verdunkelten. Sie biss sich auf die Lippe.

»Tun wir es«, wiederholte ich und senkte den Blick auf ihren Mund.

Und dann war sie es, die mich plötzlich küsste. Sie stöhnte auf, und ich schlang die Arme um sie, presste meinen Mund fest auf ihren. Die Intensität des Kusses war fast schon zerstörerisch. Wir stolperten, bis der Esstisch hinter ihr uns zum Stehen brachte. Ihre Finger fuhren meinen Haaransatz hinunter, weiter über meinen Nacken und bis zu meinem Hemdkragen.

Ein kehliger Laut entwich mir. Wir küssten uns stürmischer, leidenschaftlicher. Sie drängte sich genauso an mich wie ich mich an sie, unsere Hände waren ruhelos, ziellos. Ich nahm ihre Unterlippe zwischen die Zähne, saugte und knabberte an ihr, ließ ihre Zunge meinen Mund erkunden und verfiel dabei beinahe in einen Rausch.

Mit einem Ruck packte ich Carla an den Oberschenkeln. Ich hob sie auf den Esstisch, zog sie an die Kante und ließ meine Hände unter ihr Shirt gleiten. Ein Keuchen entfuhr ihr, und sie schlang die Beine in diesen engen, löchrigen Jeans um meine Hüften.

»Freunde«, murmelte ich atemlos an ihre Lippen und glitt mit unzähligen Küssen ihren Hals hinab.

Sie seufzte auf und klammerte sich an mir fest.

Freunde.

Es klang wie ein Scherz. Freunde, zwischen denen es so explosiv zuging, dass es gefährlich wurde, sodass ich kurz davor war, Carla einfach …

»Verdammt!«, keuchte ich und löste mich hastig von ihr.

Schwer atmend und mit brennenden Wangen sah ich sie an. »Vergiss, was ich gesagt habe. Es war einen Versuch wert, aber wir sind keine Freunde, Carla. Wir werden miteinander ausgehen.«

Sie schnappte nach Luft. »Aber …«

»Nein! Mein letztes Wort. Du und ich. Ein Date. Nächsten Freitag. Musst du arbeiten?«

Ihr Mund stand offen. Sie schüttelte den Kopf.

Ich nickte. »Gut. *Date,* Carla«, wiederholte ich streng. Dann presste ich einen letzten quälend langen Kuss auf ihre Lippen. »Ich hole dich um sieben ab.«

Und noch bevor sie widersprechen konnte, drehte ich mich um und ging.

KAPITEL 20

MITCHELL

»Raus aus dem Wasser, Moore!«, rief Coach Pat durch die Schwimmhalle und kam ans Becken gelaufen.

Keuchend kraulte ich die letzten Meter zur Leiter. Mein Atem war schnell und flach, und die Muskeln in meinen Armen und Schultern kribbelten erschöpft. Die Luft in der Schwimmhalle war warm und schwer und roch nach Chlor. Vermutlich hatte ich in meinem Leben mehr Zeit in solchen Schwimmbädern verbracht als in meinen eigenen vier Wänden.

»Wie war ich?«, fragte ich keuchend, als ich aus dem Becken stieg und die Badekappe samt Schwimmbrille vom Kopf zog. Meine Lunge brannte vor Überanstrengung.

Mein Coach schrieb etwas auf sein Klemmbrett und bedachte mich im nächsten Augenblick mit einem breiten Grinsen. »Eins achtundvierzig acht! Perfekt, Junge! Genau diese Leistung will ich bei den Meisterschaften in Providence sehen.«

Erleichtert lachte ich auf und fuhr mir durch die Haare. »Das sind mit Abstand die besten Neuigkeiten diese Woche, Sir. Ich werde mein Bestes geben.«

Es war Montagabend und noch nicht allzu spät. Nach meinen Vorlesungen hatte ich den halben Tag mit Savannah und Ella in der Bibliothek verbracht, ehe ich hergekommen war. Die Erschöpfung saß so tief in meinen Gliedern, dass ich am liebsten im Stehen eingeschlafen wäre.

Coach Pat studierte wieder etwas auf dem Klemmbrett. Wie immer trug er eine graue Kappe mit dem Schriftzug *»Griffins«*, unserem Universitätsmaskottchen, neben dem Kürzel der Fletcher University. Dasselbe Kürzel prangte auch auf dem Schlüsselband, das um seinen Hals hing, sowie auf seinem Poloshirt. Hinter uns trainierte ein Teil des Schwimmteams im Wasser weiter. Die Hälfte kraulte in Bahnen, die mit rot-weißen Schwimmleinen voneinander abgetrennt waren, die andere Hälfte vermaß die Zeit mit Stoppuhren am Beckenrand.

»Wie oft warst du in den letzten Wochen im Sportstudio?«, fragte der Coach, ohne aufzublicken.

Ich zuckte mit den Schultern. »Fünf- bis sechsmal.«

»Hast du für die Meisterschaft die Extraeinheit Krafttraining beibehalten?«

»Kraft und Ausdauer, Sir. Ich halte mich an den Trainingsplan, den Sie mir erstellt haben.«

Er wirkte zufrieden. »Sehr gut, Moore. In zwei Wochen ist es endlich so weit. Die kommenden Tage möchte ich, dass du noch einmal alles gibst. In der letzten Woche dann kein harter Sport mehr, nur noch Techniktraining und lockere Ausdauer. Morgen früh setzen wir uns mit Fuller, Kingston und Goldberg zusammen und gehen den Plan durch. Ihr seid meine Champions.«

Er legte mir eine seiner Pranken auf die Schulter und sah mich durchdringend an. »Hör zu, mein Junge. Dieses Jahr möchte ich dich nirgendwo anders sehen als auf den ersten Plätzen, verstanden? Es werden Scouts und alle möglichen Agenten und Trainer im Publikum sitzen. Wettkämpfe sind ja ganz nett, aber das sind die Landesmeisterschaften. Du weißt, wie viel ich auf dich setze. Ich sehe eine wirklich große Karriere vor dir. Ich weiß, dass du das Zeug dazu hast, jeden einzelnen dieser Versager in den Schatten zu stellen. Glaubst du, du bekommst das hin?«

Ich nickte, mit einem Mal seltsam angespannt – auf gute wie auch auf schlechte Weise. Seit Monaten arbeiteten wir auf die Meisterschaften hin. Das hier war meine große Chance, vielleicht sogar die größte Chance meines Lebens, mir den ultimativen Traum zu erfüllen. Es war alles, was ich immer gewollt hatte. Ich würde in Providence sogar ein Interview mit Jason Parker führen dürfen, dem Host des wohl beliebtesten Sport-Podcasts, den College-Sport zu bieten hatte. Wenn ich diese Chance nicht nutzte, würde ich es mein ganzes Leben lang bereuen.

»Ich werde mein Bestes geben, Sir«, wiederholte ich ernst, mit einem freudigen Kribbeln im Bauch. »Zweimal Gold für die Griffins, Sie haben mein Wort.«

Coach Pat grinste breit und stolz. »Genau das wollte ich hören, das ist der Kampfgeist, den wir brauchen! Und jetzt ab mit dir, Moore.«

Ich schnappte mir mein Handtuch, das auf der Bank am Becken lag, warf einen Blick auf die große Wanduhr über der Tribüne und … entdeckte zwei Zuschauer.

Erschrocken richtete ich mich auf. Meine Mutter und Arden saßen dort und sahen dem Training zu. Wie lange saßen sie dort schon? Ich hatte sie nicht bemerkt, aber ich war auch sehr konzentriert gewesen. Arden lächelte und winkte mir zu. Ohne all das Make-up sah sie heute viel mehr aus wie das Mädchen, mit dem ich aufgewachsen war. Sie trug einen Collegepullover und hatte sich die Haare zu einem Pferdeschwanz zusammengebunden.

Überrascht ging ich zu ihnen hinüber. Arden hier zu sehen, wunderte mich nicht – sie und auch Savannah sahen öfter beim Training zu, und vor allem seit der Sache mit uns war Arden andauernd hier. Doch meine Mum hier anzutreffen war eine echte Seltenheit. Im Gegensatz zu Arden wirkte sie auf der Tribüne der Schwimmhalle fehl am Platz – wie ein Fremdkörper, obwohl solche Hallen einmal ihr Zuhause gewesen waren. Ihre kastanienbraunen Haare waren ordentlich zusammengesteckt, und sie trug teuren Schmuck und ein elegantes Kostüm, als hätte sie eine Rüstung gegen all die Erinnerungen an vergangene Chancen angelegt.

»Mum, was macht ihr denn hier?«, fragte ich, als ich sie erreichte.

»Du warst einfach toll, Mitch!«, sagte Arden begeistert. »Es ist so schade, dass ich dich und Austin nicht nach Providence begleiten kann. Ich würde dich zu gerne anfeuern.«

»Wir dachten, dass wir etwas essen gehen sollten«, sagte meine Mutter und schenkte mir ein kleines Lächeln. Natürlich kommentierte sie mein Training nicht. Das hob sie sich wohl oder übel für später auf. »Arden hatte die wundervolle Idee, dieses neue

Restaurant auf der West Side auszuprobieren. Es ist vegan und hat tolle Sachen auf der Speisekarte, die gut in deinen Ernährungsplan passen.«

»Äh, klar. Wieso nicht. Ich muss nur noch eine Runde ausschwimmen und duschen.« Ich rieb mir ein paar Wassertropfen aus den Augen.

Arden sprang auf und schulterte ihre Handtasche. »Mitchy, ich fahre bei dir mit, du kennst den Weg ja noch nicht. Du wirst das Restaurant lieben, ich weiß es einfach!« Sie strahlte.

Ich unterdrückte ein Seufzen. Es war, als hätte Arden einfach vergessen, was im *Leo's* vorgefallen war. Nein, als wäre die Arden im *Leo's* eine ganz andere Person gewesen.

»Geh doch schon einmal vor, Liebes«, sagte meine Mum mit einem warmen Lächeln. »Ich muss kurz mit Mitchell sprechen.«

»Klar. Ich warte draußen auf euch.« Sie warf mir ein letztes, strahlendes Lächeln zu, ehe sie ging. Ich bildete mir ein, dass sie ihren Hüftschwung dabei ein wenig zu sehr betonte.

Es kostete mich Mühe, nicht die Augen zu verdrehen.

Sobald Arden außer Hörweite war, drehte meine Mum sich zu mir um. Das Lächeln war wie von Zauberhand aus ihrem Gesicht verschwunden. »Coach Pat hat mir deine Zeiten zugemailt, Mitchell. Da sind drastische Auf und Abs dabei, vor allem in letzter Zeit. Was um alles in der Welt soll das? Ich dachte, du hängst dich voll in dein Training!«

Ich biss die Zähne zusammen und schluckte die aufbrausenden Gefühle hinunter. Nicht zu fassen, dass mein Coach ihr ernsthaft meine Zeiten geschickt hatte! War so was überhaupt legal?

Ich zwang mich, ruhig zu bleiben, und atmete tief durch. »Tut mir leid, Mum. Am Campus war viel los in letzter Zeit. Aber dafür habe ich heute meinen persönlichen Rekord gebrochen.«

Sie ignorierte mich. »Am Campus? War es also das Studium, das dich abgelenkt hat? Hast du Probleme mit dem Stoff? Falls dem so ist, kann ich arrangieren, dass jemand mit dir an deinen Methoden arbeitet, um effizienter zu lernen.«

»Nein, es war nicht das Studium«, sagte ich und seufzte schwer.

Ihr erwartungsvoller Blick verlangte eine ausführlichere Antwort.

»Es … geht um ein Mädchen«, gab ich schließlich zu. Ich wusste, dass sie nicht lockerlassen würde, wenn ich nicht mit der Wahrheit herausrückte. Dafür hatte sie ein spezielles Gespür.

Ich erwartete bereits, dass sie mir einen Vortrag halten würde, doch stattdessen veränderte sich ihr Gesichtsausdruck. Ihre Miene wurde weicher, und sie legte mir eine Hand auf den Arm. »Hör mal, ich kann verstehen, dass du in sie verliebt bist und sie ganz toll findest – ich habe schon immer gewusst, dass aus euch einmal ein Paar wird, so wie die Chemie zwischen euch stimmt. Aber bitte reiß dich bis zu den Meisterschaften zusammen, Mitchell. Das sollte deine Priorität sein und erfordert das höchste Maß an Aufmerksamkeit.«

Verwirrt öffnete ich den Mund und schloss ihn wieder. Was zum Teufel? Offenbar hatte Mums Haushälterin ihr von Carla genauso brühwarm erzählt, wie sie es auch Savannah erzählt hatte …

Doch je länger ich über ihre Worte nachdachte, desto mehr zweifelte ich daran, dass hier von Carla die Rede war.

»Mum, ich glaube, du hast da etwas falsch verstanden. Ich bin nicht …«

»Ist schon in Ordnung«, fiel sie mir ins Wort und machte eine wegwerfende Handbewegung. »Dein Vater und ich waren auf dem College auch schon ein Paar. Ich finde das alles ganz wunderbar, vor allem, weil Arden ja praktisch zur Familie gehört. Aber konzentrier dich, verstanden? Ich werde nämlich nicht dabei zusehen, wie du deine Karriere für eine Frau hinschmeißt. Nicht einmal für sie.«

Ich starrte sie fassungslos an. Mit einem Mal war ich wütend. Ich wollte gar nicht wissen, was Arden ihr für Geschichten erzählt hatte. Vermutlich war es so langsam an der Zeit, Klartext mit ihr zu reden. Schon wieder. Sie musste endlich verstehen, dass wir weder zu irgendeinem Zeitpunkt ein Paar gewesen waren noch es jemals sein würden. Momentan war ich mir nicht einmal mehr sicher, ob wir überhaupt noch Freunde waren. Wenn ich ehrlich war, mied ich sie, vor allem nach dem, was mit Carla passiert war.

Ich knirschte mit den Zähnen. »Arden und ich sind kein Paar, und ich habe auch nicht vor, meine Karriere für irgendwen hinzuschmeißen! Ich will diese Meisterschaft genauso sehr gewinnen, wie du es für mich willst, oder Coach Pat, oder der Rest des gesamten beschissenen Universums.«

»Achte auf deine Sprache.«

»Tut mir leid«, stöhnte ich und raufte mir die Haare. »Mum, du hast da etwas vollkommen falsch verstanden!«

Meine Mutter trat zurück und deutete mit einem Kopfnicken in Richtung des Beckens. »Ist das nicht immer so bei Müttern und Söhnen? Wie dem auch sei, ich glaube, es wäre gut, wenn du dich jetzt ausschwimmst. Deine Muskeln übersäuern sonst.« Ihr Handy begann zu klingeln, und sie zog es aus ihrer Manteltasche.

Sie zögerte, bevor sie den Anruf entgegennahm, und sah mich an. Dann bekam sie wieder eine verständnisvollere Miene. »Ich habe übrigens schon mit Arden darüber gesprochen, Mitchell. Sie wird dich unterstützen, wo sie nur kann. Sie versteht den Ernst der Lage und gibt dir den Raum, den du brauchst, um dich auf das Schwimmen konzentrieren zu können. Ich bin mir sicher, du kannst das alles meistern, mit ihr an deiner Seite. Aber ich möchte, dass du dir endlich bewusst wirst, wo deine Prioritäten liegen. Sei einfach nicht so egoistisch und hormongesteuert. Die Pubertät ist vorbei. Und jetzt beeil dich mit deinem *Cool Down.* Lass uns nicht zu lange warten.«

Autsch.

Heute zeigte meine Mutter sich mal wieder von ihrer strahlendsten Seite.

Sie gab mir keine Möglichkeit, sie zu korrigieren oder mich zu erklären, denn sie nahm den Anruf an und marschierte auf ihren Pumps voraus zum Ausgang.

Die Tage bis zu Carlas und meinem Date zogen sich endlos dahin. Ich war wütend auf meine Mum, denn selbst als ich noch einmal versucht hatte, ihr zu erklären, dass es zwischen Arden und mir absolut nichts gab, hatte sie mich einfach nicht ernst genommen. Ich hatte auch nach dem richtigen Moment gesucht, um mit Arden zu sprechen, doch jedes Mal, wenn ich sie am Campus sah, war sie entweder auf dem Sprung gewesen, hatte telefoniert oder bei ihren Freundinnen gestanden. Genauso wollte ich es vermeiden, sie vor Sav, Ella, Summer und vor allem Carla zur Seite zu nehmen. Immerhin sollte keiner von ihnen wissen, dass es tatsächlich mal eine kleine Episode zwischen uns gegeben hatte, und seit dem Abend im *Leo's* war Carla auf Arden noch schlechter zu sprechen als sonst.

Als wäre mein Leben nicht schon kompliziert genug.

Ich schaltete den Motor aus und stieg aus dem Wagen. Nervosität beschrieb nicht ansatzweise meinen Zustand. Ich war mir zunächst nicht sicher gewesen, ob sie mich nicht einfach würde sitzen lassen, nach unserem letzten Zusammentreffen. Ich war forsch und frustriert gewesen. Andererseits war ich es leid, nichts mehr zu unternehmen. Ich hatte mich wochenlang zurückgehalten, hatte mich immer wieder an die Babyschritte erinnert und mich ermahnt, ihr Zeit zu geben. Doch jetzt hatte ich einfach keine Selbstbeherrschung mehr übrig.

Die Haustür des Wohnkomplexes öffnete sich, und Carla trat heraus, was mich erleichtert aufatmen ließ.

Ehe mir die Luft wegblieb.

Sie trug ein schulterfreies schwarzes Kleid. Ihre silbernen Schuhe waren wie immer gefährlich hoch, und sie trug ihre langen dunklen Haare offen.

Sie sah atemberaubend aus. Durch das Kleid wirkten ihre Beine ewig lang, und es kostete mich Mühe, sie nicht zu ausgiebig anzustarren. Mehr denn je verführte mich ihr Anblick zu allen möglichen Fantasien. Ganz davon abgesehen, wie dunkelrot sie sich ihre Lippen geschminkt hatte.

»Hi«, sagte ich, als sie mich erreichte, und nahm die Hände aus meiner Stoffhose.

Carla lächelte und zog mich zu sich, um meine Wangen zu küssen. Unschuldig. Hauchzart.

»Hi, Hollister«, sagte sie und trat einen Schritt zurück.

Ich lächelte. »Du siehst unglaublich aus.«

»Du auch.« Sie senkte den Blick und lief um die Motorhaube herum, um einzusteigen.

Ein Seufzen entfuhr mir. Natürlich sah sie von hinten genauso anbetungswürdig aus wie von vorne.

Ich stieg ebenfalls in den Wagen und startete den Motor. »Hast du Lust auf Italienisch?«

»Ich hasse italienisches Essen«, erwiderte Carla mit gerümpfter Nase.

Erschrocken warf ich ihr einen Blick zu. Ein freches Grinsen erschien auf ihrem Gesicht, und sie schüttelte den Kopf. »Das war ein Scherz.«

Ich verdrehte die Augen und fuhr aus der Parklücke. »Ich wusste gar nicht, dass du so was kannst.«

»Witzig sein? Ich bin sehr witzig.«

»Ich weiß. Aber meistens eher unfreiwillig.«

Sie lachte auf. »Du forderst dein Glück in letzter Zeit ziemlich heraus, Mitchell.«

Ich lächelte in mich hinein. »Manchmal muss man das Schicksal wohl herausfordern.«

Die Fahrt nach Frayton dauerte nicht lange, und doch kam sie mir endlos vor. Ich war nicht einmal so nervös gewesen, als Carla zum ersten Mal zum Schwimmen gekommen war. Himmel noch mal, ich war eigentlich generell nicht der nervöse Typ. Doch bei ihr war ich es andauernd. Und die Befangenheit war nicht nur einseitig. Wann immer Carla und ich diese Woche mit unseren Freunden zusammen gewesen waren, hatte es sich angefühlt wie ein Versteckspiel. Eine unschuldige Berührung hier, ein verstohlener Blickaustausch da. Es schien die Spannung, die sich immer weiter zwischen uns aufbaute, nur noch anzuheizen.

»Wie geht es deinen Brüdern?«, fragte ich, während ich den Wagen über die Landstraße lenkte. Ein alter Country-Hit lief im Radio.

Carla zögerte. »Gut. Sie waren diese Woche wieder bei mir. Ich habe Mati und Oskar vorhin erst zu Alma gebracht.«

»Ist Mateo immer noch beleidigt wegen des Hausarrests?«

Sie schnaubte. »Er straft uns mit Schweigen. Und ich weiß nicht, ob das eher für ihn eine Strafe sein soll oder für uns. Ich finde es ehrlich gesagt ganz angenehm.«

Ich lachte. »Mal sehen, wie lange er das durchhält.«

Ein paar Minuten später passierten wir das Ortsschild von Frayton, das von Moos und Büschen beinahe verdeckt wurde. Die Stadt war um einiges kleiner und ländlicher als Fletcher, grenzte an den nächsten Nationalpark und war deshalb umgeben von Wald. Hier gab es noch jede Menge kleiner Läden, die noch nicht von der großen Mall in Fletcher bedroht wurden.

Ich entdeckte einen freien Parkplatz in der Nähe des Restaurants und lenkte den Wagen dorthin.

»Reden wir über etwas anderes«, entschied Carla und schenkte mir den Anflug eines Lächelns. »Das macht man doch auf Dates, oder? Über irgendein Zeug reden, das nicht so wichtig ist.«

»Ich sagte doch, dass du witzig bist«, erwiderte ich grinsend und parkte den Wagen. »Na komm, gehen wir rein und reden über unwichtiges Zeug.«

Das Restaurant war alt und strotzte vor Charme. Die hohen Wände waren mit Hunderten gerahmter Schwarz-Weiß-Fotografien bedeckt, die alte Hollywoodstars, unbekannte Liebende oder Momentaufnahmen von Männern im Anzug zeigten. Es lief leise italienische Musik, und die Luft roch würzig.

Ein Kellner führte uns ins Obergeschoss an einen kleinen Tisch, auf dem eine karierte Decke lag. Anschließend brachte er uns frisches Brot, Olivencreme und zwei Speisekarten.

»Es ist schön hier«, sagte Carla und sah sich um.

»Die Familie des Besitzers hat das Restaurant noch im Gründerjahr eröffnet. Damals war es noch ein klassisches Diner«, erzählte ich und klappte meine Karte auf. »Vor fünfzig Jahren ist eine italienische Familie eingereist, und der Besitzer verliebte sich in die Tochter. Nachdem sie geheiratet haben, beschlossen sie, italienisch zu kochen anstatt Burger zuzubereiten.«

»Woher weißt du das alles?«, fragte sie und runzelte die Stirn.

Ich zuckte mit den Schultern. »Mein Dad interessiert sich für alles Geschichtliche in und um Fletcher. Außerdem liebt er diesen Laden.«

Ihre Mundwinkel hoben sich wieder. »Dein Dad klingt nett.«

Ich erwiderte ihr kleines Lächeln. »Er würde dich mögen.«

Carla verschränkte ihre Arme auf dem Tisch und lehnte sich vor. Mit diesem Kleid und den roten Lippen sah sie aus wie eine Schönheit aus einem alten Film. Sie passte perfekt in die Kulisse des Restaurants.

»Also, Hollister, über welches unwichtige Zeug willst du reden?«, fragte sie und nahm sich ein Stück Brot aus dem Korb.

Ich dachte einen Moment darüber nach. »Alles, schätze ich?«

»Für alles reicht ein einziger Abend nicht.«

»Gehen wir einfach öfter miteinander aus. Irgendwann haben wir dann alles durch.« Ich grinste triumphierend und nahm mir ebenfalls etwas Brot.

Sie verdrehte die Augen. »Netter Schachzug. Aber einmal ist keinmal.« Ein schelmisches Grinsen breitete sich auf ihren Lippen aus, und sie sah mich erwartungsvoll an, als würde sie meine Reaktion abwarten.

»Oh, bitte, Prinzessin. Wir wissen beide, dass es sehr wohl wieder passieren wird.«

Unser Kellner kam zurück und nahm unsere Bestellung auf. Carla warf mir über den Rand ihrer Karte einen Blick zu.

»Erzähl mir mehr von dir«, sagte ich, als er wieder weg war. »Was ist dein Lieblingsfilm?«

Sie überlegte einen Moment. »Ich glaube, ich habe keinen bestimmten Lieblingsfilm. Ich mag *Der Teufel trägt Prada.* Kennst du den Film?«

Ich schüttelte den Kopf und nahm mir noch etwas Brot. »Zumindest habe ich ihn nicht gesehen. Aber Sav und Summer vergöttern Meryl Streep.«

Sie lächelte anerkennend. »Das ist zumindest ein Anfang. Was ist dein Lieblingsfilm?«

»Ich kann mich nicht festlegen, aber ich bin durch und durch Marvel-Fan.«

»Mati und Oskar werden dich dadurch mit Sicherheit noch mehr lieben. Aber leider bleibe ich dabei, dass Marvel nicht mein Ding ist. Du kennst ja meine Meinung zu Aquaman.«

Ich verzog gequält das Gesicht. »Allein die Worte tun mir in den Ohren weh. Das ist immer noch DC. Nicht Marvel. Da besteht ein erheblicher Unterschied.«

»Wie zum Teufel hält man die alle auseinander?«

»Du musst die Filme sehen, wenn du einen Überblick bekommen willst. DC ist ja ganz nett, aber Marvel hat Iron Man, Black Widow und Captain America! Den Avengers reicht niemand das Wasser. Vor allem nicht nach Infinity War und Endgame.«

Sie grinste. »Du wirst ja ganz leidenschaftlich.«

Ich zuckte mit den Schultern und lächelte verlegen. »Ich zeige dir die Filme, dann weißt du, warum.«

Nach zehn Minuten wurde unser Essen gebracht. Nach der Vorspeise hatte ich das Gefühl, dass meine Nervosität allmählich verschwunden war. Die Zeit verging schnell. Der Abend fühlte sich immer perfekter an, je weiter er voranschritt, und zum ersten Mal glaubte ich, dass Carla tatsächlich an mir interessiert war. Wir unterhielten uns ganz ungezwungen, und es schien zu jedem Thema fünf weitere in der Warteschlange zu geben, die anschließend zu Wort kommen wollten.

»Wieso bist du in Fletcher geblieben?«, fragte sie als Nächstes. »Deine Familie hat doch Geld, und deine Noten sind gut. Wieso bist du nicht nach Yale oder an die Brown?«

»Das mag für viele wohl fast schon skandalös sein. Du weißt gar nicht, wie meine Mum sich aufgeregt hat, vor allem, weil ich an der Brown angenommen wurde. Aber ich wollte nicht weg, vor allem wegen Savannah. Sie hatte keine leichte Zeit. Die Fletcher University ist zwar nicht Ivy League, aber trotzdem alles andere als schlecht.«

Carla nickte, und ich hatte das Gefühl, dass sie es wirklich verstand. Die Freunde meiner Eltern – Ardens und Austins Eltern zum

Beispiel – heuchelten ihr Verständnis immer nur. Sie hätten sich wohl eher ein Körperteil abgehackt, als zuzulassen, dass eines ihrer Kinder auf ein so herausragendes Elitecollege wie die Brown verzichtete.

Ich erzählte Carla mehr von mir; meiner Kindheit, von Urlauben mit meiner Familie und von meinem Schwimmteam. Selbst wenn ich bezweifelte, dass es sehr spannend war, hing sie regelrecht an meinen Lippen.

»Austin kennst du ja. Er und Arden sind mit Savannah und mir aufgewachsen«, erzählte ich, während ich gefüllte Ravioli in Salbeibutter aufspießte und sie mir in den Mund schob. Der Geschmack war himmlisch, und ich seufzte auf.

Carla verzog das Gesicht, als sie den Namen hörte. »Das tut mir leid für euch. Du hattest recht, ich hätte nicht davon ausgehen sollen, dass dein Leben perfekt ist. Du musstest schließlich mit diesen Psychos aufwachsen.«

Ich verkniff mir ein Lachen. »Was, Austin hast du jetzt auch auf deine Abschussliste gesetzt? Ihr habt doch nichts miteinander zu tun. Habt ihr überhaupt schon einmal miteinander gesprochen?«

Sie warf mir einen sonderbaren Blick zu. Dann öffnete sie den Mund und schloss ihn wieder. »Ach, nicht so wichtig. Ich finde ihn eben genauso nervig wie seine Schwester.«

Ich schob mir die nächsten Ravioli in den Mund, um nichts sagen zu müssen. Gott, wenn Carla gewusst hätte, was Arden jetzt schon wieder trieb.

Hastig wechselte ich das Thema und fragte Carla über die Damen im Salon aus. Ich hatte das Gefühl, dass sie ebenfalls erleichtert war, darüber reden zu können, und nicht mehr über Austin oder Arden. Sie musste sie wirklich hassen.

Zum Glück war es leicht, sich abzulenken. Obwohl Carla kein Date gewollt hatte und es eine Weile dauerte, bis sie vollends aufgetaut war, war die Mühe, sie hierherzubekommen, jedes Lächeln und jedes Lachen wert gewesen. Und während sie sprach, oder ohne jede Scheu von meinem Teller probierte, versuchte ich, die Szene von außen zu betrachten. Ich saß mit der schönsten Frau der Welt in einem Restaurant und hatte ein Date. Ich war zudem auch noch unsterblich in sie verliebt und fest entschlossen, ihr Herz zu gewinnen, denn ich wusste, dass sie eines hatte und dass es unglaublich groß war.

»Wie läuft eigentlich dein Studium?«, fragte ich eine ganze Weile später, als die Nachspeise kam. Sie hatte keine gewollt, doch ich stellte mein Tiramisu trotzdem in die Mitte des Tisches.

»Du studierst Marketing, oder?«

Carla seufzte und trank den letzten Schluck ihres Rotweins. »Ja. Genau.«

»Das klingt nicht sonderlich glücklich, wie du das sagst.«

»Ich schaffe es vermutlich nicht.« Sie zerrupfte eine Serviette, ohne aufzublicken.

Überrascht hob ich die Augenbrauen und lehnte mich näher zu ihr. »Wieso?«

»Was glaubst du? Ich habe nicht genug Zeit zum Lernen.«

»Ich helfe dir, wenn du willst. Das kriegen wir schon hin.«

Erschrocken blinzelte Carla mich an. »Du willst mir helfen? Schon wieder? *No.* Auf keinen Fall. Außerdem hast du doch gar keine Zeit. Wie oft in der Woche schwimmst du?«

»Fünfmal die Woche, manchmal öfter. Aber der Tag hat immerhin vierundzwanzig Stunden.«

Sie stieß einen ungläubigen Laut aus. »Wie schaffst du das? Vermutlich baust du in deiner Freizeit auch noch Häuser für Bedürftige und verteilst Essen bei der Tafel.«

»Als ich sechzehn war, habe ich einen Sommer lang tatsächlich mal bei einem Projekt teilgenommen, das Häuser für Bedürftige gebaut hat. Hier, probier mal.« Ich schob ein wenig vom Tiramisu auf meine Gabel und hielt sie ihr hin. Sie winkte ab. »Du spinnst.«

»Gut möglich.«

»Was hast du davon?«

»So bin ich nun mal. Und jetzt probier das, es schmeckt fantastisch.«

Carla legte den Kopf schief. »Ist das so?« Sie schloss ihre schlanken Finger um meine Hand und nahm langsam die Gabel in den Mund. Dabei ließ sie mich nicht aus den Augen, die gefährlich zu funkeln begannen. Sie schloss die Augen und machte einen wohligen Laut, bei dem mir im nächsten Moment Hitze durch die Adern zuckte.

Wie hypnotisiert beobachtete ich sie. Nur langsam ließ Carla meine Hand los und lehnte sich zurück. Sie schenkte mir ein unschuldiges Lächeln und leckte sich über die Lippen. »Schmeckt wirklich gut.«

Ich nahm die leere Gabel in den Mund und sah sie herausfordernd an. »Verdammt gut sogar.«

Der Ausdruck auf ihrem Gesicht veränderte sich. Sie wirkte verblüfft, ehe schließlich ihre Wangen eine zarte Färbung bekamen.

Ich schob den Teller mit dem Nachtisch zur Seite und lehnte mich zu ihr vor. Mir war nicht mehr nach Tiramisu. »Ich hoffe, das Essen hat dir geschmeckt«, sagte ich auf Spanisch und ergriff ihre Hand.

Sie lachte auf, doch ihre Lieder senkten sich kaum merklich. »Hat es. Dein Akzent ist übrigens grauenhaft.« Ihre Fingerspitzen fuhren hoch bis zu meinem Handgelenk, und mein Puls beschleunigte sich.

»Ich habe keinen Akzent«, erwiderte ich, noch immer auf Spanisch, und ahmte dabei meinen besten Latino nach. »*Ay*, ich klinge wie ein echter Kolumbianer!«

Sie lachte und schüttelte den Kopf. Dann sagte sie etwas auf Spanisch, was ein wenig zu schnell für meine Ohren war.

»Burro«, wiederholte ich das einzige Wort, das ich verstanden hatte, und hob eine Augenbraue. »Hast du mich grade einen Esel genannt?«

»Gut möglich. Vielleicht habe ich dir aber auch ein Kompliment gemacht.« Sie lächelte frech.

»Oh, das ist neu«, sagte ich und grinste. »Kannst du überhaupt Komplimente machen?«

»Natürlich kann ich Komplimente machen!«

»Beweise es«, forderte ich sie heraus.

Ihre Augen verengten sich, und sie hob meine Hand an ihre Lippen. »Na schön. Deine Haare sind weich.«

Ich verdrehte die Augen. »Das ist eine Tatsache, Santos. Versuch es noch mal.«

»Du küsst passabel.«

Ich lachte. »Passabel? Abgesehen davon, dass ich ein fantastischer Küsser bin, war das eine Beleidigung. Ich wusste doch, dass du das nicht kannst. Aber mach dir nichts draus. Jeder hat Schwächen.«

Sie verzog das Gesicht und biss mir in den Zeigefinger.

Wie ein Stromschlag schoss das Gefühl genau ins Schwarze. Mir wurde mit einem Mal schwindelig, als viel zu plötzlich zu viel Blut dem kochenden Gefühl hinterherjagte. *Shit.*

»Ich kann Komplimente machen«, beharrte sie starrsinnig. »Du … siehst heiß aus.«

Als hätte sich nicht schon genug Blut aus meinem Kopf verabschiedet.

Ein schweres Seufzen entwich mir. Ich strich mit dem Daumen über ihre Unterlippe und folgte der Bewegung mit trägem Blick. »Vielen Dank, Prinzessin. Freut mich, dass ich dir gefalle.«

Sie lachte, und ihre Wangen färbten sich wieder in einem zarten Rosa. »Und ich mag deine Sommersprossen.«

Ich fasste mir an die Brust. »Wow, das sind sogar schon zwei Komplimente! Danke vielmals.«

»Du hast nach den Komplimenten gesegelt, ich weiß nicht, ob das zählt.«

»Korrekt heißt es nach Komplimenten fischen, Carlita. Und für mich zählen sie definitiv. Übrigens siehst du ebenfalls unglaublich heiß aus.« Vor allem jetzt, in diesem schwarzen Kleid, sah sie zum Niederknien aus.

»Ich weiß«, erwiderte sie bloß grinsend, und ich stöhnte auf. Ich zog ihre Hand über den Tisch, um nun selbst ihre Finger zu küssen. Allmählich verblasste ihr Lächeln.

»Wollen wir gehen?«, murmelte ich. Ihre Hand war mir nicht genug. Ich sehnte mich nach mehr. Ich sehnte mich nach einem ungestörten Ort, nur mit ihr.

Carla nickte und räusperte sich. Sie zog ihre Hand zurück und schlug die Beine übereinander.

Einen Moment später bezahlte ich auch schon unser Essen, und wir folgten dem Kellner zurück nach unten ins Restaurant.

»Ich muss zugeben, dass Dates gar nicht so furchtbar sind, wie ich gedacht habe«, sagte Carla, als wir nach draußen in die kühle Abendluft traten.

Wir liefen zurück zum Auto. »Dates können total furchtbar und angespannt sein«, widersprach ich und sah zu ihr hinab. Ein Lächeln breitete sich auf meinen Lippen aus. »Aber dieses Date scheint bis jetzt ziemlich perfekt zu sein.«

Sie ergriff meine Hand und drückte sie, was mich so plötzlich mit Stolz erfüllte, dass meine Brust eng wurde.

»Bis jetzt?«, wiederholte Carla mit aufblitzenden Augen. »Dann ist es noch nicht vorbei? Was hast du noch mit mir vor?«

Wir blieben vor meinem Wagen stehen.

Ich schlang einen Arm um sie. Das Gefühl, wie ihr Körper sich dabei an meinen schmiegte, feuerte mein Verlangen noch weiter an.

»Die meisten Dinge, die ich noch mit dir vorhabe, sind für ein erstes Date mehr als unangemessen«, murmelte ich. »Vielleicht sind sie sogar grundsätzlich unangemessen.«

Sie strich am Kragen meines Hemdes entlang. »Mitchell Moore, das klingt beinahe unanständig. Ich wusste gar nicht, dass du so sein kannst.«

Ich legte die Lippen an ihr Ohr und lächelte. »Du weißt so einiges noch nicht.«

Ihr Atem beschleunigte sich, genau wie meiner. »Vielleicht sollte ich es herausfinden«, flüsterte sie und glitt mit ihren Fingern in mein Haar.

»Solltest du«, flüsterte ich zurück und schluckte. »Definitiv.«

Vor allem sollte ich sie loslassen. So wie wir uns aneinanderlehnten, würde ich jeden Moment meine Selbstbeherrschung verlieren.

»Steig in den Wagen«, sagte ich und küsste ihren Hals, bevor ich mich von ihr loslöste.

Sie atmete scharf ein und sah mich mit dunklen Augen an. Verlangen flackerte in ihnen auf. Dann lächelte sie, lief um die Motorhaube herum und warf mir einen Blick über die Schulter zu. »Deine neuen Seiten gefallen mir, Hollister.«

Verdammt noch mal. Ich war hart und konnte nichts mehr dagegen tun.

Bevor ich in den Wagen stieg, atmete ich tief durch.

Dann setzte ich mich, schnallte mich an und startete den Motor. Das Wageninnere war mir noch nie so klein vorgekommen. Und sie in der Stille atmen zu hören, ließ mich erschaudern. Vor allem, als ich mir vorstellte, wie er schneller wurde, flacher und unkontrollierter, wenn ich sie …

Wir waren noch nicht einmal aus der Straße rausgefahren, da legte sich meine Hand auch schon auf ihr Knie. Ich musste sie einfach berühren. Ich malte mit den Fingerspitzen Kreise auf die Innenseite ihres Beins und konnte hören, wie sie nach Luft schnappte. Dann spürte ich, wie sie ihre Beine näher zusammenschob.

Es kostete mich einen Augenblick, den Faden wiederzufinden. Abgesehen davon musste ich Auto fahren. Wenn ich je geglaubt hatte, Multitasking zu beherrschen, hatte ich mich geirrt. Das hier war meine bis jetzt größte Herausforderung.

Ich musste meine Augen auf der dunklen Straße lassen, da bereits alle anderen Sinne auf Carla gerichtet waren. Kein Laut entwich ihr. Sie rührte sich nicht.

Meine Finger strichen weiter über ihre glatte Haut und wanderten höher, nahmen den Saum ihres Kleides mit sich. Nur noch ein kleines Stück. Ich wollte wissen, wie weit ich gehen konnte. Die Neugierde brachte mich beinahe um.

Carla stieß ein heiseres Stöhnen aus, was mein Blut zum Pochen brachte.

Plötzlich packte sie meine Hand und hielt sie fest, als sie noch höher wandern wollte.

»Fahr rechts ran«, befahl sie. »Sofort.«

Noch nie war ich einem Befehl so schnell nachgekommen. Ich fuhr an den Seitenstreifen, und noch bevor der Wagen vollständig zum Stillstand gekommen war, riss sie mich auch schon am Hemdkragen zu sich. Unsere Lippen trafen hart aufeinander. Meine Hand grub sich in ihr Haar, und wir fielen stürmisch übereinander her. Es war ein hektisches Durcheinander aus hungrigen Küssen und Händen, die Kleidung zum Rascheln brachten, als sie fieberhaft über diese strichen, um den Körper darunter zu erkunden. Ihre Zunge tanzte mit meiner, was offenbar jeden Rest an Blut in meine Lendengegend beförderte. Ich wusste nicht, wann sie sich abgeschnallt hatte oder ob nicht ich es vielleicht sogar gewesen war, doch im nächsten Moment schob ich meinen Fahrersitz nach hinten, schaltete den Motor ab und zog Carla auf meinen Schoß.

Sekunden später saß sie rittlings auf mir, was mir einen tiefen Laut entlockte. Ihr Kleid rutschte ein Stück nach oben, und ich packte ihre Oberschenkel, presste sie enger an mich. Unsere Lippen glitten hungrig und unersättlich übereinander. Meine Hände berührten sie überall, und mit flinken Fingern öffnete sie die Knöpfe meines Hemdes. Als sie an meinem Hosenbund angelangt war, machte sie jedoch nicht halt. Ihre Hand glitt tiefer und strich über die harte Wölbung in meiner Hose.

Ich stieß ein scharfes Zischen aus und grub meine Hände in ihren Hintern – der sich verdammt noch mal noch besser anfühlte, als er aussah.

»Carla«, stöhnte ich warnend, doch sie hörte nicht auf, ihre Hand an mir zu reiben, was mich beinahe umbrachte. Mein Becken zuckte nach vorne, und ich packte blitzschnell ihre Hand und biss die Zähne zusammen. »Du willst nicht, dass wir jetzt etwas Unüberlegtes tun.«

»Unüberlegt klingt doch gar nicht so schlecht«, keuchte sie atemlos und küsste mich wieder stürmisch. Mein Widerstand war schneller gebrochen, als er gekommen war, und ich schlang die Arme um sie und presste sie an mich. Sie stützte sich hinter sich ab, als meine Lippen ihr Schlüsselbein entlangglitten und …

Der laute, plötzliche Klang meiner Hupe ließ uns beide erschrocken aufschreien. Carla fuhr mit einem Ruck auf und stieß mit dem Kopf gegen die Autodecke.

»Nichts passiert«, sagte sie sofort und rieb sich über den Hinterkopf. Sie sah mich schwer atmend an. Ich starrte zurück. »Rüber mit dir«, befahl ich und küsste noch einmal ihre nackte Schulter. »Setz dich hin und schnall dich an. Wir fahren zu mir.«

KAPITEL 21

CARLA

Mitchell fuhr so schnell, als steuerte er einen Fluchtwagen. Währenddessen hatte er seine Hand wieder auf mein Bein gelegt und tat exakt dasselbe wie zuvor – er brachte mich dazu, die Beherrschung zu verlieren. Ich stand in Flammen. Jeder Zentimeter auf meiner Haut brannte lichterloh, und zwischen meinen Beinen hatte sich ein sehnsuchtsvolles Ziehen ausgebreitet. Meine Lippen kribbelten noch immer von dem, was eben passiert war. So hatte ich mich noch nie gefühlt. So explosiv und leidenschaftlich. Der Abend war nicht so verlaufen, wie ich ihn mir vorgestellt hatte. Ehrlich gesagt hatte ich mit einer Atmosphäre wie bei einem Bewerbungsgespräch gerechnet. Doch so war es nicht gewesen. Während des gesamten Dates war ich so nervös gewesen, dass man es mir vom Gesicht hatte ablesen können, während Mitchell die Ruhe in Person ausgestrahlt hatte. Er ging schließlich auch öfter auf Dates und war das alles gewohnt, im Gegensatz zu mir. Es war nicht üblich für mich, so viel von mir zu erzählen, selbst wenn es bloß so gewöhnliche Dinge betraf wie mein Lieblingsessen, oder welchen Beruf ich als Kind hatte lernen wollen. *Mierda* vermutlich hatte man mir meine Nervosität schon angesehen, als ich die Haustür hinter mir geschlossen hatte. Und doch war es schön gewesen. Es hatte viel Spaß gemacht. Abgesehen davon, dass das Essen fantastisch gewesen war, hatte ich mich gut bei ihm gefühlt. Mitchell war süß gewesen und charmant, so wie immer. Zugegeben, ich konnte es nicht ausstehen, wenn ich Schwäche zeigte, doch irgendwie … konnte ich mich bei ihm fallen lassen. Es waren nicht die Dinge, die er zu mir sagte, die mich dazu brachten. Es war die Art, wie er mich ansah, wie er mich berührte, wenn ich etwas von mir preisgab. Ich hatte den Eindruck, es würde ihm genauso viel bedeuten wie mir. Und das ließ meine Mauern bröckeln. Mit Mitchell Zeit zu verbringen fühlte sich so gut an, dass ich nicht wollte, dass es je wieder aufhörte.

Ein heiseres Stöhnen entfuhr mir, und ich presste meine Beine fest zusammen, als Mitchells Finger schon wieder höher wanderten. Ich packte seinen Arm und hielt ihn fest. Er beschleunigte den Wagen noch weiter.

Ich hob seine Hand an meine Lippen und küsste sie. »Wie lange noch?«, fragte ich und musste über meine eigene Ungeduld grinsen.

»Keine fünf Minuten«, erwiderte er mit belegter Stimme.

Ich beobachtete ihn, wie er fuhr. Sein aufgeknöpftes Hemd gab den Blick auf seinen trainierten Oberkörper frei, welcher vom Licht des Armaturenbretts beleuchtet wurde. Sein weiches braunes Haar war zerzaust, und die Anziehung, die er auf mich ausübte, raubte mir den Atem. Wie konnte es früher nicht so gewesen sein? Es fühlte sich an wie eine Naturgewalt. Er hatte sich den Spitznamen Hollister definitiv verdient, aber er war nicht bloß ein Schönling. Er war verboten heiß und war wirklich mehr als ein passabler Küsser. Er war ein fantastischer Küsser.

Ich hob seine Hand wieder an meine Lippen und küsste sie. Meine Augen beobachteten ihn noch immer. Langsam glitt ich mit meiner Unterlippe seinen Finger entlang. Mitchell schluckte.

Ich biss sachte in seine Fingerspitze und beobachtete seine Reaktion.

»Carla«, knurrte er. »Hör auf damit.«

Vielleicht war ich ein wenig forsch, doch ich konnte mich nicht zurückhalten. Er war immerhin schuld daran, dass ich nun so ruhelos war.

Wir fuhren nach Fletcher hinein, und Mitchell entzog mir wenige Augenblicke später seine Hand, um mit einer scharfen Kurve in seine Straße abzubiegen.

Nur Sekunden nachdem er in der Einfahrt geparkt und den Motor abgestellt hatte, nahm er mein Gesicht in die Hände und küsste mich mit rauer Lust.

Mein Herzschlag dröhnte mir in den Ohren, und ich schlang die Arme um seinen Hals. Ich wusste nicht, wie, doch irgendwie schafften wir es, aus dem Auto auszusteigen. Ich wollte einen Schritt auf die Haustür zumachen, doch Mitchell dirigierte mich in eine andere Richtung. »Wir gehen außen herum«, flüsterte er. »Meine Eltern sind zu Hause.«

Eilig ergriff er meine Hand und zog mich mit sich in den Garten. Mit schnellen Schritten liefen wir zum Poolhaus, und in der Sekunde, als sich die Glastür hinter uns geschlossen hatte, gab es keine Zurückhaltung mehr.

Unsere Lippen fanden sich zu einem alles verzehrenden Kuss.

Fiebrig riss ich ihm das Hemd vom Körper und glitt mit den Händen auf seinen glatten, heißen Rücken. Ich stöhnte lustvoll auf, als seine Zungenspitze meine Lippen kostete und anschließend in meinen Mund glitt. Wir bewegten uns in der Dunkelheit, bis meine Beine gegen das Sofa stießen und wir gemeinsam darauffielen.

»Viel besser«, keuchte Mitchell und küsste meinen Hals. Seine Hände glitten meine Beine entlang, die sich einen Moment später ungeduldig um seine Hüften schlangen.

»Zieh mich aus«, verlangte ich atemlos und führte seine Hände an den Saum meines Kleides.

Er hob den Kopf und sah mich einen Moment lang an. Selbst in der Dunkelheit konnte ich spüren, wie sein Blick auf mir brannte. Er schien nach etwas in meiner Miene zu suchen, schien etwas sagen zu wollen, doch seine Hände kamen der Aufforderung augenblicklich nach. Ich küsste ihn wieder, beinahe verzweifelt.

Gleichzeitig rissen wir an meinem Kleid. Er schob es hoch, und ich hob die Arme, damit er es mir vom Körper streifen konnte. Einen Moment später war es fort, und Mitchells Lippen begaben sich auf Wanderschaft. Er verteilte eine glühende Spur aus Küssen auf meiner Schulter, ehe er weiter zu meinem Schlüsselbein glitt. Dort leckte und knabberte er an der empfindlichen Haut, was mir ein gequältes Wimmern entlockte. Meine Hüfte drängte sich ihm entgegen. Durch den Stoff seiner Hose presste sich seine Härte fest und ungeduldig zwischen meine Beine. Wir stöhnten gleichzeitig auf, als er dabei über einen ganz bestimmten Punkt rieb, und für eine Sekunde wurde mir schummrig. Das Verlangen spülte wie eine alles verzehrende Welle über mich hinweg, riss mich mit sich.

Er schlang die Hände um meinen Rücken und öffnete den BH mit einer flinken Handbewegung. Dann war auch dieser fort.

Für einen Augenblick löste Mitchell sich von mir, um mich betrachten zu können. Mit flachem Atem saugte er meinen Anblick in der matt erleuchteten Dunkelheit in sich auf.

»Du bist perfekt«, flüsterte er. Sein Kopf senkte sich, ehe er meine Schulter küsste. »So verdammt perfekt.«

Ich wollte nicht, dass es jemals aufhörte. Seine Hände umfassten meine Brüste, seine Daumen glitten über die erhärteten Spitzen, was mich unter vibrierenden Strom setzte und mir einen atemlosen Laut entlockte.

Dann … folgte sein Mund. Er bedeckte meine Brüste mit Küssen. Er schloss die Lippen um eine meiner Brustwarzen und versetzte mich mit seiner Zunge in einen rauschähnlichen Zustand. Wie ein elektrischer Schlag breitete sich das Gefühl in mir aus, schoss geradewegs zwischen meine Beine und ballte sich dort zusammen.

Ich fuhr mit den Fingernägeln über seinen Rücken und biss mir auf die Lippe. Er erzitterte, und wie aus einem Reflex stießen seine Hüften nach vorn. Die Berührung katapultierte einen weiteren Stromschlag geradewegs in meinen Unterleib, der sich sehnsüchtig zusammenzog. Ich schloss die Hände um sein Gesicht und zog es hoch zu mir.

»Mitchell«, flüsterte ich und atmete seinen heißen Atem ein. »Ich will dich.«

Er lächelte und gab mir einen kurzen, sanften Kuss. »Ich gehöre dir.«

Die Art, wie er es sagte, brachte mein Herz zum Stillstand. Eine andere Art von Hitze ließ meine Brust eng werden, und ich vergrub die Hände in seinen Haaren.

»Ich meine es ernst«, sagte ich und strich mit den Lippen über seine. Wenn er nur wüsste, dass ich ihn mehr wollte als alles andere auf der Welt …

Oh. Mein Gott.

Ich wollte Mitchell Moore mehr als alles andere auf der Welt.

»Ich meine es auch ernst«, erwiderte er und küsste meine Wange, meinen Kiefer, mein Ohr, meinen Hals.

»Dios«, seufzte ich, als mir die Augen zufielen. »Du … machst mich wahnsinnig.« Und diesmal klang es genauso, wie ich es meinte, auf Spanisch wie auch auf Englisch.

Seine Hand glitt nach unten und schob sich an meiner Hüfte unter den dünnen Streifen Spitze meines Slips, ohne dass er aufhörte, mich zu küssen. Ich spürte, wie er lächelte. Dann hob er den Kopf. »Ich wollte dich schon in der Sekunde ausziehen, als du in diesem Kleid das Haus verlassen hast.«

»Wirklich?« Ein Grinsen zupfte an meinen Mundwinkeln. Ich fuhr mit den Fingernägeln seinen Rücken hinab. Sein Lächeln zerfiel augenblicklich, und er stöhnte auf. Und schon war zwischen uns kein Platz mehr für Worte, nur noch für Taten. Ich hob das Becken an, damit er mir den Slip ausziehen konnte, und war nun offiziell nackt. Mitchell eroberte meinen Mund so gierig und besitzergreifend, dass mein Hirn einfach entschied, den Geist aufzugeben. Wenn ich ehrlich war, war mir das aber nur recht. Ich wollte gerade nicht denken.

Seine Hände waren überall, und die beachtliche Härte in seiner Hose presste sich an meinen Oberschenkel, rieb an mir und ließ uns gleichermaßen erschaudern. Ich saugte an seiner Zunge, glitt mit den Zähnen über seine Unterlippe, küsste ihn, sodass ich schon gar nicht mehr sagen konnte, wie mein Name lautete. Ich stützte mich auf die Ellbogen und stemmte mich auf. Dann drückte ich gegen seine Schultern und wirbelte uns herum, sodass ich auf ihm lag. Nicht eine Sekunde lösten sich unsere Lippen voneinander. So war ich noch nie geküsst worden. Leidenschaftlich und alles verzehrend.

Diesmal war ich an der Reihe. Ich küsste sein Kinn, seine Wangen und mit großer Sicherheit jede einzelne Sommersprosse auf seinem Gesicht.

Meine Mund glitt seinen Kiefer entlang. Ich küsste ihn unter dem

Ohr, ließ meine Zunge folgen, bis zu seinem Nacken, und biss ihn dort, saugte leicht an seiner Haut.

»Verdammt«, stöhnte Mitchell und grub seine Finger in meinen Hintern.

Meine Hände wanderten tiefer, über seine Brust und seinen Bauch, und ich ließ meine Nägel folgen.

Plötzlich packte Mitchell mich an den Oberschenkeln und setzte sich auf.

Ich schnappte nach Luft, als er auf einmal mit mir auf den Armen aufstand und loslief.

»Wohin gehst du?«.

»Schlafzimmer«, sagte er. »Wir brauchen Kondome.«

KAPITEL 22

MITCHELL

Wir betraten das Schlafzimmer, und ich glitt mit Carla auf das Bett. Unsere Lippen fanden sich wieder, noch haltloser als davor. Ich kam mir beinahe grob vor, wie ich auf ihr lag und sie um den Verstand küsste. Doch es schien ihr zu gefallen, also zügelte ich mich nicht. Es war noch tausendmal besser als in meiner Fantasie. Kein Mensch der Welt könnte allein mit Vorstellungskraft ein Gefühl dafür bekommen, wie es war, Carla zu küssen, sie zu berühren, auf ihr zu liegen. Ihre Kurven waren gefährlich, ihr Duft verführerisch und ihr Feuer überwältigend.

Ich wusste, dass wir beide die Beherrschung verloren hatten. Ich wusste, dass es vernünftiger gewesen wäre, aufzuhören, um das Ganze nicht zu überstürzen. Es passte alles andere als in den Plan, sie dazu zu bringen, sich in mich zu verlieben, doch ich konnte verdammt noch mal nicht aufhören. Besonders nicht, als ihre Hand über meinen Bauch wanderte und den Knopf meiner Hose öffnete.

Mein ganzer Körper erzitterte, als sie ihre Hand tiefer gleiten ließ. Durch den Stoff meiner Hose schlossen sich ihre Finger um mich.

Stöhnend packte ich eine Handvoll ihrer Haare, um meinen Mund noch fester auf ihren zu pressen. Ich war so unfassbar erregt, dass ich kaum noch atmen konnte. Mein Körper fühlte sich zu eng an, mein Blut zu heiß und meine Lunge zu klein.

Ich wollte Carla auch berühren. Ich wollte sie so ausgiebig erkunden, bis mir ihr Körper vertrauter als mein eigener war. Doch dafür war später noch Zeit.

Schweren Herzens rollte ich mich von ihr und langte in die Schublade des Nachttisches. Ich hielt die Kondompackung mit den Zähnen fest, während ich mich meiner restlichen Kleidung entledigte.

Anschließend kehrte ich zu ihr zurück und kniete mich zwischen ihre Beine.

Sie beobachtete mich aufmerksam dabei, wie ich das Gummi überzog. Es gefiel mir, dass sie nicht zurückhaltend war. Dass sie nicht schüchtern war und genauso selbstbewusst wirkte wie immer. Genauer gesagt machte es mich sogar an.

Ich beugte mich hinunter und küsste ihr Knie.

Carlas Lippen verzogen sich zu einem verwegenen Lächeln. »Du bist nackt übrigens heißer als in Badehose.« Sie streckte sich nach unten und schloss ihre zarten Finger um meinen Schaft.

Ich erwiderte ihr Lächeln atemlos und legte mich wieder auf sie.

Einen Moment sahen wir uns tief in die Augen, ohne uns zu rühren. Und dieser kurze, flüchtige Augenblick sorgte plötzlich dafür, dass all das, was wir hier taten, rein körperliches Verlangen überschritt. Es wurde mehr. Es ging tiefer.

Ich senkte den Kopf, als sie ihren anhob, und der Kuss, der daraufhin folgte, besiegelte das Gefühl. Er machte es dauerhaft, wie das Zischen eines Brandeisens. Das hier würde nicht bloß Sex werden. Es bedeutete etwas. Es war bedeutungsvoller als alles, was ich bisher erlebt hatte, und ich konnte spüren, dass sie auch etwas empfand. So, wie sie mich angesehen hatte und so wie sie mich küsste, musste es einfach etwas zu bedeuten haben.

Carla hob das Becken an, streckte sich mir entgegen. Und dann, langsam, drang ich in sie hinein.

»Gott«, flüsterte ich und lehnte meine Stirn an ihre. »Du fühlst dich so verdammt perfekt an, Baby.« Und das war noch untertrieben. Ich glaubte, die Pforten des Himmels durchschritten zu haben.

Carla keuchte und hielt die Luft an, als ich vollständig in sie glitt. Ihre Finger bohrten sich in meine Schulterblätter, was mein Becken ungeduldig zucken ließ.

Als hätte das einen Schalter umgelegt, presste sie die Lippen auf meinen Mund und schlang die Beine fester um mich. »Mehr, Mitchell«, flüsterte sie atemlos. »Bitte.«

Und das ließ ich mir nicht zweimal sagen.

Ich warf all meine Vorsicht über Bord und begann, mich in ihr zu bewegen – und wenn ich geglaubt hatte, es würde mich schon umhauen, mit ihr zu knutschen, hatte ich mich geirrt. Und zwar gewaltig.

KAPITEL 23

CARLA

Er fühlte sich besser an, als ich es mir ausgemalt hatte. Größer, perfekter, sinnlicher.

Mein Magen knotete sich zusammen, als Mitchell mir tief in die Augen sah und mit einem harten Stoß wieder in mich drang.

Ich stöhnte auf und ließ meinen Kopf in die Kissen sinken. Sein Blick löste sich keine Sekunde von meinem, und irgendwie fühlte es sich … gut an. Und erschreckend. Ich fühlte mich entblößt, als könnte er geradewegs in meine Seele blicken. So, als wären es nicht nur unsere Körper, die in diesem Moment verbunden waren.

Er wurde schneller, bewegte sich lustvoller und gieriger in mir. Die Reibung, der Druck, die kraftvollen Stöße elektrisierten mich.

Mitchell griff nach meinen Händen, verschränkte unsere Finger miteinander und schob sie im nächsten Moment über meinen Kopf in die Kissen.

Ich schnappte scharf nach Luft und schloss die Augen, als er schneller wurde.

»Nicht«, flüsterte Mitchell. »Sieh mich an, Carla.«

Ich konnte nicht widerstehen und kam seiner Aufforderung nach. Dann legte ich meine Lippen auf seine und bewegte meine Hüften, kam ihm entgegen, erhöhte ungeduldig das Tempo. Er bemerkte es sofort, und seine Stöße wurden schneller, härter.

In meinen Ohren rauschte es. Fiebrig wirbelte ich uns herum, bis ich auf ihm saß. Ich konnte nichts weiter als Lust empfinden und verspannte mich, als ich daran dachte … dass ich nicht kommen konnte.

Doch das bremste mich nicht. Noch nie hatte Sex sich so gut angefühlt.

Mitchell setzte sich auf und schlang die Arme um mich, gab den Rhythmus vor. Er küsste mich mit einer so ursprünglichen

Dominanz, dass ich nicht anders konnte, als mich ihm voll und ganz hinzugeben.

Keiner von uns hielt sich zurück. Wir waren fiebrig, hemmungslos und laut, und vielleicht war das hier sogar der beste Sex meines Lebens. Mitchell war mal sanft, mal rau, und jedes Mal, wenn er mir einen Schrei entlockte, glitten meine Nägel über seinen Rücken, was ihn noch rasender zu machen schien. Er berührte meinen Körper, als wäre er etwas Heiliges. Als wäre ich das Kostbarste, was er je hatte berühren dürfen. Gleichzeitig gab er mir genau das, was ich brauchte. Mit ihm zusammen fühlte ich mich wie die schönste Frau der Welt. Begehrt, angebetet …

Geliebt.

Ich wusste, es war hirnrissig, doch ich konnte nichts gegen das Gefühl tun. Es war nicht einfach nur Sex. Es fühlte sich an, als würde Mitchell Liebe mit mir machen. Wäre ich nicht so vollkommen überwältigt gewesen, hätte mich diese Empfindung wohl verschreckt. Doch es fühlte sich richtig an. Ehrlich gesagt fühlte es sich wie das beste Gefühl auf der ganzen Welt an. Jede Berührung und jeder Kuss waren eine Liebkosung.

Wieder landete ich auf dem Rücken. Mitchell veränderte seine Position, winkelte mein Bein an und …

Ein überraschter Laut entwich mir. Dieser Punkt, den er in mir traf, ließ eine Saite in mir klingen. Es vibrierte durch meinen ganzen Körper und ballte sich in meinem Bauch zusammen. Ich hielt die Luft an und bewegte mich keinen Zentimeter mehr.

Mitchell bemerkte es sofort und erstarrte ebenfalls. »Tue ich dir weh?«, keuchte er.

Ich zog seine Stirn an meine. »Bloß nicht aufhören«, flüsterte ich und biss mir auf die Lippe. Ich wollte es noch einmal spüren. Es fühlte sich an, als könnte ich … doch das war unmöglich. Vollkommen. Das war ich noch nie. Ich konnte nicht.

Mitchell kam der Aufforderung mehr als bereitwillig nach. Er bewegte sich in mir, zog sich zurück und glitt mit einem Stoß wieder in mich hinein. Ein Stöhnen entwich mir, und das intensive, kribbelige Gefühl sorgte dafür, dass sich meine Zehen zusammenrollten. Er löste seine Lippen keine Sekunde von mir und hielt mich in seinen Armen. Und er traf diesen Punkt wieder. Und wieder, wieder.

Ich konnte kaum mehr atmen. Lust staute sich in mir zusammen, pochte rastlos zwischen meinen Beinen, und es fühlte sich an, als stände ich an einer Klippe und könnte jeden Moment fallen. Doch das war nicht möglich!

»Schneller«, bettelte ich und küsste ihn zitternd. Seine Stöße wurden wilder, gerieten aus dem Takt. Sein Atem beschleunigte sich, und er küsste mich hart und begierig. Strom rann durch meine Adern, baute sich immer weiter auf, wurde immer stärker und brodelnder, während mein Puls mir in den Ohren rauschte. Dann wurden meine Beine heiß. Sie glühten förmlich.

»Mitchell!« Ich grub meine Hände in seine Schultern. Ich konnte mich nicht bewegen. Alles in mir reduzierte sich auf diesen einen Punkt, und jeder Stoß, jedes Mal, wenn Mitchell mich dort berührte, befeuerte es das Brodeln in meinen Adern noch weiter. Jeder Muskel in meinem Körper spannte sich an, alles in mir trieb mich näher an den Rand der Klippe, toste durch meine Sinne, und dann …

Dann kam ich.

Ein Schrei löste sich aus meinem Mund, und mein Kreuz drückte sich durch. Lust und süße, herrliche Erlösung spülten in heftigen Wellen über mich hinweg, ich konnte nichts sehen, nichts hören, nur fühlen und mich von der Flut davontragen lassen. Meine Beine bebten und zuckten. Es überwältigte mich, machte mich plötzlich schwach.

Mit einem letzten Stoß drang Mitchell in mich, ehe er mit einem tiefen Laut selbst den Höhepunkt erreichte.

Kraftlos sanken wir in die Matratze. Atemlos, erlöst und überwältigt.

Nach Atem ringend, vergrub Mitchell das Gesicht an meinem Hals. Mein Herzschlag ließ meinen ganzen Körper beben, und die Welt schien den Atem anzuhalten. Vielleicht sogar auch die Zeit.

So lagen wir einen Augenblick da.

Mit geweiteten Augen starrte ich an die Decke. Meine Kehle war eng.

Ich … war gekommen. Ich hatte einen Orgasmus gehabt. So fühlte es sich also an, erlöst zu werden. So fühlte es sich an, vollkommen loszulassen.

Mitchell stemmte sich auf die Ellbogen.

»Das war der Wahnsinn. Wir waren …« Er sah mich mit großen Augen an und wirkte mit einem Mal alarmiert. »Was ist los?«

»Ich bin gekommen«, flüsterte ich.

Mitchells Schultern entspannten sich sichtlich. Er lächelte schief und streichelte über meine Wange. »Ja, das bist du. Definitiv.« Er setzte sich auf und verschwand kurz im Badezimmer. Noch immer ein wenig sprachlos starrte ich Löcher in die Luft.

Ich war wirklich gekommen.

Als er zurückkam, lehnte er die Tür an, sodass ein schmaler Streifen Licht ins Zimmer fiel.

Kaum lag er wieder im Bett, zog er mich auch schon an sich. Unsere Beine verknoteten sich ineinander, und ich seufzte auf. Es fühlte sich so gut an, in seinen Armen zu liegen. Noch etwas, was ich nie zuvor getan hatte; Kuscheln nach dem Sex.

»Ich dachte, ich wäre vielleicht kaputt«, murmelte ich und vergrub das Gesicht an seiner Halsbeuge. Ich zeigte mich ihm so, wie ich es mir niemals erlaubte – vor niemandem. Vollkommen schutzlos. Ausgeliefert.

Ich hatte all meine Mauern für ihn fallen gelassen.

Er klemmte mir eine Haarsträhne hinter das Ohr und fuhr mit dem Daumen die Linie meines Wangenknochens nach.

Ich hob den Blick. Angst zuckte durch mich hindurch, und ich biss mir auf die Lippe. Verdammt, er sah mich bloß an. Wieso erwiderte er denn nichts? Er sollte etwas sagen, irgendetwas!

Leise atmete Mitchell aus. Seine warmen braunen Augen bekamen einen so liebevollen Ausdruck, dass es mir fast das Herz zerriss. Er lehnte sich vor und küsste meine Wangen, meine Stirn und meine Nasenspitze. Dann küsste er meine Lippen, so zärtlich, dass es mir den Atem raubte.

»Es bedeutet mir mindestens so viel wie dir«, sagte er mit belegter Stimme. »Was wir eben miteinander hatten … das war perfekt, Carla. Und es hat mir etwas bedeutet.« Er verstummte. »Du kannst dir nicht ansatzweise vorstellen, wie viel *du* mir bedeutest.«

Mein Herz glühte und wurde federleicht. Ich strich mit meiner Nasenspitze an seiner entlang, ehe ich ihn küsste. Mitchell erwiderte den Kuss sofort. Und Zeit schien wieder einmal nicht mehr zu existieren.

Ich wusste nicht, ob es bloß Minuten oder Stunden waren, in denen wir einfach nur beieinanderlagen, nichts sagten und uns nur dem Gefühl hingaben, dass für diesen Moment alles gut war.

Die Nacht währte ewig. Und als wir ein zweites Mal miteinander schliefen, war es anders. Wir waren nicht hektisch und fiebrig. Diesmal ließen wir uns Zeit, um uns zu erkunden und zu berühren, um jede Sekunde auszukosten und sie zu genießen. Meine Lippen erforschten seinen Körper und seine den meinen, bis mein Blut kochte und die Lust kaum mehr auszuhalten war. Ich hatte immer gedacht, dass ich Kontrolle brauchte, um mich fallen zu lassen. Es stellte sich jedoch heraus, dass ich das nie wirklich getan hatte. Ich hatte mich nie fallen lassen. Doch Mitchell war so zärtlich, so anbetungswürdig, dass ich gar nicht anders konnte. Es war nicht nur Lust, die er in mir auslöste. Es war so viel mehr. Viel mehr, als ich jemals für möglich gehalten hatte. Viel mehr, als ich verdient hatte.

Diesmal lief ich nicht davon. Ich blieb in seinen Armen liegen und gab mich ganz dem Gefühl hin, endlich vollständig zu sein.

KAPITEL 24

MITCHELL

Almas Salon lag auf der Südseite der Stadt. Der Abend war noch früh, und die Sonne bewegte sich nur gemächlich auf den Horizont zu.

Ich hatte Carla seit unserem Date – seit unserer gemeinsamen Nacht – kaum zu Gesicht bekommen. Und dabei wollte ich nichts mehr, als jede freie Sekunde mit ihr zu verbringen. Sie war mindestens so eingespannt wie ich. Doch Vince und Alma waren wegen irgendeines Notfalls in der Familie übereilt nach Kolumbien geflogen, weshalb Carla mehr denn je vollauf damit beschäftigt war, sich um ihre Brüder zu kümmern, in Almas Salon auszuhelfen und nachts im *Leo's* zu arbeiten. Ihr hartes Leben hatte sie wieder voll in seinen Fängen. Am Campus hatte sie nicht einmal bei uns am Tisch gesessen, um zu Mittag zu essen. Die Zeit verbrachte sie in der Bibliothek, um zu lernen, und verschwand anschließend wieder in ihren Kursen. Nicht, dass ich wesentlich mehr Zeit gehabt hätte. Die Meisterschaft in Providence war nur noch wenige Tage entfernt, und ich steckte bis zum Hals in den Vorbereitungen, ganz abgesehen davon, dass ich für zwei meiner Kurse die fälligen Hausarbeiten etwas früher abgeben musste, da der Abgabetermin in der Meisterschaftswoche lag. Dabei hätte ich meine Zeit neben dem Training sehr viel lieber dazu verwendet, Carla zu helfen, mit ihren Brüdern, oder beim Lernen. Dazu kam, dass wir Savannah und den anderen noch immer nichts von uns erzählt hatten, was mir einiges an Stress bereitete. Ich wollte Carla Zeit geben, warten, bis sie so weit war. Aber warten war einfach unfassbar schwierig, wenn das bedeutete, dass ich fast gänzlich auf sie verzichten musste.

Deshalb konnte ich den heutigen Abend umso mehr kaum erwarten. Oskar übernachtete bei Ximenas Sohn, und Mateo begleitete ihn. Endlich würde Carla einmal durchatmen können.

Zehn Minuten später erreichte ich endlich mein Ziel. Ich parkte meinen Wagen am Straßenrand und sah mich um. Ich war noch nicht oft hier gewesen. Die Straße war schmal und die Läden klein. Ein asiatisches Nagelstudio grenzte an einen kleinen Imbiss und ein Tattoo-Studio. Auf der anderen Seite waren eine Textilreinigung, ein Antiquitätengeschäft und schließlich Almas Salon.

Als ich den Laden betrat, kündigte eine kleine Klingel über der Tür mein Kommen an. Im Laden war es warm von der Föhnluft und roch frisch, nach Shampoo und Reinigungsmittel. Kolumbianische Popmusik spielte leise, und die Luft war von Stimmen erfüllt. Es überraschte mich, wie gut der kleine Laden besucht war. Jeder Sessel vor den langen Spiegeln war besetzt, und Maria und die anderen Frauen waren vollauf damit beschäftigt, ihren Kundinnen die Haare zu waschen, zu schneiden oder zu frisieren.

»Mitchell?«

Ich entdeckte Carla mit hochgesteckten Haaren und einem Besen in der Hand. Sie war gerade dabei gewesen, am Boden liegende Haare aufzukehren. Nun machte sie den Eindruck, als würden ihr gleich die Augen aus dem Kopf fallen. Sie umklammerte den Besenstiel, als würde er ihr Halt geben. Doch der ungläubige Ausdruck auf ihrem Gesicht währte nicht lange, sondern wurde von einem Lächeln abgelöst.

»*Ay,* Mitchell ist gekommen!«, rief Luciana in gebrochenem Englisch, was mich aufblicken ließ. Und nicht nur mich – die Aufmerksamkeit aller Damen im Salon lag nun auf mir. Unweigerlich wurden meine Wangen heiß.

Ich vergrub die Hände in den Taschen meiner Jeans. »Hallo, alle miteinander.«

»Was machst du denn hier?«, fragte Carla, während sie einen zaghaften Schritt auf mich zumachte.

Ich überbrückte den Abstand zwischen uns und strich ihr eine Haarsträhne hinter das Ohr. Ein Raunen ging durch den Salon.

»Ich sagte doch, ich komme irgendwann vorbei«, sagte ich leise und schenkte ihr ein breites Lächeln. »Außerdem sind wir heute Abend verabredet, und ich konnte es nicht abwarten, dich zu sehen.«

Carlas Augen leuchteten auf. Dann huschten ihre Augen zu unserem Publikum, und ihre Wangen bekamen eine zarte Röte. »Ich habe erst in fünfzehn Minuten Feierabend.«

»Mitchell!«, rief Maria und kam auf mörderischen Absätzen zu uns geeilt. Sie strahlte mich an und drückte mir zwei Schmatzer auf die Wangen. »*Ay*, es ist so schön, dass du hier bist! Willst du …«

Den letzten Teil verstand ich nicht, vermutlich wegen des Dialektes. Ich sah Carla fragend an.

Sie verstand sofort. »Sie fragt, ob du etwas trinken willst.«

»Ah.« Ich grinste und wandte mich wieder Maria zu. »Sehr gerne«, sagte ich auf Spanisch. »Ein Wasser, bitte.«

»Kommt sofort, Schatz.«

Und schon flitzte sie wieder davon und rief ihrer wartenden Kundin etwas zu, was ich auch nicht verstehen konnte. Nur meinen und Carlas Namen konnte ich hören, und dem Kichern der Frauen zufolge konnte ich mir denken, um was es ging.

Carla verzog das Gesicht und sah Luciana und die anderen finster an. »*Dios mío,* das ist hier keine Attraktion! Lest weiter eure Klatschmagazine oder so!«

Sie stellte den Besen weg. »Sie sind so peinlich.«

»Sie sind nett«, erwiderte ich, konnte mein Grinsen jedoch nicht unterdrücken. »Und ein Wasser kann ich gerade auch gut gebrauchen.«

Carla zog mich zu einer Sitzbank am vollgestellten Zahltresen und rieb sich mit dem Handrücken über die Stirn. Die Erschöpfung der vergangenen zwei Wochen war ihr deutlich anzusehen.

»Warte hier, ich muss noch ein paar Dinge im Büro erledigen, dann bin ich fertig.« Sie berührte mich an der Schulter und schenkte mir ein kleines Lächeln, ehe sie sich umdrehte und durch die Tür hinter dem Tresen verschwand, aus der Maria im selben Moment heraustrat. Ich blickte ihr hinterher, ehe Maria meine Aufmerksamkeit völlig in Beschlag nahm. Sie reichte mir das Wasser, und ich bedankte mich bei ihr. Ihr süßes Vanilleparfum schoss mir dabei in die Nase, und sie lächelte mich aus grell pink geschminkten Lippen an.

»Und?«, fragte sie auf Spanisch und stupste mich mit dem Ellbogen an. »Seid ihr immer noch *nur Freunde?*«

Ich lachte auf und rieb mir verlegen mit der Hand über den Nacken. »Na ja. Nicht direkt«, erwiderte ich wahrheitsgemäß. Carla und ich hatten noch nicht darüber gesprochen, was wir waren. Ich wollte nichts kaputt machen und sie nicht dazu bringen, ihre Schutzmauern wieder hochzufahren.

Maria grinste breit und nickte, und zu meinem Erstaunen hakte sie nicht weiter nach. Sie sprach langsamer, damit ich sie verstehen konnte – mit anderen Worten, sie sprach in normaler Geschwindigkeit. »*Ay,* schön! Ich wünschte, Alma wäre hier, sie hätte sich gefreut, dich zu sehen, Mitchell.«

»Wie lange bleiben Alma und Vince denn in Kolumbien?«, fragte ich. »Und wieso genau sind sie eigentlich dort?«

Maria seufzte und lehnte eine Hand in die Hüfte. »Es ging alles ganz schnell. Sie wissen noch nicht, wie lange sie dortbleiben müssen. Almas Patentochter Gloriana hatte einen Unfall, und ihre Großcousine Anna bekommt ein Baby und wird deshalb heiraten. Wir wären gerne alle geflogen, aber irgendwer muss sich um den Salon kümmern. Gott sei Dank haben wir Carla. Ohne sie wären wir verloren. Sie kann den ganzen Papierkram machen. Wir können das nicht.«

»Wow«, sagte ich, vollkommen verblüfft. »Bei Alma scheint ja genauso viel los zu sein wie bei Carla.«

Maria nickte. »*Sí.* Die beiden sind unschlagbar. Aber ich gehe jetzt zu einem Sprachkurs. Ich werde diese hässliche Sprache hier lernen, und dann kann ich Alma auch im Büro helfen.«

»Das klingt nach einem tollen Plan, Maria.«

Sie zwinkerte mir zu, als schließlich ihre Kundin, eine ältere kolumbianische Frau, nach ihr rief. Hastig begab Maria sich wieder ans Werk und nahm das Gespräch mit ihrer Kundin wieder auf, während sie die Haare der alten Dame mit seltsamen riesigen Klammern abtrennte.

Während ich der Latinomusik lauschte, beobachtete ich das rege Treiben im Salon. Die Frauen redeten in schnellem Spanisch und lachten viel, wippten zur Musik, während sie Haare frisierten und Nägel bearbeiteten. Ich konnte nur Bruchstücke von dem verstehen, worüber sie redeten, aber es schienen Gespräche zu sein, die wohl bei jedem Friseur zu hören waren. Ich erinnerte mich daran, wie ich Savannah hatte begleiten müssen, als sie sich für den Abschlussball der Highschool in der Fletcher Mall die Haare hatte machen lassen. Es wurden Lebensgeschichten ausgetauscht und aller mögliche Tratsch. Vermutlich spielte es keine Rolle, welche Sprache gesprochen wurde. Die Atmosphäre war ähnlich, wenn sie sich auch hier wesentlich heimeliger anfühlte. Vielleicht, weil ich den Klang der Sprache und der Musik liebte.

Carla und ich waren so verschieden wie Feuer und Eis. Wir kamen definitiv aus verschiedenen Welten, doch das schreckte mich nicht ab, im Gegenteil. Es faszinierte mich, machte mich noch neugieriger.

Zehn Minuten später war Carla fertig und kam zurück nach vorne in den Laden. Sie hatte ihre Handtasche geschultert und ihren schwarzen, kurzen Mantel angezogen. Ihre Augen landeten auf mir und leuchteten wieder auf. Ein warmes Ziehen breitete sich in meiner Brust aus, und ich stand auf.

»Wollen wir?«, fragte sie und strich sich ein paar Haarsträhnen hinter die Ohren, die aus den hochgesteckten Haaren gerutscht waren.

Ich bedeutete ihr, vorzugehen, und sie lief an mir vorbei zum Ausgang.

»*Ay,* Mitch!«, rief Viviana, während sie einer Frau gruselige pinke Dinger in die Haare drehte. »Das nächste Mal musst du länger bleiben, ja?«

Carla grollte leise, und ich verkniff mir ein Lachen.

»Claro!«, rief ich zurück und verabschiedete mich von den Damen des Salons, ehe ich Carla nach draußen folgte.

Sie atmete tief durch und drehte sich zu mir um. »Ich könnte eine Aspirin und zehn Jahre Schlaf gebrauchen.«

Ich trat dicht vor sie und nahm ihr Gesicht sanft zwischen die Hände. »Aspirin habe ich zu Hause.« Ich beugte mich nach unten und gab ihr einen Kuss. »Ein Bett habe ich auch, aber ich bezweifle, dass du es schaffen wirst, ganze zehn Jahre darin zu schlafen. Ein paar Stunden können wir aber einplanen.«

Ein Lächeln leuchtete auf Carlas Gesicht auf. Dann hob sie den Kopf an und küsste mich zurück. »Sehr großzügig von dir, Hollister«, flüsterte sie an meine Lippen. Diesmal währte der Kuss länger. Er war genüsslicher, gemächlicher.

Ich ergriff ihre Hand und verflocht unsere Finger ineinander, während wir zu meinem Auto liefen.

»Wie geht es den Jungs?«, fragte ich.

»Oskar macht sein Ding, und Mati baut Mist, wie immer.« Carla verzog das Gesicht. Wir stiegen ein, und ich startete den Motor.

»Was hat Mateo angestellt?«

»Gestern Abend kam er schon wieder eine Stunde nach Sperrzeit nach Hause, und er hat wieder nach Rauch gestunken. Der kleine Scheißer lernt einfach nicht dazu. Vermutlich denkt er, jetzt wo Alma und Vince in Kolumbien sind, kann er tun und lassen, was er will, weil ich keine Rückenstärkung mehr habe.«

»Du hast mich.« Ich fuhr auf die Straße und warf ihr einen Blick zu. Ich hatte es im Plauderton gesagt, doch es war mein voller Ernst. Ich konnte ihr auf jeden Fall mit ihren Brüdern unter die Arme greifen. Sicher, jetzt vor der Meisterschaft war es zeitlich ziemlich eng, aber das würde ja nicht mehr ewig so gehen, und ein Tag hatte schließlich viele Stunden. Irgendwie würde das schon funktionieren.

Carla sagte nichts und starrte aus dem Fenster. Fletcher zog im Licht der untergehenden Sonne an uns vorbei und warf goldenes Licht auf ihr Gesicht, während ich uns an das andere Ende der Stadt beförderte.

»Wann haben die Jungs Training?«, fragte ich.

Carla blickte auf und hob eine Augenbraue. »Wieso willst du das wissen?«

»Ich könnte sie abholen, wenn du gerade keine Zeit hast.«

Ich konnte spüren, wie sie mich ansah, während ich mich auf den Verkehr konzentrierte.

»*No*«, sagte sie schließlich. »Das ist meine Aufgabe. Du hast genug zu tun.«

»Ich möchte dir helfen.«

»Aber ich schaffe das schon, Mitch. Ich brauche keine Hilfe.«

Ich stieß ein Seufzen aus und drückte sanft ihr Knie. »Natürlich schaffst du das, das weiß ich. Aber leichter wäre es, wenn du mich lässt. Du weißt doch, ich verstehe mich gut mit Oskar. Ich könnte mit ihm lernen oder Hausaufgaben machen. Mit Mateo komme ich auch klar. Und du hast so viel mehr zu tun als ich. Ich meine das völlig egoistisch – schließlich bleibt dir dann mehr Zeit für mich übrig.« Ich grinste schief. »Also überleg es dir, okay?«

Carla schwieg eine ganze Weile. Das Radio spielte leise einen Song von Radiohead, während ich in das Viertel abbog, in dem meine Eltern lebten. Die Vorgärten waren gepflegt und blühten in bunten Farben hinter ordentlichen weißen Zäunen oder niedrigen Mauern.

Gerade als ich glaubte, Carla würde nichts mehr erwidern, seufzte sie auf. »Ich werde darüber nachdenken.«

Ein Lächeln breitete sich auf meinem Gesicht aus, und ich zog ihre Hand an meine Lippen.

Wenige Augenblicke später parkte ich den Wagen in der Auffahrt und schaltete den Motor ab.

Wie auch die letzten Male liefen wir zum Poolhaus. Der einzige Unterschied bestand jedoch nun darin, dass unsere Finger ineinander verschränkt waren und die Gefühle, die das in mir auslöste, mir beinahe die Luft abschnürten.

Wir liefen auf direktem Weg ins Schlafzimmer. Vermutlich hatte Carla seit unserem Wochenende nicht mehr zu Hause in der Badewanne geübt. Das war jedoch nicht anders zu erwarten gewesen. Almas Abwesenheit war deutlich spürbar geworden, und ich fragte mich, wie viele Vorlesungen Carla wohl ausfallen ließ und mit welchem Stoff sie hinterherhinkte.

Ich schloss die Schlafzimmertür hinter uns und streifte meine Schuhe von den Füßen. Als Carla es mir nachtat, wurde sie um fast einen halben Kopf kleiner.

Ich grinste und schlang die Arme um ihre Taille. »So gefällt mir das schon besser.«

Sie blickte zu mir auf, ein Lächeln auf den vollen Lippen und ein Funkeln in den Augen. »Was genau meinst du? Dass ich plötzlich so ein Winzling bin oder dass wir wieder hier sind … allein.« Ihre Hände schlüpften unter mein Shirt und legten sich auf meinen Rücken, was augenblicklich eine Gänsehaut auf mir auslöste.

»Beides«, erwiderte ich und senkte den Kopf. »Letzteres ganz besonders.«

Unsere Nasenspitzen streiften sich.

»Sollten wir uns nicht für unsere Schwimmstunde umziehen?«, murmelte sie und glitt mit den Fingerspitzen meine Seiten entlang. Mein Puls wurde schneller.

»Umziehen oder ausziehen?« Ich zog sie noch ein wenig näher an mich.

Unsere Lippen schwebten voreinander, und die ganze Welt reduzierte sich auf uns beide. Sie wurde schwer und leicht zugleich.

Carla schloss die Augen. Die wenigen Sekunden, die verstrichen, fühlten sich elektrisch und unendlich lang an. »Beides«, flüsterte sie schließlich nahezu tonlos. Dann senkte ich den Kopf und küsste sie. Das leise Seufzen, das sie dabei ausstieß, sorgte dafür, dass sich mein Hirn in Schall und Rauch auflöste. Sie erwiderte den Kuss, und ich legte eine Hand in ihren Nacken. Die andere schob ich in ihre hintere Jeanstasche und zog sie zu mir. Wir erkundeten einander mit den Lippen, kosteten den Augenblick aus. Ihre Zunge strich meine Unterlippe entlang, ehe sie in meinen Mund glitt und mir ein tiefes Stöhnen entlockte.

Wir taumelten zum Bett und fielen auf die Matratze. Innerhalb weniger Augenblicke wurden wir leidenschaftlicher, ruheloser, gieriger. Mein T-Shirt segelte zu Boden, und ich packte ihre Knie und schlang sie mir um die Hüfte. Sie vergrub ihre Hände in meinen Haaren und presste ihre Lippen auf meine. Ich fühlte mich so ausgehungert, als hätte ich sie Monate nicht mehr in den Armen gehalten, nicht bloß diese zwei Wochen. Ich bekam nicht genug von ihr, verteilte Küsse auf ihrem Kiefer und auf ihrem Hals, was sie keuchen ließ. Diese kleinen Töne trafen mich an ganz bestimmten Stellen und sorgten dafür, dass ich innerhalb weniger Sekunden steinhart wurde.

Gerade als ich mit den Händen unter ihr Oberteil glitt und ihre Brüste umfasste, wurde die Schlafzimmertür aufgerissen.

Carla schrie, ich setzte mich schlagartig auf. Das Herz rutschte mir in die Hose, und ich schnappte nach Luft.

Meine Mutter stand im Türrahmen und sah uns mit großen Augen an.

Großer Gott.

»M-mum«, sagte ich und glitt hastig von Carla herunter. Carla setzte sich ebenfalls auf, zog ihr Oberteil zurecht und strich sich die zerzausten Haare hinter die Ohren.

Meine Mutter senkte den Blick, sichtlich peinlich berührt, und wurde rot im Gesicht – genau wie ich. Tomatenrot, und zwar von der ganz dunklen Sorte.

»Ich wusste nicht, dass du … Besuch hast.« Sie räusperte sich. »Ich habe dein Auto in der Auffahrt gesehen und mir gedacht, dass du vermutlich hier bist. Die Fullers und Savannah sind schon da. In zwanzig Minuten ist d-das Essen fertig.«

Entgeistert starrte ich meine Mutter an. O verdammt.

Verdammt, verdammt, verdammt. »Das Essen war *heute?*«

Ich war so ein Idiot. Wann hätte das Essen auch sonst sein sollen? Meine Eltern hatten schon vor Wochen angekündigt, dass sie endlich wieder einmal ein Abendessen mit den Fullers planten, vor allem da Austin und ich morgen zu den Meisterschaften nach Providence aufbrechen würden.

Oh, Scheiße.

Ich rieb mir mit den Händen über das Gesicht und stöhnte auf. »Richtig. Tut mir leid, ich habe gar nicht mehr daran gedacht.«

»Du bist Carla, richtig?« Mum musterte Carla mit missbilligender Miene, und ich konnte quasi spüren, wie Carla dabei den Kopf einzog. Jedoch sah ich auch die Bestürzung in Mums Augen. Vermutlich hatte sie wirklich geglaubt, dass Arden und ich ein Paar waren – damit war es nun jedoch definitiv vorbei.

»Bist du nicht eine Freundin von Savannah?«, fragte sie Carla.

»*Sí.* Äh, ich meine, ja. Das bin ich.«

Stille.

Für einen kurzen Moment wollte ich nichts lieber, als im Erdboden zu versinken. Das Ganze konnte vermutlich nicht noch peinlicher werden.

Ich konnte sehen, dass meine Mutter seit geraumer Zeit in der Küche beschäftigt gewesen war. Sie trug ihre karierte Schürze mit der Aufschrift *Chefkoch* und darunter eine weite Bluse und dunkle Stoffhosen. Die kastanienbraunen Haare waren hochgesteckt, und sie trug ihre Lesebrille um den Hals, vermutlich um sie für das Rezeptbuch griffbereit zu haben.

Ich hatte dieses verdammte Abendessen einfach vergessen. Ich dummer Esel, um es mit Carlas Worten zu sagen.

Mum schenkte Carla ein schmales, angespanntes Lächeln. Sie wirkte hin- und hergerissen. Man konnte beinahe hören, wie es hinter ihrer Stirn arbeitete. Wenn meine Mutter ein Abendessen plante, hatte sie genaue Vorstellungen davon, wie es sein sollte. Und wie sie eben war, würde sie alles tun, um zu bekommen, was sie wollte.

Dann schien sie sich endlich entschieden zu haben, und ihre Entscheidung verblüffte mich. »Wenn du möchtest, kannst du auch zum Abendessen bleiben, Carla. Es ist genug Platz für eine weitere Person.«

»Oh, das sollte ich besser nicht«, sagte Carla hastig und lächelte zurück, auch wenn es aufgekratzt wirkte. Ihr Blick huschte hilflos von Mum zu mir und wieder zurück. »Das ist ein Essen unter engen Freunden, ich möchte euch wirklich nicht stören.«

»Unsinn!« Meine Mutter machte eine wegwerfende Handbewegung. »Ich bestehe darauf.« Sie wandte sich zum Gehen, zögerte jedoch ein letztes Mal. Mit gekräuselten Lippen musterte sie uns – und ich kannte diesen Blick. Ich mochte ihn ganz und gar nicht. Es war die Art von Blick, die Savannah und mich getroffen hatte, wenn wir als Kinder mit matschigen Schuhen ins Haus gelaufen waren oder unser Zimmer nicht aufgeräumt hatten. Er war streng und ein wenig einschüchternd. »Vielleicht solltet ihr euch noch ein klein wenig … zurechtmachen, bevor ihr rüber ins Haus kommt.«

Damit drehte sie sich um, zog die Tür hinter sich zu und war verschwunden.

Ich war zur Salzsäule erstarrt. Das war definitiv nicht die Art und Weise, wie ich mir vorgestellt hatte, wie Carla und Mum zum ersten Mal aufeinandertreffen würden. Gerade in letzter Zeit hatte ich öfter mit dem Gedanken gespielt, sie einander bekannt zu machen. Immerhin kannte ich mittlerweile auch Carlas Familie, da war es doch nur fair, wenn ich ihr meine vorstellte. Ganz davon abgesehen, dass das wohl die einzige Möglichkeit war, Mum klarzumachen, dass nicht Arden das Mädchen meiner Träume war.

Nun, zumindest das hatte eindrucksvoll funktioniert. Und der Rest …

In die Hose gegangen wäre wohl noch zu optimistisch ausgedrückt.

»*Mierda.*« Carla stieß den Atem aus. »Das war schrecklich!«

Ich drehte mich zu ihr um und griff nach ihrer Hand. Ihre Wangen waren gerötet, und sie sah aus wie ein Reh im Scheinwerferlicht. Es gab nicht viel, was Carla Santos so aus der Bahn warf, aber das eben hatte sie kalt erwischt.

»Es tut mir so leid«, sagte ich und rieb mir über das Gesicht. »Gott, ich habe überhaupt nicht mehr daran gedacht, dass heute dieses Essen stattfindet.«

»Ich sollte gehen«, sagte sie, entzog mir ihre Hand und stand auf.

»Was? Nein!« Ich erhob mich ebenfalls und hielt sie am Ellbogen fest, als sie in Windeseile ihre Tasche schulterte. »Bitte bleib. Früher oder später hätte ich euch einander sowieso vorgestellt. Außerdem wird sie dich lieben, wenn sie dich erst kennenlernt, da bin ich ganz sicher.«

»Savannah, Arden und Austin werden da sein! Ausgerechnet diese furchtbaren Psycho-Geschwister. Willst du wirklich, dass wir uns das antun? Sie werden merken, dass zwischen uns was läuft.«

»Und was wäre so schlimm daran, wenn sie es wüssten?«, fragte ich.

Ihr Mund klappte auf. Ich war mindestens genauso überrascht. Für dieses Gespräch war es definitiv der falsche Zeitpunkt, doch ich konnte jetzt nicht mehr zurückrudern.

Ich legte ihr eine Hand an die Wange. »Ich möchte nicht verstecken, was zwischen uns ist. Was soll's, dann wissen die anderen eben davon.«

»Mitchell …«

»Es sei denn, du willst mich ebenfalls zu einem Geheimnis machen?«, fragte ich angespannt und presste die Lippen zusammen. Gott, ich sollte diese Frage nicht stellen. Wir sollten dieses Gespräch noch nicht führen, dafür war es zu früh!

Carlas Miene wurde gequält. »Du bist kein Geheimnis! Aber ich weiß noch nicht, was in mir vorgeht, was ich denke und was … was ich fühle. Ich möchte nicht, dass sie es wissen, vor allem nicht Psycho-Arden.«

»Das verstehe ich«, erwiderte ich. Doch obwohl ich das tatsächlich tat und an ihrer Stelle vermutlich genauso gehandelt hätte, trafen mich ihre Worte. Oder vielmehr: Sie frustrierten mich, und zwar maßlos. »Okay. Klar. Dann lassen wir uns Zeit. Bitte bleib trotzdem zum Essen. Meiner Mum sollte man wirklich keinen Wunsch ausschlagen.«

Ich sah, wie sie mit sich rang. Sie wirkte hin- und hergerissen. Ihre Stirn war gerunzelt, und sie hatte die Zähne in der Unterlippe vergraben. »Schön«, stöhnte sie schließlich und kniff sich mit Daumen und Zeigefinger in die Nasenwurzel. »Ich werde das vermutlich bereuen. Aber ich bleibe zum Essen.«

KAPITEL 25

CARLA

Was für eine gigantische Katastrophe. Nicht, dass meine Woche nicht sowieso schon der reinste Horror gewesen wäre, dem Ganzen wurde nun auch noch das Sahnehäubchen plus Kirsche verpasst.

Mitchell und ich liefen durch den Garten zum Haus. Der Himmel war bereits in Zwielicht getaucht, und die Luft war um einiges kühler geworden.

Ich knirschte mit den Zähnen und schlang die Arme um mich. Ich sollte nicht hier sein. Nicht, wenn gleich ein so vertrautes Familiendinner stattfinden würde. Ich gehörte nicht dazu, ich war weder Mitchells Freundin noch sonst wie berechtigt, daran teilzunehmen.

»Alles wird gut«, sagte Mitchell sanft, als könnte er spüren, wie panisch ich wurde. »Sie wird dich mögen.«

Sie wird dich mögen.

Das war vermutlich der Satz, der mir am meisten Angst einjagte. Ich sollte nicht auf Mitchells Mutter treffen, noch nicht jetzt und vor allem nicht so.

In meinem Kopf toste ein Wirbelwind. Wie würde das Essen werden? Was sollte ich Savannah sagen? Und wie viel Uhr hatten wir überhaupt? Sollte ich nicht bei Ximenas Mann anrufen und sichergehen, dass bei Mateo und Oskar alles in Ordnung war?

Wir betraten das Haus durch die Küche. Als Mitchell die Tür hinter uns schloss, beschleunigte sich mein Herzschlag, und meine Knie wurden weich. Jetzt gab es kein Entkommen mehr. Ich würde dieses Essen wohl oder übel durchstehen müssen.

Es duftete nach würzigem Essen und frischem Brot. Auf der Küchenanrichte standen diverse Schalen, Platten und Teller, und ich fragte mich, wie viele Leute heute Abend wohl noch mit uns essen würden. Dreißig? Vierzig? Zumindest machte es den Anschein, als würde es für mindestens so viele Mäuler reichen.

Ich zog meine Hand aus Mitchells und atmete tief durch. »Es riecht toll«, sagte ich leise. Vielleicht sollte ich dem Ganzen eine Chance geben. Auch wenn ich mich immer noch fühlte wie ein Eindringling. Abgesehen davon sah ich ziemlich zerrupft aus. Meine Haare waren eine Katastrophe, ich trug die alte Jeans, die ich immer im Salon trug, und ein altes Oberteil. Einen schlechteren Zeitpunkt hätte es nicht geben können, um mich auf ein Essen mit Mitchs Familie einzulassen. Und dann war Mitchells Mutter auch noch hereingeplatzt, gerade als wir …

Wie selbstverständlich zog Mitchell mich wieder an sich und küsste meine Stirn. »Das stehen wir schon durch, Carla. Du wirst sehen. Wir …«

»Heilige Scheiße.«

Erschrocken wirbelten wir herum und entdeckten Savannah im Kücheneingang. Mein Herz blieb schlagartig stehen, als ich sah, wie ihre Augen riesengroß wurden und ihr Mund aufklappte.

Ganz offenbar war das Abendessen heute wirklich kein Spontaneinfall, denn sie trug ein luftiges gelbes Tüllkleid und weiße Schleifen in den braunen Haaren. Wie immer sah sie aus wie die niedlichste Elfe der Welt.

Obwohl mir danach war, hastig von Mitchell zurückzuweichen, um mich herausreden zu können, tat ich es nicht. Ich blieb, wo ich war. Auch Mitchell zog sich nicht zurück – ganz im Gegenteil. Ich spürte, wie seine Brust meinen Rücken streifte, als er mich noch näher zu sich zog.

»Hi, Savy«, sagte ich mit seltsam hoher Stimme und versuchte mich an einem miserablen Lächeln.

»Ihr …« Sie zeigte auf mich, dann auf ihren Bruder und wieder zurück. »I-ihr seid … ihr habt …«

Die Verblüffung stand ihr ins Gesicht geschrieben. Dann schrie Savannah plötzlich so laut, dass ich wieder zusammenzuckte und mein Magen sich verknotete. Ich glaubte schon, sie würde einen Tobsuchtsanfall bekommen, als sie auf uns zurannte, doch Savannah griff uns natürlich nicht an, sondern sprang uns in die Arme. »O mein Gott! O mein Gott, ich wusste es! Ich wusste es! Ich wusste es!«

Sie hüpfte auf und ab und schüttelte uns damit durch. Ich fühlte mich zwischen ihr und Mitch wie in einem Sandwich gefangen.

»*Ay,* ich bekomme keine Luft!«, keuchte ich, während ich mir zugleich ein Lachen verkneifen musste. Die Spannung wich allmählich wieder aus meinen Schultern.

Endlich ließ Savannah uns los und strahlte uns mit leuchtenden Augen an. Die Brille saß schief auf ihrer sommersprossigen Nase, und durch den kleinen Freudentanz wirkten ihre Haare ein wenig zerzaust. »Wie lange geht das schon? Und wie ist es dazu gekommen?«, fragte sie und ergriff meine Hände. Ihr Blick glitt zu ihrem Bruder, und sie stieß ein Quietschen aus. »Oh, das ist perfekt! Ich habe es doch gewusst, spätestens nachdem ihr im *Leo's* so miteinander geflirtet habt! Ihr werdet wunderschöne Babys machen, und wir werden eine große Familie und können zusammen in den Urlaub fahren und die Feiertage zusammen verbringen!«

»*Dios mío,* hast du Bleichmittel getrunken?«, fragte ich erschrocken, auch wenn mein Gesicht heiß glühte und meine Mundwinkel nach oben wanderten. Mitchell hinter mir lachte so laut, dass es an meinem Rücken bebte.

Savannah trat zurück und biss sich auf die Lippe. »Tut mir leid für den Ausbruch, es ist nur so … Ich habe es doch gewusst!« Plötzlich holte sie aus und boxte mir gegen den Arm.

»Au!«

»Ihr habt mich angelogen!«

Ich rieb mir den Arm, auch wenn es nicht sonderlich fest gewesen war. »*No,* wir haben nicht gelogen.«

»Jedenfalls nicht sehr«, verbesserte mich Mitchell und löste sich von mir. Als ich ihm einen Blick zuwarf, sah ich, wie er verlegen lächelte. »Tut mir leid, Savy. Wir hätten es dir als Erste gesagt, aber wir wollten uns noch Zeit lassen.«

»Also seid ihr jetzt ein Paar?«, fragte Savannah und hob erwartungsvoll die Augenbrauen.

Mein Herz rutschte mir in die Hose. Bevor ich wusste, was ich sagen sollte, kam Mitchell mir zu Hilfe.

»Nein«, sagte er sanft. »Aber wir gehen miteinander aus.«

Wir gehen miteinander aus.

Normalerweise hätten mich diese Worte verschreckt. Ich hätte mich gewehrt und sie abgestritten. Doch sie von Mitchell zu hören war … schön. Mir wurde warm.

Savannah ergriff wieder meine Hände und drückte sie. Die Freude in ihrer Miene war echt und das Lächeln auf ihren Lippen ebenfalls. »Oh, Carly. Ich wusste, dass es nur eine Frage der Zeit ist. Ihr passt großartig zueinander, und ich liebe euch beide. Wehe, ich werde nicht deine erste Brautjungfer.«

Ich lachte auf und verdrehte die Augen. »Du bist so ein Idiot.«

Die Erleichterung in mir verwunderte mich. Ich hätte nicht geglaubt, wie … befreiend es sein würde, ein Geheimnis weniger vor Savannah zu haben. Ich hatte geglaubt, dass ich verzweifelt oder aufgebracht sein würde. Aber erst jetzt wurde mir so richtig klar, wie sehr mir meine Freundin fehlte, wie sehr es mir fehlte, ihr zu vertrauen. Wieso konnte mein Leben nicht einfacher sein? Zumindest einfach genug, um Sav und auch Ella und Summer wieder daran teilhaben zu lassen?

Stimmen erklangen aus dem angrenzenden Esszimmer, was mich aufblicken ließ. Savannah und Mitchell wandten ebenfalls ihre Köpfe zur weißen Doppeltür, und ich spürte, wie mein Magen wieder fest wurde.

Dann erklangen Schritte, und Arden und Austin betraten die Küche.

Arden blieb abrupt stehen, wie erstarrt. Ihre Augen huschten von Mitchell zu mir, ehe ihr Mund aufklappte. »Was macht *sie* denn hier?«, stieß sie hervor und sah Mitchell und Savannah vorwurfsvoll an. Als ich Arden so betrachtete, mit ihren tot geglätteten blondierten Haaren und dem vielen Make-up im Gesicht, rief ich mir wieder ins Gedächtnis, dass ich keine Schwäche vor dieser Furie zeigen durfte. Sie triefte geradezu vor Feindseligkeit.

Wut flackerte in mir auf, und ich straffte die Schultern, doch Mitchell zog mich näher zu sich, als könnte er spüren, was in mir vorging.

»Unsere Mum hat sie eingeladen. Sie ist mein Gast«, erwiderte er ruhig.

Austin, der seine schwarzen Haare im Gegensatz zu seiner Schwester nicht bleichte, runzelte verwirrt die Stirn. »Wow, das habe ich jetzt nicht erwartet. Und ich dachte, du datest nicht, Carla.«

»Das war auf dich bezogen«, erwiderte ich und presste die Lippen zusammen.

»Autsch.« Sein Lächeln war unerschütterlich wie eh und je.

»Warte, was?«, fragte Mitchell.

»Gott, Austin«, sagte Arden und warf ihrem Bruder einen angewiderten Blick zu. »Ich dachte, wenigstens du hättest Geschmack.«

Diesmal war es Savannah, die empört nach Luft schnappte. »Hör auf, so was zu sagen, Arden!«

»Wieso? Jeder weiß, was für ein Miststück sie ist.«

»Das einzige Miststück hier bist du!«, feuerte ich zurück.

Wir starrten uns wütend an. Ich wollte nichts lieber tun, als ihr das Gesicht zerkratzen.

»Wir sollten zu den anderen gehen«, sagte Mitchell langsam, diplomatisch wie immer. »Ich glaube, ein wenig gutes Essen könnte uns gerade wirklich helfen.« In diesem Moment kam Mrs Moore zurück in die Küche, um sich wieder dem Abendessen zu widmen.

»Sollen wir helfen, den Tisch zu decken, Mum?«

»Ich habe schon alles erledigt«, sagte sie, ohne sich auch nur zu uns umzudrehen, und öffnete mit zwei Handschuhen die Ofentür. Offenbar hatte sie sich dazu entschieden, die angespannte Stimmung geflissentlich zu ignorieren.

Wir machten uns auf den Weg ins Esszimmer, und ich gab mir Mühe, nicht sofort wieder in meine Nervosität zu verfallen. Das Haus war noch größer, als ich es in Erinnerung hatte, was mich beinahe aufseufzen ließ. *So viel Platz.* Während Savannahs Geburtstag und auch die wenigen Male, die ich als Teenager hier gewesen war, war ich nie im Esszimmer gewesen. Überhaupt hatten wir hier nie sonderlich viel Zeit verbracht, und ich hatte vermutlich nicht einmal die Hälfte des Anwesens zu Gesicht bekommen. Das Esszimmer war größer als unser Wohnzimmer und die Küche zusammen. Es war hell, offen und wirkte sehr teuer. Die Wände waren mit weißem Holz vertäfelt und mit wertvoll aussehenden Vasen und großen abstrakten Bildern dekoriert. Doch es war der Esstisch, der meine volle Aufmerksamkeit auf sich zog. Er bot Platz für mindestens zehn Leute – und einige der Plätze waren auch schon besetzt. Drei Augenpaare starrten mich an, als ich mich zwischen Mitchell und Savannah setzte. Mr Moore hatte überrascht die Stirn gerunzelt, Mr und Mrs Fuller – ich ging stark davon aus, dass sie es waren – wirkten neugierig. Austin und Arden wirkten durchweg angespannt, als sie ihre Stühle zurückschoben, um sich zu setzen. Ardens Gesichtsausdruck verwandelte sich in eine feindselige Grimasse, als Mitchell nach meiner Hand griff.

»Leute, das ist Carla«, stellte er mich vor. »Carla, das sind mein Dad und George und Jennifer Fuller.«

»Hi«, stieß ich hervor und lächelte nervös. So nervös und so unsicher hatte ich mich schon lange nicht mehr gefühlt. Ich erkannte mich kaum wieder.

»Sehr erfreut«, sagte Mrs Fuller, runzelte jedoch die Stirn, als sie Mitchells und meine verflochtenen Finger betrachtete. Dann warf sie ihrer Tochter einen fragenden Blick zu.

Im selben Moment betrat Mrs Moore den Raum und stellte eine Auflaufform auf den Tisch. Sie lächelte strahlend und zog die Ofenhandschuhe aus. »Lasst es euch schmecken!«

Wenigstens Mr Moore nickte freundlich in meine Richtung und prostete mir mit seinem Weinglas zu. »Schön, dich kennenzulernen, Carla.«

Ich lächelte scheu und senkte den Blick. So hatte ich es mir bestimmt nicht vorgestellt, Mitchells Eltern zu begegnen. Nicht, dass ich es mir überhaupt vorgestellt hatte …

Stumm ließ ich zu, dass Mitchell mir Braten und Kartoffeln auf den Teller gab, ehe ich mir zögerlich ein Glas Wein einschenkte. Ohne Alkohol würde ich das hier auf keinen Fall überleben … Gott.

Ich klang wie meine Mutter.
Mein Hals schien sich plötzlich zuzuschnüren.
»Also, Mitchell«, sagte Mr Fuller. »Bist du bereit für die Meisterschaft?«
Mitchell nickte kauend. »Ich denke schon. Das Training war hart, aber gut. Wir werden unser Bestes geben, mehr können wir nicht tun.«
Mr Fuller lächelte herzlich. »Das ist die richtige Einstellung! Austin und du werdet ganz bestimmt brillieren. Richtet Coach Pat Grüße von Jennifer und mir aus, wenn ihr ihn das nächste Mal seht.«
»Klar«, sagten Mitchell und Austin in vertrauter Einvernehmlichkeit, ehe Mitchell sich an mich wandte. »Coach Pat ist mit meinen Eltern, George und Jennifer auf die Highschool gegangen.«
Ich nickte und ergriff die Gelegenheit, etwas zu sagen. »Waren Sie denn alle auch auf der Fletcher University?«
Ich sah Mitchells Eltern und die Fullers an, doch offenbar fühlte sich niemand dazu berufen, meine Frage zu beantworten.
Ich schluckte. Vielleicht war es nur meine Panik, doch jede Faser in diesem Haus gab mir das Gefühl, dass ich einfach nicht hierhergehörte.
Sie wollen mich nicht hierhaben. Ich bin ein Eindringling.
Endlich ergriff Mr Moore das Wort, und der freundliche Ausdruck in seinen Augen erinnerte mich an Mitchell. »Nein. Wir waren an der Brown.«
»Mitchell hätte auch hingehen sollen«, fügte Mrs Moore hinzu, »er wurde dort schließlich angenommen.«
»Mum«, warnte Mitchell leise, ohne mit dem Essen aufzuhören. »Fang bitte nicht wieder mit diesem Thema an.«
Und wieder Stille. Ich sah, wie Mrs Moores Lächeln angespannter wurde. Doch sie hielt es eisern aufrecht.
Ich zerdrückte meine Kartoffeln zu einem Brei und stellte mir dabei vor, dass es Ardens Gesicht wäre.
Erst als ich aufblickte, bemerkte ich, dass Mrs Moore mich dabei beobachtete.

»Was studieren Sie, Carla?«, fragte sie, was ein wenig freundlicher klang.

»Marketing«, erwiderte ich und straffte die Schultern.

»Wie schön!« Sie nickte. »Austin studiert ebenfalls Marketing, aber das wissen Sie ja vermutlich. Ihr Kids habt ja alle einen Draht zueinander.«

Austin und ich warfen uns einen Blick zu. Ich verschluckte mich beinahe.

»Und schwimmen Sie auch?«, fragte sie neugierig weiter.

Arden schnaubte höhnisch. »Sie kann überhaupt nicht schwimmen.«

»Wirklich nicht?«, fragte Savannah überrascht. »Das wusste ich ja gar nicht, Carly. Wieso hast du das nie erzählt?«

Mein Blut wurde eiskalt. Ich sah Arden so böse an, dass nur noch tödliche Laserstrahlen gefehlt hätten, die aus meinen Augen schossen. Gott, ich hasste sie. Ich hasste sie so sehr.

Ich spürte, wie Mitchell mir eine Hand auf das Knie legte und es beruhigend drückte.

»So ungewöhnlich ist das nun auch wieder nicht«, antwortete er an meiner Stelle und zuckte mit den Schultern. »Wir arbeiten gerade daran. Ich bringe es ihr bei.«

»Ich dachte, du hättest keine Zeit?«, fragte Arden spitz, was auch die Aufmerksamkeit seiner Mutter weckte.

»Arden hat recht, Mitchell. Haben wir nicht vor Kurzem erst über Ablenkungen gesprochen?«

Arden sah ihn böse an. »Austin hat dieses Jahr sogar deine Stelle an der Schwimmschule übernommen! Er hat dir damit einen Gefallen getan. So dankst du ihm also.«

Mrs Fuller lachte nervös auf. »Arden, Liebling, nimm doch noch etwas Braten.«

»Ist schon okay«, sagte Austin und warf seiner Schwester einen warnenden Blick zu. »Ich mache das gern. Die Kids sind toll. Außerdem belegt Mitch zwei Kurse mehr als ich.«

»Wie schlagen sich Sophie und Lou?«, fragte Mitchell. »Haben sie immer noch Angst vor dem Einmeterbrett?«

Austin ging sichtlich dankbar darauf ein, dass sie über ein Thema reden konnten, das weniger angespannt war. Eines musste ich Austin wirklich lassen, so nervig ich ihn auch fand: Er trug einen großen Anteil dazu bei, dass diese Situation nicht völlig außer Kontrolle geriet.

Er grinste. »Sie lieben es! Wann immer ich die Kids springen lasse, stehen die Mädchen ganz vorne in der Schlange.«

Austin und Mitchell unterhielten sich eine Weile über die Schwimmschule, was die Atmosphäre im Raum wieder abkühlte. Schließlich lenkten sie das Thema wieder auf die Meisterschaft und auf ihren Flug am nächsten Morgen, was auch ihre Eltern ins Boot holte und sie mit ins Gespräch zog. Es war wie immer bewundernswert, wie Mitchell es schaffte, dass man sich besser fühlte, indem er einfach nur ein unverfängliches Gespräch begann. Savy warf mir ein aufmunterndes Lächeln zu, als ich mich schließlich ein wenig entspannte und tatsächlich für einen Moment das gute Essen genießen konnte. Mrs Moore kochte wirklich fantastisch. Ich würde einfach meinen Teller leeren, mich für das Essen bedanken und anschließend das Weite suchen. Niemand musste jemals wieder an diesen Abend zurückdenken. Es war ganz simpel.

Doch natürlich konnte ich mich nicht unsichtbar machen, und gerade als ich mir einen kleinen Nachschlag genommen hatte – natürlich nur, weil der Zeitpunkt eher ungünstig wirkte, um sich aus dem Staub zu machen –, landete Mrs Moores Aufmerksamkeit erneut bei mir.

»Also, Carla«, sagte sie. »Wie lange sind Sie und Mitchell denn schon ein Paar?«

Und wieder lagen die Augen der anderen auf mir. Ich hasste dieses Gefühl. Vor allem bei einer so unangenehmen Frage.

»Wir, äh, sind nicht wirklich ein …«

Arden ließ ihr Besteck lautstark auf den Tisch fallen, was mich und auch die anderen erschrocken zusammenzucken ließ.

Ihre Augen waren geweitet, und sie sah Mitchell so entsetzt an, als hätte sie sich die letzte Gabel nicht in den Mund, sondern in die Nase geschoben.

»Bitte sag mir, dass es nicht dein gottverdammter Ernst ist, Mitch«, stieß sie hervor. Ihre Augen huschten von ihm zu mir, und ich konnte sehen, wie ihre Hände zu zittern begannen. »Schlimm genug, dass du Santos vögelst, während du mich warten lässt – aber du *datest* sie?«

»Arden!« Erschrocken legte ihre Mutter ebenfalls ihr Besteck ab. Doch ihre Tochter sprang auf. Es glitzerten sogar Tränen in ihren Augen. »I-ich bin so ein Idiot! Und ich dachte, du brauchst einfach ein wenig Zeit für dich, um dir deiner Gefühle klar zu werden. Du bist ein verdammtes Schwein, Mitchell Moore! Das nächste Mal, wenn du wieder irgendeine dahergelaufene Schlampe flachlegst, mach vorher wenigstens mit mir Schluss!«

»Warte, *was?*«, fragte ich entgeistert. Ich hielt den Atem an. Savannah fiel sogar das Essen aus dem Mund, so sprachlos war sie. Allein die Vorstellung, dass er und Arden etwas miteinander gehabt haben könnten, bereitete mir mit einem Mal heftige Übelkeit. Es musste ein Scherz sein.

Mrs Moore räusperte sich, sichtlich peinlich berührt. »Ich denke, wir alle sollten uns jetzt beruhigen.«

Ich konnte sehen, wie ein Muskel in Mitchells Kiefer zuckte und er die Hände zu Fäusten ballte. »Arden, wie oft soll ich dir noch sagen, dass zwischen uns nichts ist? Du steigerst dich da in was rein.«

Arden schluchzte erstickt, ging voll und ganz in ihrer dramatischen Szene auf. »Hör auf, Mitchell! Das zwischen uns hat sich doch schon seit Jahren angebahnt. Und erzähl mir nicht, dass es dir nichts bedeutet hat, als du mit mir geschlafen hast!«

Mein Herz blieb stehen.

»Oh, mein Gott«, sagte Savannah und schlug sich eine Hand vor den Mund.

Mr Moore räusperte sich und trank seinen Rotwein auf ex. »Ich glaube, ich habe genug.« Er erhob sich und verließ den Raum.

Ich starrte Mitchell an. Dann verzog ich das Gesicht. »Mitch«, stieß ich davor. »Stimmt das?«

Sein Gesicht war knallrot. Er rutschte tiefer in seinen Stuhl und senkte die Stimme, doch natürlich war es so leise im Raum, dass jeder ihn hören konnte. »Es war der größte Fehler überhaupt, und es ist schon Monate her. Ich habe es bereut, gleich nachdem es passiert ist. Das ist nicht mehr der Rede wert, Carla, wirklich nicht.«

»Fehler?«, wiederholte Arden schrill. Dann funkelte sie mich an. »Was hast du mit ihm angestellt, Santos? Was zum Teufel ist dein verdammtes Problem? Erst hast du Sex mit meinem Bruder und dann mit meinem Freund? Such dir einen gottverdammten Therapeuten und leb dein eigenes Leben!«

Mein Mund klappte auf.

Grundgütiger.

Die darauffolgende Stille war mehr als erdrückend. Nicht einmal Savannah wusste etwas zu sagen. Diesmal waren es Mitchells Augen, die sich weiteten, und ich spürte, wie ich in der Scham beinahe ertrank.

Austin sah seine Eltern und schließlich Mitchell erschrocken an und erklärte es, bevor ich es tun konnte. »Hey, das ist schon eine ganze Weile her, und wir waren betrunken! Ich schwöre es.«

Mit einem Mal schoss mir so blanke, brennende Wut durch den Körper, dass ich mit einer Geschwindigkeit von meinem Stuhl aufsprang, die ihn mit einem lauten Knall auf den Boden beförderte. Ich funkelte Arden an, und es kostete mich Mühe, nicht auf sie loszugehen. »*Hijueputa,* mir ist dein verdammtes Leben egal, und niemand interessiert sich dafür! Die Welt dreht sich nicht um die verbitterte, peinliche Arden Fuller!«

Mrs Fuller keuchte entrüstet. »Reden Sie nicht so über meine Tochter!«

Arden fletschte regelrecht die Zähne. »Fahr zur Hölle! Wenigstens mache ich nicht für jeden Kerl die Beine breit!«

Ich sah rot. Mein Blut kochte und wallte auf. Mitchell griff nach meinem Arm, doch ich schüttelte ihn ab. »Fass mich nicht an!«

»Stopp!«, quiekte Savannah und sprang ebenfalls auf. »Hört sofort auf, alle miteinander!«

Es fehlte nicht mehr viel, und ich wäre auf Arden losgegangen, wenn sie auch nur noch ein einziges Wort gesagt hätte. Glücklicherweise begann sie stattdessen zu weinen und stürmte dramatisch aus dem Esszimmer, was immerhin die Gefahr eines Handgemenges bannte.

Meine Knie waren butterweich. Mir war zum Schreien zumute. Gleichzeitig wollte ich am liebsten ebenfalls losheulen. Ich fühlte mich entblößt und peinlich berührt, aber auch empört und stinksauer. Mein Herzschlag wummerte mir in den Ohren.

»Heiliger Bimbam«, keuchte Savannah und ließ sich wieder auf ihren Stuhl fallen.

»Carla, Sie sollten gehen«, sagte Mrs Moore kurz angebunden und erhob sich. »Ich wollte Ihnen wirklich eine Chance geben, aber ich habe genug gesehen. Jemanden wie Sie kann mein Sohn nicht gebrauchen. Vor allem nicht momentan.«

»Mum!«, sagte Mitchell und funkelte sie wütend an. »Carla bleibt hier.«

»Nicht in meinem Haus. Ich rufe ihr ein Taxi. Iss auf und bereite dich auf deinen Flug vor, Mitchell.«

»Ich glaube, ich bin ein wenig zu alt, um mir von dir vorschreiben zu lassen, was ich tun oder lassen soll!«

»Dieser Abend ist eine Katastrophe«, sagte Mrs Fuller, ehe sie und ihr Mann ebenfalls aufstanden. »Ich denke, wir sollten das hier beenden.«

Siehst du, was du angerichtet hast? Du gehörst nicht hierher. Du hättest gar nicht erst hier sein sollen. Sie hassen dich.

»Nein. Ich gehe«, sagte ich und hob den umgefallenen Stuhl auf.

Der Ausdruck auf Mitchells Gesicht wurde gequält. »Carla, bitte nicht …«

Mit steifen Schritten verließ ich das Esszimmer. Mir war schlecht, und mein Magen fühlte sich an wie ein eiserner, schwerer Klumpen. Als mir schließlich Tränen in die Augen schossen, verfluchte ich mich selbst. Ich war so dämlich! Das hatte ich also davon, dass ich mich auf all das eingelassen hatte. Ich hatte einer gemütlichen Runde aus Familie und Freunden den Abend verdorben und vermutlich dafür gesorgt, dass Mitchells Eltern mich auf alle Zeit hassen würden.

Ich musste aus diesem Haus raus.

Noch während ich den Gedanken zu Ende dachte, vibrierte das Handy in meiner Hosentasche. Ich zog es heraus und entdeckte Lennys Namen auf dem Bildschirm.

»Carla, warte!«

Ich warf einen Blick über die Schulter. Mitchell kam mir hinterhergerannt, doch ich drehte mich um und beschleunigte meine Schritte.

»Geh wieder zu deiner Familie«, knurrte ich, doch natürlich ließ er sich nicht abwimmeln.

»Ich fahre dich nach Hause.«

»*No.* Ich nehme ein Taxi, wie deine Mutter ja schon gesagt hat«, erwiderte ich etwas zu zynisch und nahm endlich den Anruf entgegen. »Was ist denn?«, fauchte ich.

»Carla?«, erklang Lennys Stimme am anderen Ende der Leitung. Die Art, wie sie meinen Namen aussprach, ließ mich innehalten.

»Was ist los?«, fragte ich alarmiert.

»E-es ist etwas passiert.«

Mitchell blieb neben mir stehen, doch ich nahm es kaum wahr. Lennys Worte fuhren wie der Schuss einer Schrotflinte durch mich hindurch. *Es ist etwas passiert.*

»Wo sind Oskar und Mati?«, fragte ich sofort, meine Stimme war dünn und bebte. Es musste etwas mit meinen Brüdern sein. Sonst würde Lenny mich nicht anrufen. Nicht in diesem Ton und nicht mit diesen Worten.

Doch damit hatte das Übel gerade erst begonnen. Es waren ihre nächsten Worte, die dafür sorgten, dass meine Welt wie ein Kartenhaus in sich zusammenbrach.

»Mateo ist im Krankenhaus. Er wurde bei einem Überfall von der Polizei verhaftet.«

KAPITEL 26

CARLA

Nur der stechende Schmerz in meinen Knien verriet mir, dass ich zu Boden gesackt war, und das nicht eben sanft. Meine Beine hatten einfach nachgegeben. Lenny sagte Worte, die kaum zu mir durchdrangen. Sie nannte mir das Krankenhaus. Versicherte mir, dass Oskar bei Ximena war, in Sicherheit. Dann glitt mir das Telefon aus der Hand.

Es fühlte sich an, als würde etwas in mir zerreißen, als würde Säure durch meine Adern strömen und dafür sorgen, dass ich innerlich verbrannte. Schock und Angst rasten in tödlicher Geschwindigkeit durch meinen Kopf, bis mir schwindelig wurde.

Mateo war festgenommen worden. Er war nicht wie versprochen zu Hause bei Ximena gewesen, um den Abend mit Oskar zu verbringen. Der Moment war gekommen, vor dem ich mich seit Jahren gefürchtet hatte. Mateo war festgenommen worden. *Bei einem Überfall.* Und dann war er auch noch im Krankenhaus!

Wir standen vor dem Nichts. Das war unser Ende. Sie würden mir meine Brüder wegnehmen.

Dios mío. Sie nahmen mir meine Brüder weg.

Altbekannte Anzeichen machten sich in mir breit, die ich nun schon so lange nicht mehr gespürt hatte, dass ich mich fast daran gewöhnt hatte, ohne sie zu sein. Schwitzige Hände. Tunnelblick. Enge Brust. Trommelnder Puls.

»Was ist los?«, fragte Mitchell alarmiert. Er half mir wieder auf die Beine, doch ich konnte nicht aus eigener Kraft stehen. Mir wurde schwarz vor Augen. Galle stieg meine Kehle hinauf, und ich atmete flach.

»Hey, Carla. Sieh mich an.«

Er umschloss mein Gesicht mit den Händen und zwang mich, ihn anzusehen. »Was passiert hier gerade? Was stimmt nicht?«

»Mateo«, flüsterte ich.

Seine Augenbrauen schossen nach oben. »Was ist mit ihm? Ist alles in Ordnung?«

Ein Zittern breitete sich in meinen Muskeln aus, und ich hatte das Gefühl, keine Luft mehr zu bekommen. Mein Atem wurde schneller.

»Er ist im Krankenhaus. Er wurde festgenommen«, keuchte ich und löste seine Hände von mir. »I-ich muss gehen. Sofort.«

Ich sah, wie sich Entsetzen auf seinem sommersprossigen Gesicht ausbreitete. Dasselbe Entsetzen, das sich auch durch mich hindurchfraß. *»Fuck«,* sagte er leise. Doch offenbar konnte Mitchell sich schneller sammeln als ich, denn er legte mir im nächsten Moment die Hand auf den Rücken und dirigierte mich mit schnellen Schritten in die Diele.

»Fahren wir ins Krankenhaus.«

Ich wollte widersprechen, doch ich konnte nicht. Abgesehen davon stand mein Wagen noch immer bei Almas Salon. Und auf ein Taxi zu warten, das Mitchells Mutter vermutlich doch nicht gerufen hatte, dauerte zu lange. Mitchell war die beste Möglichkeit, die mir blieb.

Also ließ ich es geschehen, dass er mir auf die Beifahrerseite half.

Mitchell raste durch die Straßen. Es waren noch einige Autos unterwegs, da es noch nicht sonderlich spät war, was ihn einige Male ausbremste und ihn fluchen ließ. Während der Fahrt versuchte er, immer wieder mit mir zu sprechen, doch ich blockte ihn ab. Zu viele Gedanken schossen durch meinen Kopf. Sie waren wirr und panisch und angsterfüllt. Alles, woran ich denken konnte, waren meine Brüder. *Mierda.* Und Alma und Vince waren in Kolumbien. Ich war auf mich allein gestellt. Ich würde meine Brüder verlieren, und Alma war nicht hier, sie konnte weder helfen noch irgendetwas ausrichten oder mich irgendwie beruhigen, wie nur sie es fertigbrachte.

Die Kälte in meinem Herzen ließ es zusammenkrampfen. All die Mühe war umsonst gewesen, ich würde meine Brüder nun doch verlieren.

Ich bemerkte erst, dass wir angekommen waren, als Mitchell den Motor abstellte. Wir stiegen aus, und er kam zu mir um den Wagen gelaufen.

»Hey, alles wird gut«, sagte er. »Es lässt sich bestimmt klären.«

»Ist das dein beschissener Ernst?«, fauchte ich.

Ich wusste, dass er nichts für die Lage konnte, doch ich konnte die Wut nicht zurückhalten.

Hilflos zuckte Mitchell mit den Schultern. »Rede am besten mit den Ärzten oder einem Officer. Irgendwo da drin wird schon jemand sein, der weiß, was passiert ist. Wir schaffen das, Carla, und wenn es die ganze Nacht dauern sollte.«

»Die ganze Nacht?«, wiederholte ich hervorgepresst. Dann konnte ich mich nicht länger zusammenreißen. »Glaubst du wirklich, es geht hier um ein kleines Missgeschick, das sich über Nacht wieder klären lässt? Mateo wurde *festgenommen!* Ist dir eigentlich klar, was heute Nacht passieren wird? Sie werden mir Mati und Oskar wegnehmen! Ich verliere meine Brüder, Mitchell!« Ein tiefes, bebendes Schluchzen entfuhr mir. Und ich verfluchte meine Schwäche, verfluchte mich dafür, dass ich nicht besser war als die Person, die ich nun mal war.

Mitchell rieb sich über das Gesicht und sah mich mit einem hilflosen, gequälten Ausdruck in den Augen an. »Noch ist nichts in Stein gemeißelt! Wir finden eine Möglichkeit, euch da rauszuboxen.«

»Hör auf!« Ich raufte mir die Haare. »Du musst los. Morgen geht dein Flug, du musst dich vorbereiten. Du hast keine Zeit für so was!«

»Ist das dein Ernst?«, fragte er und funkelte mich an. Dann schloss er seine Hände um mein Gesicht. »Ich lasse dich jetzt nicht allein, Carla. Ich nehme einfach einen anderen Flug. Das klappt schon. Irgendwie.« Ich konnte sehen, dass er es vor mir verbergen wollte, doch ich sah den Kampf in seinen Augen. Diese Meisterschaft war so unfassbar wichtig für ihn.

Mein Hals schnürte sich zusammen, und Tränen fielen auf meine Wange. Ich konnte auf keinen Fall zulassen, dass er blieb. Er hätte gar nicht erst den Abend mit mir verbringen sollen. Keiner von uns hatte die Zeit für unsere lächerlichen Schwimmstunden oder für uns. Ich war so selbstsüchtig. Ich hatte immer nur an mich gedacht, und wie schwierig es für mich war. Aber er hatte genauso sehr Zeit freischaufeln müssen, um bei mir sein zu können. Um mir *helfen* zu können. Aber diesmal gab es keine Zeit zum Freischaufeln mehr. Er *musste* diesen Flug nehmen.

Mitchell stieß einen gequälten Laut aus und strich mit den Daumen über meine Wangen. Und als er die nächsten Worte sprach, schien es, als hätte er eine Entscheidung getroffen. Doch ich konnte hören, wie viel es ihn kostete. Etwas flammte in seinen Augen auf. »Das hier ist wichtiger. *Du* bist mir wichtiger. Carla …« Seine Stimme brach. So viel Gefühl, so viel Zärtlichkeit lag in ihr, dass ich kaum atmen konnte.

»Carla, ich liebe dich.«

Meine Augen weiteten sich. Es war, als würden mir seine Worte jegliche Luft aus der Lunge jagen. Sprachlos starrte ich ihn an, sah in dieses schöne, besorgte, sanfte Gesicht.

Ich liebe dich. Ich liebe dich. Ich liebe dich.

Die Worte hallten durch meinen Kopf wie in Endlosschleife. Mein Herz zog sich zusammen, wurde so schmerzhaft eng, dass ich es kaum aushielt. Es war zu viel. Das alles war zu viel.

Sein Traum war es, zu schwimmen. Das war es, was er liebte. Diese Meisterschaften waren eine große Chance für Mitchell, und ich durfte ihm nicht weiterhin im Weg stehen. Nicht mehr. Das durfte ich nicht zulassen.

Deswegen fasste ich einen Entschluss. Es war das Beste für ihn. Ich hatte kaum eine andere Wahl.

»Aber ich liebe dich nicht«, flüsterte ich. Meine Finger zitterten, als ich seine Hände von meinen Wangen zog. »Ich liebe dich nicht, Mitchell«, wiederholte ich mit erstickter Stimme und schluchzte. »Wir hatten nur Sex. Nur ein wenig Spaß. Es war bedeutungslos.«

»Nein«, sagte er hart. Er wollte mir nicht glauben. Doch ich sah auch die Unsicherheit. Alles in ihm sträubte sich dagegen. »Du lügst.«

Ich schüttelte wild den Kopf, schwer darum bemüht, nicht zusammenzubrechen. »Du bedeutest mir nichts, Hollister! Geh zu deinem verdammten Wettkampf, ich will dich nicht hierhaben!«

»Carla …«

»Ich will dich nicht, Mitchell. Kapierst du es nicht? Da ist nichts zwischen uns, genauso wenig wie … wie zwischen dir und Arden! Verschwinde einfach und lass mich in Ruhe!«

Er zuckte zurück, als hätte ich ihn geschlagen. Der Anblick allein sorgte dafür, dass mein Herz in tausend Stücke gerissen wurde. Genau wie seines.

Die Welt verschwamm vor meinen Augen. Ich drehte mich um und rannte los, hinein ins Krankenhaus. Diesmal folgte Mitchell mir nicht. Er blieb stehen, blieb zurück, weil ich ihm keine Wahl gelassen hatte.

Ich wusste, dass ich nicht nur Mitchell das Herz brach.

Doch manchmal musste man eben Opfer bringen, wenn man einen Menschen liebte.

KAPITEL 27

CARLA

»Wo ist er? Wo liegt Mateo Santos?« Meine Stimme schnellte panisch nach oben, während ich mich am Empfangstresen festkrallte.

Die Schwester an der Rezeption riss erschrocken die Augen auf und sah mich mitleidig an. Vermutlich, weil ich immer noch nicht aufhören konnte zu weinen. Die Tränen wollten nicht stoppen, die Schluchzer waren tief, und ich zitterte. Angst saß mir in den Knochen, um meinen Bruder, um die Zukunft und davor, dass Mitchell mir hinterherkommen würde. Gleichzeitig wünschte ich mir nichts sehnlicher, als dass er hier bei mir gewesen wäre. Doch das war nun vorbei. Ich hatte ihn verloren. Nein, ich hatte ihn fortgejagt. Ich war der furchtbarste Mensch der Welt!

Die Schwester tippte in den Computer. »Wie lautet Ihr Name, Miss?«

»Carla Santos. Ich bin seine große Schwester.«

Sie nickte.

»Carla!«

Ich fuhr zusammen, als mein Name gerufen wurde, und wirbelte herum. Lenny kam auf mich zugerannt.

»Immer mit der Ruhe«, sagte sie, als sie vor mir stehen blieb. »Mateo schwebt doch nicht in Lebensgefahr, das wird wieder. Ich habe gesehen, wie er eingeliefert wurde.« Sie schloss mich in die Arme, was schließlich vollends dafür sorgte, dass ich zerbrach.

Ich weinte so sehr, dass ich keine Luft mehr bekam, so wie ich vielleicht zuletzt als kleines Kind geweint hatte. Nein, das stimmte nicht. Zuletzt hatte ich in Mitchells Armen so geweint. Als er mich aus dem Pool gerettet hatte.

Dios mío. Ich glaubte zu ersticken.

Lenny hielt mich einfach nur fest. Ich hatte das Gefühl, dass es nur ihre Arme waren, die mich daran hinderten, in tausend Teile zu zerbrechen.

»Miss Santos, alles wird gut.«

Ich zuckte zusammen, als die Schwester plötzlich neben uns stand und mir eine Hand auf den Rücken legte.

»Sie können zu Ihrem Bruder gehen, wenn Sie möchten.«

Sie nannte uns die Zimmernummer und die Etage, ehe Lenny und ich loshasteten.

Ich hatte einen Tunnelblick. Mein Schädel dröhnte, und ein dumpfer Schmerz saß hinter meinen Schläfen.

Glücklicherweise übernahm Lenny das Ruder. Alleine hätte ich das Zimmer vermutlich nicht gefunden, da ich nicht in der Lage war, einen Gedanken an den nächsten zu reihen.

Sie klopfte an und öffnete langsam die Tür.

Das Erste, was mir ins Auge sprang, war der Officer, der an einem der Betten saß. Ein Bett, in welchem mein Bruder lag.

Ein Wimmern entwich mir, als ich Mateo sah. Sein Gesicht wirkte vollkommen zerschlagen und war angeschwollen. Ein Verband war um seinen Kopf gewickelt, und er machte einen erschöpften Eindruck.

»Mati«, stieß ich hervor und stolperte zu ihm.

Der Officer erhob sich. Es war ein älterer Mann mit einem runden Bauch, einem Schnauzer und Glatze.

»Ich bin seine große Schwester«, erklärte ich, bevor er Fragen stellen konnte. Mateo sah mich erschöpft an und zuckte zusammen, als ich seine Hand ergriff. Panisch schnellte ich ins Spanische. »Was ist passiert? Was hast du nur angestellt, Mateo?«

Ich sah, wie sich seine dunklen, sonst so harten Augen mit Tränen füllten. »Es tut mir leid, Carly.« Er drückte meine Hand und blinzelte angestrengt. »Diego und die anderen wollten einen kleinen Supermarkt auf der North Side überfallen. Sie haben es mir erst gesagt, als wir schon drin waren und sie sich plötzlich Strümpfe über den Kopf gezogen haben. Ich wollte nicht mitmachen, deswegen habe ich die Polizei gerufen, aber sie haben es bemerkt. Danach haben sie mich zusammengeschlagen und waren weg, bevor die Polizei eintreffen konnte. Nur mich haben sie gefunden.«

»Oh, verdammt«, sagte Lenny neben mir. »Scheiße, wenn du nicht so verletzt wärst, würde ich dir eine verpassen! Wieso zum Teufel warst du überhaupt wieder mit Diego und den anderen unterwegs? Du wusstest doch, dass sie Dreck am Stecken haben!«

»Aber nicht solchen!«

Hilflos sah ich zum Officer. Ich erwartete dieselbe Verachtung, dieselbe Ablehnung, die ich heute Abend bereits bei Mitchell und seiner Familie erfahren hatte, doch der Polizist sah uns mitfühlend an. »Ihr Bruder war zur falschen Zeit am falschen Ort und mit den falschen Leuten unterwegs. Gegen ihn wird keine Anzeige erhoben, da er keine Straftat begangen hat, aber wir müssen eine Aussage aufnehmen. Das blaue Auge ist ihm hoffentlich Lehre genug.«

Ich nickte, war weder froh noch wütend über die Nachricht. Genauer gesagt fühlte ich gar nichts.

Wir schwiegen einen Moment, während Mateo stumm weinte und sich immer wieder entschuldigte.

Allmählich beruhigte sich mein Herzschlag. Die Erschöpfung, die sich in mir ausbreitete, wollte mich dazu veranlassen, mich einfach auf dem Boden zusammenzurollen und nicht mehr aufzustehen.

Ich sah den Officer an. »Wie geht es jetzt weiter?«

»Ich würde gerne mit Ihren Eltern über den Vorfall sprechen. Ihr Bruder ist schließlich minderjährig. In den Akten steht, dass euer Vater das Sorgerecht hat. Stimmt das?«

Obwohl ich gewusst hatte, dass es zu diesem Punkt kommen würde, schloss sich Kälte um mein Herz und krallte sich darin fest.

»Ja, das stimmt«, flüsterte ich.

Er hob erwartungsvoll eine buschige Augenbraue.

Lügen. Ich hätte lügen sollen. Wenn ich mir nur eine plausible Geschichte ausdachte, vielleicht über eine spontane Reise oder einen kurzen Wochenendtrip, würden sie der Sache vielleicht nicht weiter nachgehen, es einfach fallen lassen. Der Officer hatte doch selbst gesagt, dass Mateo keine Anzeige erwartete. Er hatte bei dem Überfall nicht mitgemacht und sogar die Polizei alarmiert. Ihn traf keine Schuld. Aber wenn herauskam, dass ich log, würden die Karten noch schlechter liegen als ohnehin schon. Ich konnte es nicht riskieren, auch wenn es hoffnungslos war.

Im Grunde genommen hatte ich meine Brüder doch schon längst verloren.

»Unsere Eltern sind nicht mehr da«, hörte ich mich sagen. Alles in mir drin war taub. Schließlich gab ich auf. »Ich kümmere mich um meine Brüder.«

Er runzelte die Stirn, sichtlich überrascht. Doch ich sah auch das professionelle Misstrauen und die scharfe Aufmerksamkeit eines Polizisten in seinem Blick. Er betrachtete uns; Mateo, Lenny und mich. Schließlich rieb er sich über den Schnauzer und seufzte. »Gönnen wir Ihrem Bruder ein wenig Ruhe, Miss Santos. Wieso holen wir uns nicht einen Kaffee und unterhalten uns ein wenig?«

Ich nickte. Meine Knie waren butterweich, und mein Herz fühlte sich leer an, jetzt, da es in nur einer Nacht so viel hatte ertragen müssen.

Und Mitchell …

Ich blickte nicht zu Lenny und Mateo zurück, als ich dem Officer auf den Flur hinaus folgte. Ich biss einfach nur die Zähne zusammen und tat etwas, was ich schon lange nicht mehr getan hatte.

Ich betete.

KAPITEL 28

MITCHELL

»Das war’s. Die Aufnahme ist durch.«

Ich zog mir die Kopfhörer vom Kopf und lehnte mich zurück. Jason Parker grinste mich an und nahm ebenfalls die Kopfhörer ab, wodurch seine braunen Haare wirr abstanden. »Danke, Mann, das war echt cool.«

Wir saßen im Aufnahmeraum des Campusradios der Brown University. Vor uns waren eine Front etlicher Bildschirme und ein kompliziert aussehendes Mischpult, ebenso Jasons Laptop und zwei Mikrofone.

Ich stand auf und lächelte Jason erschöpft an. Ich konnte noch immer nicht glauben, dass ich wirklich hier war. Die Freude darüber drang jedoch nicht so recht zu mir durch. Genau gesagt drang seit Freitagabend nichts richtig zu mir durch, auch wenn ich mir große Mühe gab, es zu verdrängen. Vermutlich wäre es einfacher gewesen, einen rosa Elefanten im Porzellanladen zu ignorieren als diesen hässlichen Riss, der sich durch mein Herz zog.

»Wann wird die Folge ausgestrahlt?«, fragte ich.

Jason zuckt mit den Schultern, während er seine Sachen zusammenpackte. Er wirkte durch und durch wie ein Sportlertyp, groß und athletisch, in Jeans und T-Shirt. Dennoch hatte er mir eben mit jeder Faser gezeigt, dass das hier sein Reich war, nicht etwa ein Footballfeld oder eine Schwimmhalle.

»So schnell wie möglich«, erwiderte Jason. »Ich werde das als Sondersendung hochladen, und sobald sie online ist, gebe ich dir Bescheid. Hey, wollen wir noch ein Foto für Instagram machen? Immerhin bist du der frisch gebackene Landeschampion im hundert Meter Schmetterling und zweihundert Meter Freistil.«

»Klar. Wieso nicht.«

Jason stand auf und hielt sein Smartphone vor uns. Er grinste selbstbewusst in die Kamera. Ich lächelte auch und hielt einen Daumen nach oben. Nach all den Fotos, die ich heute schon geschossen hatte, müssten meine Wangen mittlerweile schmerzen.

»So. Schon erledigt.«

Savannah, Ella und Summer hätten vermutlich Schnappatmung bekommen – sie waren der festen Meinung, dass man mindestens zwanzig Selfies schießen musste, bis etwas Anständiges dabei herauskam. Doch Jason schien zu wissen, was er tat. Ihm folgten immerhin Tausende von Leuten.

»Danke noch mal, dass du mich interviewt hast«, sagte ich und vergrub die Hände in den Hosentaschen. »Das ist wirklich eine Ehre, hier zu sein. Ich höre deinen Podcast schon seit einer Ewigkeit.«

»Machst du Witze? Ich sitze hier mit dem nächsten Nathan Adrian!« Jason lachte.

Verlegen rieb ich mir über den Nacken. Nathan Adrian war Olympiaschwimmer für die USA und bereits seit Jahren mein Vorbild, vor allem seit er das erste Mal Gold gewonnen hatte. Jason und ich hatten in seinem Podcast ausführlich über ihn gesprochen.

»Ich, äh, sollte dann wohl so langsam gehen«, sagte ich und deutete auf die Tür. Obwohl es noch früher Abend war, hatte sich unser Team schon den Schwimmern der anderen Colleges angeschlossen, um etwas trinken zu gehen. Vor allem Austin feierte, was das Zeug hielt. Immerhin hatte er über fünfzig Meter Rücken den zweiten Platz gemacht.

Ich überlegte, ob ich nicht einfach zurück ins Hotel gehen sollte. Ich war vollkommen erledigt vom Wettkampf und konnte eine gute Mütze Schlaf vertragen. Die letzten beiden Nächte hatte ich kaum ein Auge zugemacht. Ich hatte mich für die Meisterschaften, für meine große Chance, zwar zusammengerissen, aber meine Gedanken waren dennoch wieder zu Carla zurückgekehrt. Nicht einmal mein Sieg änderte etwas daran. Es wollte einfach nicht in meinen Kopf. Obwohl Carla mir ziemlich deutlich gemacht hatte, was sie für mich empfand – oder wohl eher, was sie nicht für mich empfand –, sträubte sich alles in mir dagegen. Ich wollte und konnte ihr nicht glauben, auch wenn es sich anfühlte wie eine Stahlfaust, die sie mir in den Magen geschlagen hatte. Bei ihr musste gerade die Hölle los sein. Ich wollte wissen, wie es ihr und Mateo und Oskar ging und was zum Teufel eigentlich passiert war.

Jason musterte mich aufmerksam und legte den Kopf schief. »Hey, Mann, alles okay bei dir?«

»Klar«, sagte ich sofort und schob die Gedanken von mir. »Ich schätze, es war einfach ein langer Tag. Der Wettkampf war nervenaufreibend.«

Ich hatte das Gefühl, dass Jason mir geradewegs in den Kopf sehen konnte. »Verstehe. Hast du vielleicht Lust, noch etwas trinken zu gehen? Ich kenne da eine echt coole Bar. Fernab von feiernden Schwimmern.« Wissen blitzte in seinen Augen auf.

Ich runzelte die Stirn und überlegte einen Moment. Wenn ich ehrlich war, war mir tatsächlich nicht nach Feiern zumute. Vielleicht würde ich später bei den anderen vorbeischauen, aber gerade konnte ich ein wenig Ruhe gut gebrauchen.

Sollte ich nicht glücklicher sein? Nur wenige Sekundenfragmente hatten mich immerhin zum Helden der Fletcher University gemacht. All die harte Arbeit der letzten Monate, das strenge Feilen an meiner Technik, an meiner Atmung, meinem ganzen Leben, hatte sich endlich bezahlt gemacht. Der Moment des Sieges war überwältigend gewesen, einmalig und mit nichts zu vergleichen. Es war wie ein Rausch gewesen. Ich hatte mit verdammten Scouts gesprochen, namenhaften Sportagenten die Hand geschüttelt und ihre Glückwünsche entgegengenommen. Das hier war der Startschuss meiner Karriere, wie Coach Pat stolz verkündet hatte, gleich nachdem ich aus dem Becken gestiegen war.

Bei alldem fehlte mir jedoch etwas.

Jemand.

Und zwar schmerzlich …

Vielleicht würde es helfen, mit Jason Parker in eine Bar zu gehen. Vielleicht würde mich das wieder daran erinnern, wie viel Glück ich eigentlich hatte.

»Wieso nicht«, sagte ich schließlich und lächelte schief. »Gehen wir was trinken.«

Wir verließen das Studio des Campusradios und liefen nach draußen. Die Brown University war wirklich eindrucksvoll. Jedes der alten Backsteingebäude schrie förmlich nach Geld, alter Geschichte und *Ivy-League.* Immerhin gehörte sie zu den ältesten und besten Eliteuniversitäten des Landes. Hier waren auch meine Eltern gewesen. *Hier hätte ich auch studieren können.* Die Vorstellung allein war seltsam. Wie mein Leben wohl ausgesehen hätte, so weit weg von Savannah und von meinen Freunden? Weit weg von … Carla?

Es reicht, du Weichei. Lenk dich ab!

»Da drüben ist die *Robinson Hall,* sie gehört zur wirtschaftswissenschaftlichen Fakultät«, sagte Jason und deutete auf ein beeindruckendes rotes Backsteingebäude in der Ferne, mit spitzem Vordach und langen schmalen Fenstern, in dem typischen viktorianischen Stil der Universität. Währenddessen schlenderten wir einen Weg zwischen alten Bäumen und ordentlich gemähten Rasenflächen entlang. Es waren einige Studenten unterwegs. Für sie war es jedoch offenbar ein ganz gewöhnlicher Montagabend.

Die Richtung, die wir einschlugen, führte immer weiter weg vom Campus und dem Hotel, in welchem sich auch die Bar befand, in der heute gefeiert wurde.

»Siehst du diesen großen Turm da? Das ist die *SciLi,* die Science Library, unsere Bibliothek für Naturwissenschaften.« Jason fuhr damit fort, auf verschiedene Gebäude zu zeigen und mir zu erklären, welche Fakultäten darin lagen. Während der kleinen Führung klang er überhaupt nicht arrogant oder versnobt. Es schwang etwas in seinen Worten mit, als wäre die Brown der einzige Ort, an dem er sein wollte.

»Wow«, sagte ich, gerade als er mir mehr über College Hill erzählt hatte, dem Stadtteil von Providence, in dem wir uns gerade befanden. »Es ist echt nett bei euch.«

»Nett ist die kleine Schwester von Scheiße, sagt mein Mitbewohner immer. Sieh mal, wir sind da. Dort vorne ist das *Voyage,* die Bar, die ich meinte.«

Ich entdeckte die Bar auf der anderen Straßenseite. Sie machte einen recht leeren Eindruck, soweit es die Fensterfront vermuten ließ.

Als wir das *Voyage* betraten, war das Erste, was mir auffiel, die Musik. Sie gefiel mir, alternativer Rock mit einer ganz eigenen Note.

Wie ich bereits vermutet hatte, war tatsächlich nicht viel los. Es waren ein paar Studenten zu sehen, doch es fand kein Gedrängel statt. Durch das gedimmte Licht war nicht alles zu erkennen, doch ich sah Stehtische, Sitznischen und Barhocker an einem langen Tresen.

Jason begrüßte den Barkeeper hinter der Theke mit einem Handschlag.

»Hey, Cole, das ist Mitchell. Mitchell, das ist mein Mitbewohner Cole«, stellte Jason uns vor.

Cole war groß und seine Arme voller Tattoos. Schwarze Haare hingen ihm in die Stirn, und – das war letztendlich das Entscheidendste – er trug ein T-Shirt mit der Aufschrift *Stark Industries.*

»Cooles Shirt«, bemerkte ich und schlug in die Hand ein, die er mir hinstreckte. Cole musterte mich, ehe er eine gepiercte Augenbraue hob. »Das würde ich ja gerne zurückgeben, aber du stehst auf der falschen Seite.«

Jeder Nicht-Marvel-Fan würde wohl nicht verstehen, dass er auf *Civil War* anspielte, aber ich wusste sofort, was er meinte. Immerhin trug ich meinen Pullover, auf dem der Schild von *Captain America* zu sehen war. »Definiere falsche Seite. Vielleicht bist du es, der wechseln sollte.«

Cole schnaubte. »So unmoralisch bin ich nicht. Tony Stark hatte gute Gründe zu tun, was er getan hat.«

»Die hatten Steve Rogers und die anderen auch.«

Jason verdrehte belustigt die Augen. »Echt jetzt? Ihr habt euch erst vor drei Sekunden kennengelernt, bitte geht mir nicht jetzt schon auf die Nerven. Cole, mach deinen Job und bring uns zwei Bier.« Er sah mich an und runzelte die Stirn. »Bier ist doch okay, oder?«

Einen Augenblick lang betrachtete ich die aufgereihten Spirituosen an der Wand hinter dem Tresen. »Weißt du, ich glaube, ich könnte heute etwas Stärkeres vertragen.«

Cole zuckte nicht einmal mit der Wimper. »Sag mir, was du willst, und ich besorg es dir.«

»Mir ist alles recht.«

»Dein Wunsch ist mir Befehl.«

»Glaub ihm kein Wort«, sagte plötzlich eine Frau, die ich bisher noch nicht bemerkt hatte. Sie stand ebenfalls hinter der Bar, versteckt hinter Coles großer Gestalt. Sie kam an die Theke, um zwei Gästen ihre Drinks zu reichen, die sie wohl eben gemixt hatte. Sie war vollkommen in Schwarz gekleidet, inklusive Stulpen an ihren Armen. Ein Sidecut und lila Strähnen zierten ihre blonden Haare, und ein Piercing blitzte in ihrer Unterlippe auf.

Sie drehte sich zu uns um und begegnete meinem verwirrten Blick. »Ich weiß, wovon ich rede.« Ungerührt wanderten ihre Augen weiter zu Cole, und sie sah ihn herausfordernd an.

Er warf dem Mädchen einen genervten Blick zu, schnappte sich ein Shotglas und füllte es mit Tequila. »Hör nicht auf Lauren, das versuche ich auch die meiste Zeit.«

»Nur weil Cole nicht weiß, was gut für ihn ist«, erwiderte sie.

Er ignorierte sie und reichte mir das Glas. »Hier, bitte, Mitchell.«

Ich setzte mich auf einen Barhocker, kippte den Drink runter und schüttelte mich, ehe ich sah, dass Cole mir gerade Salz und eine Zitronenscheibe reichen wollte.

Er runzelte die Stirn. »Durstig?«

Die Wärme des Alkohols breitete sich in meinem Bauch aus. Als ich ihm das Glas wieder hinhielt und die Zitrone und das Salz entgegennahm, schenkte er mir wortlos nach.

Jason setzte sich ebenfalls auf einen Barhocker. »Willst du dich volllaufen lassen?«

»Kam lange nicht mehr vor. Aber ich glaube, jetzt ist ein guter Zeitpunkt dafür«, murmelte ich. Dann nahm ich mir etwas Salz. Ich leckte es von meinem Handrücken, kippte den Drink hinunter und biss in die Zitrone. Ich schüttelte mich. Tequila schmeckte wirklich widerlich. Doch er erfüllte seinen Zweck, mehr wollte ich gar nicht erreichen.

Geistesabwesend beobachtete ich, wie Lauren, die Barkeeperin,

Cole in eine Diskussion verwickelte. Es schien beinahe, als würden sie sich streiten, doch ich konnte sehen, dass keiner von beiden es wirklich ernst meinte. Sie neckten sich, während sie die Gäste bedienten, und Lauren zog Cole auf.

… und irgendwie erinnerte es mich an Carla.

Verdammt, *alles* erinnerte mich an sie.

»Irgendetwas sagt mir, dass du nicht trinkst, um deinen Sieg zu feiern«, bemerkte Jason und musterte mich besorgt.

Neugierig wandte Cole sich wieder uns zu, nachdem er einem Kerl ein Bier gereicht hatte. »Was denn für ein Sieg?«

Lauren machte ein ungläubiges Gesicht. »Die Schwimmmeisterschaften? Manchmal glaube ich, du lebst hinter dem Mond, Cole.«

Jason grinste. »Nein, in einem Comic.« Unbeirrt kehrte sein Blick wieder zu mir zurück und wurde fragend.

Ich rieb mir über das Gesicht. Die Muskeln in meinen Armen fühlten sich noch immer ein wenig erschöpft an.

Du hast gewonnen. Genieß es. Heute ist der Tag deines Lebens!

»Nein, du hast recht«, sagte ich. »Mir ist wirklich nicht nach Feiern zumute.«

»Sondern?«, fragte Cole und schenkte mir wieder nach. Währenddessen bediente Lauren andere Studenten.

Ich seufzte und starrte auf die abgenutzte Holztheke. »Na ja. Da ist dieses Mädchen, und sie …«

Ich konnte die Worte nicht einmal aussprechen, ohne dass sich dabei ein hässliches Gefühl in mir ausbreitete.

»… ja?« Erwartungsvoll zog Cole eine gepiercte Augenbraue nach oben.

Jason schien ebenfalls etwas sagen zu wollen, doch da klingelte sein Handy. Er zog es hervor, ehe ein kurzes Lächeln über seine Lippen huschte. »Entschuldigt mich. Gleich wieder da«, sagte er verlegen und entfernte sich von uns.

Noch immer sah Cole mich aufmerksam an, als würde es ihn tatsächlich interessieren.

Ich stieß hart den Atem aus und lachte freudlos. »Hat mir das Herz gebrochen.« Damit stürzte ich auch den dritten Drink hinunter.

»Oh«, erwiderte Cole. Anstatt mich zu bemitleiden, reichte er mir gleich die ganze Flasche Tequila und stellte sie neben mein leeres Shortglas und das Salz. »Die lasse ich dir am besten mal hier stehen.« Anschließend sah er sich kurz nach Lauren um, offenbar, um sich zu versichern, dass sie auch allein klarkam, ehe er sich wieder mir zuwandte. »Pass auf, ich bin nicht gut in so was. Aber ich hör's mir an, wenn du drüber reden willst.«

Ich lächelte grimmig. »Was soll ich sagen? Ich habe ihr gesagt, dass ich sie liebe, und sie hat mir den Laufpass gegeben.«

Ich war wirklich kein Trinker. Dennoch schenkte ich mir nach. Noch nie hatte ich diese Drinks nötiger gehabt als jetzt.

Ich merkte, dass meine Story nicht ansatzweise befriedigend klang, also nahm ich mich zusammen und holte weiter aus – entweder der Tequila wirkte schnell, oder ich hatte schlichtweg das Bedürfnis, all die Dinge der letzten Monate endlich loszuwerden. Es half meinem Gewissen ein wenig, dass ich Cole nicht kannte und wir uns nach diesem Abend vermutlich nie wiedersehen würden. Immerhin lag Providence am anderen Ende des Landes. Cole hörte sich meine Geschichte mit regungsloser Miene an.

Als ich schließlich fertig war, blinzelte er mich nur an. »Hm. Klingt nach großer Scheiße.«

»Ich hätte nicht zu den Meisterschaften fahren sollen. Ich hätte für sie da sein sollen. Vielleicht … vielleicht rufe ich sie an.«

»Verdammt, das machst du auf keinen Fall. Betrunken erst recht nicht.«

»Noch bin ich nicht betrunken.«

»Gib deinem Körper noch zehn Minuten, dann sieht die Welt schon anders aus.«

»Gott, ich kann nicht glauben, dass ich gerade einem Barkeeper meine Leidensgeschichte erzählt habe. Ich dachte, das passiert nur in Filmen. Tut mir leid.«

Wieder warf Cole Lauren einen Blick zu, doch es waren keine neuen Gäste gekommen, und sie war selbst gerade dabei, Gläser abzuspülen. Mir fiel auf, dass seine Augen immer wieder zu ihr zurückkehrten, kurz, unbemerkt und flüchtig.

Coles Mundwinkel zuckten. »Du hast ja keine Ahnung. Hey, hör mal. Ich kenne mich mit solchen Dingen zwar nicht aus und ich habe keine Ahnung, wie Carla tickt. Was ich aber weiß, ist, dass Kayla, die Freundin von diesem liebestrunkenen Trottel da«, er deutete auf Jason, der ein Stück von uns entfernt noch immer telefonierte, »ihm auch gesagt hat, dass sie ihn nicht will, und ihm das Herz gebrochen hat. Es war ein echtes Drama, und mir hat's schon vom Zuschauen gereicht. Fakt ist aber: Jetzt sind sie zusammen und wirklich ekelhaft ineinander verliebt.«

»Ich fürchte, bei Carla ist es komplizierter.« Ich rieb mir über das Gesicht. »Mann, ich hätte wirklich nicht herfahren dürfen. Ihr Bruder ist im Krankenhaus, und sie …« Ich stockte und blickte auf. Allmählich begann die Welt ein wenig zu schwanken. Cole hatte recht, der Tequila ließ nicht auf sich warten. »Ich glaube, ich sollte den nächsten Flieger nehmen.«

»Wenn sie sich gerade so um ihren Bruder sorgt und dich weggeschickt hat, hat sie vielleicht einfach keinen Raum für emotionales Chaos. Gib ihr Zeit, sich zu sortieren.« Er presste die Lippen zu einer schmalen Linie zusammen. Etwas blitzte in seinen Augen auf, als steckte mehr hinter seinem Ratschlag, Erfahrungen am eigenen Leib.

Ich überlegte einen Moment, auch wenn meine Gedanken mit jedem Augenblick träger wurden. »Vielleicht hast du recht«, sagte ich und sackte auf dem Barhocker zusammen.

Cole nickte. »Vielleicht hab ich das. Noch einen?« Er hob fragend die Flasche, doch ich winkte ab.

»Ich glaube, für heute habe ich genug.«

Er räumte die Flasche weg und ließ das Thema auf sich beruhen.

Ich hing eine Weile an der Bar und lauschte der Musik. Jason kehrte irgendwann wieder zu uns zurück und bestellte sich noch ein Bier. Ich klinkte mich aus. Gedankenverloren beobachtete ich die Freunde und wurde dabei immer missmutiger. Carla steckte in einem Albtraum fest. Der, vor dem sie sich immer am meisten gefürchtet hatte. Und während alledem war ich hier und nicht bei ihr. Doch sosehr sich alles in mir dagegen sträubte, nicht für sie da sein zu können … verstand ich allmählich, weshalb sie mich von sich gestoßen hatte. Vielleicht hatte Cole recht. Ich sollte ihr Raum geben und nicht noch mehr Chaos in ihr Leben bringen. Der Gedanke quälte mich zwar, doch tief in mir drin – und durch den Tequila musste ich ein wenig danach suchen – wusste ich, dass es die richtige Entscheidung war, sie gehen zu lassen.

»Also, Mitchell«, sagte Cole, während er den Tresen abwischte. »Du bist Marvel-Fan?«

KAPITEL 29

CARLA

Ich lag auf meinem Bett. Seit mindestens drei Stunden tat ich nichts anderes, als an die Zimmerdecke zu starren. Oskar und Mateo waren bei Maria. Selbst Lenny hatte ich aus meinem Zimmer verbannt, weil ich allein sein musste. Nachdem Officer Keaton, der Polizist aus dem Krankenhaus, mich ausgefragt hatte, war schließlich eine Sachbearbeiterin des Jugendamts bei uns aufgetaucht. Einen ganzen Tag lang war sie um mich herumgeschwirrt, hatte sich unsere Wohnung angesehen, mit meinen Brüdern gesprochen und meinen vollgestopften Alltag begleitet. Nicht einmal eine Woche später war anschließend der Brief zur Vorladung gekommen. Ich hätte nicht gedacht, wie schnell das alles gehen würde. Vielleicht wollte Gott mich ja bestrafen für das, was ich Mitchell angetan hatte. Oder meiner Mum. Meiner Familie.

Seit diesem einen furchtbaren Abend hatte ich nichts mehr von Mitchell gehört. Ich fürchtete mich regelrecht vor unserem nächsten Zusammentreffen. Wie sollte ich ihm auch je wieder unter die Augen treten können? Also war ich jedes Mal durch die Stadt geschlichen, sobald ich das Haus verlassen hatte. Nicht mal meinen Freundinnen trat ich unter die Augen, aus Angst, Mitchell könnte mit von der Partie sein. Außerdem wollte ich auch Savannah nicht begegnen. Nach dem Abendessen hatte sie mich mehrmals angerufen und mir unzählige Nachrichten geschickt, doch ich hatte sie alle ignoriert.

Ich hatte kaum Vorlesungen besucht, die meisten Schichten im *Leo's* abgesagt und viel Zeit zu Hause bei den Jungs verbracht. Unsere letzten gemeinsamen Stunden waren gezählt, und ich wollte sie auskosten und so viel Zeit wie möglich mit meinen Brüdern verbringen. Mateo stand noch immer unter Schock. Er hatte drei gebrochene Rippen und eine gebrochene Nase. Offenbar war ihm endlich vollends bewusst, was nun geschehen würde. Sobald ich ihn um etwas bat, tat er es, ohne zu zögern, ohne ein einziges Wort des Widerwillens.

Am meisten tat es mir jedoch weh, zu sehen, wie sehr Oskar darunter litt. Nachdem die Sacharbeiterin bei uns gewesen war, hatte ich ihm ebenfalls erklären müssen, wie es nun weiterging. Dass sie nicht bei mir bleiben konnten. Er war am Boden zerstört, und selbst durch unsere geschlossenen Schlafzimmertüren hörte ich ihn jede Nacht weinen. Manchmal schlief er bei mir im Bett wie früher, als er klein war. Lenny hatte einige Male versucht, zu mir durchzudringen, doch ich hatte sie ebenso oft abgeblockt.

Es gab eine letzte Hoffnung. Seit Tagen spielte ich bereits mit dem Gedanken und warf Zahlen umher, auch wenn sich alles in mir dagegen sträubte. Ich würde mein Studium abbrechen. Dann hätte ich genug Zeit, um mich um die Jungs und den Haushalt zu kümmern. Ich würde dem Jugendamt beweisen, dass ich voll und ganz der Aufgabe gewachsen war, meine Brüder zu versorgen und zu erziehen. Das Studium verlangte mir dafür einfach zu viel ab, zu viele Stunden, die ich am Campus verbringen musste. Aber wenn ich diese Last loswerden würde, könnte ich es ganz sicher schaffen, unsere Familie zusammenzuhalten.

Als es an der Wohnungstür klingelte, fuhr ich erschrocken zusammen. Im selben Wimpernschlag saß ich aufrecht im Bett. Meine Gedanken rasten. *Hoffentlich ist es nicht Mitchell. Bitte lass es Mitchell sein. Es darf nicht Mitchell sein. Bitte lass es Mitchell sein.*

Bitte nicht.

Ich stolperte regelrecht aus meinem Zimmer und riss atemlos die Haustür auf.

»Oh«, entfuhr es mir ungläubig. Mein Herz machte einen Sprung, ehe es mir in die Hose krachte.

Es war Savannah. Doch sie war nicht alleine – sie hatte Ella und Summer im Schlepptau.

»Überraschung!« Savannah lächelte schwach.

»Was macht ihr denn hier?«, fragte ich entgeistert.

Ella hielt eine braune Tüte nach oben. »Wir dachten, dass wir dir ein wenig Essen vorbeibringen könnten. Hauptsächlich Donuts und Muffins. Aber es ist auch ein Sandwich dabei.«

»Und ich habe zwei Flaschen Wein!«, sagte Summer und klopfte auf ihre silberne Handtasche.

Savannah biss sich auf die Lippe. »Tut mir leid, Carly. Ich musste es ihnen sagen. Du wolltest nicht mehr mit mir reden, und Lenny dringt auch nicht mehr zu dir durch.«

»Platz da«, sagte Summer und drückte mich zur Seite. Ich war zu perplex, um sie daran zu hindern, und sah sprachlos dabei zu, wie meine Freundinnen meine Wohnung betraten.

»Nett hast du es hier«, sagte Summer und sah sich um. »Sieht gemütlich aus. Du hättest uns ruhig mal einladen können.«

Ich schlang die Arme um mich und folgte ihnen zum Esstisch. »Wieso seid ihr hier?«, fragte ich und presste die Lippen zusammen. »Habt ihr keine Vorlesungen? Es ist mitten am Tag.«

Ella schmiss die Papiertüte auf den Tisch und verschränkte die Arme vor der Brust. »Wir sind genauso wenig am Campus wie du, weil du deine Freundinnen brauchst und außerdem eine gehörige Intervention.«

»Genau!«, sagte Savannah aufgeregt. »Du kannst das alles nicht einfach allein durchmachen, Carla. Du musst mit jemandem reden. Und weil du viel zu stolz bist, um selbst auf andere zuzugehen, sind wir hier.«

»Ich will aber nicht reden«, sagte ich verdrossen und ließ mich auf einen der bunten Stühle fallen. Ich wollte nur schlafen. Schlafen und vergessen, um dem Stechen in meiner Brust zu entfliehen.

»Du musst aber«, beharrte Summer, mit einem Mal viel ernster als gewöhnlich. »Hör zu, Savannah hat uns das mit dir und Mitchell erzählt – keine Sorge, es war absolut keine Überraschung«, sagte sie, als ich Savannah vorwurfsvoll ansah. »Ehrlich gesagt wurde es auch langsam Zeit. Aber sie hat uns auch erzählt, was bei dem Essen passiert ist und dass du Mitchell abgeschossen hast – was ehrlich gesagt ziemlich dämlich von dir war.«

Ich zuckte bei ihren Worten zusammen und senkte beschämt den Blick. Verdammt, als wüsste ich das nicht.

Ich wollte wissen, wie es ihm ging. Wie er sich bei den Meisterschaften geschlagen hatte. Doch ich brachte die Fragen einfach nicht über die Lippen. Wenn ich ehrlich war, wollte ich nichts von alldem über die Lippen bringen, was geschehen war.

»Ich will nicht reden«, wiederholte ich, diesmal jedoch mit erschöpfter, leiser Stimme, die eher einem Krächzen glich.

Savannah setzte sich neben mich und ergriff meine Hand. »Wir sind trotzdem für dich da, Carly. Wenn du reden willst, sind wir hier.«

»Und wir gehen nicht«, fügte Ella hinzu und zuckte entschuldigend mit den Schultern. »Erst, wenn unsere Mission abgeschlossen ist.«

»Was für eine Mission?«, fragte ich und runzelte die Stirn.

»Dir zu helfen natürlich. Ich habe schon mit Leo gesprochen. Gestern hat Brigham mich eingearbeitet, ich übernehme offiziell zweimal die Woche deine Schichten. Aber ich behalte das Trinkgeld ein, damit musst du leben.«

Mein Herz blieb stehen. Ich blinzelte Ella an. »Warte, *was?*«

Summer verzog die rot geschminkten Lippen zu einem Lächeln und holte die erste Flasche Wein aus ihrer Tasche. »Wir sagten doch, dass wir dir helfen werden, Carla. Ich weiß, dass du nicht gerne Hilfe annimmst, aber diesmal hast du leider keine Wahl.«

»No!«, sagte ich panisch und sah Ella an. »Und du kannst meine Schichten nicht einfach übernehmen!«

»Aber du brauchst das Geld, und ich will dir helfen.«

Schamesröte kroch meinen Hals hinauf, und ich ballte die Hände zu Fäusten. »Ich werde kein Geld von dir annehmen, Ella!«

»Ich weiß.« Ella senkte den Blick, was beinahe verlegen wirkte. »Lenny hat uns vorgewarnt, dass du das sagen würdest. Deswegen werde ich auch ihr das Geld geben.«

Die Haustür öffnete sich, was mich aufblicken ließ. Es war Lenny, als hätte sie gehört, dass wir gerade über sie geredet hatten – *wenn man vom Teufel spricht.* »Ihr seid ja schon da!«, rief sie und schlüpfte aus ihren strahlend weißen Sneakers. Wie üblich steckte sie in übergroßen schwarzen Klamotten und hatte die Haare streng zurückgebunden. »Ich dachte, ihr braucht länger.«

»Madre de dios!«, rief ich. »Was soll das alles, Lenny?«

»Jemand muss dir in den Arsch treten, Santos«, sagte meine Mitbewohnerin ungerührt und setzte sich ebenfalls zu uns an den Tisch. »Du versinkst im Selbstmitleid, und das steht dir überhaupt nicht. Das ist nicht die Carla, die wir alle kennen und lieben, und wir werden nicht dabei zusehen, wie du dich verlierst.«

Mein Magen zog sich zusammen. Natürlich hatte Lenny recht. Es sah mir alles andere als ähnlich, so sehr im Selbstmitleid zu versinken. Doch meine Schutzmauern waren nicht einfach gesunken, erst recht nicht freiwillig. Sie waren gewaltsam heruntergerissen worden, ließen mich ungeschützt, verletzt und entblößt zurück. Ich hatte gar keine andere Wahl, als mich zusammenzurollen und zu warten, bis sie wieder wuchsen. Spätestens wenn ich mein Studium abbrach, würden sie sich von alleine wieder aufbauen. Mit dem Kopf durch die Wand, ich würde es schaffen, auch wenn es bedeutete, dass … ich mich aufgeben musste.

»Sag es ihnen, Carla«, sagte Lenny sanft. »Jetzt ist die Katze ohnehin aus dem Sack. Sie sollten es wissen. Damit würde es dir besser gehen. In dieser Wohnung hausen zu viele verdammte Geheimnisse.«

Ich schnappte nach Luft, und das Blut in meinen Adern gefror. Sie meinte Mateo und Oskar. Sie wollte, dass ich Summer, Savannah und Ella von ihnen erzählte!

Sobald der Gedanke meinen Kopf betrat, sträubte sich mein Körper gegen ihn wie gegen einen Fremdkörper, den er schnellstmöglich wieder abstoßen wollte.

Doch als ich in die Gesichter meiner Freundinnen blickte und all das Mitgefühl sah, all die *Liebe* …

Ich knickte ein.

»Ihr wisst doch, dass ich Brüder habe«, flüsterte ich, als wäre es ein Mordgeständnis. Jeder Muskel in mir spannte sich an. »Unser Dad sitzt im Gefängnis, und unsere Mum …« Meine Stimme brach. *Mierda,* ich konnte es nicht. Ich konnte es einfach nicht aussprechen!

Doch ich gab mir einen letzten Ruck. Ich blickte auf und sah meine Freundinnen an. »Sie ist tot. Seitdem bin ich für Mateo und Oskar da.«

Es war, als würden diese Worte einen Schalter umlegen. Plötzlich konnte ich nicht mehr aufhören zu sprechen. Tränen stiegen mir in die Augen, die ich genauso wenig zurückhalten konnte. Ich erzählte ihnen alles – all die Dinge, die ich tief in mir versteckt hatte, gehütet und begraben. Ich erzählte ihnen nicht nur vom Unfall meiner Mum, ich erzählte ihnen auch von meiner Angst vor dem Wasser, von Austin, von dem Vorfall auf Savannahs Geburtstag, von Alma und Mateo und Oskar und schließlich von Mitchell.

Nicht einmal Summer wagte es, mich zu unterbrechen, während ich sprach, als könnte ich mich jeden Moment wie eine Schildkröte in ihrem Panzer zurückziehen und nach jedem schnappen, der es wagte, mir zu nahe zu kommen.

Als ich schließlich den Mund schloss, fühlte ich mich leer. Ausgelaugt.

Frei.

»Oh, Carla«, sagte Savannah leise. Tränen standen ihr in den Augen. Sie umarmte mich, und ich zuckte bei der Berührung erschrocken zusammen. Wie konnte sie noch immer so verständnisvoll sein? Hatte sie bei dem Teil mit ihrem Bruder denn nicht zugehört? Ich hatte ihm das Herz gebrochen!

Nun fiel mir auch Ella um den Hals, was mich ächzen ließ.

»Verdammt, Carla, du hättest uns etwas sagen müssen!«, sagte Summer. Im Gegensatz zu Sav und Ella stieg sie nicht ins Gruppenkuscheln ein – worüber ich insgeheim froh war. Stattdessen war ihre Miene hart, beinahe wütend. »Wieso zum Teufel glaubst du eigentlich, dass du alles alleine schaffen musst? Hättest du von Anfang an offen mit uns geredet, hätten wir für dich einspringen können! Ich habe dienstags nur eine einzige Vorlesung. Ist dir eigentlich klar, wie viel Netflix ich schaue? In der ganzen Zeit hätte ich so viele sinnvolle Dinge tun können, wenn du nur deinen blöden Mund aufgemacht hättest!«

»Ich bin donnerstags nicht so lange am Campus«, fiel Ella ein und löste sich von mir. »Ich könnte Oskar von der Schule abholen! Die Middleschool liegt doch auf dem Weg zu meiner Wohnung.«

Summer klatschte in die Hände, als wäre ihr ein genialer Einfall gekommen. »Und Einkäufe! Ich kann bei den Einkäufen helfen, wenn ich ohnehin schon dabei bin. Außerdem koche ich gerne. Wenn du im Salon bist oder in der Bar, könnte ich das eine oder andere Abendessen für die Jungs zubereiten.«

»Und wir können zusammen lernen«, fügte Savannah aufgeregt hinzu. »Wenn du keine Zeit für eine Vorlesung hast, kann sie dir bestimmt jemand aufnehmen. Die meisten Abende sitze ich sowieso in der Bibliothek und gehe meinen Stoff durch. Das könnte ich in Zukunft einfach hier bei euch machen!«

Mein Mund stand offen. Ich war wie erstarrt, als ich dabei zusah, wie meine Freundinnen mit wilden Ideen um sich schmissen. Jede einzelne drehte sich darum, wie sie mir unter die Arme greifen konnten, wie sie helfen konnten, damit ich es leichter hatte.

Ich bekam keine Luft mehr. Meine Brust wurde so eng, dass ich wieder einmal das Gefühl hatte, zu ersticken. *Ich erstickte.*

Lenny fing meinen Blick auf und lächelte auf eine Art und Weise, wie man es nur selten bei ihr sah. Sie sagte nichts. Doch ich kannte sie lange genug, um ihren Blick lesen zu können. *Siehst du? Es könnte alles einfacher sein. Wenn du sie nur lässt.*

»Ihr habt den Verstand verloren«, flüsterte ich. Niemals konnte ich ihre Angebote annehmen. Ich ließ es ja kaum mehr zu, dass Alma und Vince oder Maria und die anderen aus dem Salon mir allzu viel abnahmen. Sie alle hatten eigene Probleme. Ich wollte ihnen keine Last sein.

Doch als ich Ella, Summer und Savannah so zuhörte, löste sich die Härte in meinen Schultern ein Stück weit. Sie waren mit Feuereifer dabei. Sie schienen es wirklich zu wollen, und irgendetwas sagte mir, dass ich im Grunde genommen keine andere Wahl hatte, als ihre Hilfe anzunehmen.

Und diese Erkenntnis sorgte schließlich doch dafür, dass mir ein Schluchzen entwich.

Ich schlang die Arme um Savannah, was sie erschrocken verstummen ließ. Normalerweise war ich nicht der Typ für so was. Es war nie mein Ding gewesen, meine Freundinnen zu jeder sich bietenden

Gelegenheit zu umarmen, wie es die Mädchen taten, doch diesmal wusste ich mir nicht besser zu helfen. Die Gefühle waren so überwältigend, dass ich nicht sprechen konnte.

Und als Ella und sogar Summer in die Umarmung mit einfielen, ja als selbst Lenny zu uns kam und ebenfalls mitmachte, weinte ich heiße Tränen.

Auch wenn die schwierigste Aufgabe noch vor mir stand – das Stechen in meiner Brust wurde leichter. Vielleicht lag es daran, dass mir die Mädchen mit ihrer Umarmung fast ein paar Organquetschungen verpassten, vielleicht war es jedoch auch einfach nur das Wissen, dass ich die besten Freundinnen der Welt hatte. Jetzt erst wurde mir klar, wie schmerzlich sie mir gefehlt hatten. Und das, obwohl sie nie fort gewesen waren.

»Wir schaffen das, Carly«, sagte Lenny. »Du bist nicht allein. Du hast uns und Alma und Vince und die Frauen im Salon.«

»Genau«, stimmte Ella zu. »Was auch immer jetzt kommt, uns wirst du nicht los. Wir stehen das gemeinsam durch.«

Ich nickte und atmete tief durch. Ich musste mich zusammenreißen. Ich konnte mich nicht so sehr gehen lassen. Ich musste mich selbst unter Kontrolle bringen. Andernfalls bestand die Gefahr, dass ich dieses eine Gefühl zuließ, das allmählich in mir zu strahlen begann.

Hoffnung. Die Hoffnung, dass vielleicht doch noch alles gut werden würde. Hoffnung, dass Mateo und Oskar bei mir bleiben durften. Die Hoffnung, dass Mitchell …

No. De ninguna manera. Ich durfte diesen Gedanken unter keinen Umständen zulassen. Wäre das erst einmal geschehen, würde er nie wieder verschwinden. Denn auch wenn ich Mateo und Oskar noch nicht verloren hatte, wusste ich, dass es eine Person gab, die ich für immer von mir gestoßen hatte.

Die beiden Wochen bis zur Sorgerechtsverhandlung vergingen wie im Flug. Savannah und die anderen hatten nicht geblufft, was ihre Hilfsbereitschaft anging. Wann immer ich länger am Campus war als sie, übernahmen sie Einkäufe für mich, holten Oskar von der

Schule ab, fuhren ihn oder Mateo von A nach B oder lernten mit mir. Durch Ellas Hilfe arbeitete ich nur noch einmal die Woche bei *Leo's,* und das auch noch an einem Mittwoch, wo nie sonderlich viel los war. Es war überwältigend, wie viel besser ich plötzlich schlafen konnte und wie leicht es tatsächlich war, meinen Freundinnen zu vertrauen. Es kostete mich noch immer Überwindung, all ihre Bemühungen zuzulassen, doch ich schätzte es so sehr, dass ich es gar nicht in Worte fassen konnte. Eines musste man ihnen lassen: Sie waren mindestens so stur wie ich. Mit einer von ihnen hätte ich es ja noch aufnehmen können, doch gegen ihre geballte Entschlossenheit hatte ich keine Chance.

Und dafür liebte ich sie.

Da ich es nicht riskieren konnte, Mitchell zu begegnen, betrat ich auf dem Campus noch immer keine Cafeteria, saß nicht draußen in der Sonne oder auf dem gepflegten Rasen unter den blühenden Bäumen mit dem Blick auf die eindrucksvolle *Buchanan Hall,* in welcher sich das große Auditorium befand. Ich hielt mich meistens in meinem Fakultätsgebäude auf. Ich war noch nicht bereit, Mitchell zu sehen. Vermutlich würde es mir das Herz noch einmal brechen, und bei allem, was gerade auf mich zurollte, konnte ich mir das nicht leisten.

»Hör auf, du Idiot«, zischte Mateo und boxte Oskar auf den Oberarm, der seit einer geschlagenen Stunde nichts anders tat, als murmelnd zu beten.

»Au!«, heulte Oskar und sah mich vorwurfsvoll an. »Wieso sagst du nichts, Carla? Er hat mich schon wieder geschlagen!«

»Hör auf, Mati«, sagte ich erschöpft. »Schließ dich Oskar lieber an. Wir könnten ein wenig himmlischen Beistand gebrauchen.«

Wir saßen im Wartebereich des Gerichtsgebäudes. Durch die hohen, nackten Decken hallten unsere Stimmen wie in einer Kathedrale, und die hölzernen Sitzbänke waren hart und ungemütlich. Ich rutschte ständig darauf herum, um eine gemütlichere Position zu finden, auch wenn es unmöglich schien. Ich hatte meine Brüder in ihre besten Kirchenklamotten gesteckt. Zugegebenermaßen war Mateos schwarze Stoffhose die einzige ohne pseudomodische

Löcher in den Knien. Oskar hatte ich das wirre dunkle Haar ordentlich zurückgekämmt, und ich selbst hatte meine Haare zu einem Zopf geflochten und war in mein seriösestes Kleid geschlüpft. Es war schlicht, wirkte erwachsen und ein wenig zugeknöpft. Ich hatte noch nie so viel Zeit in einen so spießigen Look gesteckt, aber heute schien er mir überlebenswichtig. Vielleicht war er ja ausschlaggebend, für wie verantwortungsvoll sie mich hielten. Das konnte ein Ausschlusskriterium sein.

Lenny war schon wieder vor der Tür. Sie war noch unruhiger als ich und tigerte immer wieder hin und her. In der vergangenen Stunde war es nun schon das dritte Mal, dass sie hinausging, um frische Luft zu schnappen.

»Ich wünschte, Alma und Vince wären hier«, sagte Oskar niedergeschlagen. »Was, wenn Mateo und ich in Pflegefamilien am anderen Ende des Landes kommen und Alma nie wiedersehen? Was ist, wenn wir uns *alle* nie, nie wiedersehen?« Er schnappte nach Luft und sah mich mit großen Augen an, die augenblicklich glasig wurden.

»No, Mijo«, sagte ich, legte ihm einen Arm um die Schulter und drückte meinen kleinen Bruder an mich. »Das wird nicht passieren. Niemand kann uns trennen, verstanden?«

Nun sah mich selbst Mateo an. Er runzelte die Stirn, und ich konnte Hoffnung in seinen Augen aufflackern sehen. »Du hast doch etwas vor, oder?«

»Was wäre ich für eine Schwester, wenn es nicht so wäre?«, erwiderte ich.

Natürlich hatte ich weder ihm noch Oskar von meiner Idee erzählt, das Studium zu schmeißen. Nicht einmal Lenny und den anderen hatte ich davon erzählt. Ich wusste, wie sie reagieren würden. Sie hätten nur versucht, es mir auszureden. Dabei blieb mir nichts anderes übrig – all die Hilfe, die meine Freundinnen mir derzeit boten, konnten sie immerhin nicht ewig aufrechterhalten, und dann?

Mittlerweile fand ich meinen Plan gar nicht mal so schlecht. Ich konnte ebenso gut auch später noch studieren, wenn meine

Brüder alt genug waren, um auf sich selbst aufzupassen. Ich konnte Abendkurse besuchen oder mich für eine Ausbildung bewerben. Doch in der Zwischenzeit würde ich arbeiten und mich ganz auf meine Brüder konzentrieren. Es war das Beste für uns alle. Für die Familie.

In diesem Moment wurde die Eingangstür des Gerichtsgebäudes geöffnet, und Lenny kam hereingehastet.

»Ich hätte da eine kleine Überraschung!«, sagte sie aufgeregt. Sie strahlte mich an, was mich augenblicklich misstrauisch die Augen verengen ließ. Was zum Teufel hatte sie jetzt schon wieder ausgeheckt?

Doch als ich sah, wer hinter ihr das Gerichtsgebäude betrat, entwich mir ein ungläubiges Keuchen.

Ich sprang auf und schlug mir die Hände vor den Mund.

Es waren Alma und Vince.

Ich stieß ein Stoßgebet auf Spanisch aus, dann rannte ich los. Alma breitete die Arme aus, ehe ich ihr um den Hals fiel.

»Ihr seid hier! Aber wie? Ich dachte, euer Flug geht erst in drei Tagen!«

»Wir mussten dringend noch etwas erledigen, und bei der Einwanderung gab es ein paar Probleme, sonst wären wir eher zurückgekommen«, sagte Alma und strich mir über die Haare. »Schön, dich zu sehen, *Mariposa.*«

Ich löste mich von ihr und fiel auch Vince um den Hals, ehe ich die beiden vorwurfsvoll ansah. »*Ay,* ihr hättet mir schreiben müssen!«

»Entschuldige«, sagte Alma. »Das hätten wir wirklich tun sollen.«

Oskar kam ebenfalls zu uns gerannt und begrüßte Alma und Vince mit stürmischen Umarmungen. Mateo folgte etwas zaghafter, aber es war ihm anzusehen, dass er sich ebenfalls riesig freute.

Ich drehte mich zu Lenny um und biss mir auf die Lippe. »Wusstest du davon? Wusstest du, dass sie heute kommen?«

Lenny zuckte mit den Schultern. »Ich hätte es dir ja gesagt, aber dann wäre die Überraschung nicht so groß gewesen.«

Ich verzog das Gesicht und schlug ihr gegen den Arm, wie ich es zuvor Mateo bei Oskar getan hatte. »Es ist der falsche Zeitpunkt für Überraschungen!«

»Na ja«, sagte Vince. »Da wäre ich mir nicht so sicher. Wir haben nämlich noch eine.«

Er und Alma tauschten einen liebevollen Blick miteinander. Dann streckte Alma ihre Hand aus und hielt sie vor mich.

Einen Moment lang war ich so irritiert, dass ich nicht wusste, was die Geste zu bedeuten hatte.

Dann entdeckte ich jedoch den funkelnden Ring an ihrem Finger.

Mein Mund klappte auf. »Das ist ein Scherz.«

Alma lachte und strahlte mich an. »*No,* es ist unser voller Ernst. Wir sind verlobt.«

Ein Ring. Alma hatte einen Ring am Finger.

Ich wurde aufgeregt und stieß ein ungläubiges Lachen aus. »Ihr seid verlobt? Wann? Und wie?«

»Das ist so cool!« Oskar griff begeistert nach Almas Hand und starrte mit großen Augen den Ring an. »Der ist so hübsch, und er glitzert!«

Ich lächelte und schüttelte den Kopf. Ich hatte gewusst, dass es früher oder später passieren würde. Die beiden passten einfach perfekt zueinander, obwohl sie vollkommen verschieden waren. Nur hatte ich nicht damit gerechnet, dass es ausgerechnet jetzt passieren würde.

Vince schlang einen Arm um meine Tante und küsste ihre Wange. »Das ist noch nicht alles. Das Wichtigste kommt noch.«

»Mariposa«, sagte Alma und ergriff meine Hand. Ihre Stimme klang belegt von allen möglichen Gefühlen. Ich konnte sehen, wie ihr Tränen in die Augen stiegen. Sie lächelte. »Ich habe endlich meine Greencard.«

Mein Mund klappte auf. Lenny erstarrte ebenfalls. Meine Augen huschten von ihr zu Vince und wieder zurück.

Es dauerte, bis Almas Worte zu mir durchdrangen. Mit jeder Sekunde wurden meine Augen größer. Mein Herz hörte auf zu schlagen, und das Blut begann, mir in den Ohren zu rauschen.

Dann stieß ich einen spitzen Schrei aus und fiel Alma um den Hals. Ich schluchzte heftig auf. »Mach keine Scherze mit mir, Tante!«

Sie weinte auch und schlang ihre Arme fest um mich. »*No,* ich mache keine Scherze. Das Warten hat endlich ein Ende.«

Nun fielen auch Lenny, Oskar und Mateo in die Umarmung mit ein. Ich spürte auch Vince' Arme um uns.

»Er hat uns erhört«, schluchzte ich erstickt und vergrub zitternd das Gesicht in Almas Haaren. »Gott hat uns erhört.«

So standen wir zusammen. Meine ganze kaputte, wunderbare Familie und ich. Wir alle weinten. Vor Freude, vor Erleichterung, vor Überwältigung, und der süße Schmerz, der sich dabei in mir ausbreitete, riss mir beinahe den Boden unter den Füßen weg.

Alma hatte ihre Papiere. Sie hatte endlich das bekommen, wofür sie all die Jahre so harte Arbeit geleistet hatte. Blut, Schweiß und Tränen, viele Tränen hatte die Reise mit sich gebracht, und endlich war es so weit.

Meine Tante war nicht mehr in Gefahr. Sie konnte nicht mehr abgeschoben werden.

»Wir haben die Unterlagen dabei«, sagte Alma erstickt und lachte auf.

Oskar schnappte irgendwo zwischen uns nach Luft. »Heißt das, wir müssen in keine Pflegefamilie ans andere Ende des Landes?«

Wir lösten die große Umarmung auf. Vince grinste meinen Bruder an und rieb sich hastig über die Augen. Seine leuchtend roten Haare standen wirr vom Kopf ab.

»Wenn alles so klappt, wie wir uns das vorstellen, können wir eine Familie bleiben.«

Ich konnte mich nicht von Alma lösen.

Das hier änderte alles. Es war, als hätten sie die Karten noch einmal vollkommen neu gemischt.

Es war, als hätte Gott tatsächlich unsere Gebete erhört.

Deshalb erlaubte ich es mir diesmal, an der Hoffnung festzuhalten. Ich klammerte mich so fest an sie wie an Alma. Ich klammerte mich selbst dann noch an sie, als schließlich eine Sozialarbeiterin im

Flur des Gerichtsgebäudes auftauchte und uns in den Gerichtssaal rief.

Wenn unsere Gebete wirklich erhört wurden, bestand die Chance, dass wir uns nicht verlieren würden.

Wenn alles gut ging, würde ich meine Familie behalten können.

KAPITEL 30

MITCHELL

Seit einer geschlagenen Stunde warteten wir nun schon. Immer wieder warf ich einen Blick auf meine Uhr und fragte mich, wann es endlich vorbei war.

Die ganze Truppe hatte sich vor dem Gericht eingefunden, was uns den einen oder anderen irritierten Blick bescherte, wann immer Leute an uns vorbei in das Gebäude hineingingen oder herauskamen. Jedes Mal, wenn sich die schwere Eingangstür öffnete, zuckte mein Kopf dorthin, und mein Herz machte einen kleinen Sprung. Doch es war nie Carla. Die Verhandlung lief noch immer.

»Es wird schon alles gut gehen«, sagte Creed bestimmt zum fünfzigsten Mal, als Savannah wieder damit begann, hin und her zu tigern.

»Entweder das, oder alles geht den Bach runter«, sagte Lenny mit grimmiger Miene.

Ella warf sie mit einer zusammengeknüllten Papiertüte ab. »Hör auf, so arschig zu sein!«

»Was? Ich habe doch überhaupt nichts Arschiges gesagt! Wir müssen allen Möglichkeiten ins Auge blicken, und die Wahrscheinlichkeit besteht nun mal, dass genau das passiert!«

Ich fuhr mir durch die Haare und seufzte auf. Wenn Lenny recht hatte, würde Carlas Welt ein für alle Mal zusammenbrechen. Die Unwissenheit brachte mich beinahe um.

Ich musste endlich wissen, was passierte.

Ches, der neben mir saß, klopfte mir auf die Schulter, als wüsste er genau, was in mir vorging. »Alles wird gut, Mitch. Du hast alles richtig gemacht.«

»Das sagst du«, murmelte ich. »Ich habe sie die letzten Wochen im Stich gelassen.«

Lenny schien gehört zu haben, was ich gesagt hatte. »Ich habe dir regelrecht befehlen müssen, sie in Ruhe zu lassen, Hollister. Nichts für ungut, aber die ganze Scheiße, die sie durchmachen musste, war hart. Du hättest es nicht besser gemacht, selbst wenn du es noch so sehr versucht hättest.«

Dessen war ich mir bewusst, seit ich den Abend der Meisterschaft in der Bar in Providence verbracht hatte. Sie alle hatten mir jedenfalls klar und deutlich gemacht, dass ich Carla Zeit geben musste.

Die Türen des Gerichtsgebäudes öffneten sich, und wie auch die letzten Male, zuckte mein Blick dorthin. Beinahe erwartete ich schon, dass auch jetzt wieder jemand Fremdes auf der Schwelle erscheinen würde.

Doch diesmal war es endlich so weit.

Alma, Vince, Mateo, Oskar und schließlich Carla verließen das Gerichtsgebäude. Ihre Mienen gaben nichts preis. Ich konnte nicht sagen, ob sie niedergeschlagen oder froh waren, was mich beinahe durchdrehen ließ.

Ich sprang auf, genau wie die anderen.

»Wie ist es gelaufen?«, fragte Lenny sofort begierig. Auch wenn sie sich sonst immer zurückhielt, diesmal versteckte sie nicht, wie nervös sie wirklich war.

Carla erstarrte, als sie uns alle sah, und ihre Augen weiteten sich. »Was zum Teufel macht ihr denn hier?«

Als ihr Blick auf meinen traf, huschte Panik über ihr schönes Gesicht. Sie zuckte zurück.

Mein Herz zog sich zusammen, und mein Mund wurde staubtrocken. All die Sehnsucht und all der Schmerz der letzten Wochen kochten erneut auf und raubten mir den Atem, als ich sie ansah.

Gott. Ich vermisste sie so sehr.

»Wir sind der seelische Beistand«, sagte Ella und lächelte hoch zu Carla.

»Jetzt spannt uns nicht auf die Folter, sonst sterbe ich!«, sagte Lenny und packte Vince am Arm.

Wir verließen die Stufen, um den Eingang nicht noch mehr zu blockieren.

Immer wieder kehrte Carlas Blick zurück zu mir, als könnte sie nicht glauben, dass ich tatsächlich hier war. Ein sehnsuchtsvolles Stechen fuhr durch mich hindurch. Nicht eine Sekunde konnte ich den Blick von ihr lösen.

Erst jetzt fiel mir auf, dass ihre Augen gerötet waren. Doch nicht nur ihre. Auch Vincents Augen, die der Jungs und Almas auch. Sie alle hatten geweint.

Mein Hals wurde eng, und heiße Angst packte mich. *Oh, nein. Bitte nicht.*

Doch schon im nächsten Moment lächelte Alma und ergriff Vincents Hand. Sie holte tief Luft. »Ich habe das Sorgerecht für Mateo und Oskar bekommen.«

Es war, als würden wir alle gleichzeitig aufatmen.

Savannah schrie auf und fiel Carla um den Hals.

»Oh, Gott sei Dank!«, sagte Summer und lächelte breit.

Es wurden Umarmungen und Glückwünsche ausgetauscht. Und als Alma schließlich eine Hand mit einem funkelnden Ring in die Luft hielt, fingen Savannah und Ella sogar vor Rührung zu weinen an.

Ich gratulierte Alma und Vince und klatschte mit den Jungs ab. Der Moment war unwirklich, doch die Freude war absolut echt. Mateo und Oskar machten einen leicht traumatisierten Eindruck, während Alma und Vince kaum mehr aufhören konnten zu strahlen. Nur Carla wirkte abwesend und zutiefst erschöpft. Die Schatten unter ihren Augen sahen beinahe dunkelblau aus, und ihr Make-up war vom Weinen verschmiert. Sie sah mich nicht an. Es war, als würde sie überallhin blicken, außer zu mir. Vielleicht war ich ein Idiot, dass ich heute hierhergekommen war. Wieso hatte ich die letzten Wochen eigentlich versucht, mir etwas vorzumachen? Immerhin waren ihre Worte ziemlich klar gewesen: Sie liebte mich nicht. Sie wollte mich nicht. Ich hatte mich in etwas verrannt, ich hatte alles falsch gedeutet. Creed hatte von Anfang an recht gehabt. Carla Santos hatte mein Herz gebrochen.

»Gehen wir essen!«, sagte Alma und klatschte in die Hände. »Wir laden euch ein. Wie wäre es mit *Dew's Waffle House?*«

Oskars Augen leuchteten auf, und er hüpfte aufgeregt. »Oh, ja!«

»Ich mache mich auf den Weg«, sagte ich und vergrub die Hände in den Jeanstaschen.

Mateo wirkte enttäuscht. »Du kommst nicht mit, Coach Mitch?«

Ich lächelte entschuldigend. »Tut mir leid, Kumpel, ich muss noch ein paar Dinge erledigen. Aber ich hoffe, ihr lasst es ordentlich krachen. Der heutige Tag muss gefeiert werden.«

»Oh, so was von!«, sagte Alma und grinste. »Ich hoffe, dass wir uns bald wiedersehen, Mitchell. Und ich bestehe darauf, dass du zur Hochzeit kommst.«

Ich erwiderte ihr Grinsen, auch wenn es sich etwas halbherzig anfühlte. Ich wusste nicht, ob ich das schaffen konnte. »Das lasse ich mir doch nicht entgehen«, erwiderte ich trotzdem.

Ich verabschiedete mich von allen. Als ich schließlich zu Carla sah, erwiderte sie endlich meinen Blick. Ich hielt ihn einen Moment fest, versuchte mir das warme, schmerzlich süße Gefühl einzuprägen, welches mich dabei durchfuhr, ehe ich mich umdrehte und ging.

KAPITEL 31

CARLA

Das Herz schlug mir bis zum Hals. Die Luft roch nach Chlor, war feucht und warm und schien das Atmen nicht einfacher zu machen.

Es war bereits spät. Der einzige Grund, weshalb die Schwimmhalle der Fletcher University noch geöffnet hatte, war das Schwimmteam.

Dieses war auch der Grund, weshalb ich noch immer in der Damenumkleide saß und mir nervös mit den Händen über die nackten Beine rieb. *Alles wird gut. Du kannst das. Geh da raus und sei ein Superstar.*

Als Mitchell am heutigen Nachmittag vor dem Gerichtsgebäude aufgetaucht war, wäre ich ihm beinahe in die Arme gesprungen. Die Heftigkeit, mit welcher mich dieses Verlangen gepackt hatte, war angsteinflößend gewesen. Doch noch mehr hatte es mich überwältigt, dass er gekommen war. Mitchell war gekommen, trotz der hässlichen Dinge, die ich ihm an den Kopf geworfen hatte. Ich hatte ihm das Herz gebrochen, und er war trotzdem dort gewesen, um mir und meiner Familie beizustehen.

Ich atmete tief durch und schloss die Augen. Ich würde niemals gutmachen können, was ich ihm angetan hatte. Alles, was ich konnte, war hoffen, dass er mir einfach nur zuhörte. Ich wollte wenigstens die Chance erhalten, zu erklären, weshalb ich diese Dinge gesagt hatte. Ich wollte ihm erklären, dass es Lügen waren, dass nichts von dem stimmte und ich doch bloß gewollt hatte, dass er seine Träume nicht aufgab. Nicht für mich. Und ich wollte ihm endlich sagen, was ich empfand, denn wenn ich es nicht endlich tat, würde ich es mein Leben lang bereuen. Ich wusste nicht einmal, ob mein anstehendes Vorhaben gelingen würde. Es bereitete mir nämlich noch mehr Angst als die Begegnung mit Mitchell.

Doch ich verpasste mir einen Ruck und stand endlich auf. Meine Knie waren butterweich, als ich die Umkleide verließ und die große Schwimmhalle mit dem ausladenden Becken betrat. Die Tribüne war verlassen und das Licht gedämmt.

Es war nicht das ganze Team im Wasser. Vielleicht vier Schwimmer schwammen ihre Bahnen.

Niemand schien mich zu bemerken, als ich an den Beckenrand trat. Das Wasser war beleuchtet und warf funkelnde Lichtspiele an die Sprungbretter und die Hallendecke.

Mein Herz klopfte laut und fest gegen meine Brust, und als ich all das Wasser genau vor mir sah, wurde mir schlecht.

Es war *so viel.* Und so tief.

Reiß dich zusammen. Du schaffst das schon. Du kannst das.

Ich suchte mir die nächstbeste Leiter, hielt mich an ihr fest und setzte mich mit bebenden Knien an den Beckenrand.

Ich zuckte zusammen, als ich spürte, wie kalt das Wasser war. Es hatte absolut nichts mehr gemein mit meiner Badewanne oder mit dem Whirlpool.

Mein Atem beschleunigte sich.

Du kannst das. Du kannst das. Du kannst das.

Mit einem Ruck ließ ich mich ins Becken gleiten und klammerte mich an der Leiter fest, als ich plötzlich viel zu tief eintauchte.

»*Ay,* ist das kalt! *Hostia!*« Ich schnappte nach Luft und starrte auf all das Wasser, welches mir nun bis zu den Schultern reichte.

Ich konnte keinen Boden unter mir spüren. Es war kalt und tief und so verdammt viel Wasser!

Mein Puls raste wie wild, und mein Blut wurde eisig und rasend schnell.

»*No*«, flüsterte ich und kniff die Augen zusammen. Heute durfte ich keine Panikattacke bekommen. Heute würde ich meine Angst schlagen. Ich würde mich am Beckenrand entlanghangeln, bis ich Mitchell erreicht hatte. Ich wollte ihm zeigen, wie ernst es mir war. Ich wollte ihm zeigen, dass ich nicht mehr davonlaufen würde. Ich wollte ihm zeigen, was ich fühlte.

In einem Film hätte ich jetzt vermutlich ganz plötzlich schwimmen können. Ich wäre zu ihm gekrault und hätte ihm mitten in diesem gottverdammten tiefen Becken meine Seele offenbart.

Doch das hier war kein Film, und leider war mein Körper ein Verräter.

Ich bekam Schnappatmung, und meine Hände verkrampften sich um die Stangen der Leiter. Die Angst spülte so erbarmungslos durch mich hindurch, dass mir Tränen in die Augen stiegen und mir schwindelig wurde. Dieser Plan war scheiße. Das war mir schon vorher klar gewesen, aber dass er so grauenhaft war, damit hatte ich nicht gerechnet. Nach all unseren Stunden am Whirlpool hatte ich wirklich geglaubt, dass ich mehr abkonnte. Aber ganz offenbar tickte mein Hirn ein wenig anders und hatte keine Lust darauf, bei meinem Plan mitzuspielen. Ich verlor mich. Es fing schon an, ich spürte es …

»Carla?«, erklang es plötzlich hinter mir.

Ich schrie auf und blickte über die Schulter.

»Mitchell«, keuchte ich atemlos. »Hi.«

Er zog sich Schwimmbrille und Badekappe vom Kopf und sah mich ungläubig und mit gerunzelter Stirn an.

»Was um alles in der Welt hast du hier zu suchen? Im Wasser?«

»I-ich wollte mit dir reden«, sagte ich und schluchzte auf, als mein Magen sich zu einem harten Klumpen zusammenzog. *Oh, Gott.* Panik. Es fehlte nicht mehr viel bis zur Panikattacke.

Bittere Angst machte sich in mir breit, und mein Hals schnürte sich zusammen.

»Atme, Carla«, sagte Mitchell sanft, genau wie all die Male, als wir in seinem Whirlpool gewesen waren. Genau wie all die Male, als ich mich Stück für Stück in ihn verliebt hatte.

Er warf Brille und Schwimmmütze an den Beckenrand, ehe er mir einen Arm um die Mitte legte. »Tut mir leid, dir das sagen zu müssen, aber es ist ziemlich dämlich, dass du einfach ins Becken gestiegen bist.«

Er half mir, aus dem Wasser zu klettern, und verließ das Becken anschließend ebenfalls. Sein Blick war streng, jedoch sah ich auch Sorge darin und Verwunderung. Verwirrung.

Meine Wangen brannten, und ich zwang mich, tief durchzuatmen. Mit zitternden Händen rieb ich mir die Haare aus dem Gesicht und schlang die Arme um mich.

»Was ist los, Carla?«, fragte Mitchell und zog die Augenbrauen zusammen.

Er will dich nicht hierhaben. Du hast ihm das Herz gebrochen.

»Bitte, hör mir einfach nur zu, okay?«, sagte ich atemlos. »Danach kannst du mich wieder hassen. Aber bitte hör mich an.«

»Carla …«

»Ich liebe dich, Mitchell. Und was ich am Abend vor deinem Flug gesagt habe, war alles gelogen. Ich wollte nicht, dass du deine Träume für mich aufgibst. Du hast so hart für diese Meisterschaft trainiert, und ich konnte nicht zulassen, dass du dir eine so große Chance entgehen lässt. Und nach diesem furchtbaren Abendessen bei deinen Eltern wusste ich nicht, was ich denken soll, und dann ist auch noch das mit Mateo passiert, und alles ging auf einmal so schnell! Ich wollte dir nicht wehtun. Ich konnte nicht richtig denken. Ich habe bloß nach einer Möglichkeit gesucht, damit du nicht bei mir bleibst. Ich habe an diesem Abend so viel verloren, ich wollte nicht dafür verantwortlich sein, dass du auch etwas verlierst, nämlich deine Zukunft.«

Er starrte mich an. Seine Augen wirkten dunkel, und sie betrachteten mein Gesicht durchdringend. Ein Muskel an seinem Kiefer zuckte.

Dann trat er einen Schritt näher, sodass er genau vor mir stand. »Sag es noch mal.«

Mein Hals war staubtrocken. Ich wusste nicht mehr, wie man atmet.

»T-tut mir leid?«, ächzte ich.

Ich schnappte nach Luft, als Mitchell im nächsten Moment die Hände an meine Hüften legte. Sehnsucht entbrannte in mir, Sehnsucht nach mehr, nach ihm, nach uns.

Er schüttelte langsam den Kopf. »Nein, Carla. Ich möchte, dass du noch einmal den wichtigsten Satz wiederholst.«

Endlich verstand ich.

Meine Hände fanden ihren Weg auf seine kühle, nasse Brust. »Ich liebe dich, Mitchell.«

Er nickte. Sein Blick wurde weicher. »Noch mal«, sagte er heiser. Wir näherten uns, bewegten uns aufeinander zu, bis ich den Kopf in den Nacken legen musste.

»Ich liebe dich«, flüsterte ich und schlang meine Hände um seinen Hals. »Und ich hätte es dir früher sagen sollen. Ich hätte uns mehr vertrauen sollen. Aber ich hatte Angst. Es hat mir Angst gemacht, mich in dich zu verlieben. Ich will nicht mehr weglaufen, Mitch. Ich will keine Angst mehr haben. Ich weiß, was für furchtbare Dinge ich zu dir gesagt habe und dass du mir vermutlich nie verzeihen wirst, aber ich will, dass du weißt, dass ich …«

Er küsste mich, was meiner Rede ein abruptes Ende bereitete. Er küsste mich so innig, so leidenschaftlich, dass ich nach Luft schnappen musste. Doch dann erwiderte ich den Kuss und wurde von den Gefühlen in meiner Brust regelrecht überwältigt.

Der Druck auf meinem Herzen löste sich, und als er mich schließlich an seinen Körper presste und eine Hand in meinen Haaren vergrub, stiegen mir Tränen in die Augen. In den letzten Wochen hatte ich so viel geweint wie noch nie, doch diesmal waren es Tränen der Erleichterung. Der Freude.

Es fühlte sich an, als würde ich nach Hause zurückkehren. Ich hatte es so schmerzlich vermisst, bei ihm zu sein, seine Lippen auf meinen zu spüren und von ihm gehalten zu werden.

Diesmal würde ich nicht davonlaufen. Ich würde meine Schutzmauern nicht wieder nach oben reißen. Ich meinte, was ich sagte. Ich liebte Mitchell Moore, und endlich hatte ich keine Angst mehr, es zuzulassen.

Ich konnte spüren, wie er an meinen Lippen lächelte. Er zog sich zurück und sah mich mit leuchtenden Augen an. »Ich liebe dich auch, Carla«, sagte er. »Mehr, als du dir vorstellen kannst. Und mir war klar, dass du mich angelogen hast, damit ich nach Providence fliege. Tief im Inneren habe ich gewusst, dass du lügst.«

»Es tut mir so leid«, sagte ich und blinzelte heftig.

Er senkte den Kopf und gab mir einen weiteren Kuss. Doch dieser war so hauchzart, dass mein Magen einen Purzelbaum schlug.

»Ich verzeihe dir«, sagte er leise. Dann lächelte er und klemmte mir eine Haarsträhne hinter das Ohr. »Aber nur wenn du einen Deal mit mir eingehst.«

»Claro«, sagte ich sofort, woraufhin er die Augenbrauen hob.

»Wow, das ging schnell. Wo ist die echte Carla Santos, und was hast du mit ihr gemacht?«

Ich verdrehte die Augen, konnte mir ein Lächeln jedoch nicht verkneifen. »Wie lautet dein Deal, Hollister?«

»Du musst mindestens eintausendmal mit mir ausgehen. Im Gegenzug darfst du mich deinen festen Freund nennen – ein Privileg, das bisher wirklich nur wenigen Menschen zuteilgeworden ist.«

Ich lachte auf. »Endet damit wenigstens der andere Deal?«

»Auf keinen Fall. Ich lasse dich nicht in Ruhe, bis du diejenige bist, die bei der nächsten Meisterschaft für uns auf dem Treppchen steht.«

»Das wird niemals passieren!«

»Zum Glück bin ich sehr geduldig. Ich gebe die Hoffnung nicht auf. Nicht bei dir.«

»Ich auch nicht«, sagte ich und lehnte meine Stirn an seine. Einen Moment lang standen wir so da, ohne uns zu bewegen. In mir tobte erneut Chaos, doch diesmal war es von der guten Sorte. Diesmal wollte ich nicht, dass es je wieder aufhörte.

»Also, haben wir einen Deal?«, fragte Mitchell und zog mich näher an sich.

Ich lächelte. Dann lehnte ich mich vor und küsste ihn. »Wir haben einen Deal.«

DANKSAGUNG

So ein »Danke« drückt wirklich nicht aus, was man empfindet, wenn der letzte Satz geschrieben ist. Wieder einmal haben mich so viele großartige Menschen unterstützt, dass ich etwas überfordert bin!

Carlas und Mitchells Geschichte war für mich eine einzige Achterbahnfahrt. Ich habe während ihrer Reise meine längste Schreibsession überhaupt durchgeführt, mit sage und schreibe zweiundzwanzig Stunden am Stück! Verrückt …

Einer Person muss ich dabei ganz besonders danken, denn sie hat mich während dieser monströsen Zielgeraden unterstützt wie keine andere. Meine fabelhafte Lektorin Anika Beer. Danke für alles, für den intensiven Austausch, dein Durchhaltevermögen, die tolle Zusammenarbeit und so viel mehr!

Vicci, Anna, euch ist dieses Buch gewidmet, denn ohne euch wäre es in Fletcher nur halb so schön. Danke für all die Unterstützung, die Begeisterung und die vielen (lustigen) Anmerkungen beim Testlesen!

Danke Kathi Mittmann, dass du nicht nur eine großartige Knaur-Kollegin bist, sondern auch eine tolle Freundin und ein fantastischer »Osterhase« (ich liebe unser Easter Egg).

Vanni, Ayla, Jennifer, Cássia und Babsi – danke fürs Testlesen!

Josi, ohne dich wäre mir nie bewusst geworden, dass ich ein schlimmeres Problem mit Sprichwörtern habe als Carla.

Danke Papa, dass du mich während dieser Reise ertragen hast. Ohne dich wüsste ich gar nicht, was ich machen soll. Auch dem Rest meiner Familie danke ich von Herzen für alles!

Mein Dank gilt wie immer auch dem fabelhaften Team von Droemer Knaur. Ihr habt die Geschichte erst zu einem Buchbaby gemacht! Danke für all die Mühe und Arbeit!

Zu guter Letzt möchte ich euch, meinen Lesern, und meiner tollen Community auf Instagram und YouTube danken. Ihr motiviert mich jeden Tag und macht jeden Tag zu etwas Besonderem. Dank euch kann ich das tun, was ich von ganzem Herzen liebe – nämlich Geschichten schreiben. Danke, dass ihr da seid!

Ich hoffe, ihr besucht Fletcher bald wieder! Eine gewisse Tänzerin hat da nämlich eine fabelhafte Show, die ziemlich sehenswert ist …

DER SOUNDTRACK VON SINKING SHIPS

The One – Jorja Smith
She Loves Control – Camila Cabello
Purple Yellow Red and Blue – Portugal. The Man
Psycho – Lauren Aquilina
breathin – Ariana Grande
No Te Pertenece – Noel Schajris
Safari – J Balvin, Pharrell Williams, BIA, Sky
If Looks Could Kill – Lauren Aquilina
Wet Dreamz – J. Cole
Between My Teeth – Orla Gartland
Gold (Stupid Love) – Excision, ILLENIUM, Shallows
Good For You – Selena Gomez, A$AP Rocky
If This Is Love – Xavier Omär
I Go Crazy (Acoustic) – Orla Gartland
No One Can Save You – Elle King
Warrior – Demi Lovato
Something About You – Majid Jordan
Tadow – Masego, FKJ
No Me Doy Por Vencido – Luis Fonsi
Speculate – Xavier Omär
Learn From Each Other – Majid Jordan

Wenn wir aufeinandertreffen, sprühen keine Funken.
Wenn wir aufeinandertreffen, gehen wir in Flammen auf.

TAMI FISCHER

Burning BRIDGES

ROMAN

Ella Johns ist ein Sonnenschein – bis zu dem Tag, an dem ihr Freund ihr das Herz bricht. Sie läuft allein durch die nächtlichen Straßen der Stadt und wird prompt von einigen Kerlen in die Enge getrieben. Da taucht wie aus dem Nichts ein geheimnisvoller Fremder auf: Er rettet sie – und verschwindet spurlos. Ella ist fasziniert und will unbedingt mehr über ihren Retter mit den stahlgrauen Augen erfahren, aber er macht sich rar, hält sie auf Abstand. Denn Ches lebt im Untergrund, nur dort ist er vor seiner Vergangenheit sicher. Und je näher Ella ihm kommt, desto größer wird die Gefahr, in die sie sich begibt …

»Ein besseres Ende hätte ich mir nicht erträumen können …
Danke für diese großartige Geschichte um Ella & Ches!
Die hat für immer einen riesigen Platz in meinem Herzen.«
Laura von zeilenverliebt

KNAUR